Ne jamais t'embrasser

Melissa Marr

Ne jamais t'embrasser

Traduit de l'anglais (américain)
par Blandine Longre

wiz
Albin Michel

Melissa Marr a grandi en croyant aux fées et aux fantômes. Après avoir enseigné la littérature à l'université pendant dix ans, elle s'est mise à écrire sur sa fascination pour les légendes. Melissa vit actuellement à Washington, consacre son temps à ses livres, et croit toujours aux fées.

Après *Ne jamais tomber amoureuse* et *Ne jamais te croire* (Wiz), *Ne jamais t'embrasser* est le troisième volet d'une tétralogie, best-seller aux États-Unis.

Titre original :
FRAGILE ETERNITY
(Première publication : Bowen Press,
an imprint of HarperCollins Publishers Inc., New York, 2009)

À Loch, mon immortel et mon éternel...

Prologue

Dès l'instant où Aislinn entra chez lui, Seth devina sa présence. La légère hausse de température aurait été un indice suffisant, s'il n'avait pas vu la lueur du soleil percer au beau milieu de la nuit. *Mieux qu'une lanterne.* Il sourit en imaginant la réaction probable de sa petite amie s'il la traitait de lanterne ; mais un battement de cœur plus tard, son sourire s'évanouit tandis qu'il la voyait apparaître sur le seuil de la pièce.

Elle avait déjà ôté ses chaussures et détaché ses cheveux : ils avaient dû être coiffés différemment quelques instants plus tôt, à l'occasion des festivités de la Cour de l'Été auxquelles elle avait participé cette nuit-là. *Avec Keenan.* En imaginant Aislinn dans les bras de Keenan, Seth se raidit. Elle se rendait chaque mois à ces bals nocturnes en compagnie du Roi de l'Été et Seth avait beau essayer de se faire à cette idée, il ne pouvait s'empêcher d'être jaloux.

Elle n'est pourtant plus avec lui maintenant. Mais avec moi, ici.

– Salut, se contenta-t-elle de dire.

Tout en le fixant, elle dégrafa le corsage d'une robe à la coupe démodée.

Lui avait-il répondu ? Il n'en était pas certain. Peu importait. Dans ces moments, tout ce qui comptait c'était elle, eux, ce qu'ils représentaient l'un pour l'autre.

Elle finit de se déshabiller et se retrouva aussitôt dans ses bras. Cette fois, Seth sut qu'il n'y avait rien à répondre, seule suffisait la lumière du soleil d'Aislinn, pareille à du miel chaud contre sa peau. Les festivités de la Cour de l'Été achevées, elle était de nouveau près de lui.

Plus avec lui. Avec moi.

Les fêtes mensuelles étaient fortement déconseillées aux mortels. Après chacun de ces bals, Aislinn venait le trouver, trop remplie de lumière pour pouvoir dormir, trop effrayée par ce qu'elle pourrait bien commettre si elle restait avec les sujets de la Cour de l'Été jusqu'à l'aube. Aussi, ivre de soleil, venait-elle se réfugier dans les bras de Seth, oubliant toute prudence avec lui, contrairement à d'autres nuits.

Elle l'embrassa. Le jeune homme s'efforça d'ignorer la chaleur tropicale qu'elle dégageait. Des orchidées, un petit ylang-ylang et des branches de bambou doré envahirent la chambre. Les senteurs végétales, lourdes, imprégnaient l'air humide, mais c'était toujours mieux que la chute d'eau qu'elle avait fait naître quelques mois plus tôt.

Peu importait : elle était là, dans ses bras...

Un mortel n'était pas censé aimer une fée. Chaque mois, Seth en prenait de nouveau conscience, quand Aislinn oubliait à quel point il était fragile. S'il en avait eu la force, il l'aurait accompagnée à ces festivités. Il acceptait pourtant le fait que les mortels n'étaient pas en sûreté dans ces assemblées de fés échappant à tout contrôle. Il espérait seulement qu'ensuite elle ne lui ferait pas trop de mal. Chaque fois, il attendait son retour dans le noir, rempli d'espoir mais aussi d'inquiétude – car parfois, Aislinn restait auprès de Keenan.

Plus tard, lorsque la parole lui revint, il dit à Aislinn, tout en ôtant des pétales d'orchidée emmêlés dans ses cheveux :

– Je t'aime.

– Moi aussi.

Elle rougit, pencha la tête de côté.

– Est-ce que ça va ?

– Quand tu es là, oui, répondit-il en laissant tomber les pétales sur le sol. Si cela ne tenait qu'à moi, tu passerais toutes les nuits ici.

– J'aimerais bien.

Elle se blottit contre lui et ferma les yeux. Comme elle se sentait à présent calme et détendue, sa peau ne scintillait plus et Seth en était heureux. Quand le jour se lèverait, d'ici à deux heures, Aislinn découvrirait l'étendue des brûlures qui couvraient les flancs et le dos du jeune homme, là où ses mains à elle l'avaient trop caressé, sans qu'elle y prenne garde. Elle détournerait alors le regard et lui parlerait de choses qu'il détestait entendre.

La Reine de l'Hiver, Donia, avait donné à Seth la recette d'un onguent qui apaisait les brûlures solaires. Il n'était pas aussi efficace sur les mortels que sur les fés, mais s'il l'appliquait sans trop attendre, ses blessures pouvaient guérir dans la journée. Il jeta un coup d'œil à son réveil.

– C'est bientôt l'heure du petit déjeuner.

– Non, murmura Aislinn. C'est l'heure de dormir...

– D'accord, dit-il.

Il l'embrassa et la garda dans ses bras aussi longtemps qu'il put sans que cela ne le mette trop en danger. Les yeux rivés sur le réveil, il écouta sa respiration régulière tandis qu'elle sombrait peu à peu dans le sommeil. Puis, incapable d'attendre davantage, il se glissa doucement hors du lit.

Aislinn souleva les paupières.

– Reste.

– Je vais à la salle de bains. Je reviens tout de suite.

Il lui adressa un grand sourire penaud, avec l'espoir qu'elle ne lui poserait pas de questions. Puisqu'elle ne lui mentait jamais, il faisait de son mieux pour suivre la même règle – même s'il n'y parvenait pas toujours.

Les yeux d'Aislinn se posèrent alors sur les bras du jeune homme ; il savait qu'aucun d'eux n'avait envie d'avoir la conversation qui allait suivre – elle lui dirait qu'elle ferait mieux de ne plus venir le voir lorsqu'elle était dans cet état, et lui paniquerait à l'idée qu'elle passe plutôt la nuit dans le loft du Roi de l'Été.

Aislinn eut une grimace.

– Désolée, je ne pensais pas t'avoir meurtri cette fois-ci...

Il pouvait soit poursuivre cette discussion, soit essayer de détourner l'attention de la jeune fille.

Un choix qui n'avait rien de difficile.

Quand Aislinn se réveilla, elle se souleva en appui sur un bras et contempla Seth endormi. Que ferait-elle si elle le perdait ? Parfois, elle avait l'impression qu'il était son seul repère au monde ; il était comme les lianes qui s'enroulaient autour des Filles de l'Été – le lien qui l'empêchait de perdre pied.

Et je lui ai fait mal. Encore une fois.

Elle voyait sur sa peau les contusions et les brûlures luisantes qu'elle lui avait infligées. Jamais il ne s'en plaignait, ce qui n'empêchait cependant pas Aislinn de s'inquiéter. Il était si fragile, plus encore que les plus faibles des fés. Elle effleura son épaule du bout des doigts, et il se serra contre elle. Malgré l'étrangeté de son existence ces derniers mois, depuis qu'elle était devenue la Reine de l'Été, Seth était resté à ses côtés. Il ne lui demandait pas de se comporter en mortelle ou bien en fée : il la laissait être elle-même. Un bienfait dont elle lui serait toujours redevable. *Lui-même* était un bienfait. Il l'avait soutenue en tout quand elle était mortelle ; et il avait pris davantage d'importance encore tandis qu'elle s'efforçait de mener une vie stable malgré son nouveau statut de souveraine féerique.

Seth ouvrit les yeux et la dévisagea.

– Tu as l'air complètement ailleurs...

– Je réfléchissais, c'est tout.

– À quoi ? demanda-t-il en relevant un sourcil orné d'un piercing.

Aislinn sentit son cœur s'emballer, de la même manière qu'à l'époque où elle avait essayé de rester seulement amie avec lui.

– Toujours les mêmes choses...

– Ça va aller, déclara-t-il, l'attirant à lui. On finira par trouver un moyen.

Elle enlaça le jeune homme et passa les mains dans ses cheveux. Elle songea qu'il lui fallait être prudente maintenant et modérer sa force afin de ne pas lui rappeler qu'elle était beaucoup plus puissante qu'une simple mortelle. *Que je ne suis pas de la même nature que lui. Que je suis immortelle...*

– Je veux que tout se passe bien, chuchota-t-elle, en s'obligeant à rejeter l'idée de la mortalité de Seth, de son caractère éphémère. Rassure-moi encore...

Le jeune homme posa ses lèvres sur celles d'Aislinn et lui parla sans qu'il soit besoin de mots. Puis il s'écarta d'elle et murmura :

– Quelque chose d'aussi bon peut durer toujours.

Faisant courir sa main le long du dos du jeune homme, Aislinn eut envie de laisser le soleil se répandre au bout de ses doigts – Seth la trouverait-il bizarre si elle le lui avouait ? Cela lui rappellerait-il à quel point elle s'était désormais éloignée du monde des mortels ?

– Si seulement on pouvait toujours rester ainsi. Juste tous les deux.

Une expression qu'elle ne put déchiffrer passa sur le visage de Seth, mais il l'attira à lui et elle cessa de penser et de parler.

1

La Reine de la Haute Cour se dirigea vers le vestibule avec un sentiment d'appréhension. D'ordinaire, elle exigeait qu'on lui amène ses visiteurs, mais cette fois, Sorcha ferait une exception : il était beaucoup trop risqué de laisser Bananach errer à sa guise dans l'hôtel.

Quelques mois plus tôt, Sorcha avait déplacé la Haute Cour à la frontière du monde des mortels, et l'avait installée dans un pâté d'immeubles dont elle avait pris possession. Quand on pénétrait dans ces lieux, on quittait le royaume mortel pour s'avancer à la lisière de celui des fés. Le domaine de Sorcha demeurait ainsi à l'écart des autres. Les règles des humains – leurs notions du temps et de l'espace, leurs lois naturelles – s'en trouvaient modifiées, même dans cet entre-deux où Sorcha avait installé sa cour.

Depuis des siècles, jamais la Reine ne s'était autant approchée du monde des mortels, mais puisque les autres cours étaient déstabilisées, Sorcha ne pouvait plus rester aussi éloignée qu'avant. Lorsqu'elle demeurait trop longtemps dans le royaume des humains, la situation devenait intenable pour eux. Aussi se tenait-elle à la lisière de leur monde, ce qui ne menaçait pas ce dernier. C'était là une solution raisonnable. Le jeune Roi de l'Été avait enfin trouvé la reine qu'il avait cherchée des siècles durant. Sa bien-aimée, Donia, régnait désormais sur la Cour de l'Hiver. Et Niall, celui qui avait failli faire vaciller Sorcha, avait accédé au trône de la Cour des Ténèbres. Rien d'inattendu à ces changements, mais ils étaient survenus en un clin d'œil.

Elle fit courir sa main le long de la rampe de l'escalier et effleura le bois lisse, en chérissant le souvenir d'un temps où tout avait été plus simple ; puis elle rejeta bien vite ce sentiment de nostalgie, qui n'était qu'un leurre. Elle régnait sur sa cour depuis tant de siècles qu'elle avait oublié depuis quand au juste. Elle était la Reine de la Haute Cour. Le cœur même de la Terre Féerique, la voix du monde lointain. Elle était la Reine Immuable.

L'alternative – son antithèse et sa jumelle, Bananach – se tenait à présent devant elle. Une lueur un peu folle dans le regard, elle s'approcha de Sorcha d'un pas mal assuré. Les pensées de chaos ou de discorde qui auraient pu traverser l'esprit de Sorcha étaient concentrées en réalité dans le cerveau de Bananach ; tant que celle-ci était là pour abriter ces sentiments, Sorcha se voyait épargner le fardeau désagréable que de telles pensées représentaient. Mais ce lien qui les unissait n'en était pas moins délicat.

– Cela fait longtemps, dit Bananach.

Ses gestes étaient hésitants et ses mains cherchaient des appuis, comme si elle avait besoin de se familiariser avec son environnement afin de s'ancrer dans la réalité.

– Cela fait longtemps que nous ne nous sommes pas vues, insista-t-elle.

Était-ce une question ou un constat ? Sorcha l'ignorait. Bananach, même dans ses moments de plus grande lucidité, avait toujours du mal à s'accommoder avec le réel.

– Ça n'est jamais aussi long que je le voudrais, répondit Sorcha en faisant signe à sa sœur de s'asseoir.

Bananach prit place sur un divan à fleurs. Elle secoua la tête, ce qui eut pour effet d'agiter les longues plumes de corbeau qui tombaient en cascade dans son dos et qui lui tenaient lieu de chevelure.

– De même pour moi. Je ne t'apprécie guère, tu le sais.

Sa franchise était déstabilisante, mais la Guerre n'avait que faire de délicatesse – et Bananach était l'essence même de la guerre et de la violence, de la charogne et du chaos, du sang et du désordre. La Cour des Ténèbres était peut-être l'adversaire de la Haute Cour, mais la véritable ennemie de Sorcha était Bananach. La cour de Niall ne pouvait ni maîtriser la femme-corbeau ni l'exclure totalement : elle était trop primale pour appartenir à la cour, trop rusée pour vivre sans les Fés des Ténèbres.

L'attention inébranlable que lui portait à présent Bananach, dont les yeux d'un noir abyssal pétillaient de manière désagréable, décontenançait Sorcha.

– Je me sens *moins* normale quand tu es près de moi, déclara la femme-corbeau.

– Dans ce cas, que fais-tu ici ?

Les serres de Bananach se mirent à pianoter sur la table – un rythme discordant, dépourvu d'harmonie ou de cohérence.

– Je suis venue te voir. Peu importe l'endroit où tu te trouves, je viendrai toujours.

– Pourquoi ? s'enquit Sorcha, qui se sentait prise au piège d'une conversation vieille de plusieurs siècles.

Sa jumelle pencha la tête, à la manière d'un oiseau en observation – à l'affût du moindre mouvement.

– Pourquoi aujourd'hui ? J'ai des choses à te dire. Des choses que tu veux savoir.

Sorcha resta impassible. Avec Bananach, mieux valait ne pas réagir, c'était plus sûr.

– Et pourquoi devrais-je accepter de t'écouter, cette fois ?

– Pourquoi pas ?

– Parce que tu ne m'es d'aucune aide, répliqua Sorcha, lasse de leur éternelle discorde.

Parfois, elle se demandait ce qui surviendrait si elle se débarrassait de Bananach. *Est-ce qu'alors je signerais là ma propre destruction ? Et celle de ma cour ?* Si elle avait connu la réponse à ces questions, si elle avait été certaine qu'elle pouvait tuer sa sœur sans les condamner tous, elle l'aurait fait des siècles plus tôt.

– Les fés ne mentent pas, chère sœur. Pourquoi refuserais-tu de m'écouter ? susurra Bananach. Tu es la Raison même, pas vrai ? Je t'offre la Vérité... il serait illogique de m'ignorer.

Sorcha soupira.

– Supposons que je t'écoute, les décisions que je mettrai ensuite en œuvre seront censées provoquer un certain chaos, n'est-ce pas ?

La femme-corbeau se mit à osciller sur place, donnant l'impression d'avoir subitement entendu un air de musique lointain qu'elle seule pouvait – ou désirait – percevoir.

– L'espoir fait vivre.

– Ou alors, *l'inaction* provoquera ce chaos... et tu viens m'inciter à agir en sachant que je refuserai de suivre tes conseils, ajouta Sorcha, pensive. Tu ne te lasses donc jamais de ce petit jeu ?

En quelques mouvements saccadés, Bananach pencha de nouveau la tête et claqua des dents, comme si elle avait eu un bec. C'était sa manière de rire – une curieuse habitude que la Reine de la Haute Cour n'aimait pas. La femme-corbeau la fixait avec intensité.

– Pourquoi m'en lasserais-je ?

– Oui, pourquoi, en effet ?

Sorcha s'assit sur l'une des innombrables chaises sculptées dans de l'eau, que son personnel avait disposées dans le vestibule. Les pierres précieuses brutes incrustées dans ces sièges les rendaient très inconfortables, mais accentuaient malgré tout leur beauté sauvage.

– Acceptes-tu donc de m'entendre, chère sœur ? insista Bananach en se penchant vers Sorcha.

Dans les yeux sombres de la femme-corbeau scintillaient des poussières d'étoiles – des constellations qui s'accordaient parfois au ciel des mortels. Ce jour-là, Scorpion, la bête qui avait tué Orion, se trouvait au centre de son regard.

– Parle, répondit Sorcha. Plus vite tu parleras, plus vite tu partiras.

L'attitude et le ton de Bananach changèrent : elle s'apaisa, s'appuya au dossier du canapé et croisa les doigts. Autrefois, des siècles plus tôt, ces conversations déplaisantes s'étaient tenues dans la pénombre, devant un feu de cheminée – quand la femme-corbeau aimait rendre visite à sa sœur pour lui confier en marmonnant ses futures machinations. Pourtant, même dans ce lieu presque somptueux, bâti par des mortels, Bananach se comportait comme si elle se trouvait encore au coin d'un feu, tandis que sa voix adoptait la cadence mélodieuse d'une conteuse.

– Trois des cours ne t'appartiennent pas, commença-t-elle. Celle qui devrait être mienne, la cour du soleil et celle du gel.

– Je sais ce...

Bananach fixa Sorcha et la coupa :

– Et ces cours connaissent une unité nouvelle : un jeune mortel se déplace de l'une à l'autre en toute liberté. Il chuchote à l'oreille de celui qui détient le trône qui devrait être le mien. Il écoute le nouveau Roi des Ténèbres et la nouvelle Reine de l'Hiver se lamenter de la cruauté du roitelet de l'Été.

– Où veux-tu en venir ? s'enquit Sorcha, qui ne savait jamais combien de temps les contes de sa sœur pouvaient durer.

Cependant, cette fois, le récit paraissait plus court. Bananach se releva brusquement, comme si elle avait aperçu au loin un spectre lui faisant signe d'approcher.

– La cruauté du roitelet est prometteuse. Je vais peut-être me mettre à apprécier la Cour de l'Été.

Elle tendit la main pour toucher quelque chose d'invisible. Puis, interrompant son geste, elle fronça les sourcils.

– Il refuse pourtant de me recevoir, ajouta-t-elle.

– En protégeant sa cour, Keenan ne fait que son devoir, murmura Sorcha d'un air absent.

Elle s'interrogeait sur la motivation véritable du récit de sa jumelle : en réalité, ce n'était pas la propension à la cruauté du Roi de l'Été qui importait, mais le rôle du jeune mortel dont Bananach venait de parler. Les humains n'auraient pas dû avoir voix au chapitre quand il s'agissait des affaires d'État ne concernant que les cours féeriques. Si les choses avaient été gérées correctement, les mortels n'auraient même pas dû être capables de *voir* les fés – mais quand on parlait de donner la Vue à certains d'entre eux, les objections de Sorcha étaient parfois ignorées.

Comme si ceux qui naissent dotés de la Vue ne nous causaient déjà pas assez d'ennuis.

C'était cependant des ennuis dont Bananach était avide. Ils pouvaient conduire à un désordre plus considérable encore. Sur ce point, du moins, les jumelles s'accordaient. À la différence près que l'une cherchait à empêcher tout désordre et l'autre, à le propager.

Des centaines d'instants en apparence insignifiants s'accumulaient pour créer les effets désirés par Bananach. C'était elle qui avait vivement encouragé Beira, la précédente Reine de l'Hiver, à assassiner Miach – le Roi de l'Été mort des siècles plus tôt et qui avait aussi été l'amant occasionnel de Beira. Bananach était le murmure qui suggérait à tous ce dont ils rêvaient en silence, mais qu'ils avaient généralement le bon sens de ne pas mettre en œuvre.

Sorcha n'avait nullement l'intention de laisser de nouveaux ennuis se développer en un désordre lui-même propre à générer le chaos.

– Les mortels n'ont pas à se mêler aux fés, déclara-t-elle. On ne devrait pas les autoriser à pénétrer dans notre monde.

La femme-corbeau se mit à pianoter sur la table de ses doigts munis de serres, sur un petit rythme apparemment satisfait.

– Mmmm. Ils font confiance à ce mortel. Les trois cours qui ne sont pas tiennes prêtent attention à ses paroles. Il a de l'influence... et il se trouve sous leur protection.

Sorcha lui fit signe de poursuivre.

– Raconte-moi ce que tu sais.

– Il partage la couche de la Reine de l'Été, non pas en tant que simple animal de compagnie, mais comme s'il était son consort. La Reine de l'Hiver lui a donné la Vue. Le nouveau Roi des Ténèbres le considère comme son « frère ».

Bananach se rassit et adopta une mine sombre, ce qui perturbait toujours Sorcha – rien d'étonnant à cela : quand la femme-corbeau se montrait plus sérieuse, elle n'en devenait que plus dangereuse.

– Et toi, chère sœur, tu n'as aucun contrôle sur lui. Celui-ci, tu ne peux l'enlever comme tu l'as fait avec d'autres demi-fés ou avec quelques petits animaux domestiques dotés de la Vue.

– Je vois, répondit Sorcha, impassible.

Elle savait que Bananach attendait, gardant pour la suite des informations qui anéantiraient ses dernières réserves de calme.

– Et Irial a eu lui aussi un animal domestique, une petite mortelle qu'il avait rendue dépendante de lui et qu'il chérissait, comme si elle avait été digne de se retrouver à la Cour des Ténèbres.

Sorcha parut désapprouver la conduite stupide d'Irial. Les mortels étaient trop fragiles pour supporter les excès de la Cour des Ténèbres. Le précédent Roi des Ténèbres aurait dû s'abstenir.

– A-t-elle succombé ? Ou bien est-elle devenue folle ?

– Ni l'un ni l'autre. Il a abdiqué à cause d'elle... tant la mortalité de cette créature l'a corrompu... Écœurant, cette façon qu'il avait de la chérir. Voilà pourquoi le nouveau souverain est sur le trône qui devrait m'appartenir.

Bananach continuait de jouer son rôle de conteuse, mais sa mauvaise humeur grandissait. La manière dont elle insistait sur certains mots, ce ton montant, puis descendant, qu'elle adoptait quand elle racontait une histoire : ces caractéristiques s'estompaient peu à peu et son discours se faisait plus saccadé. Sa convoitise pour le trône de la Cour des Ténèbres la perturbait ; et le fait qu'elle ne cesse d'en parler ne présageait rien de bon.

– Où est-elle ? demanda Sorcha.

– Elle n'a plus aucune influence sur lui à présent, répondit la femme-corbeau en agitant la main devant elle, comme pour écarter des toiles d'araignée invisibles.

– Dans ce cas, pourquoi me racontes-tu tout cela ?

L'expression de Bananach était indéchiffrable, mais la constellation qui luisait dans son regard se modifia, et celle des Gémeaux y apparut – les jumeaux.

– Je sais que nous avons toujours partagé... beaucoup de choses, répliqua-t-elle. J'ai pensé qu'il fallait que tu sois au courant, voilà tout.

– Je n'ai pas besoin d'entendre parler des jouets qu'Irial a cassés. C'est une habitude déplorable, mais je ne peux pas contrôler la dépravation de son ancienne cour, ajouta Sorcha avec un haussement d'épaules.

– Je pourrais peut-être... commença sa sœur avant de pousser un soupir plein de désir.

– Non, tu n'y parviendrais pas, répliqua Sorcha. Si tu étais leur reine, tu détruirais le peu de maîtrise d'eux-mêmes qui leur reste.

– C'est possible, soupira de nouveau la femme-corbeau. Imagine cependant les batailles que nous pourrions nous livrer... j'arriverais devant toi, vêtue de sang et...

– Ce n'est pas en me menaçant que tu parviendras à me convaincre de t'aider, lui rappela la Reine de la Haute Cour, même si elle savait que ce point était discutable.

En effet, Bananach ne pouvait s'empêcher de rêver de guerre, pas plus que Sorcha ne pouvait résister à son penchant pour l'ordre.

– Jamais je ne te menace, ma sœur, je te fais seulement part d'un rêve qui me tient à cœur.

À ces mots, Bananach vint s'accroupir devant Sorcha, si vite que cette dernière ne vit qu'une forme confuse se précipiter vers elle. Les plumes de la femme-corbeau effleurèrent le visage de la reine.

– Un rêve qui me réchauffe la nuit quand je manque de sang pour mon bain, ajouta-t-elle.

Ses serres tapotaient à présent les bras de Sorcha sur un rythme plus régulier, laissant de petites marques en forme de croissant de lune sur la peau de la Reine de la Haute

Cour. Celle-ci conservait pourtant son calme, malgré la colère qui affleurait.

– Tu ferais mieux de partir, dit-elle.

– Je devrais, oui. Mes pensées s'embrouillent en ta présence.

Bananach embrassa le front de Sorcha, avant d'ajouter :

– Le jeune mortel s'appelle Seth Morgan. Il nous voit sous notre vraie forme. Il en sait beaucoup sur nos cours. Même sur la tienne. Bizarrement, il a... un sens moral.

Alors que Sorcha sentait les plumes de sa sœur errer autour de son visage, des bribes de fureur menacèrent de la submerger. La logique et le calme qu'elle incarnait étaient mis au défi dès qu'elle se trouvait face aux sujets les plus puissants de la Cour des Ténèbres. Ni les Fés de l'Été ni ceux de l'Hiver n'étaient capables de la faire sortir de ses gonds. De même, les fés solitaires ne pouvaient agiter l'étang sans vagues qui reposait au fond de son esprit. Seuls les Fés des Ténèbres lui donnaient envie de perdre toute retenue.

Rien d'absurde à cela. Puisqu'ils me sont par nature opposés.

Bananach frotta sa joue contre celle de sa sœur.

La reine éprouva l'impérieux besoin de frapper la femme-corbeau. Il aurait été logique que Bananach l'emporte : elle était la violence à l'état pur. Rares étaient les fés capables de lui résister en combat rapproché – et la Reine de l'Ordre n'en faisait pas partie. Pourtant, à cet instant, la tentation d'essayer grandit en elle.

Un seul coup. N'importe lequel.

Bananach lui avait infligé tant de petites blessures que la peau de ses bras était parcourue de picotements.

La tête de la femme-corbeau s'inclina de nouveau sur le côté, agitée par de petits mouvements saccadés. Alors qu'elle s'écartait de sa sœur, ses plumes parurent murmurer.

– Ta vue me lasse, déclara-t-elle.

– La tienne aussi, rétorqua Sorcha.

La reine resta immobile et n'essuya pas le sang qui gouttait sur le sol. Le moindre geste l'obligerait à se mesurer à Bananach ou ne servirait qu'à intensifier la colère de cette dernière. Et dans un cas comme dans l'autre, Sorcha se retrouverait couverte de blessures supplémentaires.

– La vraie guerre approche, annonça Bananach.

Fumées et brumes s'infiltrèrent dans la pièce. Des silhouettes presque indistinctes de fés et de mortels tendaient des mains ensanglantées. Le ciel s'emplit d'ailes de corbeaux illusoires, dont les bruissements ressemblaient à ceux d'épis de maïs séchés. Bananach sourit. Ses ailes, pas encore tout à fait visibles, s'ouvrirent lentement dans son dos : des ailes qui s'étaient déployées au-dessus d'innombrables champs de bataille au cours des siècles passés – et le fait de les voir apparaître dans un lieu censé être pacifique ne présageait rien de bon.

– Je me contente de suivre les règles, dit-elle tout en étirant ses ailes. Et de te prévenir. Fléaux, massacres et cendres s'abattront sur leur monde et sur le tien.

Sorcha demeurait toujours impassible, mais elle aussi percevait les fils de ces avenirs possibles. Et les prédictions de sa sœur avaient des chances de s'accomplir.

– Je ne te laisserai pas provoquer ce genre de guerre. Ni maintenant. Ni jamais.

– Vraiment ?

L'ombre de Bananach grandit, pareille à une tache ténébreuse sur le sol.

– Dans ce cas, reprit-elle, la balle est dans ton camp, chère sœur...

2

Seth observait Aislinn, qui discutait avec les conseillers de la cour, s'exprimant beaucoup plus énergiquement avec les fés qu'avec les mortels. Devant eux, sur la table, la jeune fille avait étalé les documents et les graphiques qui présentaient son nouveau projet.

Quand elle était assise là, dans le loft de Keenan, où les plantes hautes et une foule de fés remplissaient l'espace, il était facile d'oublier qu'elle n'avait pas toujours été l'une des leurs. Les végétaux se penchaient vers elle, épanouis en sa présence. Dès qu'elle entrait dans une pièce, les oiseaux qui nichaient dans les colonnes l'accueillaient. Ses sujets rivalisaient pour attirer son attention, chacun cherchant à passer un instant près d'elle. Après des siècles d'affaiblissement constant, la Cour de l'Été avait recommencé à prospérer – grâce à Aislinn. Au début, le fait d'être l'objet de tous les regards avait paru la mettre mal à l'aise, mais elle était désormais tellement dans son élément que Seth se demandait combien de temps il lui faudrait pour abandonner le monde des mortels – et lui avec.

– Si nous attribuons les différentes régions comme ceci... dit-elle en indiquant un de ses schémas.

Mais Quinn, le conseiller qui avait récemment remplacé Niall, s'excusa et laissa Tavish expliquer encore une fois à Aislinn pourquoi il estimait que son projet était inutile.

Quinn s'assit lourdement sur le canapé, près de Seth. D'apparence et de tempérament, il était l'antithèse de Niall. Alors que ce dernier, en dépit d'un physique presque quelconque, possédait une aura naturelle, Quinn semblait devoir faire beaucoup d'efforts pour atteindre un certain degré de sophistication et d'affectation. Il prenait soin d'avoir toujours des mèches ensoleillées dans sa chevelure, une peau bronzée et des vêtements qui soulignaient son aisance matérielle. Il y avait cependant plus important : alors que la voix de Niall avait été capable de dissiper la mélancolie ou les colères de Keenan, celle de Quinn paraissait plutôt entretenir l'humeur du Roi de l'Été, quelle qu'elle soit. Voilà pourquoi Seth se méfiait du nouveau conseiller.

Quinn se renfrogna.

– Elle ne se montre pas raisonnable. Il est impossible que le roi exige que nous...

Voyant que Seth le dévisageait fixement, il s'interrompit.

– Quoi ?

– Tu crois vraiment que Keenan lui dira non ? Qu'il pourrait lui refuser quoi que ce soit ?

À cette idée, Seth faillit éclater de rire.

– Évidemment, répondit Quinn, comme offensé.

– Tu te trompes.

Seth regarda sa petite amie, la Reine de la Cour de l'Été,

qui resplendissait, comme si de petits soleils étaient piégés sous sa peau.

– Tu as encore beaucoup à apprendre, poursuivit le jeune homme. À moins qu'Aislinn n'abandonne son idée, Keenan acceptera de concrétiser son projet.

Pendant ce temps, Tavish, le plus ancien conseiller, répétait une nouvelle fois à Aislinn :

– La cour a toujours été gérée ainsi.

– De même que la cour a toujours été dirigée par un monarque, n'est-ce pas ? Et c'est encore le cas. Je ne te demande pas d'être d'accord avec moi, simplement de me soutenir.

La jeune fille rejeta ses cheveux derrière son épaule. Ils étaient toujours aussi noirs que ceux de Seth, exactement comme ils l'avaient été quand elle était humaine, mais maintenant qu'elle était l'une des leurs, ils étaient parsemés de mèches dorées.

Tavish haussa la voix, ce qui n'avait pas été dans ses habitudes avant qu'Aislinn ne rejoigne la cour :

– Ma reine, tout de même...

– Tes « ma reine » sont inutiles, Tavish, l'interrompit-elle en lui donnant une petite tape sur l'épaule.

De minuscules étincelles crépitèrent sur la peau de la jeune fille.

– Loin de moi l'idée de vous offenser, reprit le conseiller en lui adressant un sourire conciliant. Mais ce projet d'avoir un gouverneur par région est insensé.

Irritée, la jeune reine laissa de petits arcs-en-ciel s'échapper à travers la pièce.

– Insensé ? Selon toi, il serait insensé de structurer notre cour afin d'assurer la sécurité de nos sujets et de leur garantir de l'aide en cas de besoin ? Nous sommes responsables de nos fés. Comment en prendre soin si nous ne sommes pas en contact régulier avec eux ?

Pourtant, Tavish refusait de céder et reprit :

– Un changement aussi radical...

Seth cessa de les écouter. Plus tard, quand elle tâcherait de trouver un sens à cette conversation, Aislinn lui récapitulerait tout. *Inutile de l'entendre deux fois.* Il s'empara d'une télécommande et passa rapidement d'une musique à l'autre avant de choisir la chanson des Living Zombies – celle dont Aislinn et lui avaient parlé la semaine précédente – et de monter le son.

Tavish affichait une expression qui avait tout de l'appel à l'aide. Seth l'ignora, mais Quinn se leva en grommelant et retourna devant la table, désireux de prouver son efficacité.

À cet instant, Keenan entra dans la pièce, accompagné de plusieurs Filles de l'Été. Elles embellissaient de jour en jour, semblait-il. Avec l'approche de l'été, à mesure que les souverains gagnaient en puissance, leurs sujets paraissaient s'épanouir.

– Keenan, mon roi, commença aussitôt Tavish, je pourrais peut-être expliquer à Votre Majesté que...

Mais il se tut en apercevant l'expression de fureur qu'affichait le Roi de l'Été.

En réponse à l'humeur versatile du fé, une vive lumière jaillit de la peau déjà scintillante d'Aislinn, si éclatante qu'elle aveugla Seth. Sans même en avoir conscience, la jeune fille projetait des rayons solaires en direction de Keenan, pareils à des mains immatérielles. Ces derniers mois, le lien qui l'unissait au Roi de l'Été n'avait cessé de se renforcer.

Et ça craint.

Il suffisait à Keenan de la regarder pour qu'elle s'empresse de venir le rejoindre, oubliant documents, discussions et conseillers – oubliant tout, excepté Keenan. Elle allait vers lui et le reste du monde devait marquer une pause lorsque le Roi de l'Été affichait sa colère.

C'est son travail. Les affaires de la cour sont sa priorité.

Seth aurait préféré ne pas s'en irriter. Il avait déployé de nombreux efforts pour devenir la personne qu'il était à présent – quelqu'un capable de maîtriser ses sautes d'humeur et qui, malgré son côté sardonique, ne s'autorisait jamais la moindre remarque cruelle vis-à-vis d'autrui. Ses sombres penchants, il les canalisait dans sa peinture et sa sculpture. L'art et la méditation lui permettaient de sauvegarder sa paix intérieure, mais Keenan mettait à l'épreuve ces progrès qui lui avaient demandé tant de courage. Évidemment, Seth comprenait l'importance qu'il y avait à consolider la Cour de l'Été après des décennies passées à subir le froid ; pourtant, il semblait parfois au jeune homme que Keenan exagérait des soucis mineurs dans le seul but de monopoliser l'attention d'Aislinn. Depuis des siècles, le souverain estimait que la plus triviale de ses pensées ou de ses envies était de la plus haute importance. Maintenant que cette arrogance s'accompagnait d'un pouvoir certain, il n'était pas près de modérer ses exigences.

Tavish fit signe aux Filles de l'Été de le suivre et les conduisit à la cuisine. Depuis que Niall était parti et que Keenan tentait de réinstaurer l'autorité royale – sans parler des nouveaux pactes qu'il tâchait de conclure avec les autres cours – Tavish était chargé d'aider les Filles de l'Été à acquérir un peu d'autonomie. Seth trouvait plutôt cocasse que passer des heures en compagnie de très belles jeunes filles puisse être considéré comme un travail, mais personne ne semblait partager son humour. À la Cour de l'Été, l'échelle des valeurs n'avait pas grande logique aux yeux d'un mortel – chose qu'on rappelait souvent au jeune homme.

Tandis que Keenan relatait un énième problème de gouvernement, Seth rassembla ses affaires et se leva. Il attendit qu'Aislinn regarde dans sa direction pour lui annoncer :

– J'y vais, Ash.

Elle alla le rejoindre et se plaça devant lui, sans pourtant le toucher. Non parce qu'elle ne pouvait pas tendre les bras vers lui, mais parce qu'elle était encore hésitante avec lui. Ils n'étaient ensemble que depuis quelques mois. Et même si Seth avait du mal à résister à la tentation de leur montrer à tous que la jeune fille était d'abord *sienne*, il ne fit pas mine de la toucher. Il se contenta d'attendre, immobile, sans la contraindre à quoi que ce soit. C'était la seule manière de se comporter avec elle, il l'avait saisi plus d'un an auparavant. Il attendit. La tension monta entre eux. Quand soudain, elle se blottit dans ses bras en soupirant.

– Excuse-moi. Il faut que je...

Elle jeta un coup d'œil préoccupé à Keenan.

– Des trucs à régler à la cour, tu comprends ?

– Oui.

Seth avait passé plus d'heures qu'il n'aurait voulu à écouter Aislinn parler de ses nouvelles responsabilités et tâcher de les assimiler, sans être capable de l'aider. Elle avait toujours une longue liste de questions qui requéraient son attention, et lui ne pouvait rien faire d'autre que de patienter.

– Mais c'est toujours d'accord pour aller au *Crow's Nest* demain soir ? demanda-t-elle sur un ton inquiet.

– Je t'y retrouverai.

Il se sentit coupable de se montrer ainsi égoïste et d'ajouter aux soucis d'Aislinn. Il enroula ses doigts dans les cheveux de la jeune fille et les tira avec douceur pour qu'elle rejette la tête en arrière et l'embrasse. Lorsqu'elle était nerveuse ou bouleversée, ses baisers brûlaient les lèvres et la langue de Seth – une douleur loin d'être insupportable, mais suffisamment intense pour rappeler au jeune homme qu'elle n'était plus celle qu'il avait connue. Quand il s'écarta d'Aislinn, la sensation de brûlure s'était estompée, preuve qu'elle était apaisée.

– Je ne sais pas ce que je ferais sans toi... murmura-t-elle. Tu en as conscience, n'est-ce pas ?

Il resta muet mais ne la lâcha pas. La tenir dans ses bras était la meilleure réponse qu'il pouvait lui offrir. Tôt ou tard, il ne serait plus à ses côtés : il était mortel. C'était pourtant un sujet de discussion qu'elle refusait d'aborder. Il avait déjà essayé de lui parler, mais chaque fois, elle l'avait interrompu avec des larmes ou des baisers – ou bien les deux. À moins qu'ils ne trouvent un moyen pour que Seth puisse un jour appartenir à son nouvel univers, le jeune homme finirait par mourir, et ce serait au tour de Keenan de la tenir dans ses bras. Plusieurs choses le tracassaient : le fait qu'il n'ait pas envie de s'engager pour le lendemain soir, l'idée de devoir tout mettre de côté afin de convaincre Aislinn de lui faire confiance, mais aussi de devoir penser à une hypothétique existence éternelle. Lui-même n'avait jamais vraiment songé à s'établir ni à se marier, mais depuis qu'elle était dans ses bras et dans sa vie, il ne pouvait plus s'imaginer ailleurs qu'à ses côtés.

Le Roi de l'Été s'était approché de la table et examinait les schémas, les notes et les graphiques d'Aislinn. En dépit de l'étrangeté de la situation, Keenan mettait un point d'honneur à ce que Seth et Aislinn aient un peu d'intimité. Malgré tout, il lui était à l'évidence difficile de s'éloigner d'Aislinn.

Et elle de Keenan.

Quinn toussota pour attirer leur attention.

– Si tu es prêt, je te raccompagne, proposa-t-il à Seth.

Le jeune homme n'était jamais prêt quand il s'agissait de se séparer de sa bien-aimée, mais il ne voyait pas non plus quel intérêt il aurait eu à rester dans le loft, à la regarder tandis qu'elle se concerterait avec Keenan. Elle avait du travail.

Et Seth, qu'avait-il ? Aislinn. Rien d'autre. Aislinn, son monde et ses besoins. Il vivait à la lisière de ce nouvel univers, dans lequel il n'avait aucun rôle, aucun pouvoir, aucun désir non plus de s'en éloigner. Il n'était pas certain de savoir quoi faire pour pénétrer plus avant dans son monde à elle.

Et dire qu'elle ne veut même pas qu'on en discute.

– À demain, lui lança-t-il avant de l'embrasser une dernière fois et de suivre Quinn en direction de la sortie.

3

Donia était chez elle – *dans la demeure de Beira* – quand Keenan et Aislinn arrivèrent à l'improviste. Ce n'était pas l'endroit que la Reine de l'Hiver préférait, mais elle avait pris l'habitude d'y gérer ses affaires, gardant sa petite maison pour tout ce qui touchait à sa vie privée ; un espace où seuls Evan et quelques gardes triés sur le volet avaient le droit de pénétrer.

Sans oublier Keenan. Toujours Keenan.

Lorsque le Roi de l'Été, dont les cheveux cuivrés brillaient comme un phare, franchit le seuil de la porte ornée de sculptures ridicules, Donia eut envie d'aller à lui et, un court instant, de faire comme si tout ce qu'ils partageaient, les décennies de leur histoire commune, lui donnaient le droit de se montrer familière avec lui. Ce n'était pas le cas. Surtout quand Aislinn était à ses côtés. L'attention que Keenan prêtait aux moindres gestes et pensées de sa reine frisait alors l'obsession.

Ash s'offusquerait-elle si j'allais à la rencontre de Keenan ?

D'une certaine façon, la Reine de l'Hiver en doutait : lors

du Solstice d'Hiver, c'était la Reine de l'Été en personne qui avait arrangé son rendez-vous amoureux avec Keenan ; qui avait insisté sur le fait que Keenan aimait Donia – même si lui-même ne l'avait jamais formulé à haute voix. Malgré tout, en présence d'Aislinn, le Roi de l'Été refusait de laisser transparaître la moindre émotion envers Donia.

Ainsi, ils se tenaient tous les trois un peu gauchement dans le vestibule, entourés de plusieurs filles-aubépines qui les observaient posément depuis les bancs d'église alignés contre les murs. Sacha, le loup de Donia, était couché sur le sol ; il leva la tête, jeta un bref coup d'œil aux souverains de l'Été, puis referma les yeux.

Evan, cependant, n'était pas aussi calme. Il se pencha vers Donia.

– Souhaitez-vous que je reste auprès de vous ?

Elle acquiesça. Ces temps-ci, Evan était son ami le plus proche. Elle devinait qu'il l'avait été des années durant, avant même qu'elle admette que l'attitude protectrice du garde et son omniprésence ne relevaient pas du simple devoir. Donia avait d'abord cru qu'il avait été chargé de la surveiller, car tous les autres soldats de Keenan la craignaient, mais lorsqu'elle était devenue la nouvelle Reine de l'Hiver, Evan avait quitté la Cour de l'Été pour demeurer à ses côtés. Elle tendit la main pour serrer celle du garde, un signe muet de gratitude.

– Et les autres ? murmura-t-il.

– Qu'ils restent à l'intérieur. Nous allons nous installer à l'arrière. Si vous voulez bien me suivre ? ajouta-t-elle en élevant la voix.

Keenan s'approcha d'elle, sans pourtant la toucher ; sans

même effleurer sa main du bout des doigts. Il connaissait la maison – sa mère, Beira, la précédente Reine de l'Hiver, avait vécu là – aussi bien que Donia, et il ouvrit la porte pour laisser passer les deux souveraines. Il pénétra à son tour dans le jardin d'hiver. La neige et la glace qui recouvraient tout fondaient dans son sillage.

Mieux vaut les recevoir à l'extérieur, à l'écart de mes fés, songea Donia. Elle ne voulait pas prendre de risque et mettre ses sujets en danger – autant Aislinn contrôlait ses émotions, autant Keenan, même dans ses bons jours, était d'humeur versatile.

Donia savait que si elle le dévisageait assez longtemps, elle verrait des orages exploser dans les yeux du Roi de l'Été. À l'époque où ils étaient ensemble, ces éclairs l'avaient fascinée. À présent, ils lui semblaient trop lumineux, trop brefs, trop extrêmes.

– Soyez les bienvenus, leur dit-elle.

Elle leur indiqua l'un des bancs de bois éparpillés à travers le jardin – des sièges sans vis ni chevilles, ingénieusement conçus par des artisans.

Keenan ne bougea pas. Aussi inaccessible qu'il l'avait été la plupart du temps qu'ils avaient été ensemble – une attitude qui suscitait toujours chez Donia une impression de manque.

– As-tu des invités dans la maison ? s'enquit-il.

– Cela ne te regarde pas, répliqua-t-elle.

Pas question de lui répondre. Pas maintenant.

Sous le banc était tapi un renard des neiges, dont seuls les yeux et le museau étaient visibles. Le reste de son corps se confondait avec le sol, d'une blancheur éclatante.

À l'approche d'Aislinn et de Keenan, dont la présence réchauffait l'air ambiant, l'animal s'enfuit comme une flèche vers le haut mur qui entourait le jardin intérieur, flanqué d'un talus de neige plus épais. Donia n'avait pas aimé la reine précédente, mais elle adorait, littéralement, ce lieu – au moins, Beira avait réussi quelque chose. Les murs et le toit lui permettaient de jouir d'un peu de temps hivernal tout au long de l'année : c'était un sanctuaire où elle et ses fés pouvaient se ressourcer.

Donia s'assit sur l'un des bancs.

– Cherches-tu quelqu'un en particulier ? demanda-t-elle à Keenan.

Celui-ci, toujours debout, lui décocha un regard exaspéré.

– Bananach a été aperçue non loin d'ici.

Aislinn posa une main apaisante sur le bras du roi.

– Même si je suis certaine que l'on prend soin de toi ici, commença-t-elle en adressant un sourire éblouissant à Evan, qui s'était placé derrière Donia, Keenan voulait voir si tu allais bien. Pas vrai, Keenan ?

Celui-ci dévisagea Aislinn, cherchant dans son regard de l'assurance ou une précision – *difficile de savoir, avec eux.*

– Je ne veux pas que tu voies Bananach, déclara-t-il.

Aux pieds de Donia, dont la mauvaise humeur était grandissante, le sol se couvrit d'un peu plus de neige.

– Pourquoi es-tu là, au juste ?

De minuscules éclairs jaillirent dans les yeux du Roi de l'Été.

– J'étais inquiet.

– À quel propos ?

– Inquiet à ton sujet.

Il s'approcha d'elle, envahissant son espace, comme pour la pousser dans ses retranchements. Même si elle était maintenant son égale, il ne respectait pas ce genre de limites. Il passa une main dans ses cheveux cuivrés. Et elle, pareille à une mortelle ensorcelée, ne pouvait détacher ses yeux de lui.

– Tu t'inquiètes vraiment pour moi ou tu essaies plutôt de me dicter ma conduite ?

Donia, en apparence aussi paisible que l'hiver avant qu'éclate la tempête, sentait la glace bouillonner en elle.

– Quand la Guerre est à ta porte, cela *me* préoccupe, rétorqua-t-il. Niall est furieux contre moi et... je refuse que les sujets de la Cour des Ténèbres s'approchent de toi.

– Ce n'est pas à toi d'en décider. Il s'agit de *ma* cour, Keenan. Si j'ai envie d'écouter Bananach...

– Tu l'écoutes donc ?

– Si Bananach ou Niall viennent me rendre visite, je les recevrai. Tout comme je le ferai avec Sorcha ou avec les plus puissants des fés solitaires... tout comme je te reçois, toi, ajouta-t-elle d'une voix posée.

Elle fit un signe aux filles-aubépines qui se tenaient sur le seuil du jardin. Les fées, perpétuellement silencieuses, s'approchèrent d'un pas fluide et attendirent les instructions de leur reine. Elles étaient devenues la famille que Donia n'espérait pas trouver à la Cour de l'Hiver. Elle leur sourit ; cependant, en s'adressant de nouveau à Keenan, elle ne chercha pas à cacher son irritation :

– Matrice, l'une de mes filles-aubépines, va vous raccompagner. À moins qu'il n'y ait des sujets plus personnels que tu souhaites aborder ?

Les yeux du souverain s'enflammèrent de nouveau, illuminant son visage d'un éclat étrange.

– Non, je ne crois pas, répliqua-t-il sur un ton agressif.

Protectrice à l'extrême, Matrice plissa les yeux.

– Eh bien, dans ce cas, nous en avons terminé, répondit Donia, refusant de lui montrer qu'elle était tentée de le toucher pour apaiser sa mauvaise humeur. Matrice ?

L'espace d'un instant, la colère de Keenan s'estompa.

– Don ?

Elle céda alors et effleura son bras – tout en regrettant que ce soit elle, encore une fois, qui ait à faire le premier pas.

– Si tu veux me voir *moi*, et non la Reine de l'Hiver, tu es le bienvenu chez moi, dans ma maison. J'y serai en fin de journée.

Il acquiesça, sans pourtant rien promettre. Il ne le pouvait pas, au cas où sa reine ait besoin de lui.

Un instant, Donia éprouva de la haine envers Aislinn. *Si elle n'était plus là...* Évidemment, si Aislinn n'était pas devenue Reine de l'Été, Keenan serait encore en quête de celle qui pourrait le libérer, en train de courtiser une énième mortelle.

Au moins, il m'appartient en partie désormais. C'est mieux que rien. C'était ce dont elle s'était convaincue au début. Mais tandis qu'il s'éloignait, prenant la main qu'Aislinn lui tendait en suivant les filles-aubépines vers la maison, Donia se demanda si cette situation était vraiment idéale.

Ce soir-là, Donia rentra à pied chez elle, une sensation de solitude dans le cœur. Bien entendu, Evan était sur ses talons. Et si elle avait prêté attention au monde environnant, elle aurait aperçu les taches floues que formaient les ailes des filles-aubépines dans l'ombre, entendu le tintement de la fourrure d'une fée-louve. Un an plus tôt, ces détails l'auraient terrorisée ; à l'époque, Evan était encore un sujet de Keenan, et la présence de Fés de l'Hiver – émissaires de la défunte Reine de l'Hiver, porteurs de menaces et d'avertissements – était toujours le signe avant-coureur d'un conflit.

Tant de choses avaient changé depuis lors. Parmi celles-ci, Donia elle-même. En revanche, l'impérieux désir qu'elle éprouvait pour Keenan était toujours semblable, tant elle avait besoin de son attention, de son approbation, de ses mains.

Tandis qu'elle réfléchissait aux conséquences que ce désir avait entraînées dans son existence, des larmes gelées coulèrent de ses yeux et tombèrent en résonnant sur le sol. Elle s'était dépouillée de sa mortalité avec l'espoir qu'elle pouvait devenir *sa* reine. *Ça n'a pourtant pas été le cas.* Elle l'avait observé faire la cour à d'innombrables mortelles, tout en prétendant que cela ne la heurtait pas. *J'ai pourtant eu si mal.* Pour l'aider dans sa quête d'une reine, elle avait de son plein gré accepté les menaces de mort de Beira. *Je ne suis pourtant pas morte.*

En définitive, elle se retrouvait à la tête de la cour qui avait accablé et oppressé celle de Keenan pendant des siècles – et les sujets de Donia auraient aimé qu'il en soit encore ainsi. Des changements trop rapides ne leur étaient pas bénéfiques. La Cour de l'Hiver exerçait une certaine pression sur elle, souhaitant que par la force elle rappelle au Roi de l'Été qu'ils n'avaient rien perdu de leur puissance. Tandis que, dans l'obscurité, quand ils étaient seulement tous les deux, Keenan lui murmurait avec douceur des mots de paix et d'équilibre.

Je suis toujours entre deux eaux... à cause de lui. Alors qu'il m'abandonnerait pour suivre Aislinn si elle le lui demandait...

Elle s'en voulut de s'appesantir sur ces questions, et même seulement d'y penser ; elle essuya brusquement ses larmes. Il ne lui appartenait pas, jamais il ne serait vraiment sien, mais elle ne pouvait s'empêcher d'être terrifiée face au caractère inéluctable de cette vérité.

Donia grimpa les marches qui menaient à sa porte.

Il était là, qui l'attendait. Son beau visage creusé de rides d'inquiétude. Ses mains tendues vers elle.

– Don ?

Dans sa voix, elle perçut tout le désir qu'elle-même avait éprouvé pour lui quelques instants plus tôt.

Toute sa clarté d'esprit s'évanouit alors qu'il lui ouvrait grands ses bras. Elle s'y glissa et l'embrassa, sans se soucier de garder sous contrôle la glace qui était en elle, se moquant bien de le meurtrir ou non.

Il s'arrêtera.

Mais plutôt que de la repousser, il la serra contre lui. La terrible lumière solaire qui émanait de sa peau brilla plus vivement. La neige qui s'était mise à tomber autour d'eux fondait en grésillant, aussi vite qu'elle apparaissait.

Elle avait le dos appuyé contre la porte, qu'elle n'avait pas encore déverrouillée. Pourtant, elle s'ouvrit toute grande et Donia, d'un seul coup d'œil, comprit que Keenan avait fait fondre la serrure.

Ce n'est pas encore le Solstice. On ne devrait pas... on ne peut pas...

Elle avait à présent des zébrures brûlantes là où il l'avait touchée, et des ampoules se formaient sur ses lèvres. Elle enfouit la main dans la chevelure de Keenan et le pressa plus fort contre elle. Du givre s'étala sur le cou du roi.

Il va s'arrêter. Moi aussi. D'une seconde à l'autre.

Ils étaient maintenant sur le canapé et de minuscules flammes consumaient le coussin au-dessus de sa tête. Elle laissa l'hiver s'échapper davantage. La pièce se remplit de flocons qui éteignaient en sifflant les feux de Keenan.

Je suis plus puissante que lui. Je devrais être capable de m'arrêter.

Mais il ne cessait de la toucher. Keenan était là et il la touchait. Elle ne voulait pas que cela s'arrête. Peut-être cela allait-il fonctionner. Tout irait bien entre eux. Elle ouvrit les yeux, le dévisagea, et son éclat l'éblouit.

– Tu es à moi... murmurait-il entre deux baisers.

Leurs vêtements se consumaient, puis les flammes s'éteignaient en fumant, étouffées par la neige, pour être ravivées de plus belle. La peau de Donia était couverte de cloques, là où il l'avait agrippée. Keenan avait le torse et le cou parsemés de plaques gelées.

Elle poussa un cri. Il s'écarta d'elle, accablé de chagrin.

– Don... Je n'ai pas fait exprès de... hésita-t-il avant de se redresser pour regarder les bras meurtris de la reine. Loin de moi l'idée de te faire du mal.

– Je le sais.

Elle se laissa tomber sur le sol, le laissant seul sur le canapé qui se consumait toujours.

– Je voulais juste bavarder, ajouta-t-il en l'observant d'un air prudent.

Elle se concentra sur la glace qui était en elle, et non sur le fait qu'il se tenait encore si proche.

– À propos de nous ou d'autre chose ?

– Les deux.

Il grimaça alors qu'il essayait de renfiler sa chemise en lambeaux.

Elle le regarda la reboutonner, comme si cela avait pu l'aider à la remettre en place. Pendant qu'il s'affairait ainsi, aucun d'eux ne parla. Puis elle finit par demander :

– Est-ce que tu m'aimes ? Même un peu ?

Les mains de Keenan s'immobilisèrent.

– Quoi ?

– Est-ce que tu m'aimes ?

Il la fixa du regard.

– Comment peux-tu me poser une question pareille ?

– Réponds.

Il fallait qu'elle l'entende le lui dire. Qu'elle sache.

Il resta muet.

– Pourquoi es-tu là ? reprit-elle.

– Pour te voir. Pour être près de toi.

– Pour quelle raison ? Ton désir ne me suffit pas.

Malgré cet aveu, elle ne versa aucune larme. Elle ne fit rien qui puisse lui montrer à quel point son cœur se brisait.

– Dis-moi qu'il y a plus que cela entre nous. Quelque chose qui ne pourra pas nous détruire.

Il était pareil à une effigie solaire, toujours aussi resplendissant, mais les paroles qui suivirent furent moins brillantes :

– Don. Tu sais parfaitement qu'il y a plus que cela. Tu *sais* ce qu'il y a entre nous.

– Vraiment ?

Il tendit vers elle sa main encore couverte d'engelures, qui guérissaient peu à peu.

Voilà ce que nous nous infligeons constamment.

Donia se releva et sortit de la maison. Elle ne voulait plus être témoin de toute cette destruction.

Keenan la suivit.

Elle s'appuya contre le mur, près de la porte. *Combien de fois me suis-je tenue là, à m'efforcer de rester à distance de lui ou de l'ancienne Reine de l'Hiver ?* Elle refusait que se répète ce qui s'était passé la dernière fois que l'Hiver et l'Été avaient essayé de s'unir.

– Je ne veux pas que nous nous anéantissions comme tes parents l'ont fait, chuchota-t-elle.

– Nous ne sommes pas comme eux, répliqua-t-il sans la toucher, avant de s'asseoir sur la véranda. Tu n'es *pas* Beira. S'il y a une chance pour que ça marche entre nous, je n'ai pas l'intention de t'abandonner.

– Tout ceci, répondit-elle en indiquant la maison derrière elle, n'a rien de bon.

– Nous nous sommes laissés aller un instant.

– Oui, et ce n'est pas la première fois.

– Je sais, mais... nous pouvons trouver une solution. Je n'aurais pas dû te tendre les bras. Cependant, tu pleurais et... j'ai fait une erreur, dit-il en serrant la main de Donia. Près de toi, je perds toute retenue.

– Moi aussi, répliqua-t-elle en se tournant vers lui. Personne ne provoque ma colère ou ne me transporte de joie autant que toi. Je t'aime depuis presque toujours, mais la situation actuelle me déplaît.

Il se figea.

– Quelle situation ?

Elle eut un rire bref.

– Ce genre de petit jeu marche peut-être avec ton autre reine, mais moi, je te connais, Keenan. Et j'ai bien vu à quel point vous étiez de plus en plus proches l'un de l'autre.

– Elle est ma reine.

– Et sa présence auprès de toi va raffermir la puissance de ta cour, ajouta Donia en secouant la tête. Je le sais bien. Je l'ai toujours su. Jamais tu ne seras vraiment mien.

– Elle a Seth.

Donia contemplait les filles-aubépines qui voletaient entre les arbres. Leurs ailes luisaient dans la pénombre.

– Il mourra, rétorqua-t-elle en pesant ses mots. Comme tous les mortels. Et ensuite ?

– Je veux que tu fasses partie de ma vie.

– Oui, dans l'obscurité, quand *elle* n'est pas là. Quelques nuits par an.

Donia pensa à ces instants volés où ils avaient la possibilité d'être vraiment ensemble, instants qui ne duraient pas plus qu'une poignée de battements de cœur. Goûter à ce qu'elle ne pouvait avoir rendait encore plus insupportables à vivre les mois pendant lesquels même un simple baiser présentait un risque. Elle refoula ses larmes glaciales.

– Ce n'est pas assez. J'ai cru que ça me suffirait, mais en définitive, j'ai besoin de plus.

– Don...

– Écoute-moi, je t'en prie, l'interrompit-elle en s'asseyant près de lui. Je suis amoureuse de toi. À tel point que j'ai même été prête à mourir pour toi... Mais je t'ai vu essayer de la séduire, tout en continuant à venir frapper à ma porte. Ton charme ne t'aidera pas à nous avoir toutes les deux sous ton emprise. Ni elle ni moi ne sommes l'une de tes Filles de l'Été, poursuivit-elle d'une voix douce. J'ai accepté la mort pour que tu aies ta reine, même si cela signifiait que j'allais te perdre, même après des années de conflit.

– Je ne te mérite pas.

Il la dévisageait comme si elle représentait tout pour lui. Et ce regard – ce regard qui l'avait tant de fois poussée à lui céder – semblait contenir chaque mot qu'elle aurait voulu entendre mais qu'il refusait de prononcer. Dans ces instants qu'elle collectionnait, pareils à des trésors, il était le partenaire idéal. Ces instants ne suffisaient cependant pas.

– Jamais je ne t'ai méritée, reprit-il.

– Parfois, j'en suis convaincue, oui... Mais si c'était absolument vrai, je ne t'aimerais pas autant. J'ai vu quel roi tu pouvais être et quel individu aussi. Tu vaux mieux que ce que tu penses, ajouta-t-elle en effleurant prudemment son visage. Mieux que ce que je crois par moments.

– Je veux être celui que je suis capable d'être lorsque je suis près de toi... commença-t-il.

– Mais ?

– Les intérêts de ma cour sont ma priorité. Pendant neuf siècles, j'ai souhaité occuper la position qui est mienne aujourd'hui. Je ne peux laisser mes propres aspirations – et *celle* que je désire – faire obstacle au bien-être de mon peuple.

Il passa la main dans sa chevelure. Il ressemblait de nouveau au jeune homme qu'elle avait rencontré, à l'époque où elle l'avait cru humain. Elle avait envie de le réconforter, de lui promettre que tout irait bien. *Impossible.* Plus l'été approchait, plus Aislinn et lui étaient attirés l'un vers l'autre. Depuis le début du printemps, il n'était venu la voir que de rares fois. Aujourd'hui, il lui avait rendu visite pour exiger des choses d'elle. Ce n'était pas parce qu'elle l'aimait que Donia et sa cour devaient se laisser diriger par lui.

– Je comprends. J'ai les mêmes devoirs envers mes sujets... mais c'est toi que je désire, Keenan, pas le Roi de l'Été.

Elle appuya sa tête contre son bras. Tant qu'ils se montraient prudents et qu'ils contrôlaient leurs émotions, ils pouvaient être en contact physique. Malheureusement, le toucher ainsi défiait sa maîtrise d'elle-même. Elle soupira, avant d'ajouter :

– Quand nous sommes ensemble, j'ai envie de mettre nos cours respectives de côté. Et j'ai besoin que tu acceptes de ne pas te servir de mes émotions : lorsque tu as des affaires à régler avec la Reine de l'Hiver, tu dois te comporter comme tu le ferais avec les autres souverains. Ne va pas t'imaginer que ma cour est malléable parce que nous avons des sentiments l'un pour l'autre.

– Et si je ne peux accepter cette condition ? demanda-t-il sans la lâcher des yeux.

– Dans ce cas, sors de ma vie. Cesse d'utiliser mon amour pour me manipuler. Ne t'attends pas à ce que je n'éprouve pas de jalousie quand tu amènes ta reine chez moi et que tu la regardes comme si elle était ce qu'il y a de plus précieux sur terre. Je veux une véritable relation amoureuse avec toi... C'est ça ou rien.

– Je ne sais pas quoi faire, reconnut-il. Quand je suis à ses côtés, je me sens comme captivé. Elle n'a aucun sentiment pour moi, mais je *voudrais* qu'elle m'aime. Ainsi, ma cour serait plus forte. Un phénomène aussi naturel que les bourgeons qui s'ouvrent au soleil. Ce n'est pas un choix, Don. Mais un besoin. Elle est ma part manquante et, en décidant que nous ne devons être que des « amis », elle m'affaiblit.

– J'en ai conscience.

– Pas elle... Et je me demande si cette situation va s'arranger.

– Je ne peux t'aider sur ce point, répondit Donia en enlaçant ses doigts à ceux de Keenan. Et parfois, cela me pousse à vous haïr tous les deux. Parle-lui. Trouve un moyen d'être avec elle ou bien essaie de te libérer de son emprise, suffisamment pour m'appartenir.

– Quand je tâche d'aborder la question, elle ne m'entend pas. Et je n'ai pas envie de me quereller avec elle.

Le visage du Roi de l'Été s'était illuminé. Le simple fait de penser à Aislinn le détournait de Donia.

Cette dernière le contempla. Il était le même fé perdu qu'elle avait connu depuis presque toujours. Elle avait trop souvent été celle qui s'apaisait la première quand ils étaient en conflit, celle qui lui venait en aide quand ils avaient le même objectif. Elle soupira.

– Essaie encore, Keenan. Parce que si rien ne change, cela va très mal se terminer.

Avec douceur, il embrassa ses lèvres pincées.

– Je continue de rêver que ça aurait pu être toi. Dans mes rêves, ça a toujours été toi qui étais destinée à devenir ma reine.

– Et je l'aurais été si j'avais eu le choix. Mais il en a été autrement. Tu dois me laisser m'éloigner de toi ou trouver un moyen de prendre tes distances avec elle.

Il l'attira à lui.

– Quoi qu'il arrive, je refuse de t'abandonner. *Impossible.*

– C'est un tout autre problème, Keenan, répondit-elle, les yeux rivés sur le gel qui se formait près d'elle, recouvrant les marches. Je ne suis pas faite pour l'Été, Keenan.

– Est-ce un tort de désirer une reine qui m'aime ?

– Non, chuchota-t-elle. Mais ça ne marchera pas si tu cherches à te faire aimer de *deux* reines.

– Si tu étais ma reine...

– Je ne le suis pas, l'interrompit-elle en inclinant sa tête sur son épaule.

Ils restèrent assis là jusqu'au petit matin, prudemment appuyés l'un contre l'autre.

4

Après son petit déjeuner, Sorcha convoqua Devlin. Comme à son habitude, il fut là quelques instants plus tard. Depuis la nuit des temps, son frère avait toujours été fiable et prévisible.

En silence, il s'arrêta sur le seuil de la salle, qu'elle traversa pour rejoindre son trône – un siège d'une grande sobriété, en argent poli. Ses pieds nus ne firent aucun bruit alors qu'elle montait sur l'estrade et prenait place. La vaste pièce était splendide, conçue avec une symétrie agréable au regard. La salle de la Vérité et de la Mémoire, la seule à ne pas se replier quand Sorcha le désirait, n'obéissait à aucune autre magie que la sienne. Jadis, quand la Cour des Ténèbres avait résidé en Terre Féerique, c'était dans ce lieu que les conflits entre souverains se résolvaient ; c'était là que l'on pratiquait aussi les sacrifices. Ces derniers se déroulaient sur les dalles d'ardoise grise ; d'autres, plus nombreuses, retenaient les souvenirs.

Sorcha posa ses pieds sur la terre et la roche fraîches sur lesquelles était placé son trône. Lorsqu'on était éternel, la mémoire s'altérait parfois. Et le contact avec le sol l'aidait à se concentrer sur l'essence féerique, tandis que la roche la liait à la vérité contenue dans cette salle.

Son frère ne bougerait pas tant qu'elle ne serait pas installée correctement. D'une certaine façon, le fait qu'elle observe les règles et l'étiquette était essentiel à Devlin. Ces repères ordonnés aidaient le fé à rester sur la voie qu'il avait choisie. Pour Sorcha, l'ordre était instinctif. Pour lui, en revanche, il s'agissait d'une décision qu'il renouvelait au quotidien, à chaque seconde.

Ils connaissaient ces mots par cœur, mais il les prononça malgré tout :

– Êtes-vous prête à me recevoir, ma dame ?

– Je le suis.

Elle arrangea sa robe afin de dissimuler la pointe de ses pieds nus. Des fils argentés chatoyaient dans ses mains et sur ses joues. D'autres parties de son corps scintillaient de la même manière, mais il était rare qu'elle les dévoile – cependant, jamais elle ne révélait ses pieds : il aurait été déplacé de montrer à ses sujets la preuve matérielle du lien qui l'unissait à la salle.

– Puis-je approcher ?

– Bien sûr, Devlin, le rassura-t-elle, ce qu'elle faisait depuis des temps immémoriaux. Même sans avoir à me le demander, vous êtes toujours le bienvenu.

– Votre confiance m'honore.

Il baissa les yeux vers les pieds que Sorcha cachait à sa vue. Il connaissait le secret qu'elle ne partageait avec nul autre. Avec raison, tous deux savaient que cette confiance qu'elle plaçait en lui la pousserait un jour à commettre un faux pas. Mais toujours avec raison, ils avaient conscience qu'il n'y avait pas de meilleur choix : se fier à lui assurait à Sorcha qu'il lui resterait loyal.

Et je n'ai pas encore commis de faux pas.

Devlin était ses yeux et ses mains dans le monde des mortels, et l'instrument de sa violence quand cela était nécessaire. Mais il était lui aussi le frère de Bananach – chose qu'aucun des trois n'oubliait jamais. Devlin voyait régulièrement sa sœur démente : il tenait à la femme-corbeau – même si cette dernière avait pour seule ambition de créer le désordre à tout prix –, et cette affection entretenait les doutes diffus que Sorcha éprouvait à l'égard de la fidélité de son frère, quels que soient le temps que Devlin lui consacrait ou les services qu'il lui rendait.

Se rangera-t-il un jour son côté ? Peut-être est-ce déjà le cas ?

– Des Fés des Ténèbres ont fait couler le sang d'un de vos mortels... en Terre Féerique, commença Devlin. Acceptez-vous de les juger ?

– Oui.

Cette fois encore, cet échange représentait un rituel que le frère et la sœur connaissaient par cœur : jamais elle ne refusait de rendre justice, car c'était ce que lui dictait la Raison.

Devlin s'apprêtait à faire entrer les accusés et les témoins, quand Sorcha leva la main pour l'en empêcher.

– Ensuite, il faudra aller rendre une visite au monde des humains. Il y a un mortel qui circule à sa guise d'une cour à l'autre.

– Si tel est votre souhait, dit-il en s'inclinant.

– Notre sœur la Guerre pense qu'il a un rôle clé.

– Voulez-vous que j'élimine le mortel ou que je le ramène ici ?

– Ni l'un ni l'autre, répliqua la reine. Il te suffira de me rapporter des informations. D'observer ce que je ne peux voir.

Sans être certaine des mesures à prendre pour l'instant, elle savait pourtant qu'il ne fallait pas agir à la hâte.

– Il en sera fait selon vos désirs.

Puis, se concentrant de nouveau sur le procès qui était à l'ordre du jour, Sorcha déclara :

– Qu'on les fasse entrer.

Un instant plus tard, des gardes amenèrent dans la salle quatre Ly Ergs aux mains rouges. Lorsque ces fés faisaient couler le sang dans le pays des mortels, cela n'avait rien de préoccupant – la corruption qui régnait en dehors de la Terre Féerique n'intéressait pas Sorcha. Cependant, les quatre accusés n'avaient pas commis leur crime dans le monde des humains.

Un grand nombre de ses sujets pénétrèrent à la suite des Ly Ergs. Ses servantes, Hira et Nienke, qui étaient son réconfort depuis des siècles, vinrent s'asseoir sur les marches, à ses pieds. Elles étaient vêtues d'une simple combinaison grise assortie au costume à peine plus élaboré de Sorcha et, comme leur maîtresse, elles marchaient pieds nus.

La reine fit signe à Devlin de commencer. Il se plaça sur le côté, sans lui tourner le dos mais en restant face aux Ly Ergs et à l'assistance.

– Votre roi sait-il que vous êtes ici ? demanda-t-il aux accusés.

– Non, répondit l'un d'eux.

– Et Bananach ?

Ce fut un autre qui précisa, avec un large sourire :

– Notre Dame de la Guerre a conscience que nos actes servent ses intérêts.

Sorcha pinça les lèvres. Bananach faisait preuve de prudence – elle n'approuvait pas ouvertement les attaques en Terre Féerique mais, à l'évidence, elle les encourageait.

Devlin jeta un coup d'œil à la reine.

Celle-ci hocha brièvement la tête. Devlin trancha alors la gorge du Ly Erg – un geste ferme, assez rapide pour qu'aucun son n'ait le temps de sortir de la bouche de la victime.

Les trois Ly Ergs contemplaient le sang de leur compagnon qui s'infiltrait dans la roche. La salle de la Vérité et de la Mémoire l'absorbait, buvant les souvenirs du fé qui venait de s'éteindre. Les gardes empêchèrent les Ly Ergs de toucher le sang – leur seule nourriture, leur tentation, la raison d'être de tout ce qu'ils entreprenaient, ou presque. Une bagarre éclata alors qu'ils essayaient vainement d'atteindre le sol éclaboussé – ce qui à la fois plut et déplut à Devlin. Il sourit, afficha une mine menaçante et montra les dents – une brève comédie que la cour refusa de voir : tous savaient qu'il valait mieux ne pas regarder Devlin quand il interrogeait des indésirables.

Sorcha, de son côté, prêtait l'oreille aux vérités que la salle partageait avec elle : car elle seule était capable de percevoir les murmures frémissants qui emplissaient l'espace. La Reine de la Haute Cour comprit que les Ly Ergs n'avaient pas agi sur l'ordre direct de Bananach.

– Elle ne leur a pas spécifiquement ordonné de venir en Terre Féerique, déclara-t-elle.

Tous les regards convergèrent sur elle.

Alors que la pierre s'ouvrait pour engloutir le corps du Ly Erg dans le firmament de la salle, le sol ondula légèrement. Sous ses pieds, la terre devint humide et Sorcha sentit les veines argentées qui couraient sous sa peau s'allonger et s'enfoncer comme des racines dans la roche, pour s'abreuver du sacrifice nécessaire à la Vérité – et à la magie.

Le sang avait toujours nourri la Terre Féerique, au cœur de laquelle se tenait Sorcha. Comme son frère et sa sœur, elle tirait sa subsistance de ce sang et de ces sacrifices. Cependant, contrairement à eux, elle n'y prenait aucun plaisir : elle l'acceptait uniquement par sens des réalités. Une reine faible n'aurait pu gouverner le monde féerique et le garder vivant, pas plus que la magie qui nourrissait les fés résidant dans le monde des mortels.

– La mort de votre compagnon est la conséquence malheureuse de votre intrusion sans permission en Terre Féerique. Vous n'êtes pas venus me trouver à votre arrivée. Vous avez préféré attaquer certains de mes sujets et faire couler le sang d'un de mes mortels.

Sorcha parcourut l'assistance du regard. Chacun la fixait avec la même foi inébranlable qu'il lui avait toujours témoignée. Chacun appréciait la stabilité et la sécurité que lui procurait sa reine.

– À l'extérieur, d'autres cours ont des droits et des pouvoirs. Mais en Terre Féerique, je suis la souveraine absolue.

La vie, la mort et toute chose existante émanent de ma seule volonté.

Ses fés attendaient, en témoins silencieux de l'inévitable restauration de l'ordre. Ils comprenaient le pragmatisme des choix de leur souveraine. Alors qu'elle balayait leurs visages des yeux, ils demeuraient impassibles.

– Ces trois intrus ont agressé l'un de mes mortels. C'est un acte inacceptable, ajouta-t-elle en croisant le regard de Devlin, qui soutint le sien. Qu'on laisse un de ces Ly Ergs en vie, afin qu'il puisse rapporter leurs actes au nouveau Roi des Ténèbres.

– Qu'il en soit fait selon le désir de ma reine, répondit son frère d'une voix claire et posée, en contraste avec la lueur sombre de ses yeux.

L'assistance baissa les siens pour que la sentence puisse être exécutée. Ils la comprenaient mais ne devaient cependant pas se délecter de l'épanchement de sang à venir. Les Fés de la Haute Cour n'étaient pas des individus grossiers.

La plupart d'entre eux, du moins.

Lentement, d'une main assurée, Devlin trancha la gorge d'un autre Ly Erg. La Vérité fut ainsi révélée à Sorcha : la lame n'était pas aussi tranchante qu'elle aurait dû et le caractère irrévocable de ces meurtres donnait du plaisir à son frère. Plus important encore, il chérissait l'idée que cet acte puisse procurer à Sorcha la nourriture dont elle avait besoin pour que sa cour prospère – un autre secret qu'ils partageaient tous deux.

– Vos vies s'achèvent sur la volonté de notre reine, déclara Devlin en plaçant le cadavre de sa victime dans le trou béant qui s'ouvrait dans la pierre.

Il sacrifia ensuite un troisième Ly Erg, puis tendit une main ensanglantée vers Sorcha.

– Ma reine ?

Elle perçut de nouveau la Vérité, car ses pieds étaient encore en contact avec la salle : Devlin voulait qu'elle le repousse un bref instant pour s'être réjoui de ces exécutions. Debout devant elle, les mains sanglantes, il la mettait au défi de le châtier, avec l'espoir qu'elle le ferait.

L'assistance leva les yeux vers le trône.

Sorcha adressa un sourire rassurant au bourreau, puis à ses sujets.

– Mon frère.

Les fils argentés qui chatoyaient autour d'elle se mirent à vibrer avec force, à mesure qu'ils se rétractaient de nouveau sous sa peau. Elle accepta la main de Devlin et descendit de son estrade pour avancer sur le sol déjà immaculé où se tenait le dernier Ly Erg ; celui-ci contemplait avec envie le sang qui souillait les doigts de Sorcha.

– Ni ton roi ni Bananach n'ont de pouvoir décisionnaire en Terre Féerique. Désormais, obéis aux règles, ajouta-t-elle avant de déposer un baiser sur le front de la créature. Cette fois, tu es gracié afin d'aller transmettre ce message à ton souverain.

Elle se tourna vers son frère et hocha la tête. Sans un mot, celui-ci la guida à travers la foule, à l'écart de la salle de la Vérité et de la Mémoire, pour la conduire dans son jardin où tout n'était que tranquillité. Cela aussi faisait partie de leur routine. Ils agissaient selon un rituel préétabli. Et tandis qu'elle se retirait dans son univers végétal paisible, Devlin partit vers le monde des humains.

En quête d'un mortel qui errait d'une cour à l'autre. Ce Seth Morgan était une aberration. Et puisque ses faits et gestes avaient attiré l'attention de Bananach, il était nécessaire de pousser les recherches un peu plus loin.

5

Cet après-midi-là, alors que Seth sortait d'une des allées de la bibliothèque, il trouva Quinn qui l'attendait, une expression faussement amicale sur le visage.

– Je n'ai pas besoin d'un garde du corps, marmonna le jeune homme en passant devant le conseiller.

Il alla vers le comptoir pour y faire enregistrer ses derniers emprunts – des ouvrages sur le folklore.

Mais Quinn ne prêta pas attention à son objection. Dès que Seth eut fourré les livres dans son sac, le fé lui fit signe de se diriger vers la sortie.

– Tu es prêt ?

Seth aurait préféré être seul, mais il n'arriverait pas à convaincre le conseiller de désobéir aux ordres d'Aislinn. Le monde était dangereux pour un fragile mortel et la reine insistait pour que Seth dispose en permanence d'une escorte. Il comprenait ses raisons, mais il avait de plus en plus de mal à ravaler des remarques sarcastiques ou à résister à l'envie d'échapper à cette surveillance. *Ce qui serait idiot.*

Le jeune homme sortit le premier et resta muet tout au long du trajet. Une fois arrivé au *Crow's Nest*, il aperçut Niall, qui se tenait devant la porte donnant sur la rue. Appuyé contre un mur, le Roi des Ténèbres fumait une cigarette en battant du pied le rythme de la musique qui venait de l'intérieur. Contrairement aux souverains de l'Été, aucun garde n'accompagnait Niall ni ne rôdait dans l'ombre. Il était seul et Seth s'en réjouit.

Quinn adressa un regard méprisant au Roi des Ténèbres.

– Il n'appartient plus à notre cour, crut-il bon de préciser.

Tandis que le fé le dévisageait d'un air renfrogné, Niall ne prononça pas un mot. Il avait changé depuis qu'il était devenu roi : la nouveauté la plus visible était sa chevelure, qu'il avait laissée pousser. Il y avait cependant autre chose – quand Niall avait appartenu à la Cour de l'Été, il se déplaçait toujours avec prudence, comme à l'affût d'une menace ; peu importait où il pouvait se trouver. Même dans le loft, un lieu relativement sûr, il se montrait vigilant. À présent, il paraissait plus nonchalant ; une désinvolture qui indiquait que rien ni personne ne pouvaient l'atteindre, ce qui était vrai jusqu'à un certain point. Les souverains n'étaient vulnérables qu'en présence des autres monarques ou de quelques fés solitaires dotés d'une puissance exceptionnelle. Niall, à l'instar d'Aislinn, était désormais immunisé contre tout danger, ou presque.

– On ne peut faire confiance à la Cour des Ténèbres, ajouta Quinn en baissant la voix. Notre peuple ne fréquente pas le sien.

Seth secoua la tête, tout en réprimant un sourire face à l'attitude délibérément provocante de Niall et à la manière dont Quinn redéfinissait les rôles, comme s'il s'apprêtait à attaquer – quelques semaines plus tôt, Niall se serait comporté de la même façon face à l'ancien Roi des Ténèbres. *Tout est relatif.* Niall avait changé. Ou peut-être avait-il toujours été prêt à créer le désordre, chose dont Seth ne s'était jamais rendu compte auparavant.

– As-tu l'intention de me faire du mal ? demanda le jeune homme tout en soutenant le regard de Niall.

– Non, répliqua ce dernier en décochant un regard meurtrier à Quinn. Et j'assurerai beaucoup mieux ta sécurité que ce lèche-bottes aux ordres de Keenan.

Quinn se hérissa mais resta silencieux. Seth, d'une voix égale qui ne trahissait ni amusement ni irritation, ajouta :

– Tu sais, Quinn, je ne risque rien du tout. Franchement. Niall est mon ami.

– Et si...

– Bon sang, fiche le camp, l'interrompit Niall en s'approchant d'un air menaçant qui lui convenait presque trop bien. Seth ne craint strictement rien avec moi. Je ne mettrais pas un ami en danger. Pas comme *ton* roi qui traite ses alliés avec tant de désinvolture.

– Je ne crois pas que notre roi approuvera, insista Quinn, ignorant Niall pour ne s'adresser qu'à Seth.

Le jeune homme leva un sourcil.

– Je n'ai pas de roi, moi. Je suis mortel, t'as oublié ?

– Il va néanmoins falloir que j'en informe Keenan, répliqua le conseiller.

Quinn attendit quelques secondes, comme si cet avertissement était susceptible d'intimider Seth. Quand il s'aperçut que c'était loin d'être le cas, il tourna les talons et s'éloigna.

Une fois qu'il fut hors de leur vue, Niall reprit son air nonchalant.

– Quel crétin. Je n'arrive pas à croire que Keenan ait pu le nommer conseiller. Il dit oui à tout, n'a aucun sens moral et… Bref, ce ne sont pas mes affaires. Allez, viens.

Il ouvrit la porte de la boîte et tous deux pénétrèrent dans la pénombre du *Crow's Nest*, un lieu dont la froide humidité avait quelque chose de réconfortant – il n'y avait ici ni Filles de l'Été en train de gambader, ni oiseaux tournoyant du sol au plafond. Ici, Seth se sentait à l'aise. À l'époque où ses parents vivaient encore dans les environs, il y avait passé plus d'un après-midi en compagnie de son père. À vrai dire, le jeune homme avait quasiment grandi au *Crow's Nest*. L'endroit avait certes changé, mais quand Seth regardait autour de lui, il voyait encore sa mère derrière le bar, en train de remettre à sa place un imbécile qui l'avait prise pour une bonne poire. *Un bulldozer, plutôt.* Linda était toute petite, mais son mauvais caractère compensait les centimètres qui lui manquaient. Seth n'avait pas plus de quatorze ans quand il avait saisi que la présence de son père dans le bar n'était qu'un prétexte pour être près de Linda. Il prétendait qu'il s'ennuyait à la maison, que la retraite ne lui convenait pas, qu'il ne pouvait rester à se tourner les pouces – voilà pourquoi il venait effectuer de petits travaux au *Crow's Nest*.

Ils me manquent. Seth laissa ses souvenirs refaire surface. Dans ce lieu, cela ne le gênait pas. C'était le seul endroit qui ressemblait plus ou moins à la maison parentale qu'il avait perdue.

Linda n'avait jamais vraiment pris goût aux joies de la

maternité. Elle l'aimait, oui, cela ne faisait aucun doute, mais quand elle avait épousé le père de Seth, ce n'était pas dans l'espoir de se poser et de fonder une famille. Dès que Seth avait été assez grand pour se débrouiller seul, elle était partie ailleurs, avec un autre projet en tête. Son père l'avait suivie sans hésiter.

Et sans même penser à m'inviter à les rejoindre.

Seth mit fin à cet enchaînement d'idées. Niall l'entraîna dans l'un des coins les plus sombres de la salle. Ils passèrent devant les buveurs purs et durs qui avaient déjà plusieurs bières derrière eux ce jour-là. L'après-midi, la clientèle était un mélange d'employés de bureau, de motards et de chômeurs entre deux boulots ou dont le travail saisonnier n'avait pas encore démarré.

Ils choisirent une table en retrait, où ils pourraient avoir un peu de tranquillité, et Seth ouvrit le menu écorné trouvé sur une table voisine.

– C'est toujours le même, remarqua Niall. Et je sais d'avance que tu vas consommer la même chose que d'habitude.

– C'est vrai, mais j'aime bien le consulter. Le fait qu'il n'ait pas changé me plaît.

Il fit signe à l'une des serveuses et passa commande.

Dès qu'ils furent de nouveau seuls, le Roi des Ténèbres lui jeta un coup d'œil étrange.

– Est-ce que tu trouves que j'ai changé ? demanda-t-il au jeune homme.

– Il y a plus d'ombres autour de toi, répondit Seth en agitant la main devant Niall, où des formes chuchotantes oscillaient et se combinaient en spirales. Et ces trucs bizarres dans tes yeux, c'est nouveau, pas vrai ? Plus flippant qu'avec Ash. Dans les siens, on voit la mer et des images sympas, la plupart du temps. Mais dans les tiens, il n'y a que des créatures qu'on croirait sorties d'un gouffre.

Ce détail parut déplaire à Niall.

– Irial, lui, a toujours les mêmes yeux.

Seth préféra ne pas poursuivre sur ce terrain. Sa relation avec le précédent Roi des Ténèbres était un sujet qu'il valait mieux éviter quand Niall était déjà d'humeur mélancolique.

– Tu as l'air plus heureux qu'avant, insista alors le jeune homme.

Niall laissa échapper un grognement qui aurait pu être un rire.

– Je ne crois pas que j'appellerais ça être heureux.

– Tu sembles mieux dans ta peau, si tu préfères, ajouta Seth.

Cette fois, Niall éclata de rire pour de bon : un son qui incita tous les clients présents, à l'exception de Seth, à frémir ou à pousser un soupir de désir. Sans réfléchir, le jeune homme serra la pierre qu'il portait autour du cou, au bout d'une cordelette. C'était un talisman anti-charmes que lui avait donné Niall ; d'après ce dernier, le bijou permettait à Seth d'être protégé de l'irrépressible attrait que le Roi des Ténèbres exerçait, attrait susceptible de faire appel aux plus vils instincts ; mais la pierre avait aussi l'avantage d'aider Seth à résister à la magie des fés en général.

Jamais Keenan ne m'a dit qu'il existait de tels talismans, sans parler de m'en offrir un...

Seth secoua la tête. Le Roi de l'Été n'avait pas l'intention de faciliter les choses au jeune homme, ce n'était un secret pour personne. Lorsque Aislinn émettait une suggestion, Keenan coopérait sans hésitation, mais jamais il n'en était l'instigateur. En revanche, depuis que Niall avait quitté la Cour de l'Été, il pouvait librement partager ses connaissances avec Seth.

– As-tu parlé du talisman à Aislinn ? demanda-t-il au jeune homme sur un ton détaché.

– Non. Elle chercherait à savoir pourquoi Keenan ne m'en a pas donné un... et je ne veux pas qu'ils se querellent de nouveau à cause de moi.

– Tu n'es qu'un imbécile. Je sais pourquoi Keenan ne l'a pas fait. Toi aussi. Et si Ash le découvre, elle comprendra aussitôt, elle aussi.

– Raison de plus pour ne rien lui dire. Elle a déjà suffisamment de problèmes à régler avec tous ces changements et cet équilibre à trouver.

– Et il se servira de tout cela à son avantage s'il le peut. Il est...

Niall s'interrompit, l'air soudain féroce.

Seth suivit le regard du roi. Une fée aux cheveux sombres, le visage couvert de tatouages pastel et les bras pareils à ceux d'un guerrier celte, se tenait devant eux, entourée de six créatures plus petites, aux mains rouges. La silhouette chatoyante d'un corbeau flottait au-dessus de sa tête. Sa chevelure d'un noir bleuté était composée d'un entrelacs de plumes ébouriffées, qui tombaient en cascade jusqu'à sa taille. Contrairement à la plupart des créatures féeriques, ses traits d'oiseau et son visage humain – un charme –

rivalisaient, deux images superposées qui ne cessaient de se confondre.

– Ne t'en mêle pas, le prévint Niall en reculant sa chaise, loin de la table.

La femme-corbeau s'approcha d'eux et pencha la tête – un mouvement qui n'avait décidément rien d'humain.

– Quelle agréable surprise, Gancan...

– Non, l'interrompit brusquement Niall.

Sa colère se manifesta aussitôt : des boucles d'ombres se déroulèrent autour de lui, invisibles aux yeux des mortels présents dans l'établissement – lesquels, à l'exception de Seth, n'étaient pas dotés de la Vue.

– Je ne suis pas « Gancanagh », mais « roi », précisa-t-il. L'aurais-tu oublié ?

La fée ne parut pas s'en formaliser et examina lentement Niall de la tête aux pieds.

– C'est vrai. Certains jours, tout est un peu embrumé dans mon esprit.

– Ce n'est pas pour cette raison que tu as refusé de t'adresser à moi par mon titre officiel.

Niall était encore assis, mais s'était placé de façon à pouvoir agir aussi vite que nécessaire.

– Tu as entièrement raison, répliqua la femme-corbeau, soudain raidie. Serais-tu prêt à combattre contre moi, mon *roi* ? Les batailles dont j'ai besoin sont encore trop lointaines dans le temps.

Seth sentait la tension monter. Les fés qui accompagnaient la créature s'étaient éparpillés dans la salle, arborant des mines réjouies.

– Est-ce là ton souhait ? demanda Niall en se relevant.

La femme-corbeau passa la langue sur ses lèvres.

– Une petite bagarre me serait fort utile.

– Cherches-tu à me défier ? s'enquit alors le roi en passant une main dans les plumes de la créature.

– Pas encore. Mais je veux du sang... oui.

Elle se pencha en avant et fit claquer sa mâchoire de façon sonore, tout près du visage du Roi des Ténèbres. *A-t-elle vraiment un bec ?*

Niall l'empoigna par les cheveux et l'obligea à écarter son visage du sien. Elle oscilla, comme s'ils s'étaient tous deux mis à danser.

– Je pourrais aller trouver Irial. Ou bien t'expliquer à quel point il est vexé depuis que tu refuses ses... conseils.

– Espèce de chienne.

– C'est tout ce que tu m'offres ? répliqua-t-elle en le fusillant du regard. Trois mots ? Je viens vers toi, les mains immaculées. Et tout ce que j'obtiens, ce sont ces trois mots ? Est-ce ainsi que tu oses me traiter après tout ce...

Niall la frappa de son poing.

Elle essaya de lui transpercer le bras avec le couteau blanc comme de l'os qu'elle venait de dégainer.

Ils étaient si rapides que Seth avait du mal à suivre leurs mouvements. Il s'aperçut seulement que la fée tenait bon et qu'en moins de quelques secondes elle parvint à infliger à son adversaire plusieurs égratignures qui semblaient pourtant superficielles. Niall réussit à la projeter à terre, mais elle se redressa si prestement qu'elle ne toucha pas le sol et repartit aussitôt à l'attaque.

En plus de son couteau, elle donnait aussi l'impression d'avoir un bec et des serres, et les hurlements perçants, horrifiants, qui sortaient de sa bouche inhumaine ressemblaient à des cris de bataille – comme si elle avait voulu appeler les autres fés à combattre avec elle. Cependant, les créatures qui l'accompagnaient, assises sur des tables ou des tabourets, se contentaient de l'observer en silence.

Niall parvint à l'immobiliser un instant, en maintenant fermement le dos de la fée contre sa poitrine – une étreinte surprenante. L'espace de quelques secondes, elle resta immobile, une expression malsaine sur le visage, reflétant non pas du désespoir, mais une sorte de jouissance secrète.

– Tu es presque un adversaire à ma mesure, soupira-t-elle, avant de rejeter la tête vers l'arrière et de frapper celle de Niall avec tant de force que du sang jaillit de la bouche et du nez du Roi des Ténèbres.

Malgré tout, ce dernier ne desserra pas son étreinte. Sans lâcher prise, il passa une main sous le menton de la femme-corbeau, la fit basculer, puis la maintint sur le sol, une main sur sa tête et son corps en travers du sien. Niall s'immobilisa. Elle tourna son visage ensanglanté vers lui et soutint son regard.

Mal à l'aise, Seth se détourna et se rendit compte que la serveuse se tenait derrière lui. Qu'elle lui disait quelque chose.

– Quoi ?

– Niall, répéta-t-elle. Je ne l'ai pas vu partir. Il va revenir ?

Seth sursauta, se rappelant que la serveuse ne pouvait pas voir les fés. Lui seul voyait le combat. Lui seul les voyait couverts de sang, à terre, enlacés.

– Ouais, acquiesça-t-il. Il va revenir.

La serveuse le dévisagea d'un air bizarre.

– T'es sûr que ça va ?

– Ouais. Tu m'as simplement... surpris, répondit-il en souriant. Désolé.

Elle hocha la tête, puis s'éloigna vers une autre table.

Seth se retourna vers Niall.

– Ma chère ? disait celui-ci en s'adressant à la fée.

Il se redressa et lui tendit la main.

– On en a terminé ?

– Mmmm. On marque une pause. Mais je n'en ai pas terminé, non. J'en aurai terminé quand tu seras mort.

Elle accepta sa main et, avec la grâce fluide qui caractérisait un si grand nombre de créatures féeriques, elle se releva. Les yeux dans le vague, elle porta la main à sa joue.

– Ce fut très agréable, mon roi.

Niall acquiesça, sans la quitter du regard.

– Je viendrai te voir ce soir, chuchota-t-elle.

Est-ce une menace ou une proposition ? se demanda Seth.

Puis, faisant pivoter sa tête en quelques petits mouvements saccadés, elle repéra aussitôt chacune des six créatures aux mains rouges qui formaient son escorte. Sans échanger un mot, le petit groupe quitta le *Crow's Nest*, aussi soudainement qu'il était arrivé.

Niall jeta un coup d'œil à Seth.

– Je reviens tout de suite.

Il s'éloigna à son tour. Le jeune homme s'assit de nouveau, ébahi par la scène de violence gratuite dont il avait été témoin, ne sachant quoi en penser.

Seth s'aperçut que quelqu'un d'autre avait assisté au combat : un fé, invisible aux yeux mortels, le fixait depuis l'autre bout de la salle. Ses cheveux blancs, épais, étaient rassemblés en un minuscule chignon au-dessus de sa tête. Ses traits prononcés, anguleux, donnaient à son visage l'allure d'une sculpture ; différente de celles que Seth créait. Pourtant, à cet instant, le jeune homme regretta de ne pas avoir entre les mains un bloc de pierre sombre afin de reproduire ce modèle. Le fé, le teint pâle, resta là à le dévisager, impassible, si bien que Seth se demanda même s'il était vivant, ou s'il n'était pas plutôt taillé dans un roc.

Quand Niall revint quelques minutes plus tard, il n'était plus aussi ensanglanté. Le charme qu'il avait revêtu dissimulait ses habits en lambeaux ainsi que les coupures qu'il avait sur la peau, et dans la salle, Seth était le seul mortel auquel les conséquences du combat qui avait opposé le roi à la femme-corbeau étaient visibles. Lorsque Niall se fut rassis, le jeune homme lui demanda :

– Tu le connais ?

Le Roi des Ténèbres suivit le regard de Seth, en direction de l'endroit où se trouvait le fé à l'allure de statue.

– Malheureusement, oui, répondit Niall en sortant un étui à cigarettes de sa poche. Devlin est le « pacificateur » de Sorcha ou, si l'on préfère, son homme de main. Tout dépend du point de vue que l'on adopte.

Le fé leur sourit d'un air tranquille.

– Et je ne suis pas d'humeur à m'occuper de lui, ajouta Niall sans lâcher Devlin des yeux. Rares sont les fés qui sont assez forts pour me mettre à l'épreuve désormais. Celui-ci, comme la femme-oiseau, en fait partie. Ce qui est regrettable.

Sans vraiment savoir comment la journée avait pu prendre une tournure aussi fâcheuse, Seth jeta de nouveau un coup d'œil à Devlin, qui s'approchait maintenant de leur table.

Il s'arrêta devant eux.

– Les ennuis ne font que commencer, mon ami, dit-il à Niall. Et Sorcha n'est pas la seule à être visée.

– L'a-t-elle jamais été ? demanda Niall en ouvrant son briquet d'une chiquenaude.

Sans y avoir été invité, Devlin prit place sur une chaise, face à eux.

– Sorcha t'aimait beaucoup, autrefois. Cela devrait compter, même pour toi. Ce dont elle a besoin...

– Je ne veux pas le savoir, Dev. Tu vois bien qui je suis devenu à présent...

– Oui, tu traces ton propre chemin.

Niall se mit à rire.

– Non, pas vraiment. Jamais ça ne m'est arrivé.

Que faire ? Seth hésitait. Mais quand il fit mine de se lever, Niall lui saisit le bras.

– Reste.

Devlin les observait, apparemment impassible.

– Il t'appartient ?

– C'est mon ami, rectifia le Roi des Ténèbres.

– Il me voit. Il l'a vue, *elle*. Les mortels ne sont pas censés voir.

Le ton de Devlin, sans être accusateur, n'en était pas moins menaçant.

– C'est vrai, rétorqua Niall. Et si tu tentes de l'enlever, ajouta-t-il en montrant les dents à la manière d'un animal, toute la bonté que j'ai jadis témoignée à ta reine ou l'amitié que j'ai pour toi ne serviront à rien face à ma colère.

Il dévisagea alors Seth.

– Ne reste jamais seul avec lui. Jamais.

Le jeune homme fronça un sourcil.

Devlin se releva.

– Si Sorcha m'avait ordonné de l'enlever, ce serait déjà fait. Ce n'est pas le cas. Je suis simplement venu te prévenir de l'agitation qui croît au sein de ta cour.

– Pour mieux aller tout raconter à Sorcha.

– Évidemment, répliqua Devlin avec un regard plus que dédaigneux. Je rapporte tout à la Reine de la Haute Cour, que je sers en toutes circonstances. N'ignore pas les avertissements de ma sœur.

Sur ce, il partit.

Niall écrasa sa cigarette, qu'il avait laissée se consumer sans la fumer, et en prit une autre.

– Tu veux bien m'expliquer cette conversation ? demanda Seth, avec un vague geste de la main.

– Pas vraiment, répondit Niall en allumant sa cigarette et en inspirant une longue bouffée, une expression déconcertée sur le visage. En réalité, je ne suis pas certain de *pouvoir* l'expliquer.

– Tu es en danger ?

Niall expira de la fumée et lui adressa un grand sourire.

– L'espoir fait vivre.

– Et moi ?

– Tu ne risques rien de Devlin. S'il en avait reçu l'ordre, il aurait déjà essayé de t'enlever, précisa Niall en jetant un coup d'œil vers la porte, qu'avait franchie le Fé de la Haute Cour. Il est envoyé par Sorcha, qui se déplace rarement dans le monde des mortels.

– Et la fée qui t'a attaqué ?

Niall haussa les épaules.

– C'est une de ses distractions. Elle aime la violence, la discorde, la souffrance. Contenir ses excès est l'une des nombreuses tâches éprouvantes que m'a léguées Irial. Il m'aide, mais... j'ai du mal à lui faire confiance.

Seth ne savait quoi répondre. Tous deux restèrent silencieux et, plusieurs cigarettes plus tard, la serveuse s'arrêta à la table voisine pour la nettoyer – de nouveau. Elle fixait Niall avec un intérêt manifeste. Niall était un Gancanagh : un fé attirant, capable de rendre dépendantes celles qu'il séduisait. Avant qu'il devienne Roi des Ténèbres, son affection pouvait s'avérer fatale pour ses partenaires.

– Comment s'appelle la fée qui... commença Seth.

Voyant que la serveuse s'approchait d'eux, un cendrier propre à la main, il s'interrompit, puis lui dit :

– On te fera signe si nécessaire.

– Ça ne me dérange pas de passer vous voir, Seth, répondit-elle en se rembrunissant, avant de reporter son attention sur le Roi des Ténèbres. As-tu besoin de quoi que ce soit, Niall ?

– Non, répliqua-t-il en caressant le bras nu de la jeune fille. Tu es tellement gentille avec nous. Pas vrai, Seth ?

Elle s'éloigna avec un soupir, en lançant à Niall un dernier regard. Seth, lui, leva les yeux au ciel.

– Il faudrait qu'on offre un de tes talismans à tous ceux qui fréquentent le *Crow's Nest*, marmonna-t-il.

Niall eut un grand sourire.

– Rabat-joie, va.

– Profite. Profite de l'attention que les mortels te portent, mais réserve ton affection aux fées, lui conseilla Seth.

– Oui, je sais. J'ai seulement besoin…

Le Roi des Ténèbres grimaça, comme si cette pensée lui était douloureuse.

– J'ai seulement besoin que tu me le rappelles régulièrement, reprit-il. Je n'ai pas envie de devenir comme Keenan, ou comme Irial.

– C'est-à-dire ? demanda Seth.

– Un égoïste et un salaud.

– Tu oublies que tu es roi. Je ne sais pas si cette position te laisse souvent le choix. Et vu ce qui vient de se passer avec cette fée…

– Arrête. J'aimerais t'épargner les aspects peu reluisants de ma vie, et si on pouvait éviter d'en parler…

Le jeune homme leva la main pour l'interrompre.

– Pas de souci. Mais je ne suis pas là pour te juger, quoi que tu fasses.

– Ça fait au moins quelqu'un, murmura Niall.

Après un silence, il redressa les épaules, les fit rouler comme pour vérifier qu'il arrivait toujours à les mouvoir.

– Je suppose que le véritable dilemme, c'est de savoir contre qui je dois me comporter en salaud ou pas.

– Ou bien c'est de fournir plus d'efforts pour résister à certaines tentations.

– Oui, répondit Niall, le visage impassible. C'est *exactement* ce que le Roi des Ténèbres est censé faire : résister à la tentation.

6

Aislinn était en train de nourrir les oiseaux lorsque Keenan, la mine renfrognée, entra en claquant les portes derrière lui. L'une des perruches s'agrippa au dos de sa chemise et passa le bec à travers ses cheveux pour observer le Roi de l'Été. Les oiseaux étaient source de réconfort pour Keenan. Parfois, quand il était irritable ou d'humeur mélancolique, il s'asseyait pour les observer – un moyen infaillible pour apaiser sa colère. Les oiseaux semblaient être conscients de leur précieux rôle et se comportaient conformément à cela. Ce jour-là, cependant, Keenan ne s'arrêta pas pour les regarder.

– Aislinn, lança-t-il en guise de salut, avant de passer devant elle pour se diriger dans son bureau.

Elle attendit. La perruche s'envola. Aucun des autres oiseaux ne vint la trouver. Tous l'observaient, comme dans l'expectative. Les perruches avaient hérissé leur crête. Les autres se contentaient de la fixer ou de regarder en direction du bureau de Keenan. Quelques-uns poussèrent un cri rauque ou pépièrent brièvement.

– Bon, j'ai compris. Mieux vaut que j'aille le voir.

Elle se dirigea à son tour vers le bureau. Cette pièce faisait partie du domaine de Keenan, avec sa chambre – dans laquelle Aislinn ne pénétrait jamais. C'était dans le bureau qu'ils se concertaient quand ils étaient seuls. Elle n'aimait pas s'y rendre lorsqu'il n'y était pas. Les Filles de l'Été y venaient parfois pour lire, blotties sur le canapé, mais celles-ci n'avaient pas à garder leurs distances avec Keenan. Contrairement à Aislinn : plus l'été approchait, plus elle se sentait attirée par lui – et elle refusait de se laisser tenter.

Elle resta sur le seuil, en essayant d'apaiser le malaise qu'elle éprouvait à se retrouver dans son espace à lui. Il ne cessait de lui répéter que le loft était autant à elle qu'à lui, que *tout* lui appartenait à présent. Son nom figurait sur les comptes qu'ils avaient dans les commerces et sur les cartes de crédit. Elle ne s'en servait pas, aussi Keenan avait-il à son égard des gestes plus subtils, de petites attentions qui, pensait-il, aideraient Aislinn à se sentir davantage chez elle dans le loft. *De minces fils pour que je m'attache à lui,* songea-t-elle. Au premier coup d'œil, les changements qu'il avait fait faire dans le bureau n'étaient pas évidents, mais si elle parcourait la pièce sombre du regard, elle savait qu'elle y verrait de légères différences. Elle ne vivait pas là, mais elle y était si souvent que le loft était devenu une seconde maison – *ou plutôt, une troisième*. Elle passait ses nuits chez elle, chez Seth ou bien chez Keenan et laissait ses affaires de toilette dans chacun de ces trois endroits. Mais l'appartement qu'elle partageait avec sa grand-mère était le seul lieu où on la traitait encore comme une personne normale, où elle n'était plus une reine féerique, simplement une jeune fille qui avait besoin de progresser en algèbre.

Alors qu'elle hésitait à entrer dans le bureau, Keenan prit place à l'une des extrémités d'un canapé de cuir couleur chocolat. On avait posé près de lui un pichet d'eau glacée et de petits ruisseaux de condensation s'écoulaient sur les côtés du récipient, jusque sur la surface d'agate de la table basse. Il repoussa un énorme coussin vert foncé tout neuf, très sobre.

– Donia refuse de me recevoir, annonça-t-il.

Aislinn referma la porte derrière elle.

– Pour quelle raison, cette fois ?

– Peut-être parce que je lui ai parlé de Bananach. Ou bien à cause de cette affaire avec Niall. Ou à cause d'autre chose...

Keenan s'interrompit, perdu dans ses pensées, les sourcils froncés.

– Elle ne veut vraiment pas te voir ? demanda Aislinn.

Elle posa brièvement la main sur le bras du roi avant d'aller s'asseoir à l'autre bout du canapé. Elle gardait ses distances par habitude, ne s'approchant de lui que lorsque l'étiquette le demandait, ou pour lui témoigner son amitié ; mais il lui était chaque jour plus difficile de résister.

– On m'a encore une fois arrêté devant sa porte. « À moins que ce ne soit une visite officielle », m'a dit Evan. Impossible de la voir pendant trois jours, et maintenant, ceci.

– Evan se contente de faire son travail.

– Et il adore ça, j'en suis convaincu.

Keenan n'admettait pas qu'on lui refuse quoi que ce soit, Aislinn l'avait compris depuis longtemps, lorsqu'elle était mortelle.

– Étrange qu'elle t'en veuille encore à cause de Niall ou de Bananach, reprit-elle.

– Exactement. Dès que Niall se sera calmé, le fait qu'il règne sur la Cour des Ténèbres pourra être un atout pour nos deux cours. Elle est...

– Non. Je veux dire qu'elle semblait plutôt apaisée, quand nous l'avons quittée l'autre jour. Elle n'était pas très joyeuse, mais pas non plus fâchée.

Aislinn attrapa un coussin qu'elle serra contre elle, comme s'il s'agissait d'une grosse peluche. Toutes ces discussions concernant les relations complexes, les querelles et les rancunes entre fés et entre souverains qui avaient des siècles d'histoire derrière eux lui donnaient l'impression d'être très jeune. La plupart des fés ressemblaient peut-être à ses camarades de classe – et agissaient souvent comme eux – mais leur longévité compliquait beaucoup les choses. Des liaisons brèves duraient des décennies, de longues amitiés des siècles et de très anciennes trahisons restaient longtemps à vif. Se diriger dans un monde pareil représentait un véritable défi.

– Y a-t-il des éléments qui me manquent pour comprendre ?

Keenan la dévisagea d'un air pensif.

– Niall était comme ça, tu sais. Il m'aidait à me concentrer, il allait droit au but...

Il se tut, tandis que de minuscules nuages apparaissaient dans ses yeux, une promesse de pluie à venir.

– Il te manque, constata Aislinn.

– Oui. Je suis sûr qu'il fera un grand roi... Je regrette simplement qu'il soit à la tête d'une cour aussi abjecte. Vraiment, je ne me suis pas montré à la hauteur de la situation.

– Moi non plus. J'ai ignoré des événements auxquels j'aurais dû réagir, et toi...

Elle s'interrompit. Il ne servait à rien de ressasser les mensonges de Keenan – et leurs conséquences sur le destin de Niall et de Leslie.

– Nous avons tous les deux commis des erreurs, ajouta-t-elle.

Le fait que Leslie se soit retrouvée prise au piège à la Cour des Ténèbres était aussi la faute d'Aislinn. Elle n'avait pas su protéger l'une de ses meilleures amies et elle avait également laissé tomber Niall. Elle partageait le poids des responsabilités à la Cour de l'Été. C'était pour cette raison qu'elle essayait d'être plus proche de Keenan : si elle devait porter la culpabilité de certains de ses actes les plus déplaisants, elle avait besoin de connaître ses intentions à l'avance.

Pour l'empêcher d'agir le cas échéant.

– Et eux n'ont pas pris les bonnes décisions, répliqua Keenan. Nous n'en sommes pas responsables.

Si cela avait été un mensonge, il n'aurait pas pu émettre ce constat, mais il s'agissait là d'une opinion – et les opinions étaient un terrain glissant avec les fés, qui avaient pour règle de ne jamais mentir.

– Cela ne nous innocente pas. Tu m'as caché des informations... et ils en paient les conséquences.

Elle ne lui avait pas encore totalement pardonné la façon dont il s'était servi de Niall et de Leslie ; mais contrairement à Donia, elle n'avait pas d'autre choix : il fallait qu'elle continue de bien s'entendre avec le Roi de l'Été. À moins que l'un d'eux ne meure, Aislinn et Keenan étaient liés pour l'éternité, ou du moins jusqu'à la fin de leur règne – sachant que les souverains féériques avaient tendance à occuper le trône des siècles durant.

L'éternité auprès de Keenan.

Cette pensée la terrifiait toujours autant. Il n'était pas tellement enclin à partager les pouvoirs de façon égale, et son expérience à elle, en tant que reine féerique, était plutôt limitée. Avant d'être métamorphosée en monarque, elle s'était contentée d'éviter les fés, la seule méthode qu'elle avait eue pour composer avec leur présence. À présent, elle devait les gouverner. Keenan, pendant neuf siècles, avait régné sans détenir de réels pouvoirs ; il était donc difficile à Aislinn d'imposer l'idée qu'ils devaient désormais partager ces pouvoirs à part égale ; mais l'autre solution – être tenue pour responsable des conséquences de décisions auxquelles elle n'avait pas pris part – n'en était pas une.

Par ailleurs, depuis qu'elle était reine, les Fés de l'Été comptaient beaucoup pour elle, de même que leur bien-être, leur bonheur et leur sécurité. Un sentiment instinctif, tout comme la nécessité d'aider l'Été à reprendre des forces – ce qui ne signifiait pas que tous les autres devaient être sacrifiés dans ce but. Cependant, Keenan ne saisissait pas cela.

Elle secoua la tête.

– Je ne crois pas que nous pouvons être d'accord sur ce point, Keenan.

– Possible... Mais au moins, tu ne refuses pas de me parler, toi, ajouta-t-il en la regardant avec tant d'affection qu'elle sentit vibrer les rayons de soleil qu'elle avait sous la peau.

Aislinn recula plus loin sur le canapé, un mouvement qui était un message implicite.

– Je n'ai pas d'autre choix. Contrairement à Donia.

– Mais si. Tu es seulement plus...

– Plus quoi ?

– Plus raisonnable, répondit-il sans dissimuler un bref sourire.

La tension croissante qu'Aislinn éprouvait se dissipa aussitôt. Elle rit.

– Jamais je n'ai été aussi *dé*raisonnable que durant ces quelques derniers mois. Les changements qui se sont opérés en moi... Même mes profs en parlent. Mes amis aussi, ma grand-mère, même Seth. Mes sautes d'humeur sont terribles.

– Comparée à moi, tu es imperturbable.

Les yeux de Keenan pétillaient de malice. Il savait à quel point elle était devenue lunatique. Il avait été la cible de ses colères, plus que n'importe qui d'autre.

– Tu n'es pas vraiment le meilleur juge qui soit pour parler de raison ou de déraison, répliqua-t-elle, plus sereine.

Au fil de toutes les situations étranges qu'elle avait connues ces derniers temps, il avait toujours su trouver le moyen pour qu'elle se sente plus détendue : ce qui rendait son rôle de reine plus supportable. L'amitié de Keenan et l'amour de Seth étaient ses seuls points d'appui.

Sans se départir de son sourire, mais une lueur suppliante dans les yeux, Keenan lui demanda :

– Tu pourrais peut-être parler à Don ? Lui expliquer qu'elle me manque. Que je suis triste quand je ne la vois pas. Que j'ai besoin d'elle.

– Ce serait plutôt à toi de le lui dire, non ?

– Comment ? Elle n'accepte même pas que je franchisse le seuil de sa demeure, répliqua-t-il, rembruni. Sans elle... et vu que tu n'es pas vraiment... Je n'arrive à rien. J'essaie, mais j'ai besoin qu'elle croie en moi. Le fait de n'avoir ni...

– Arrête.

Aislinn ne voulait pas qu'il poursuive sur cette lancée. La paix entre les cours était neuve et fragile. Mieux valait que Donia et Keenan s'entendent, mais l'idée de se retrouver seule avec la Reine de l'Hiver la rendait anxieuse. Elles étaient devenues plus ou moins amies – pas aussi proches qu'Aislinn l'aurait souhaité, mais suffisamment pour passer quelques après-midi ensemble, au début. Avec l'arrivée du printemps, ces rencontres avaient pris fin. *Quand les choses ont changé avec Keenan.* Keenan et Aislinn pouvaient éviter d'en discuter, mais s'abstenir de se toucher leur demandait un effort constant.

– Je peux essayer, consentit la jeune fille, mais si elle t'en veut à toi, elle n'acceptera peut-être pas de me parler non plus. Récemment, chaque fois que j'ai tâché de la voir, elle s'est désistée.

Keenan remplit deux verres d'eau.

– Parce que l'Été gagne en puissance et que l'Hiver s'affaiblit. Au printemps, Beira devenait toujours hargneuse – et encore, je n'avais aucun pouvoir à l'époque.

Il lui tendit l'un des verres, et Aislinn se figea.

Ce n'est que de l'eau. Et même s'il s'agissait de vin de l'été, le breuvage ne pourrait pas l'affecter comme lorsqu'elle était encore mortelle. Elle écarta ces pensées.

– Ash ?

Elle sursauta, prise au dépourvu en l'entendant l'appeler par ce diminutif qu'il employait rarement.

– Oui ?

Il leva le verre et fit glisser son pouce sur le rebord. Le liquide était clair comme du cristal.

– Tu ne crains rien. Je n'ai pas l'intention de te faire de mal. *Jamais.* Même avant, jamais je n'ai voulu te faire de mal.

Elle rougit et prit le verre.

– Désolée. Je le sais bien.

Il haussa les épaules, mais il était facilement blessé lorsque Aislinn paniquait ainsi. Elle devinait qu'il en avait conscience, comme si le fait de partager le trône créait un lien auquel aucun d'eux ne s'était préparé. À la cour, Keenan était le seul à être capable de percer les façades qu'elle érigeait autour d'elle.

Des amis. Nous sommes amis, rien d'autre. Mais pas des ennemis.

– Je parlerai à Donia, reprit-elle. Je ne te promets rien, mais j'essaierai. Ça nous fera peut-être du bien à toutes les deux... Elle est tellement irritable depuis quelques semaines, surtout avec moi. Si c'est seulement à cause de l'arrivée du printemps, elle sera peut-être contente de bavarder un peu.

Keenan lui prit la main et la serra doucement.

– C'est vraiment gentil de ta part de tolérer la situation dans laquelle tu te trouves par ma faute. Je sais que ça n'est pas encore très simple pour toi.

Elle ne retira pas sa main. Au contraire, elle serra la sienne en retour, avec toute la force qu'elle avait acquise depuis que sa nature mortelle avait été remplacée par une autre, plus étrange.

– Ça ne pourra pas durer, tu sais. Et si tu me caches de nouveau un secret, comme tu l'as fait avec Leslie...

Elle laissa s'échapper un peu du soleil qui vivait sous sa peau – non pas parce qu'elle était fâchée, mais pour lui montrer qu'elle maîtrisait de mieux en mieux l'élément qu'ils partageaient.

– Je te le déconseille, Keenan, poursuivit-elle. C'est grâce à Donia que Leslie a pu être libérée de l'emprise d'Irial. Toi, tu m'as laissée tomber. Et je ne veux pas qu'une telle chose se reproduise.

Pendant presque une minute, il resta muet, se contentant de lui tenir la main. Alors qu'elle s'apprêtait à la retirer, il sourit.

– Je ne suis pas certain que cette menace aura l'effet que tu escomptais. Tu es encore plus attirante quand tu es en colère.

Aislinn rougit. La réponse qu'elle *aurait* dû faire n'était pas celle qu'elle pouvait formuler. Elle soutint néanmoins son regard.

– Ce n'est pas un jeu, Keenan.

Son sourire s'évanouit et il lâcha sa main.

– Aucun secret. C'est bien ce que tu attends de moi ?

– Oui. Je ne veux pas que nous soyons des adversaires. Je ne veux pas non plus jouer sur les mots.

Les fés avaient l'habitude de déformer les paroles d'autrui pour les tourner à leur avantage.

– Je ne veux pas non plus que nous soyons ennemis, répliqua Keenan sur un ton tranquille.

– Ni jouer sur les mots, insista-t-elle.

Le sourire malicieux du Roi de l'Été réapparut.

– En réalité, j'adore les jeux de mots.

– Je ne plaisante pas, Keenan. Si tu veux que nous formions une équipe, il faut que tu te montres plus franc avec moi.

– Vraiment ? s'enquit-il sur un ton de défi. C'est ce que tu souhaites ?

– Nous ne pouvons pas travailler ensemble si je suis sans cesse à me demander ce que tu as à l'esprit.

– Si tu es certaine que c'est ce que tu veux... déclara-t-il d'une voix à la fois taquine et très sérieuse. Tu en es sûre, Aislinn ? Tu veux que je sois tout à fait honnête avec toi ?

Était-elle sur le point de tomber dans un piège ? Cependant, si elle devait être son égale, reculer maintenant n'aurait pas été une solution appropriée. Elle s'obligea à le regarder droit dans les yeux.

– Oui.

Il s'appuya contre le dossier du canapé et but une gorgée d'eau.

– Eh bien, voilà ce que j'avais en tête il y a un instant, histoire que tu ne te poses plus de questions... Je me disais que nous sommes parfois tellement absorbés par les affaires de la cour, par Donia, par Niall ou par tes études... Nous oublions facilement que sans toi, rien de ce que je possède aujourd'hui ne serait mien. En revanche, difficile d'oublier que j'aimerais avoir encore plus.

Elle rougit.

– Ce n'est pas ce que je voulais dire.

– C'est donc *toi* qui cherches à jouer avec les mots,

maintenant ? demanda-t-il avec dans la voix une note de défi plus nette. Tu veux aussi décider des occasions où je dois me montrer franc ?

– Non, mais...

– Tu souhaitais connaître mes pensées. Tu n'as pas posé de conditions. *Tu* l'as voulu ainsi, déclara-t-il en reposant son verre sur la table, attendant quelques battements de cœur avant de poursuivre. As-tu déjà changé d'idée ? Tu préférerais qu'on ait des secrets l'un pour l'autre ?

Aislinn sentit sa terreur grandir – elle ne craignait rien physiquement, mais elle avait peur que l'amitié qu'ils bâtissaient ne s'écroule soudain autour d'eux.

Comme elle ne répondait pas, il reprit :

– Je me disais donc que nulle autre que toi n'aurait été capable de faire face à la situation comme tu l'as fait. Sans parler de ton adaptation à ta soudaine nature féerique... Aucune des Filles de l'Été n'a jamais pu s'intégrer aussi rapidement. Tu ne t'es pas lamentée, tu ne t'es pas mise en colère, tu ne t'es pas non plus raccrochée à moi.

– Je connaissais déjà bien les fés. Pas eux, protesta-t-elle.

Plus il parlait, plus elle détestait le fait que ni lui ni elle n'avaient la possibilité de mentir. Il aurait été plus simple de nier avec quelle facilité elle était devenue une fée, de lui dire qu'elle continuait à avoir du mal à s'ajuster à sa nouvelle existence, de prétendre qu'elle luttait au quotidien.

Parce que alors, il ne me traiterait pas ainsi.

Il lui avait laissé du temps, de l'espace. Il s'était comporté en ami et jamais il n'avait franchi les limites qu'elle lui avait imposées.

Fuis. Fuis maintenant.

Elle n'en fit rien.

Keenan s'approcha plus près. Envahissant son espace.

– Tu sais parfaitement qu'il y a plus que ça entre nous. Et il était normal que je cherche ma reine pendant tant de siècles, je le sais à présent. T'attendre valait bien tout ce que je ne pensais pas pouvoir supporter.

Keenan posa la main sur ses cheveux. Des rayons de soleil ruisselaient sur la peau d'Aislinn.

– Si tu étais ma reine, *vraiment* ma reine, notre cour deviendrait encore plus puissante. Si tu m'appartenais, sans que le monde des mortels puisse distraire ton attention, nous serions davantage en sécurité. L'été est une époque de réjouissances, de plaisirs et de chaleur. Lorsque je suis près de toi, j'ai envie d'oublier tout le reste. J'aime Donia. Je l'aimerai toujours. Mais quand tu es là...

Il s'interrompit. Elle avait compris ce qu'il n'ajouta pas, mais il y avait une part d'elle-même qu'elle refusait de sacrifier pour le bien de sa cour. Avait-il su qu'ils éprouveraient une telle attraction ? Avait-il su qu'en insistant sur le fait que sa position de reine ne pouvait être qu'un travail – et non une union véritable – Aislinn limiterait l'épanouissement harmonieux de leur cour ? Elle n'avait pas envie de connaître les réponses à ces questions.

– La cour est plus puissante qu'elle ne l'a jamais été sous ton règne, murmura-t-elle.

– C'est vrai, et je t'en suis reconnaissant. Le reste attendra aussi longtemps qu'il le faut. Voilà mon sentiment. Je devrais plutôt penser à la liste d'affaires gouvernementales que nous avons à traiter... Mais, ajouta-t-il en se penchant près d'elle, les yeux rivés sur les siens, tout ce que j'ai à l'esprit, c'est que tu es là, à mes côtés, à ta place. J'aime profondément Donia, mais j'aime aussi ma cour. Et je serais capable de t'aimer comme nous sommes censés nous aimer, Aislinn. Si tu m'y autorisais, je t'aimerais suffisamment, au point que nous pourrions oublier tout le reste.

– Keenan...

– Tu m'as demandé d'être franc.

Il ne mentait pas. Il en était incapable. *Ça n'a pas d'importance.* Tout ce qu'il lui avait avoué ne comptait pas. Ne pouvait pas compter.

Aislinn percevait le soleil qui vivait au centre de son organisme. Il prit de l'ampleur, jusqu'à emplir sa peau, comme sur le point d'exploser. C'était la manière dont son corps répondait, après avoir été brièvement en contact avec celui de Keenan, avec une intensité qu'elle n'avait connue qu'auprès de Seth – une sensation trompeuse.

Vraiment ? chuchotait une petite voix traîtresse au fond d'elle. *Il est mon roi, mon compagnon...*

Elle plaça une main sur la poitrine de Keenan, avec l'intention de le repousser, mais dès qu'elle le toucha, la lumière solaire se mit à palpiter entre eux. Leurs corps en contact formaient comme un immense conduit où le soleil circulait en boucle, comme un flot continu d'énergie qui grandissait à mesure qu'il se glissait hors de leur peau.

Les yeux de Keenan s'écarquillèrent et sa respiration s'accéléra. Il se pencha vers elle, et elle sentit qu'elle se penchait à son tour. Le bras de la jeune fille était plié, si bien qu'elle se retrouvait tout contre lui – même si son idée première avait été de le faire s'éloigner.

À cet instant, il l'embrassa, ce qu'il n'avait plus fait

depuis qu'elle avait cessé d'être mortelle. La première fois, le vin de l'été et les heures passées à danser dans ses bras lui avaient fait tourner la tête. La deuxième, il avait tenté de la séduire ainsi alors qu'elle lui demandait de la laisser tranquille.

Mais cette fois, il l'embrassa délicatement, ses lèvres effleurant à peine les siennes. C'était une question autant qu'un baiser. C'était de l'affection, ce qui, d'une certaine manière, aggravait les choses.

Elle s'écarta de lui.

– Arrête, chuchota-t-elle.

– Tu en es certaine ? s'enquit-il en marquant une pause.

Elle était incapable de répondre. *Sans mentir.* Elle avait en bouche le goût mûr de l'été, qui se reflétait dans les paroles de Keenan, la promesse de ce qu'elle pourrait avoir si elle s'approchait de nouveau de lui.

– J'aimerais que tu t'éloignes de moi.

Elle focalisa son attention sur le sens de ces mots, sur la texture du canapé, sur le dos des livres reliés de cuir qu'elle voyait derrière lui. Sur n'importe quoi, plutôt que sur lui.

Elle ôta la main de sa poitrine.

Lentement. Me concentrer sur ce qui compte vraiment. Ma vie. Mes choix. Seth.

Keenan s'écarta à son tour, tout en la fixant avec intensité.

– Si tu n'étais pas là, la cour serait à l'agonie.

– Je sais.

Elle ne pouvait pas reculer davantage. L'accoudoir du canapé lui rentrait dans le dos.

– Sans toi, je n'arriverais à rien.

Elle s'empara du coussin et le serra contre elle, comme s'il s'agissait d'un bouclier.

– Tu as pourtant réussi à régner sans moi pendant neuf siècles.

Il acquiesça.

– Ce qui en valait la peine. De même que les tourments que j'ai endurés, car nous sommes là à présent, et nous pourrons aller encore plus loin si un jour tu m'acceptes. Si seulement nous pouvions prendre le temps d'être ensemble, toi et moi...

L'espace d'un moment encore trop long pour elle, Aislinn resta immobile, cherchant les mots qui lui permettraient d'atténuer la tension qui avait jailli entre eux. Ce n'était pas la première fois qu'il se montrait si entreprenant, mais jamais auparavant il n'avait essayé de la toucher ainsi, autrement que par amitié. Combiné à ses mots, ce contact était trop intense.

– Tu me laisses un peu d'espace ? dit-elle d'une voix brisée.

Il s'écarta un peu.

– Seulement parce que tu l'exiges.

Elle se sentait tout étourdie.

Keenan lui adressa un sourire forcé.

Les jambes flageolantes, elle se releva et se dirigea vers la porte. Elle l'ouvrit en s'agrippant à la poignée, si fort qu'elle crut qu'elle allait la briser. Elle croisa son regard, même si cela lui demanda plus d'efforts qu'elle n'aurait imaginé.

– Ce qui vient de se passer ne change rien entre nous. C'est *impossible*. Tu es mon ami, mon roi, mais... c'est tout.

Il hocha la tête – un mouvement indiquant qu'il l'avait entendue, non qu'il était d'accord avec elle.

– Et toi, tu es ma reine, celle qui m'a sauvé, ma compagne... et c'est tout ce qui compte.

7

Aislinn marchait au hasard des rues de Huntsdale. Parfois, elle ne se sentait pas capable d'être auprès de Seth. Ce qui lui arrivait de plus en plus fréquemment depuis quelque temps, tant l'image de Keenan persistait dans son esprit. Elle ne cessait de penser aux paroles du roi et à ce qu'elle avait ressenti quand il l'avait touchée – et elle avait peur. Si Donia et lui se séparaient, Keenan se montrerait encore plus insistant. Avec l'approche de l'été, ils étaient déjà trop proches. *Que faire ?*

D'un côté, elle avait envie de tout raconter à Seth, mais elle était terrifiée à l'idée que le jeune homme la quitte. Il avait beau lui répéter à l'oreille qu'il l'aimait, elle s'inquiétait, craignait de tout gâcher et de le voir partir. Parfois, elle souhaitait échapper au monde des fés et à leurs préoccupations, et elle se disait que Seth était animé du même désir. Il lui fallait constamment partager Aislinn avec la cour et avec Keenan. Mais si elle lui avouait que ce dernier était plus entreprenant – et qu'elle était tentée de céder à ses pressions – ce serait peut-être la goutte d'eau pour le jeune homme.

Seth n'empiétait pas sur son espace vital, mais lorsqu'elle était contrariée il s'en rendait compte, et elle ne savait pas ce qu'elle pourrait lui répondre s'il lui demandait pourquoi. *Mon roi, ma moitié, a décidé de changer les règles. Et j'ai eu du mal à refuser.* Elle n'était pas préparée à avoir cette conversation, pas dans l'immédiat. *Plus tard.* Elle lui en parlerait. *Pas tout de suite. Seulement quand je saurai quoi lui dire.*

Elle avait pourtant besoin de se confier à quelqu'un, mais la seule de ses amies à connaître l'existence des fés, Leslie, avait quitté la ville et refusait d'en discuter. Si elle en parlait à Seth, il lui faudrait alors admettre qu'elle était attirée par Keenan. Elle ne pouvait pas non plus s'épancher auprès de ce dernier, puisque c'était lui qui posait problème. Aislinn prit conscience que son cercle d'amis était beaucoup plus restreint que par le passé – pensée fort déplaisante. Elle n'avait jamais eu beaucoup de confidents, mais depuis quelques mois, elle s'était éloignée d'eux. Elle fréquentait encore Rianne et Carla, mais seulement dans le cadre scolaire, et cela faisait longtemps qu'elle n'était plus sortie avec elles.

Elle consulta sa montre, puis appela Carla. Celle-ci répondit presque immédiatement.

– Ash ? Est-ce que tout va ?

Carla pouvait bien être surprise : Aislinn ne l'avait plus appelée depuis des semaines.

– Oui, pourquoi ?

– Je... rien, bredouilla Carla. Qu'est-ce qui t'arrive ?

– Tu es libre ? demanda Aislinn.

Un bref instant, la jeune fille resta muette.

– Tout dépend de ce que tu attends de moi.

– Bon, je n'ai pas été une amie très sympa ces derniers temps...

– Continue, répliqua Carla, tu es sur la bonne voie. Que proposes-tu ?

– De me faire pardonner ? suggéra Aislinn en riant, soulagée que Carla prenne la chose avec légèreté. Quel est ton prix ?

– Une partie de billard ? Dix dollars que je l'emporte. On se retrouve là-bas ?

Aislinn s'engagea dans une autre rue, en direction du *Shooters*.

– Tu me céderas quelques points ?

Carla poussa un grognement.

– Tu veux blaguer, ma petite ? Tu es censée faire pénitence. J'ai repéré un nouveau jeu vidéo, et il va falloir que t'allonges les billets avant la fin de la soirée.

– Aïe.

– Tu l'as dit, répliqua Carla avec gaieté. J'y serai dans une demi-heure. À tout de suite !

– Je réserve une table.

Rassérénée, Aislinn raccrocha. Elle savait que plusieurs de ses gardes la suivaient discrètement. Ce soir, elle n'avait pas envie de les voir. Jouer au billard avec une amie n'arrangerait pas grand-chose, mais au moins, elle se sentirait un peu plus proche de son ancienne vie, qui continuait de lui manquer.

Avec cette pensée à l'esprit, elle remonta les six pâtés de maisons qui la séparaient du *Shooters*, où elle n'avait pas mis les pieds depuis des semaines. Elle se sentait de nouveau coupable, craignant de ne plus y être très bien accueillie.

Les habitués du club travaillaient dur et venaient s'y détendre avec un enthousiasme similaire. Tous étaient plus vieux qu'elle – certains auraient même pu être d'anciens camarades de classe de sa grand-mère – mais au *Shooters*, peu importait l'âge, la classe sociale ou les origines ethniques : tout le monde était bienvenu, tant qu'on n'y faisait pas d'histoires.

Avant que tout ne change pour Aislinn, Denny, un joueur professionnel qui approchait de la trentaine, avait décidé de lui donner des cours. Lorsqu'il avait envie de jouer pour de l'argent contre d'autres clients, c'était une amie à lui, Grace, qui prenait le relais auprès d'Aislinn ; ainsi, sous leur tutelle à tous les deux, la jeune fille avait fait des progrès remarquables. Jamais elle ne serait capable de remporter autant de parties que Denny, mais ce genre de talent ne pouvait s'acquérir que si l'on pratiquait au quotidien. Elle s'entendait bien avec la plupart des habitués, mais c'étaient Denny et Grace qui lui manquaient vraiment.

Dès qu'elle entra, elle les aperçut en train de jouer ensemble. Grace leva les yeux, vit Aislinn et lui sourit aussitôt.

– Salut princesse. Ça fait un bail que tu ne nous as pas rendu visite.

Denny termina son coup avant de se tourner vers elle.

– Tu es de sortie sans aucun de tes princes charmants ?

Aislinn haussa les épaules.

– C'est une soirée entre filles. J'attends Carla.

– Assieds-toi ou va chercher une queue de billard, dit Grace, d'une voix à laquelle l'alcool et la cigarette donnaient une tonalité rauque, en contraste avec son apparence physique.

Cette voix évoquait en effet une chanteuse au corps souple, vêtue d'une robe écarlate, brisant les cœurs, incitant les amoureux à se déchirer... En réalité, Grace appartenait à une tout autre catégorie de semeuse de troubles : dans ses bottes noires, son jean élimé et sa chemise d'homme, c'était une petite bonne femme tout en muscles, capable de se battre aussi bien que n'importe quel homme qui fréquentait la salle. Elle tirait une immense fierté du fait que sa Harley-Davidson était plus chromée et possédait un pot d'échappement plus bruyant que celle de Denny.

– Tu veux qu'on s'affronte quand Carla sera là ? demanda le jeune homme, tout en tournant autour de la table pour se préparer à son prochain coup.

Il avait relevé ses cheveux, mais sa queue-de-cheval un peu lâche lui retombait déjà à moitié sur le visage.

– À condition que je fasse équipe avec Carla, déclara Grace. Désolée, Ash, mais s'ils sont ensemble, ils vont nous achever.

Aislinn lui décocha un large sourire.

– Elle a déjà décidé de la mise en jeu. Dix dollars la partie.

– Puisqu'on joue en équipe, disons vingt dollars ? proposa Denny.

Il dégagea deux billes – un coup complexe que Carla aurait pu expliquer en s'appuyant sur des règles de géométrie, mais que le jeune homme avait exécuté sans réfléchir : tout était question de précision et d'entraînement.

Aislinn, elle, n'avait pas les bases mathématiques nécessaires, ni suffisamment de pratique pour comprendre ce coup.

– Sinon, on reste sur dix dollars et on partage les gains, répondit Grace en débouchant une bouteille d'eau.

– On va peut-être se retrouver à égalité, si tu es avec Carla, ajouta Denny en terminant de couler les dernières billes qui restaient sur la table.

– Ou peut-être pas, marmonna Grace.

Il lui adressa un grand sourire.

– Mais si, mais si.

Un air de blues démarra sur le juke-box. Aislinn était venue là assez souvent pour reconnaître le morceau, signé Buddy Guy. À l'autre bout de la salle, le bourdonnement familier des conversations se mêlait aux claquements des billes qui s'entrechoquaient et aux cris de défaite ou de victoire qui éclataient ici et là. *Ça me fait du bien d'être venue.* Elle avait passé trop de temps parmi les fés. Traîner avec des amis mortels était un intermède nécessaire.

Quand Carla arriva, Aislinn aurait presque pu se persuader que rien n'avait changé dans son existence. Non que sa vie d'avant avait été idéale, mais parfois, il lui semblait que les choses avaient été plus claires à l'époque. Rien de ce qu'elle vivait à présent – l'idée d'immortalité, un travail qu'elle ne maîtrisait pas très bien et une relation amoureuse qui se dirigeait vers des frontières infranchissables – ne relevait du loisir.

Cependant, Carla, Denny et Grace étaient près d'elle, la musique était bonne et elle s'amusait. La soirée serait donc réservée à prendre du bon temps avec ses amis.

– La partie est pour nous, fanfaronna Carla en exécutant quelques pas de danse.

Denny détourna aussitôt le regard. Grace eut un petit sourire suffisant.

– Tu me caches quelque chose, murmura Aislinn en se penchant vers Denny.

Celui-ci plissa les yeux.

– Laisse tomber, Ash.

Grace et Carla bavardaient de leur côté, tandis que la première marquait des points. Aislinn se plaça dos à la table et reprit à voix basse :

– La question de l'âge est relative. Si tu...

– Non, ça n'a rien de relatif. Je suis trop vieux pour Carla. Un jour, peut-être, quand elle aura vécu un peu plus... mais pour le moment, je n'ai pas l'intention de lui voler sa jeunesse.

Denny jeta un coup d'œil à Carla et s'assit sur l'un des tabourets alignés contre le mur.

– Profitez toutes les deux de votre liberté avant de vous établir dans la vie, poursuivit-il. Moi-même, j'en suis déjà au point d'avoir envie de ça.

– Mais alors, qu'est-ce que tu entends par « trop vieux » ?

Il lui adressa un grand sourire.

– Ne te vexe pas. Seth n'est pas trop vieux pour toi. Un an ou deux de différence, ça ne compte pas.

– Pourtant...

– Moi, j'ai presque dix ans de plus qu'elle. Rien à voir, donc, précisa Denny en se relevant. Hé, on est ici pour couler des billes ou pour jouer à la coiffeuse ?

– T'es con.

Son sourire s'élargit.

– Tu vois, raison de plus pour ne pas m'encourager à séduire Carla.

– Bon, c'est comme tu veux, répondit-elle en lui rendant son sourire.

Tout en jouant, Aislinn pensa à Seth – *et à Keenan*. Était-elle d'accord avec Denny ? *Est-ce qu'une différence d'âge de quelques années importe vraiment* ? Elle se disait qu'il avait en partie raison. En effet, elle ne se sentait pas plus immature ou moins raisonnable que Seth, et leur relation était équilibrée. Avec Keenan, elle avait sans cesse l'impression de commettre des impairs. Elle repoussa ces idées déplaisantes et se concentra de nouveau sur la partie en cours. Carla et Grace formaient une belle équipe, mais Denny les surpassait. Tous jouaient pour le plaisir. Le jeune homme, lui, jouait la plupart du temps pour de l'argent.

– Hé, boulet, à ton tour ! l'interpella-t-il.

Carla éclata de rire.

– Tu n'as pas compris qu'elle cherchait à me faire gagner ?

– C'est une explication comme une autre pour justifier le coup si facile que tu as pourtant raté tout à l'heure... commenta Denny.

Aislinn réussit à dégager ses billes, mais dans l'heure qui suivit, elle manqua la plupart de ses coups. Elle n'avait pas été aussi détendue depuis longtemps, sans s'inquiéter des non-dits, de chaque mot qu'elle pouvait prononcer ou du moindre geste qu'elle pouvait faire. *Exactement ce dont j'avais besoin.*

Plus tard, quand Aislinn rentra chez elle, sa grand-mère l'attendait dans le salon, ce qui ne la surprit pas. Il y avait certes des gardes qui la suivaient partout, et les règles que sa grand-mère avait édictées par le passé – lorsque les fés n'étaient pas censés savoir que la jeune fille était dotée de la Vue – étaient désormais caduques ; mais la vieille femme continuait de la traiter comme une jeune fille normale. *Du moins, aussi normale que j'aie pu l'être.* Chez sa grand-mère, elle avait encore le droit de se sentir toute petite ou apeurée. Elle se faisait encore gronder si elle oubliait d'ajouter le lait sur la liste des courses après avoir terminé la dernière bouteille. C'était un refuge... Ce qui ne signifiait pas que le reste du monde s'arrêtait au seuil de cet appartement.

Sa grand-mère était installée dans son fauteuil préféré, une tasse de thé à la main. Elle avait détaché ses longues nattes grises – plus longues qu'Aislinn aurait pu le supporter. Enfant, elle était persuadée que sa grand-mère était Raiponce, tout droit sortie du conte des frères Grimm. Si les fés existaient, pourquoi pas Raiponce ? Elles vivaient dans un grand immeuble, dont les fenêtres donnaient sur un monde étrange. À l'époque, la chevelure de sa grand-mère était plus longue encore, d'un blond cendré. Un jour, Aislinn l'avait interrogée à ce sujet. Elle se souvenait encore de cette conversation et de ses sentiments d'alors...

– Je pourrais aussi être la sorcière qui te protège, dans ce cas ? Te gardant enfermée dans notre tour.

– Non, répondit Aislinn, pensive. Tu es Raiponce, et nous nous cachons pour échapper à la sorcière.

– Et que se passera-t-il si la sorcière nous trouve ?

– Elle nous volera nos yeux ou nous tuera.

– Mais alors, si nous quittons notre tour, quelles sont les règles à suivre ?

Sa grand-mère avait tendance à tout transformer en interrogatoire : elle ramenait tout aux fés et si Aislinn se trompait de réponse, leur sortie était retardée.

– On ne regarde pas les fés. On ne leur parle pas. On ne fait rien pour attirer leur attention, énuméra Aislinn en comptant sur ses doigts. Jamais. Et on obéit toujours aux règles.

– C'est juste, répondit sa grand-mère en l'enlaçant, les larmes aux yeux. Si on enfreint les règles, la sorcière gagnera.

– C'est ce qui est arrivé à maman ?

Aislinn scruta le visage de sa grand-mère, avec l'espoir d'y lire quelques indices. La petite fille savait que sa grand-mère ne répondait jamais complètement à ses questions.

Cette dernière la serra plus fort.

– Plus ou moins, mon bébé. Plus ou moins.

Elles ne parlaient jamais de Moira, la mère d'Aislinn. Celle-ci dévisagea sa grand-mère, la seule mère qu'elle ait connue. L'idée qu'il lui faudrait bientôt vivre sans elle pour l'éternité ne lui plaisait pas du tout. Sa grand-mère, Seth, Leslie, Carla, Rianne, Denny, Grace... tous ceux qu'elle avait connus avant de rencontrer Keenan mourraient un jour ou l'autre. *Et je serai seule. Seule avec Keenan.* Elle ne pouvait exprimer sa douleur, tant elle était immense.

– J'ai regardé une émission sur les complications météorologiques qu'entraînent les changements climatiques inattendus, expliqua sa grand-mère en montrant le téléviseur, encore allumé.

Depuis qu'Aislinn incarnait l'été, la vieille dame suivait de près ce genre de sujets.

– Ils ont un peu discuté des problèmes provoqués par les inondations, et ont exposé des théories sur les causes probables de ces modifications écologiques...

– On travaille sur la montée des eaux, l'interrompit la jeune fille en ôtant ses chaussures. Quant au reste, pas d'inquiétude : personne ne croit aux fés.

– Ils ont aussi raconté comment les ours polaires...

– Grand-mère ? la coupa de nouveau Aislinn. On peut éviter d'en discuter ce soir ?

Elle s'affala sur le canapé, s'enfonçant dans les coussins avec un plaisir qu'elle n'éprouvait jamais dans le loft. Keenan avait beau essayer, elle ne s'y sentait pas chez elle. Elle n'y était pas elle-même.

Sa grand-mère éteignit la télévision.

– Que s'est-il passé ?

– Rien. Seulement... Keenan... on a eu une conversation...

Aislinn n'arrivait pas à trouver ses mots. D'ordinaire, elle pouvait aborder toutes sortes de sujets avec la vieille dame – les garçons, la sexualité, les drogues, l'alcool : vraiment tout, mais de façon abstraite. Jamais détaillée.

Je ne sais pas, reprit-elle. Après, j'ai retrouvé Carla au *Shooters*. Ça m'a aidée, mais... demain, après-demain, l'année prochaine... ? Comment vais-je m'en sortir quand je n'aurai plus personne à mes côtés, hormis lui ?

– Il fait déjà pression sur toi, si je comprends bien ?

Sa grand-mère tournait rarement autour du pot, préférant les approches directes.

– Comment le sais-tu ?

– Keenan est un *fé*, Aislinn, répliqua-t-elle d'un ton qui cachait mal sa hargne.

– Moi aussi.

Elle n'aimait pas l'admettre, et peut-être ne s'y résignerait-elle jamais vraiment. Sa grand-mère avait beau accepter Aislinn telle qu'elle était, elle avait cependant craint et détesté les fés toute sa vie, même si sa petite-fille en était une désormais. Sa propre fille était morte par leur faute.

Par la faute de Keenan, plus exactement.

– Tu n'es pas comme eux, rétorqua la vieille femme en se renfrognant. Et tu ne *lui* ressembles pas du tout.

Des larmes de frustration brûlaient les yeux d'Aislinn. Elle voulait les réprimer à tout prix. Elle avait encore du mal à contrôler ses émotions et parfois, contre son gré, la météorologie réagissait à ses sentiments. Justement, à cet instant, elle n'était pas certaine de pouvoir maîtriser ses émotions ni le ciel. Avant de répondre, elle prit une profonde inspiration :

– Il est mon compagnon, ma moitié...

– Mais tu es restée généreuse. Honnête.

Sa grand-mère l'attira contre elle. Aislinn accepta cette étreinte, comme lorsqu'elle était petite.

– Il va te pousser à satisfaire ses désirs. Il s'y prend toujours ainsi, ajouta la vieille dame en caressant ses cheveux, passant les doigts dans ses mèches multicolores. Il n'est pas habitué à ce qu'on le repousse.

– Je ne l'ai pas...

– Tu as repoussé son affection. Il est piqué au vif. Tous les fés sont orgueilleux. Et lui, c'est un roi. Les femmes lui ont toujours tout cédé, depuis si longtemps qu'il l'a oublié.

Aislinn aurait voulu répondre que Keenan s'intéressait à elle car elle était sa reine, et non parce qu'elle se refusait à lui ; expliquer à sa grand-mère que leur amitié évoluait, qu'ils avaient besoin de lui donner un sens. Pourtant, tout cela était-il vrai ? Elle croyait en partie qu'il agissait ainsi parce qu'il avait toujours pensé qu'une reine devait aussi être une partenaire sexuelle. Mais ce qui la mettait mal à l'aise, c'était d'imaginer que l'élan qui les poussait à être plus que des amis, parce qu'ils régnaient ensemble, n'allait cesser de croître... C'était cela qui la terrifiait.

– C'est Seth que j'aime, murmura-t-elle, se raccrochant à cette vérité, sans s'avouer que l'amour qu'on porte à un garçon n'empêche pas de remarquer les autres.

– Je le sais. Et Keenan aussi.

Sa grand-mère continuait de lui caresser les cheveux de façon apaisante. Elle avait toujours su lui donner de l'amour sans l'étouffer. Chose que personne d'autre n'avait jamais su faire. Pendant longtemps, elles avaient vécu en vase clos.

– Mais alors, que faire ?

– Contente-toi d'être toi-même : forte et sincère. Et tout rentrera dans l'ordre. Comme d'habitude. Ne l'oublie pas. Quoi qu'il arrive pendant les... siècles à venir, n'oublie jamais d'être honnête avec toi-même. Et si tu échoues, ne t'en veux pas. Tu feras forcément des erreurs. C'est un monde nouveau qui s'ouvre à toi, tandis qu'eux le connaissent par cœur.

– Si seulement tu pouvais toujours rester près de moi. J'ai peur, tu sais, lui confia Aislinn en reniflant. Ai-je envie de vivre éternellement ?

– Moira a hésité, elle aussi... Elle a cependant fait un choix idiot, reprit-elle après avoir marqué une brève pause. Toi... tu es plus forte qu'elle ne l'a été.

– Je n'ai peut-être pas envie d'être forte.

La vieille femme laissa échapper un petit gloussement, presque un rire.

– Possible, mais tu le seras malgré tout. La force, c'est ça. Chacun avance sur le chemin qui lui appartient. Moira a baissé les bras. Elle a commis des actes... qui l'ont mise en danger. Elle a couché avec des inconnus. A fait Dieu seul sait quoi et quand... Ne te méprends pas sur mes paroles. J'ai réussi à te tirer de là. Et à l'évidence, quand tu es née, tu n'étais pas dépendante des drogues qu'elle avait prises pendant sa grossesse. Elle n'a pas attenté à tes jours et ne t'a pas livrée à *eux* à la naissance. Elle a bien voulu que je m'occupe de toi. Sur la fin, elle a même réussi à prendre quelques décisions difficiles...

– Mais ?

– Elle n'était pas la femme que tu es devenue.

– Je ne suis qu'une jeune fille, je...

– Tu règnes sur une cour féerique. Tu t'occupes de politique. Tu es une vraie femme à présent, et tu mérites ce titre.

La voix de sa grand-mère était ferme. C'était celle qu'elle adoptait quand elle parlait de féminisme, de liberté et d'égalité raciale, de toutes ces choses en lesquelles elle croyait dur comme fer, à l'instar d'une religion.

– Je ne me sens pas prête.

– C'est pareil pour tout le monde, ma chérie. Je ne me sens pas prête à vieillir. Quand j'ai été mère, je ne me sentais pas prête non plus – lorsque j'ai eu Moira, puis toi. Et je n'étais pas préparée non plus à la perdre.

– Ou à me perdre, moi.

– Je ne vais pas te perdre. C'est le seul bienfait que je dois aux fés : tu seras encore là, forte, en vie, longtemps après ma mort. Jamais tu ne seras dans le besoin, ni malade, ni en danger, ajouta-t-elle, soudain farouche. *Ils* t'ont donné presque tout ce que je désirais pour toi. Mais seulement parce que tu as été suffisamment courageuse pour prendre ce qui te revenait. Je ne les aime pas, jamais je ne les aimerai, mais l'idée que tout ira bien pour ma petite-fille quand je ne serai plus là... cela m'inciterait presque à leur pardonner tout le reste.

– Ma mère... elle n'est pas vraiment morte en couches ?

Aislinn n'avait jamais posé cette question, mais elle savait que les différents morceaux du puzzle ne s'assemblaient pas très bien. Elle avait entendu Keenan et sa grand-mère en parler, l'automne précédent.

– Non, c'est vrai.

– Dans ce cas, pourquoi me l'avoir caché ?

La vieille femme resta un moment silencieuse.

– Un jour, quand tu étais petite, tu as lu un livre, puis tu m'as dit que tu savais pourquoi ta mère t'avait quittée. Tu étais certaine que ce n'était pas sa faute, qu'elle était seulement trop faible pour être mère. Que tu étais comme ces fillettes que l'on croise dans certaines histoires, et dont la mère meurt pour qu'elles puissent vivre, expliqua-t-elle avec un sourire hésitant. Qu'étais-je censée faire ? Ce que tu imaginais n'était pas tout à fait faux : elle n'avait pas eu assez de forces. Aurais-je dû te dire qu'elle avait choisi de nous quitter car elle était devenue en partie fée avant ta naissance ? Impossible. Dans ta version à toi, elle était noble et héroïque.

– Est-ce pour cette raison que j'ai pu devenir une fée ? Parce qu'elle n'était déjà plus vraiment humaine quand je suis née ? Peut-être n'ai-je jamais été une véritable mortelle...

Cette fois, sa grand-mère, sans cesser de caresser les cheveux d'Aislinn, mit tellement de temps avant de répondre que la jeune fille se demanda si elle n'allait pas rester silencieuse, comme à son habitude lorsqu'elles évoquaient le souvenir de Moira.

– Je me suis souvent posé cette question, finit-elle par avouer. Mais comment en être certaine ? Elle n'était plus totalement mortelle quand tu es née. Sans oublier que nous sommes dotées de la Vue, quelle que soit l'origine de ce don... Je ne sais pas, mais c'est possible.

– C'était peut-être elle, la reine que Keenan cherchait en vain, répliqua Aislinn. Ou peut-être toi. Ce qui expliquerait pourquoi nous avons la Vue. Beira a lancé ce sort contre Keenan et a fait disparaître la fille destinée à devenir la Reine de l'Été... celle-ci était peut-être l'une de nos ancêtres. Si ma mère avait accepté de passer l'épreuve... je me demande si elle serait devenue reine, si je serais devenue une fée à mon tour...

Sa grand-mère interrompit ce flot croissant de paroles.

– Toutes ces hypothèses ne te sont d'aucun secours, Aislinn.

– Je sais. Mais si elle était devenue fée... je ne serais plus seule.

– Si elle avait choisi d'être fée, je n'aurais pas eu à t'élever. Et elle ne t'aurait pas abandonnée.

– C'est pourtant le *choix* qu'elle a fait. Elle a préféré mourir plutôt que de devenir fée. Ce que je suis à présent.

– Je suis désolée, chuchota sa grand-mère, dont les larmes coulaient dans la chevelure d'Aislinn. Pourquoi faut-il que tu saches tout cela ?

Question à laquelle la jeune fille n'avait aucune réponse. Elle se contenta de rester dans les bras de la vieille dame, comme si souvent quand elle était petite. Moira avait préféré la mort. Ce qui laissait peu de doute sur ce qu'elle aurait pensé des choix de sa fille.

8

Le lendemain, en arrivant au *Crow's Nest*, Seth ne fut pas surpris d'y trouver de nouveau Niall, qui l'y attendait. Le jeune homme aurait pu s'étonner de sa présence, mais le fé tenait beaucoup à leur amitié et Seth ne s'y opposait pas. C'était comme découvrir qu'il avait un frère – certes versatile et plutôt étrange – dont personne ne lui aurait parlé jusque-là.

Seth s'empara d'une chaise et l'enfourcha.

– Tu n'as rien d'autre à faire ? Je croyais que t'avais un boulot.

Le Roi des Ténèbres leva son verre en guise de salut. Il lui indiqua un second verre, posé sur la table.

– Je ne l'ai pas rempli moi-même.

– Pas de souci, je te fais confiance. Sans oublier que je fais déjà partie de ton monde, ajouta le jeune homme en buvant une gorgée. Et que je n'ai pas l'intention de le quitter de sitôt.

Niall se rembrunit.

– Tu ne devrais peut-être pas te montrer aussi confiant.

– Possible.

Seth se pencha vers la table voisine pour attraper un cendrier propre et le plaça près du fé.

– Mais toi, tu devrais peut-être te détendre un peu.

Dans un coin de la salle, le groupe vérifiait la sono. Damali, qui avait été l'une des petites amies plus ou moins régulières de Seth avant qu'il ne rencontre Aislinn, agita la main dans la direction du jeune homme. La dernière fois qu'il l'avait vue, ses dreadlocks cuivrées lui arrivaient au milieu du dos. Elles n'étaient pas beaucoup plus longues à présent, mais elle les avait teintes en magenta. Seth lui adressa un signe de tête, puis reporta son attention sur Niall.

– Bon, tu as besoin d'un sermon, ou tu as l'intention de me couver, aujourd'hui ?

– Mmm.

– Bavard et mélancolique, à ce que je vois. C'est bien ma veine.

Niall lui décocha un regard noir.

– La plupart des gens sont intimidés dès qu'ils me voient, ces derniers temps. Je règne sur des créatures que même les fés craignent.

Seth leva un sourcil.

– Mmm.

– Quoi ?

– Ton truc du genre « j'inspire la terreur partout où je passe » ne marche pas, crois-moi, déclara Seth en parcourant la salle du regard. Broyer du noir, ça te va mieux. Toi et moi, on sait bien que tu pourrais ordonner sur-le-champ la mort de tous les gens présents, mais *moi*, je sais que tu ne le ferais pas.

– Je le ferais si nécessaire.

Seth, n'ayant rien à répondre à une telle affirmation – ce n'était pas un point dont il souhaitait débattre plus longuement avec Niall – changea de sujet.

– Tu as l'intention de tirer une mine sinistre tout l'après-midi ?

– Non, dit Niall en jetant un coup d'œil vers un jeu de fléchettes. Viens.

– Ouaf, ironisa Seth, en se levant malgré tout, soulagé de s'activer enfin.

– Pourquoi mes vrais Chiens ne m'obéissent-ils pas aussi promptement ? s'étonna Niall.

Il eut un sourire – certes discret, mais c'était un sourire malgré tout : il avait apparemment décidé de se dérider un peu.

Seth le suivit et enleva les fléchettes de la cible. Contrairement à Niall, qui prenait ce jeu très au sérieux, le jeune homme n'avait pas son kit personnel. Niall ouvrit sa mallette, qui contenait des fléchettes aux pointes d'os – avant d'être roi, le contact de l'acier, toxique pour les fés, aurait pu l'affecter.

L'air perplexe, Niall observa Seth choisir les fléchettes dont les pointes étaient les moins tordues.

– Je ne suis plus allergique au métal, mais je préfère ne pas avoir à le toucher.

– Les cigarettes ne te sont pas nocives non plus, mais tu n'hésites pas à en fumer.

– C'est vrai. Les fléchettes ne devraient pas me poser de problème, acquiesça Niall, sans pourtant esquisser le moindre geste en direction de celles que son ami avait à la main.

Avec une aisance qu'il éprouvait rarement en compagnie des sujets de la Cour de l'Été, Seth tourna le dos au Roi des Ténèbres et scruta la cible. *Je suis chez moi ici. Je ne crains rien.* Il avait conscience que la présence de Niall dans cet endroit, qu'il considérait un peu comme sa maison, ajoutait à son sentiment de sécurité.

– On s'échauffe ?

– Ça me va.

Seth ne voyait pas l'intérêt de prétendre qu'il avait un niveau suffisant pour vraiment jouer. Et même dans ses meilleurs jours, il n'aurait pas été capable de défier Niall. Pour lui, les fléchettes étaient seulement un passe-temps, rien d'autre.

Ils disputèrent trois parties dans un silence presque total, et même s'il était à l'évidence distrait, Niall les remporta sans mal, comme toujours. Quand il eut lancé sa dernière fléchette, il dit à Seth sur un ton neutre :

– J'espère que tu pardonnes mieux que tu ne joues.

– Il y a un problème ? demanda le jeune homme, sans pouvoir contenir la vague d'inquiétude qui déferla soudain en lui.

Niall lui jeta un coup d'œil en allant récupérer ses fléchettes.

– Des affaires à régler. Fais-moi confiance.

– Je ne veux pas de problèmes.

– Je suis le Roi des Ténèbres, Seth, quels problèmes pourrais-tu avoir avec moi ? répondit Niall en lui décochant un large sourire, l'air finalement presque heureux. *Ils* sont là.

L'espace d'un battement de cœur, Seth n'eut pas envie de se retourner. Il savait quelle scène l'attendait : sa petite amie, en compagnie de celui qui tentait de la conquérir. Il n'aimait pas les voir ensemble. Pourtant, il ne résista pas bien longtemps, même s'il fallait la voir avec Keenan. Jamais il n'avait pu résister quand il s'agissait de la regarder. Même à l'époque où elle était encore mortelle.

Seth se retourna. Aislinn avait le visage tourné vers Keenan. Elle lui souriait. Sa main reposait au creux du bras du roi. Depuis peu, elle adoptait de plus en plus les attitudes maniérées des fés en public.

– Ne t'imagine pas que tu peux lui faire confiance, chuchota Niall. Il attend que tu ne sois plus là, que tu ne sois plus un obstacle. Sans compter que le temps est de son côté. Je sais que tu aimes notre... la Reine de l'Été, mais ton combat est perdu d'avance – surtout parce que tu ne luttes pas. Fais la part du feu avant qu'ils ne t'anéantissent, ou bien prépare ta riposte.

– Je ne veux pas baisser les bras, répliqua Seth en regardant Aislinn. Mais je ne veux pas me battre non plus.

– Te battre... commença Niall.

Mais le jeune homme n'entendit pas la suite : Aislinn avait levé les yeux vers lui et venait à sa rencontre, laissant Keenan derrière elle.

Ce dernier, l'air désinvolte, se tourna pour parler à ses gardes, comme si l'absence momentanée de la jeune fille ne lui était pas douloureuse. *Il souffre, pourtant.* Seth le savait. Il avait étudié les réactions du Roi de l'Été et les avait vues se modifier à mesure que l'hiver reculait. S'il l'avait pu, Keenan aurait gardé Aislinn constamment près de lui.

Tout comme moi.

Alors que la Reine de l'Été s'approchait, Niall lui lança un regard désabusé.

– Tu n'as rien écouté, pas vrai ?

Seth crut que ses poumons se vidaient de leur souffle.

*Est-ce à cause d'*elle *ou à cause de ce qu'elle est ?* Une question qu'il se posait de plus en plus souvent. C'était la première fois qu'il avait une relation suivie avec quelqu'un, et il lui était difficile de savoir si la fascination grandissante qu'elle exerçait sur lui était normale, ou bien si elle était due à la nature féerique de la jeune fille. Il avait lu suffisamment de contes et de légendes pour savoir que les humains étaient presque incapables de résister aux attraits des fés.

C'est donc ce qui m'arrive ?

Mais au même instant, Aislinn se glissa dans ses bras. Et dès qu'elle tendit les lèvres vers les siennes, plus rien d'autre n'eut d'importance : ni la source de sa fascination, ni les avertissements de Niall, ni les intentions de Keenan. Ils étaient ensemble, c'était tout ce qui comptait. Tandis qu'Aislinn l'enlaçait, la lumière du soleil s'infiltra sous la peau de Seth.

Il la serra plus fort qu'il ne l'aurait fait auparavant – *quand elle était mortelle*. Même en la serrant à l'étouffer, il ne pouvait plus lui faire de mal, maintenant qu'elle était fée.

Les mains de la Reine de l'Été remontèrent dans son dos et, en le touchant, elle laissa s'échapper un ruisseau de soleil. Il était rare qu'elle se montre aussi téméraire en public.

Il écarta son visage du sien.

– Ash ?

Elle recula un peu et cette distance soudaine fit frissonner Seth.

Comme si le soleil avait tout à coup disparu.

– Pardon, dit-elle, en rougissant légèrement.

Il ne maîtrisait pas assez son émotion pour être capable de lui répondre de suite.

– Je t'aime, murmura-t-elle en collant ses lèvres à celles du jeune homme.

– Moi aussi.

Pour toujours.

Elle se nicha dans ses bras avec un petit soupir. À cet instant, elle n'était plus reine, ni fée, ni quoi que ce soit d'autre. Juste son Aislinn.

– Est-ce que ça va ?

– Maintenant, oui.

Cependant, moins d'une minute plus tard, elle se crispa. Sans voir Keenan approcher, elle avait deviné sa présence derrière elle. Quel que soit le lien qui les unissait, celui-ci grandissait, ce qui n'allait pas leur faciliter la vie.

Quant à Keenan, on devinait à son expression confuse que certaines observations qu'il ne voulait formuler le déconcertaient – les résidus d'humanité d'Aislinn, de même que sa capacité à oublier son rôle de reine pour redevenir une simple jeune fille d'un instant à l'autre. Seth avait observé le Roi de l'Été alors que celui-ci tâchait de comprendre pourquoi Aislinn refusait de se détacher du monde des mortels. C'était certes une force : la jeune reine, s'apercevant que son dévouement à reconstruire la puissance de l'Été était bénéfique à son peuple, était encouragée à faire davantage encore ; mais c'était aussi une faiblesse, car le temps qu'elle passait avec des humains lui rappelait sans cesse ce qui différenciait ces derniers des fés, et la tenait trop éloignée de ses propres sujets. Cette distance, source de rumeurs, provoquait des querelles à la Cour de l'Été, qui s'en trouvait alors plus vulnérable.

Sans parler des tensions causées par le refus d'Aislinn d'être la « véritable » compagne de Keenan, et par la liaison que ce dernier entretenait avec Donia. La cour était plus forte, mais loin d'être guérie.

Seth savait qu'avec le temps des changements surviendraient – surtout quand les mortels auxquels Aislinn était attachés vieilliraient et mourraient –, mais Keenan était ouvertement mécontent des faiblesses susceptibles de mettre sa reine en danger. Les frustrations grandissantes de ses sujets, insatisfaits des choix de leur souverain, préoccupaient Keenan : qu'arriverait-il quand ses fés se montreraient plus téméraires ? Cependant, le Roi de l'Été, qui chérissait Aislinn, voulait avant tout son bonheur et sa sécurité – et le fait qu'il se soucie du bien-être de la jeune fille était bien l'une des seules choses que Seth appréciait chez Keenan.

Il la veut aussi pour lui tout seul.

– Tu ferais mieux de t'éloigner, Keenan. Je ne suis pas dupe. Je t'ai vu jouer à ces petits jeux pendant des siècles.

La voix de Niall s'était soudain emplie d'ombre et de fumée.

– Pour une fois, essaie de penser à ce dont les autres ont besoin, ajouta-t-il.

– Ma conduite ne te regarde plus, me semble-t-il, rétorqua le Roi de l'Été en s'écartant d'Aislinn pour se positionner dos au mur, face à Niall – une façon de s'assurer que personne ne pouvait le surprendre par l'arrière.

– Sauf si tu t'en prends à Seth, répliqua le Roi des Ténèbres en décochant un sourire au jeune homme.

– Il n'appartient pas à ta cour.

– Seul un imbécile peut croire que ce détail a de l'importance, répondit Niall sur un ton moqueur. J'ai perdu Leslie. *L'amie* de ta reine, et tu l'as laissé se faire corrompre par...

– Par la Cour des Ténèbres, *ta* cour, Niall, pas la mienne.

Keenan jeta un coup d'œil à Aislinn, puis à Seth et enfin vers la salle. Dans le recoin où ils se trouvaient, leur dispute n'avait pas encore attiré l'attention des mortels présents.

– C'est ma cour désormais, oui ; et après tout ce que j'ai appris auprès des deux souverains si retors que j'ai aimés et servis, jamais elle ne se pliera à toi. Évite de me défier, Keenan, déclara Niall en s'approchant du Roi de l'Été d'un pas menaçant. Si tu fais du mal à Seth, c'est à *moi* que tu auras affaire.

Keenan resta silencieux.

– Dis-moi que tu ne cherches pas à lui faire du tort, ajouta Niall d'une voix qui tenait davantage du grondement.

Seth n'avait jamais entendu son ami s'exprimer sur un ton pareil. Des créatures des Abîmes prirent forme près du Roi des Ténèbres, et leurs corps, langues de feu noires, se mirent à onduler et à se contorsionner autour de lui. Seth les savait capables de semer la destruction si on le leur ordonnait, mais se demandait si cela serait une bonne chose ou pas. Au fond de lui, sans qu'il se l'avoue jamais, le jeune homme était furieux contre Keenan, et l'idée que

Niall puisse l'emporter contre le Roi de l'Été l'excitait. Mais ces derniers temps, Seth contrôlait ce genre d'élan – il s'était donné du mal à devenir celui qu'il était désormais : il ne se permettait plus de participer à des bagarres, ni d'avoir des partenaires d'un soir ; il ne cherchait plus à bêtement se soûler ou à essayer des choses pour la seule raison qu'elles étaient illégales. Il restait calme, même lorsque cela allait à l'encontre de ses réactions naturelles.

– Niall ? l'appela Seth en lâchant Aislinn et en contournant les créatures des Abîmes. Calmos.

– Il refuse de me répondre, tu as vu ça, Seth ? dit Niall en serrant les poings.

– Je connais ma position.

Seth savait que Keenan était partagé à son égard. Il n'avait jamais tenté de s'en prendre à lui, mais le jeune homme n'aurait pas été surpris d'apprendre qu'il y songeait. *Longuement.* Avec Tavish, probablement, celui-ci le conseillant sur les risques que ce genre d'action pouvait entraîner. Mais Seth préférait ne pas s'y appesantir, cela n'aurait mené nulle part.

– Sa réponse ne m'intéresse pas, déclara Seth.

– Ash, elle, a le droit de la connaître, répliqua Niall.

Il avait recouvré son calme, mais des ombres flottaient contre le mur, tout près de Keenan. Des motifs noirs qui pouvaient très bien se solidifier pour devenir une cage.

– Recule, Seth, je t'en prie, ajouta le Roi des Ténèbres.

Seth obéit et s'écarta des deux souverains, qui ne se quittaient pas des yeux. Depuis qu'il avait assisté au combat avec la femme-corbeau, le jeune homme avait conscience de son extrême fragilité. Une pensée qui l'irritait. *Ils pourraient très facilement me briser. Tous autant qu'ils sont.*

– Keenan serait incapable de faire du mal à Seth, murmura alors Aislinn en prenant la main du jeune homme. Je ne le lui pardonnerais pas, il le sait.

Niall lui décocha un regard sévère.

– Vraiment ?

Des rayons de soleil clignotèrent autour d'elle, tandis que son irritation grandissait.

– Oui, *vraiment.*

Un brouhaha venant de l'entrée de la boîte les interrompit. Des gardes de la Cour de l'Été s'efforçaient de barrer le passage à un groupe de fés ornés de multiples tatouages. Leur tentative se solda par un échec : le Chien Gabriel, bras droit du Roi des Ténèbres, entra d'un air nonchalant. Sur ses talons, six autres Chiens, dont Chela, sa compagne étrangement douce et brutale à la fois, et Ani, la fille demi-mortelle de Gabriel. Les pas de Gabriel firent vibrer le plancher. La vague de terreur que les Chiens apportaient toujours dans leur sillage déferla sur la salle.

Une fois encore, Seth fut reconnaissant de porter le talisman anti-charmes que lui avait offert Niall, grâce auquel la peur que les Chiens inspiraient ne l'affectait pas. Donia lui avait donné la Vue, mais la pierre de Niall empêchait les fés de jouer avec ses émotions.

– Salut, Gabriel, dit Seth, sans savoir si son arrivée était une bonne ou une mauvaise nouvelle – les Chiens n'étaient pas les meilleurs conseillers en matière de calme et de prudence. Content de te voir ici... je suppose.

– On verra bien, répondit Gabriel en riant.

Chela gratifia le jeune homme d'un clin d'œil.

– Salut, mortel.

Niall n'avait pas lâché Keenan des yeux.

– Si tu t'en prends à Seth, je ne te le pardonnerai pas. Il est mon ami. Sous la protection de la Cour des Ténèbres.

– Keenan n'a nullement l'intention de faire du mal à Seth, intervint de nouveau Aislinn. Et notre cour le protège déjà. Il n'a pas besoin de toi.

Keenan regarda Niall d'un air impassible puis se tourna vers Seth.

– Proclames-tu ta loyauté à la Cour des Ténèbres, Seth Morgan ? lui demanda-t-il.

– Non.

– À la Cour de l'Été, dans ce cas ?

Seth sentit Aislinn se raidir.

– Non, mais j'accorderai mon amitié à l'une et à l'autre si celle-ci m'est offerte.

– Il y a un prix à payer... répliqua Keenan, dont l'expression candide manquait de sincérité, comme s'il mentait. La douleur, le sexe, le sang... les choses affreuses que la Cour des Ténèbres peut exiger de toi. Es-tu prêt à payer ce qu'*ils* demandent en échange de leur protection ?

– Seth ?

L'inquiétude d'Aislinn était palpable. Elle était peut-être la seule personne présente à croire que Keenan cherchait à aider Seth.

En offrant le soutien de sa cour, Niall n'avait pas eu l'intention de piéger le jeune homme, et celui-ci en était conscient. *Même si Ash ne l'est pas.* C'était bien plus que la seule amitié de Niall : cela signifiait que les sujets des

Ténèbres agiraient comme si Seth était l'un des leurs, et qu'il aurait tous les avantages liés à cette cour, sans avoir aucune obligation ni devoir envers elle. Malgré sa nature vulnérable, il pourrait avoir recours à une puissance que la Haute Cour, la Cour de l'Été et nombre de fés solitaires craignaient. Une idée séduisante.

– Tout va bien, Aislinn, la rassura-t-il. Niall est mon ami.

– C'est l'amitié de la Cour des Ténèbres, et pas seulement celle de son roi, qui t'est offerte, annonça alors Niall, comme s'il avait peur que le jeune homme rejette sa proposition. Le prix en est le sang versé.

– J'accepte, répondit Seth.

Il tendit son poignet et attendit. Il ne s'était tourné ni vers Niall ni vers les Chiens. Il ne connaissait rien à ce genre de rituels et se demanda ce qui allait suivre. La plupart des fés étaient capables de verser le sang sans l'aide d'une lame, mais tous portaient des armes. Il était presque certain que Niall allait s'en charger lui-même – et s'il s'agissait de Chela ou de Gabriel, deux des plus importants Fés des Ténèbres dans la hiérarchie de la cour, Seth savait qu'ils auraient sa sécurité à cœur.

Seul Keenan me veut du mal.

– Je vous fais confiance, reprit le jeune homme en s'adressant à Niall et aux Chiens.

– J'en suis honoré, répliqua son ami en se penchant vers lui. Mais un Roi des Ténèbres ne résiste *jamais* très bien à la tentation.

Sur ce, avec un grand sourire malicieux, il se tourna vers Keenan et le frappa au visage. Un coup de poing si violent que le crâne du Roi de l'Été heurta brutalement le mur.

En un souffle, tous les fés présents redevinrent invisibles.

Alors que Keenan s'affaissait, Aislinn se précipita à son côté.

Les Chiens s'avancèrent, formant comme une muraille menaçante autour de leur roi.

Les créatures des Abîmes flottaient au-dessus d'eux.

Niall lécha son poing.

– Voilà, annonça-t-il. Une amitié scellée par le sang. Rien dans nos lois n'exige que ce soit *ton* sang, Seth.

9

Sans réfléchir, Aislinn s'interposa entre Keenan et Niall.

– Ça suffit.

– Ne t'avise pas de me provoquer maintenant, rétorqua Niall avant de tourner les talons et de s'éloigner.

Elle le suivit. Au fond d'elle-même, elle comprenait que sa colère la poussait à agir de manière irréfléchie, mais elle n'en tint pas compte. Son roi avait été blessé par ce fé. Et elle avait le devoir de riposter lorsque quiconque s'attaquait à sa cour, d'anéantir quiconque les affaiblissait.

Ce que Niall vient de commettre n'a cependant rien à voir avec la cour. Niall et Keenan n'avaient pas résolu leurs conflits, et le premier était convaincu que le second était une menace pour Seth. *C'est une affaire personnelle, non un problème politique.* Sa raison tentait de prendre le dessus. *Mais Keenan a subi un outrage.*

Elle s'empara du bras du Roi des Ténèbres. La peau de Niall dégagea immédiatement une odeur de chair brûlante. Sa lumière solaire avait flamboyé plus vite qu'elle ne l'aurait cru.

Niall ne la repoussa pas. Au contraire, il tira son bras à lui, si bien qu'Aislinn se retrouva contre la poitrine du fé. Ses doigts, appuyés contre la chemise de Niall, brûlaient le tissu. Elle dut rejeter la tête en arrière pour le regarder dans les yeux.

– Mes sujets ont envie de davantage de conflits entre ma cour et la tienne... et moi, ajouta-t-il en souriant, je me pose la question : ont-ils raison ?

– Lâche-moi, ordonna-t-elle.

Elle retira sa main, tout en tâchant de ne pas le meurtrir davantage.

Il agrippa son poignet.

– Le sang de n'importe qui aurait fait l'affaire, mais je voulais le *sien*. Je n'ai violé aucune loi en agissant ainsi. Et pour être franc, je me doutais que cela allait me plaire... ce qui a effectivement été le cas.

Il jeta un coup d'œil à Keenan, sourit en le voyant prostré à terre, puis libéra Aislinn.

Elle recula prudemment.

– Tu lui as fait du mal, l'accusa-t-elle.

– Et toi, tu viens de me blesser, Aislinn. À la différence que j'agirais ainsi chaque jour si j'en avais l'occasion et le prétexte. Contrairement à toi, j'imagine ?

Niall ne ressemblait plus au fé qui l'avait aidée à s'habituer à son rôle de reine. Ni à celui qui avait courtisé Leslie. Ces masques avaient disparu. Celui qui se tenait face à elle était un fé qui rivalisait avec les pires des créatures qu'elle avait fuies quand elle était enfant.

Maîtrisant à peine sa lumière solaire, elle lui lança un regard foudroyant.

– Ce n'est pas moi qui provoque les conflits.

– Souhaites-tu que j'en déclenche un ? Que je provoque le conflit dont mon peuple a soif ? Ma cour murmure et chante les récits de ce que nous pourrions mettre en œuvre pendant que la tienne est encore faible. Il m'est de plus en plus difficile de ne pas les écouter.

Ses danseuses des Abîmes oscillaient autour de lui, pareilles à des ombres naissant à la vie. Gabriel et les autres Chiens, immobiles, l'attendaient.

La situation pourrait s'aggraver et devenir incontrôlable.

Ils n'étaient pas nombreux, cependant, et Aislinn devinait que rien d'autre ne surviendrait ce soir-là. Évidemment, il y avait des rumeurs de discorde, mais de petites querelles divisaient fréquemment les fés et malgré tout, les souverains maintenaient l'ordre. Niall avait été dans leur camp. Donia l'était encore. Les deux cours qui lui avaient causé des torts étaient désormais gouvernées par des fés qui avaient été des confidents – *et plus encore* – de Keenan. Il s'était imaginé que leur passé commun protégerait la Cour de l'Été. Il savait que Donia et Niall étaient d'humeur irascible, sans pourtant se douter que cela pouvait causer de véritable problème. « Ce n'est pas ainsi que se comportent des souverains féeriques, Aislinn, lui avait-il dit. Nous ne ripostons pas très vite », lui avait-il promis. Et elle l'avait cru – jusqu'à aujourd'hui.

– Tu as peur de moi, Aislinn ? murmura Niall, comme s'ils avaient été seuls dans la salle. Mon comportement te rappelle-t-il enfin pourquoi tu nous prenais autrefois pour des monstres ?

– Oui, répondit-elle d'une voix tremblante.

– Bien.

Il jeta un coup d'œil à côté d'elle, où se dressait à présent un mur d'ombres. Le seul autre fé capable de briser cette barrière gisait sur le sol, inconscient.

– Ton roi n'a jamais appris à se battre, ajouta Niall d'un ton nonchalant, presque indifférent. Il m'avait moi et les autres gardes pour agir à sa place.

Les ombres s'allongèrent et les enfermèrent tous deux dans une bulle. Elle tenta de la repousser. Sa texture était à la fois lisse et duveteuse. *La nouvelle lune. La faim. La peur.* À son contact, elle frémit. *Le besoin. Noyée sous les vagues noires du besoin. Des dents.*

Elle écarta brusquement sa main et se força à se concentrer sur leur conversation.

– Pourquoi te conduis-tu ainsi ?

– Tu veux savoir pourquoi je protège le mortel que *tu* aimes ? s'étonna Niall en secouant la tête. Je refuse que Keenan l'anéantisse, lui aussi. Et tu as prouvé que tu n'étais pas capable de défendre tes propres amis contre ton roi. Tu sers bien ta cour, mais pas tes mortels...

– C'est *ta* cour qui a corrompu Leslie, protesta Aislinn.

– Mais tu aurais pu la sauver. Si tu lui avais offert la protection de ta cour avant qu'Irial ne la prenne...

Il s'interrompit en poussant un grognement.

– Tu laisseras tomber Seth, comme tu as laissé tomber Leslie, ajouta-t-il.

– J'ai commis des erreurs, mais jamais je ne ferai de mal à celui que j'aime.

Aislinn ne parvenait plus à maîtriser son irritation. Niall l'avait piégée. Il avait agressé son roi. Il avait insinué que

Seth était vulnérable par sa faute à elle. Un peu plus tôt, elle avait blessé le Roi des Ténèbres par accident, parce qu'elle ne s'était pas contrôlée, mais à présent...

À présent, elle voulait *vraiment* le blesser. *Grièvement.* Sa fureur grandissait ; pourquoi aurait-elle dû la réprimer ? Dans la bulle d'ombres, la chaleur était de plus en plus insupportable. Elle sentait sur ses lèvres le sable et l'air âpre du désert.

– Frappe-moi, Ash. N'hésite pas. J'aurai alors un prétexte pour autoriser ma cour à se déchaîner contre la tienne. Persuade-moi que je devrais leur permettre de torturer tes Filles de l'Été, si fragiles. De verser le sang des hommes-sorbiers, chuchota-t-il sur un ton qui aurait été plus approprié dans l'intimité d'une alcôve éclairée à la bougie.

Telle était la nature de la Cour des Ténèbres – faite de violence et de luxure, de peur et de fantasme, de colère et de passion.

Il tendit la main, lui caressa la joue.

– Autorise-moi à satisfaire les désirs de mon peuple.

Irial nous mettait moins en danger que lui. C'est justement le point faible de Niall – Irial. Cesse de le considérer comme un ami ou un mortel. L'esprit d'Aislinn s'embrouillait, tandis qu'elle réfléchissait à la meilleure façon de réagir. Tout ce qu'elle avait appris sur les fés ne lui était plus d'aucune utilité : elle avait cessé depuis longtemps d'obéir aux règles enseignées par sa grand-mère. Pourtant, une de ces règles pouvait encore s'avérer judicieuse : « Si tu te mets à courir, ils te prendront en chasse. »

Elle se rapprocha de lui.

– Le précédent Roi des Ténèbres avait essayé de me séduire. Dans ce même lieu...

Niall se mit à rire et, l'espace d'un instant, parut même joyeux – mais cela fut de courte durée.

– S'il avait franchement essayé, il y serait parvenu. Il ne te voulait pas vraiment, Ash... Tu as été une distraction d'un moment, un flirt rapide. C'est le genre d'Irial.

– D'après Keenan, tu es un Gancanagh, comme Irial. Il ne me l'avait pas expliqué avant, reconnut-elle, embarrassée de devoir dévoiler les tromperies de son roi, tout en souhaitant se montrer sincère avec Niall. L'es-tu encore ? Peut-on encore devenir dépendant de toi ?

– Pourquoi cette question ? Tu as envie d'un avant-goût ?

Il y avait en lui quelque chose d'animal, à l'affût. Aislinn perçut cela, sous le mince vernis de respectabilité du fé. Un masque qu'elle ne souhaitait pas arracher. La raison lui dictait de changer de sujet, mais elle ne l'écouta pas.

– En fin de compte, nous devrions te traiter comme Irial...

– Non, répliqua Niall en posant la main sur l'épaule de la jeune reine pour la plaquer contre la paroi d'ombres. Tu devrais te rappeler qu'Irial n'a jamais vraiment voulu s'en prendre à Keenan. Contrairement à moi. Il me manque seulement un prétexte. M'en fourniras-tu un, Ash ?

Au contact du mur d'ombres, elle se sentit accablée. De dangereuses tentations chuchotaient contre sa peau ; des images interdites envahissaient son esprit. *Keenan dans mes bras. Tout à moi. Me noyer en lui.* Ce n'était pas un Fé des Ténèbres dont elle voulait, mais l'énergie négative de cette cour entraînait ses pensées dans des lieux qu'il aurait mieux valu éviter. Son cœur battait trop vite, tandis que les ombres la submergeaient sous ses propres craintes et attirances.

– J'aimerais...

Elle se mordit la lèvre, pour ne pas avoir à admettre que c'était Keenan qu'elle désirait à cet instant précis – et non le mortel dont elle était amoureuse.

– Je sais ce que tu veux, Ash. Et *moi*, je veux le meurtrir. Je veux qu'il franchisse des limites qui justifieront mes attaques.

– Justifier ? dit-elle en s'efforçant de repousser les ombres qui l'enveloppaient.

– Oui, à mes yeux, ainsi qu'à ceux de Donia et de Seth.

– Mais...

– Tel est le désir de ma cour. C'est en grande partie pour cette raison qu'ils m'ont accueilli à bras ouverts quand je suis devenu leur souverain... Voilà aussi pourquoi Bananach vient s'exhiber chez moi à la première occasion, sanglante et assoiffée de la colère que je peux lui fournir.

Il jeta un coup d'œil à Seth, qui tentait vainement de traverser la barrière d'ombres.

– Seth t'aime, poursuivit Niall. Protège-le de Keenan... sinon, j'aurai un prétexte tout trouvé pour autoriser ma cour à déchaîner ses perversions et sa cruauté contre la tienne.

Aislinn regarda Seth, derrière le mur d'ombres. Il lui disait quelque chose, mais elle ne pouvait l'entendre. Il était livide, loin du garçon posé qu'elle connaissait.

– Si Seth me pardonnait, Ash, je me servirais de toi comme excuse pour provoquer ton roi, reprit Niall en lui serrant les épaules. Par ta bêtise, tu as fait du mal à Leslie. Tu m'as fait du mal à moi aussi.

Il la repoussa de nouveau contre les ombres et elle se crut sur le point de défaillir. La terreur s'empara d'elle, se glissant dans les moindres recoins de son être, donnant de l'ampleur à ses peurs et à ses doutes. *Je suis seule. Pas assez efficace. Faible. Naïve. Je détruis Seth. Blesse ma cour. Abandonne mon roi.*

– Je suis désolée. Jamais je n'ai voulu qu'il arrive quoi que ce soit à Leslie. Tu le sais...

Elle s'efforça de reprendre le contrôle d'elle-même, de rassembler la chaleur et la lumière du soleil qui constituaient sa force. Cela ne suffisait pourtant pas à contrer un roi féerique qui savait exactement ce qu'il faisait.

– Tu n'es pas cruel, j'en suis convaincue, déclara-t-elle. Tu es quelqu'un de bien.

– Détrompe-toi.

Les yeux de Niall se posèrent sur Gabriel et sur les Chiens, dont on apercevait les contours indistincts de l'autre côté de la cage qu'il avait érigée autour d'eux.

– Pose la question à tes Filles de l'Été. À Keenan, quand il reprendra conscience. Et demande-toi si la crainte que tu éprouves à mon égard est vraiment fondée. Tu es seule avec un monstre, Aislinn... et tes désirs, tes peurs et tes colères sont pour moi des tentations presque irrésistibles.

Non, je ne suis pas seule. Il y avait un mortel qui l'aimait. Un roi qui était son ami. Seth lui donnait du courage, Keenan la lumière du soleil. Elle laissa alors libre cours à son propre rayonnement – une chaleur familière envahit sa peau et chassa les ombres qui avaient pris possession de son corps.

– Laisse-moi partir, ordonna-t-elle.

– Ou bien ?

Sans répondre, elle projeta sa lumière solaire en direction de Niall, avec une seule idée en tête : obliger le Roi des Ténèbres à céder devant la Cour de l'Été. Le fé fut aussitôt comblé de langueur, de corps aux senteurs musquées, de siroccos cinglants – *voilà pour m'avoir submergée d'ombres.* La densité des plaisirs de l'Été, agrémentée d'une pincée de douleur, pesait à présent sur lui.

– Nous avons repris des forces, dit-elle. Ne t'avise pas de nous provoquer.

Niall la retenait toujours par les épaules, mais il ferma les yeux.

Elle crut qu'elle s'était enfin fait comprendre. Partagée entre l'espoir et la culpabilité, elle eut envie de lui dire qu'elle aurait préféré que les choses se déroulent autrement. Qu'elle souhaitait la paix entre les cours. Mais avant qu'elle puisse s'exprimer, il rouvrit les yeux. Un gouffre abyssal la dévisageait.

– Tu penses comme une mortelle, Aislinn, remarqua-t-il en se passant la langue sur les lèvres. Ou bien comme Keenan, peut-être. Cet étalage clinquant de ta puissance ne m'intimide pas.

Elle recula en trébuchant. Il s'avança de nouveau.

– Même si Seth n'était pas mon ami, je n'essaierais pas de te séduire. En revanche, je tâcherais de briser tes petits os délicats. Je suis le Roi des Ténèbres, pas un jeune chiot impressionnable. J'ai vécu auprès d'Irial. J'ai appris à me battre aux côtés des Chiens de Gabriel.

Il la serra contre lui, jusqu'à ce qu'elle prenne conscience de sa propre fragilité face à un autre souverain féerique.

Seth repoussait de nouveau le mur d'ombres, la main

plaquée contre elles. Peut-être parviendrait-il à toucher Aislinn... non, il était incapable de traverser cette barrière. La frustration qui se reflétait sur son visage était atroce à voir. Elle le regarda, terrifiée. Seth lança un juron. Il retourna vers Keenan pour le secouer, mais le Roi de l'Été resta sans connaissance.

Plusieurs Chiens encerclaient Keenan, sans se soucier des efforts du jeune homme pour le réveiller. D'autres Chiens se tenaient à l'entrée de la salle, empêchant d'autres fés d'y pénétrer.

– Tu peux devenir une reine bonne et efficace, Aislinn, reprit Niall. Mais ne laisse pas ta foi en Keenan t'inciter à faire du mal à Seth. Ou bien je te ferai payer le prix de chacune des blessures que tu pourrais lui infliger.

Sur ce, il la lâcha et fit disparaître la cage.

Elle s'effondra à terre.

Avec indifférence, Niall passa devant le mortel qu'il avait défendu. Devant le roi qu'il avait jadis servi. Devant ses propres sujets.

Seth l'arrêta. Lui qui avait eu tant de mal à se dominer sentait qu'il perdait son sang-froid.

– Qu'est-ce que tu fous, exactement ? Tu ne peux pas...

– Seth. Non, l'interrompit Niall en lui attrapant le bras. La Cour de l'Été avait besoin qu'on lui rappelle que je ne suis pas à leur botte.

– Je ne parle pas de la cour. Mais d'Ash. Tu lui as fait du mal.

– Écoute-moi très attentivement, répliqua Niall sur un ton saccadé, articulant chacun de ses mots avec précision.

Elle n'a rien. Elle est seulement effrayée, mais ça n'est pas forcément une mauvaise chose. Si elle était vraiment blessée, tu serais en train de prendre soin d'elle ; tu ne chercherais pas à t'en prendre à moi. Tu le sais.

Seth n'avait rien à répondre à cela. Protester, c'était mentir, et le jeune homme, tout autant qu'avec Aislinn, essayait d'être toujours sincère avec Niall.

Deux créatures des Abîmes se pressèrent contre le Roi des Ténèbres, presque aussi palpables que si elles avaient été des êtres vivants. Un mâle se tenait derrière Niall, son corps diaphane allongé, ses bras autour des épaules du roi et ses mains croisées à hauteur de poitrine. L'autre, une femelle, plaqua ses doigts contre le cœur de Niall, au-dessus de ceux de son compagnon. L'air absent, Niall caressa les mains entrelacées des créatures.

– Aislinn m'a suivi, rappela-t-il au jeune homme. Je suis ce que je suis, Seth. J'ai passé des siècles à obéir à la Cour de l'Été. À présent, je suis moi-même, et je refuse qu'il en soit autrement. Il y a quelques instants, j'ai laissé à Aislinn l'occasion de s'éloigner. En retour, elle m'a menacé.

– Parce que tu as assommé Keenan.

Niall haussa les épaules.

– Nous avons tous des choix à faire. Elle a choisi de me provoquer. J'ai choisi de lui faire prendre conscience de sa sottise.

– Ce que tu as fait était stupide.

– Elle n'a rien, Seth, répéta Niall, se rembrunissant. Je ne veux pas être en conflit avec toi, mon frère, ajouta-t-il pourtant d'une voix plus douce. J'ai fait ce qu'il fallait, c'est tout.

– Quoi qu'il arrive... commença Seth.

Il ne pouvait pas exiger de promesses, il le savait. Aislinn, en tant que reine féerique, avait l'éternité devant elle – et elle avait peu de sympathie pour la cour de Niall. Aussi se contenta-t-il de dire :

– Je veux qu'elle soit en sécurité.

– Et Keenan ? demanda Niall d'une voix impassible. M'en veux-tu de l'avoir blessé ?

Seth réfléchit un instant, puis fixa le Roi des Ténèbres et soutint son regard.

– Non. Je veux seulement qu'il n'arrive rien à Aislinn. Ou à toi. Et je refuse que Keenan s'en tire à bon compte s'il manipule ou attaque l'un de vous deux.

Niall poussa un soupir de soulagement. Les créatures des Abîmes s'évaporèrent.

– Je ferai de mon mieux. Allez, va la retrouver.

Seth dut alors rejoindre sa bien-aimée : celle qu'il n'avait pas réussi à aider, et qui serrait à présent un autre homme dans ses bras. Elle s'était trouvée en danger, et lui n'avait pas été capable de la secourir. *Qu'aurais-je fait si Niall l'avait vraiment blessée ?* Il était faible, comme tous les mortels.

Keenan ne lui a été d'aucune aide lui non plus, se souvint Seth. À la différence que le Roi de l'Été aurait l'occasion de riposter – et s'il n'avait pas perdu connaissance, il aurait volé au secours de sa reine.

Parfois, ça craint vraiment d'être mortel.

10

– Es-tu certain de pouvoir te redresser ? demandait Aislinn.

Keenan avait la tête posée sur les genoux de la jeune fille. Il paraissait plus gêné que blessé, plus bouleversé que furieux.

Les traces que les lèvres d'Aislinn avaient laissées sur son front et sur ses joues scintillaient faiblement dans la pénombre de la salle. Elle se sentait coupable de ces traces, preuve qu'elle l'avait touché. Ce n'étaient pourtant pas des baisers intimes, ni la première fois qu'elle lui en offrait. Ils avaient découvert qu'ils pouvaient le guérir, lorsqu'elle était encore en partie mortelle, peu de temps avant qu'elle passe l'épreuve pour devenir Reine de l'Été. Mais après le vrai baiser qu'ils avaient échangé et les pensées honteuses qu'elle avait eues quelques instants plus tôt, elle était embarrassée.

Keenan se rassit et s'écarta d'elle, créant une distance inhabituelle entre eux.

– Je n'ai pas besoin d'être materné.

– Comment te sens-tu ? Tu n'as pas la tête qui tourne ?

Il lança un regard noir à Seth.

– Il doit être aux anges, déclara Keenan.

Elle se figea.

– Arrête. Ne va pas reprocher à Seth la colère de Niall.

– C'est pour *Seth* qu'il m'a frappé, rétorqua-t-il.

Il restait assis, et Aislinn se doutait qu'il n'avait pas encore la force de se relever.

– Et c'est pour *toi* que j'ai suivi Niall.

Keenan eut un sourire cruel.

– Eh bien, si je m'y attendais.

Elle jeta un coup d'œil à Seth, qui s'était arrêté à mi-chemin. Il était peu probable qu'il les rejoigne, tant qu'il les saurait en train de se quereller.

– Si tu avais vu Niall... ce que... quand...

Ce fut au tour de Keenan de se figer.

– Quoi ?

– Niall est plus puissant que moi, reprit-elle en croisant les bras. S'il avait voulu me faire du mal, il l'aurait pu. Je n'aurais pas été capable de l'en empêcher.

– T'a-t-il blessée ? demanda-t-il en se rapprochant soudain d'elle, posant une main sur son bras, comme prêt à l'enlacer.

Et j'en ai envie. Mais c'était seulement instinctif. Et inutile : elle allait bien.

– Arrête. Je suis un peu étourdie, c'est tout... et c'est ma faute autant que la sienne, ajouta-t-elle en rougissant. J'ai perdu mon calme. Il était sur le point de partir, mais je l'ai retenu : tu étais blessé et j'étais... furibonde.

Elle lui raconta ce qui était arrivé.

– Qu'as-tu ressenti en présence des ombres ?

Son ton n'était ni vexé ni fâché. C'était plutôt un ton de défi, comme celui qu'il avait eu lors de leur précédente conversation.

– Quel a été l'objet de ton désir ?

Elle baissa la tête.

– Ça ne veut rien... Je n'ai pas... l'intention de te le dire. Il n'y avait rien de réel là-dedans. C'était seulement dû à la perversion de...

Elle s'interrompit, incapable de formuler un mensonge.

– Ce que tu éprouves pour moi n'a rien d'une perversion, Aislinn. Est-ce si difficile à admettre ? Peux-tu au moins te montrer sincère avec moi ? la pressa-t-il.

Comme si cet aveu importait davantage que le coup que le Roi des Ténèbres lui avait infligé. Comme si leur situation personnelle avait une quelconque importance.

Ce n'est pas le cas.

– Tu connais déjà les réponses, Keenan, et cela ne change *rien* du tout. J'aime Seth.

Sur ces mots, elle se releva et traversa la salle pour retrouver le jeune homme, tout en tâchant de repousser de son esprit ce sujet qui la gênait tant.

Visiblement, Seth n'avait pas l'air très content lui non plus. Ils s'assirent à une table que les gardes avaient réservée pour eux.

– Il va mieux ? s'enquit-il à contrecœur.

– Pas son orgueil, mais sa tête, oui, apparemment.

– Et toi ?

Seth la harcelait rarement. Il lui faisait suffisamment confiance pour savoir qu'elle serait venue le voir si elle avait eu besoin de lui.

– J'ai eu peur.

– Niall... je ne pense pas qu'il te ferait du mal. Mais au moment où tu t'es retrouvée là-dedans avec lui, je n'en étais plus vraiment sûr. Tu m'as semblé tellement effrayée quand il t'a plaquée contre cette cage... pourquoi ?

– À cause de l'énergie des Ténèbres. Elle est comparable à mon soleil, ou à la glace de Donia. Celle de Niall est constituée de choses différentes. De terreur, de colère et de désir.

– De désir ? répéta le jeune homme.

Elle rougit. Seth prononça alors les mots qu'elle se refusait à dire :

– Pas pour Niall, en tout cas.

Tandis qu'il jetait un regard vers Keenan, Aislinn lut de la tristesse dans ses yeux. Mais il lui prit pourtant la main.

Seth n'est jamais étouffant. Pas même maintenant. Il continue de me faire confiance.

Pendant ce temps, le groupe avait commencé à jouer. Damali avait entonné une chanson qui parlait de liberté et de fusils, d'une voix dont l'intensité aurait pu les aider à devenir plus célèbres – mais les paroles étaient lugubres.

Keenan vint les rejoindre en silence. Se trouver ainsi réunis ne les réjouissait guère. Quand la chanson s'acheva, Seth dévisagea Keenan.

– Ça va ?

– Oui, répondit Keenan en pinçant les lèvres, à mi-chemin entre le sourire et la grimace.

Une autre chanson suivit, leur épargnant d'avoir à échanger des politesses forcées. D'ordinaire, Aislinn n'était pas démonstrative en public, mais cette fois, elle alla s'asseoir sur les genoux de Seth. Il l'enlaça et la serra contre lui, malgré le malaise qui s'était installé entre eux. Rien à voir avec de la colère, mais c'était néanmoins pesant. Ils savaient que la situation était beaucoup plus précaire qu'ils ne l'auraient souhaité.

Avant de se lever, Keenan décocha un regard à Aislinn. Un regard qu'elle ne pouvait – ou ne voulait pas – comprendre. *Blessé ? Fâché ? Aucune importance.* Elle savait pourtant une chose : si Keenan s'éloignait trop, elle éprouvait un tiraillement, le besoin urgent de l'accompagner. D'ordinaire, cette sensation s'amenuisait si la jeune fille l'ignorait – ou bien elle cessait d'y prêter attention. Mais les quelques moments qui suivaient son départ étaient toujours atroces. Et cela s'aggravait de jour en jour. C'était comme refuser de respirer en remontant à la surface, après avoir passé un long moment sous l'eau ; comme d'ordonner à son cœur de cesser de battre à tout rompre quand elle recevait un baiser presque trop appuyé.

Seth effleura sa joue du bout des doigts.

– Tout va bien se passer.

– Je l'espère, répondit-elle en s'appuyant contre lui.

Mieux valait se montrer franche avec lui. Il était son seul repère ces derniers temps.

Je peux tout lui dire. Il me *comprend.* Elle se sentait bête de lui cacher des choses. *Encore une fois.* Quand elle lui avait parlé des fés, il l'avait crue. Il avait confiance en elle. Il fallait qu'elle s'efforce de mériter cette confiance inébranlable. Seth lisait en elle à livre ouvert – non par le biais d'un lien magique, comme le faisaient les fés, mais parce qu'il la connaissait. Elle l'aimait en partie pour cela, mais pas seulement. Son calme, son honnêteté, son talent artistique, sa passion, ses mots – elle l'aimait pour toutes ces raisons, plus qu'elle ne l'aurait imaginé. Parfois, elle avait du mal à saisir pourquoi il avait choisi d'être avec elle.

– Tu as envie d'en parler ? demanda-t-il.

– Oui. Mais... pas ici. Pas tout de suite.

– D'accord. J'attendrai. Comme d'habitude, ajouta-t-il dans un bref accès de frustration. Tu devrais peut-être aller lui prêter main-forte.

– Quoi ?

Aislinn n'avait aucune envie de voler au secours de qui que ce soit. Elle voulait rester dans les bras de Seth. Trouver un moyen de lui dire que quelque part, au fond d'elle, elle se sentait abîmée.

– C'est Glenn qui est derrière le bar ce soir. Il va se mettre à embêter Keenan si l'un de nous n'est pas avec lui. Et selon moi, il appréciera moins ma présence que la tienne.

– Tout est la faute de Niall, rien à voir avec toi. Keenan en est conscient.

– Va sauver ton roi, Ash, répliqua Seth. Son orgueil est blessé et il se comporte comme un con quand il se sent offensé.

Keenan revint le premier à la table. Il tendit une bière à Seth.

– Il était inutile qu'Aislinn me suive.

– On s'est dit que tu n'avais pas besoin d'être harcelé par Glenn ce soir.

Le Roi de l'Été paraissait plus guindé qu'à l'accoutumée. Il n'aimait pas le *Crow's Nest*, mais jamais il ne l'aurait avoué. Il allait où Aislinn voulait, dans le seul but de lui faire plaisir. Si cela n'avait pas été le cas, Seth s'en serait irrité.

Sans blague. Sa présence m'irrite, de toute façon.

Keenan se rassit et observa consciencieusement les musiciens, alors qu'ils ne méritaient pas tant d'attention. Damali peut-être, mais les autres membres du groupe étaient vraiment médiocres. Seth n'avait pas envie de jouer la comédie : la situation était loin d'être idéale.

– Je ne sais pas ce qui s'est passé récemment entre Aislinn et toi, mais j'ai ma petite idée...

Le regard que lui décocha Keenan confirma les craintes du jeune homme.

– Bon, voilà, reprit-il. Si elle décide de t'offrir plus que son amitié, ça risque de ne pas être terrible pour moi. C'est ce que tu dois ressentir en ce moment, j'imagine.

Keenan s'était figé – comme un lion en cage se raidit pour jauger son adversaire et déceler ses éventuelles faiblesses. En dépit de leur humanité feinte, les fés étaient des créatures d'un autre monde. Aislinn aussi, par conséquent. Et plus elle resterait avec eux, plus elle s'éloignerait de la normalité des mortels.

Et de moi, par la même occasion.

Il était facile d'oublier qu'ils n'étaient pas humains, mais Seth apprenait à s'en souvenir. Leur monde n'était pas nécessairement mauvais, mais des règles différentes le régissaient. À force d'avoir passé du temps avec des mortels, Keenan pouvait donner l'impression de leur ressembler... mais ce n'était qu'une illusion – Seth et lui en avaient conscience.

Il y a déjà réfléchi. Le peu de cas qu'il faisait de la sécurité de Seth s'insinuait parfois dans les propos de Keenan. *Exprès, pour que je le sache.*

– Je m'en suis rendu compte, figure-toi, poursuivit le jeune homme. Tu la regardes comme si elle était tout pour toi. Je ne sais pas si c'est un truc spécial déclenché par l'été...

– Elle est ma reine, se contenta de répliquer Keenan en gratifiant Seth d'un bref regard, avant de se tourner de nouveau vers le groupe.

Si Damali avait vraiment intéressé le Roi de l'Été, Seth se serait inquiété pour elle.

– Ouais, je l'ai saisi depuis un bout de temps. J'ai aussi compris que tu n'as rien fait pour me faciliter les choses.

– J'ai obtempéré à toutes les exigences et suggestions d'Aislinn.

– Alors qu'elle connaît votre univers depuis quelques mois seulement ? ironisa le jeune homme. C'est donc ça, que tu appelles l'aider ? Mais je comprends. Moi-même, je n'ai pas particulièrement envie de te rendre la vie plus simple. Sauf si elle me le demande.

– Eh bien, nous nous comprenons, répondit Keenan avec un hochement de tête, sans quitter Damali des yeux.

L'attention que lui portait le Roi de l'Été l'avait rendue radieuse et sa voix était parfaitement posée.

– Je l'espère, rétorqua Seth sur un ton laissant percevoir toute la colère qu'il avait jusque-là réprimée. Mais que les choses soient claires : si tu profites d'elle ou si tu la manipules pour l'obliger à agir contre son gré, je me ferai un plaisir d'appeler mes contacts, quels qu'ils soient, à la rescousse.

Dans d'autres circonstances, l'expression moqueuse de Keenan – semblable à la mine offensée que Tavish affichait en permanence – aurait été amusante.

– Tu te crois plus malin que moi ?

Seth haussa les épaules.

– Je ne sais pas. Niall t'a assommé pour assurer ma sécurité. Aux dernières nouvelles, Donia refuse de te voir. Chela et Gabriel semblent m'apprécier. Je n'hésiterai pas à avoir recours à eux s'il le faut, ajouta-t-il en triturant le piercing qui ornait sa lèvre. Si Aislinn fait un choix juste, c'est une chose. Mais c'en est une autre si tu tentes de la contrôler et d'influencer ses décisions.

À cet instant, le sourire de Keenan était loin d'être humain. Il ressemblait parfaitement à la créature sans âge qu'il était réellement : un être dépourvu d'émotions, assis parmi le peuple, pareil à une ancienne idole.

– Tu as conscience que je pourrais te faire tuer ? Demain matin, tu ne serais plus qu'un tas de cendres. Ta seule présence est néfaste à ma cour. Après des siècles d'attente, me voilà enfin libre, mais ma reine serait plus forte si elle ne s'accrochait pas ainsi à sa mortalité – par ta faute. Elle s'éloigne de ce qui me donnerait ma pleine puissance – par ta faute. J'ai donc toutes les raisons de vouloir ta mort et cela, au plus tôt.

– Vas-tu donner l'ordre de me faire tuer, Keenan ? chuchota Seth, se penchant vers lui.

– Et toi, serais-tu prêt à tuer pour elle ?

– Oui. Surtout s'il fallait *te* tuer, répliqua Seth avec un sourire. Mais non pour monopoliser l'attention d'Aislinn. Car ce serait une preuve de faiblesse, et elle mérite mieux que ça.

– Tôt ou tard, elle devra faire son deuil. Elle s'inquiète trop pour toi, ce qui l'attriste. Et en s'apitoyant ainsi sur la brièveté de ton existence, elle se détourne de ses devoirs. Si tu étais déjà mort, elle serait ma vraie reine et ma cour gagnerait en puissance…

Il s'interrompit, une expression indéchiffrable sur le visage.

– Cependant, si tu me faisais tuer, elle le découvrirait. Cela donnerait-il plus de force à ta cour ?

Seth tourna les yeux vers Aislinn, qui se dirigeait vers eux. En les apercevant tous les deux, elle fronça les sourcils, sans pourtant accélérer le pas.

– Non, évidemment, répondit le Roi de l'Été. Elle en serait bouleversée. Tavish le recommande, malgré les conséquences que cela entraînerait ; mais selon moi, les inconvénients l'emporteraient sur les bienfaits qu'offrirait ta mort. Si tentante que cette solution puisse être… Aislinn s'éloignerait encore davantage de moi.

Le cœur de Seth battait plus vite. Il avait deviné que sa mort avait été froidement discutée, mais en avoir la confirmation rendait la menace plus réelle.

– C'est donc pour cette raison ?

– En partie. J'avais espéré être avec Donia, du moins pour un temps. En définitive, Aislinn et moi sommes l'un et l'autre préoccupés par les amants que nous ne pouvons garder. Rien à voir avec ce que les souverains de l'Été sont censés éprouver. La frivolité, l'impulsion, le tourbillon vertigineux du plaisir : telles sont les vraies valeurs de notre cour. Ce n'est pas de l'amour que j'éprouve pour Aislinn, mais tous mes instincts me poussent à me rapprocher d'elle. Voilà pourquoi je me suis brouillé avec Donia. Nous savons tous que si tu n'étais pas là, Aislinn accepterait d'être mienne.

Keenan observait à présent Aislinn.

– Mais ? demanda Seth, la gorge sèche.

– Mais je n'ai pas pour habitude de tuer les mortels, répliqua Keenan en s'efforçant de détourner les yeux de la jeune fille. Même ceux qui me font obstacle. Pour l'instant, je prends les choses telles qu'elles viennent. Tout en sachant que cela ne durera pas, ajouta-t-il avec un brin de tristesse dans la voix. Il suffit que je prenne mon mal en patience.

Au même instant, Aislinn se glissa de nouveau dans les bras du jeune homme.

– Elle s'en sort bien, constata-t-elle en montrant Damali. Ça me donne envie de danser, ajouta-t-elle en se balançant sur les genoux de Seth. Tu veux bien ?

Avant qu'il ait le temps de répondre, Keenan posa la main sur celle d'Aislinn.

– Excuse-moi, il faut que je parte.

– Tu pars ? Maintenant ? Mais...

– On se voit demain, ajouta-t-il en se levant lentement, avec cette élégance propre aux fés – élégance qui aurait pu trahir leur nature. Les gardes qui sont dehors t'escorteront... où que tu ailles ce soir.

– Chez Seth, murmura-t-elle en rougissant.

Keenan demeura impassible.

– À demain, donc.

Il quitta la salle, trop vite pour que les yeux mortels, même dotés de la Vue, s'en aperçoivent.

11

Quelques chansons plus tard, Aislinn, qui ne tenait plus en place, eut envie de partir. Seth n'en fut pas surpris. Elle était déjà ainsi avant d'être une fée. C'était l'un de ses traits de caractère qui n'avait pas changé – de même que sa manie de lui cacher des choses. D'instinct, elle avait toujours gardé des secrets pour elle lorsqu'elle craignait d'être rejetée. S'il comprenait cet état de fait, cela ne signifiait pas qu'il l'acceptait. Ils avaient à peine remonté un pâté de maisons, bras dessus, bras dessous, quand il lui demanda :

– Allons-nous enfin parler de ce qui te tracasse ?

– C'est obligé ?

– Tu sais que je t'aime, pas vrai ? dit-il alors en inclinant la tête contre la sienne. Quoi qu'il arrive.

Elle s'arrêta, tendue.

– Keenan m'a embrassée, avoua-t-elle soudain.

– Je m'en doutais.

Ils se remirent en marche.

– Quoi ? s'étonna-t-elle tandis que sa peau scintilla sous l'effet de l'angoisse.

– Il s'est comporté bizarrement, tout à l'heure. Toi aussi. Je ne suis pas aveugle, Ash. Ce lien entre vous s'intensifie avec l'approche de l'été.

– J'essaie d'y rester indifférente, mais ça n'est pas simple. Je fais de mon mieux. Tu es fâché ?

Il s'immobilisa à son tour et pesa ses mots avant de répondre.

– Non. Même si ça ne me fait pas plaisir. Mais de sa part, je m'y attendais. Cependant, ça n'a rien à voir avec ce qu'il a fait. Je veux savoir ce que *toi*, tu veux.

– Je te veux, toi.

– Pour toujours ?

– S'il y avait un moyen, oui.

Elle l'enlaça et le serra contre elle, comme si elle avait peur qu'il disparaisse. Si fort qu'il en eut mal.

– Il n'y a pourtant pas de solution. Je ne peux pas te transformer en fé.

– Et si j'en ai envie ?

– Tu ne devrais pas, répliqua-t-elle en levant les yeux vers lui. Tu sais que je t'aime. Toi et toi seul. Si je ne t'avais pas dans ma vie... Que vais-je faire quand tu... Inutile d'y penser maintenant. Je lui ai dit non quand il m'a embrassée. Que nous étions amis, rien d'autre. Je lui ai résisté quand j'étais mortelle. Je continuerai à le faire.

– Mais ?

– J'ai parfois l'impression que quelque chose me pousse vers lui, au fond de moi. Que le fait d'être loin de lui est *contre nature*.

Elle paraissait désespérée, comme si elle voulait

enfermer Seth dans les mensonges auxquels elle essayait de croire.

– Tout s'arrangera avec le temps. Nécessairement. Être une fée... c'est nouveau pour moi. C'est... les choses seront plus faciles, avec du temps et un peu d'entraînement... non ?

Il était incapable de répondre ce qu'elle aurait aimé entendre. L'un comme l'autre, ils étaient conscients que la situation n'allait pas s'améliorer. Elle baissa le regard.

– J'ai demandé à Donia si tu pouvais devenir... fé. Elle m'a expliqué que c'était une malédiction et qu'elle ne pourrait le faire... moi non plus... ni Keenan. Ce n'est pas lui qui nous a transformées, moi et les Filles de l'Été... ni Beira. Mais Irial.

– Dans ce cas... Niall...

– Possible, répondit-elle en s'appuyant contre lui. Je ne sais pas. Mais c'est peut-être mieux ainsi. Je ne veux pas que tu sois l'objet d'une malédiction pour pouvoir être auprès de moi. Que se passera-t-il si tu te mets à me haïr ? Regarde Donia et Keenan : ils sont coincés ensemble pour l'éternité, et maintenant, ils se disputent sans cesse. Quant aux Filles de l'Été, elles se flétriraient si elles s'éloignaient de leur roi. Pourquoi accepterais-je que tu sois ainsi ? Ma mère a préféré mourir plutôt que devenir fée.

– Tu oublies que je veux être près de toi pour toujours, répondit Seth en lui relevant le menton afin de la regarder droit dans les yeux. La situation s'arrangera si je peux être avec toi.

– Même si j'étais d'accord, dit-elle en secouant la tête, je n'en ai pas le pouvoir.

– Et si tu en étais capable... ?

– Je ne sais pas ce que je ferais, admit-elle. Je n'ai pas envie d'avoir du pouvoir sur toi, et je ne fais pas confiance à Niall... et puis...

Elle hésitait, de plus en plus contrariée par le tour que prenait la conversation – si bien que des étincelles jaillissaient de sa peau.

– Je refuse de te perdre, reprit-elle. Imagine, si tu devenais comme les Filles de l'Été, totalement dépendant de moi ?

– Et si les choses prennent une autre tournure ? Que se passera-t-il si je suis tué par un fé, forcément plus puissant que moi ? Si tu as besoin de mon aide et que je ne peux pas te l'apporter car je suis mortel ? Être à moitié dans ton monde me rend vulnérable.

– Je sais. Selon Tavish, je devrais te quitter.

– Je ne suis pas un animal de compagnie qu'on garde ou qu'on abandonne quand ça vous chante. Je suis amoureux de toi et je sais ce que je veux.

Sur ce, il l'embrassa, avec l'espoir que ses émotions lui paraîtraient aussi sincères que ses mots. Des étincelles de soleil picotèrent la peau du jeune homme – de l'électricité, de la chaleur et une étrange énergie qu'aucun mortel n'aurait su définir.

Pour toujours. Comme maintenant. Tel était son désir. Et celui d'Aislinn aussi. Il s'écarta, presque ivre à son contact. Aislinn souriait.

– Il y a peut-être une alternative. On peut... Dis-moi que tout ira bien, quoi qu'on fasse ?

– Tout ira bien, promit-il. On trouvera une solution.

Ils se remirent en marche. *Tout ira bien,* se répéta-t-il.

D'après le Roi de l'Été, c'était la mortalité de Seth qui posait problème, détournant Aislinn de ses devoirs de souveraine. Mais si Seth appartenait à la Cour de l'Été, les objections de Keenan n'auraient plus de raison d'être – même si Seth savait que rien ne serait aussi simple. Cependant, jamais il n'avait voulu quelque chose avec autant d'intensité : être avec Aislinn pour l'éternité. Il lui fallait trouver un moyen d'y parvenir.

– On va au bord de la rivière ? proposa la jeune fille, lumineuse. Il y a de la musique au programme, ce soir.

Il la serra contre lui, acquiesça, sans lui demander comment elle avait été informée : elle était naturellement attirée par tous les rassemblements féeriques.

– On y va en courant ? suggéra-t-elle.

Des lacs bleus sans fond scintillaient dans ses yeux. Elle pouvait prétendre qu'elle n'aimait pas être une fée, mais une part d'elle adorait ça. Si elle avait pu mettre ses craintes de côté, elle aurait été vraiment heureuse. Il fit oui de la tête et l'enlaça.

Les pieds de Seth touchaient à peine le trottoir : il avait l'impression de voler. S'il lâchait Aislinn, il s'écraserait à terre – mais il n'avait aucune intention de desserrer son étreinte. *Pas maintenant, ni jamais.*

Quand ils s'arrêtèrent sur la berge de la rivière, elle riait aux éclats – heureuse de cette course et de la liberté dont elle jouissait. Un groupe de musiciens s'était installé le long de la rive. L'une des chanteuses était une merrow[1]. Alanguie

1. Créature légendaire, équivalent gaélique de la sirène. *(Toutes les notes sont de la traductrice.)*

dans l'eau, elle gazouillait des ordres à ses compagnons restés à terre. Sa peau, légèrement phosphorescente dans l'obscurité, était d'un vert moussu. Elle portait une cape argentée par-dessus une robe en lamelles de varech, qui révélait davantage qu'elle ne dissimulait.

Une queue de poisson écaillée partait de sa taille mais d'une certaine façon, même cette partie de son corps paraissait élégante. Derrière elle, un trio de merrows mâles se prélassait en compagnie de kelpies[1]. Mais contrairement à la femelle, ces derniers étaient hideux : leurs visages étaient semblables à celui d'un poisson-chat et leurs bouches ornées de moustaches s'ouvraient grand tandis qu'ils surveillaient leur sœur – avec une attitude protectrice telle que Seth se demanda si les Fés des Ténèbres étaient vraiment ceux qu'il fallait craindre : les fés aquatiques lui avaient toujours paru plus inquiétants.

Quand la merrow entonna un chant et que ses frères se joignirent à elle pour le refrain, Seth oublia cependant leur étrangeté : car ils étaient tous les quatre resplendissants. Le jeune homme ne comprenait pas leur langage, et leur chanson n'en était pas vraiment une : néanmoins, chaque particule de son corps semblait chercher un moyen d'assimiler cette mélodie ; puis sa respiration s'accorda peu à peu au rythme de leur musique. Il n'était pourtant pas ensorcelé – son talisman le protégeait. Seulement, les merrows étaient d'excellents musiciens.

Aislinn et lui restèrent immobiles, silencieux, perdus

1. Créatures métamorphes des mythologies celtiques, vivant dans les rivières ou les lacs.

dans les sons et les émotions de ce chant. Chaque note élevait leur esprit, dérobait leur âme et leurs secrets, les faisait tournoyer dans les airs et dans l'eau, effaçant douleur, peur, inquiétude. Des instants parfaits, qui se glissaient avec intensité sous sa peau.

La musique s'interrompit et le sortilège fut rompu. L'esprit du jeune homme retrouva la terre ferme. Telle était la nature du chant des merrows : il vous élevait loin du monde matériel pour mieux vous y ramener, sans prévenir. Quand il disparaissait, son absence était comparable à un coup douloureux.

– Ils sont merveilleux, chuchota Aislinn.

– Plus que ça, dit Seth.

Entre deux chansons, ils avaient à peine le temps de s'asseoir : dès que la musique recommençait, soit ils l'écoutaient, figés, soit ils se mettaient à danser. Seth devinait Aislinn capable de résister à l'attrait des chants, mais lui ne l'était pas. La musique féerique le dévorait.

Ils avaient à peine fait quelques pas de danse quand Seth remarqua une skogsrå[1]. De toutes les créatures féeriques qu'il avait rencontrées, les skogsrås étaient les plus déstabilisantes. Leur but unique dans l'existence était de captiver les autres êtres vivants, les fés autant que les humains. Dépourvues de dos, elles étaient creuses à l'intérieur, au sens propre comme au sens figuré. Leur charme, contre lequel il était difficile de lutter, résidait dans leur avidité. Sans son talisman, Seth n'aurait peut-être pas pu surmonter la tentation.

---

1. Créature sylvestre de la mythologie scandinave.

La skogsrå, Britta, lui envoya un baiser. Aislinn serra plus fort la main du jeune homme, sans pourtant commenter l'incident.

Seth n'eut aucune réaction. Il hocha la tête mais ne fit aucun geste susceptible d'encourager la créature. Les concerts des merrows se déroulaient dans des zones qui, pour l'occasion, étaient déclarées neutres ; aussi, les skogsrås n'en étaient que plus téméraires. À dire vrai, Britta se serait montrée téméraire en toutes circonstances, quel que soit le lieu. Il ne fallait pas prendre à la légère une fée comme elle, suffisamment puissante pour être solitaire et capable d'errer là où des cours étaient en conflit.

Britta s'approcha de Seth et d'Aislinn. En terrain neutre, tous étaient sur un pied d'égalité. Seth appréciait cette idée – ce qui ne devait pas être le cas d'Aislinn, dont la tension était palpable. À quelques mètres d'eux, Britta trébucha et, sans réfléchir, Seth se précipita pour la rattraper. Une de ses mains glissa sur l'endroit où le dos de la fée aurait dû se trouver ; malgré son léger vêtement, le jeune homme sentit le vide l'aspirer un bref instant.

– De justesse, chéri, dit-elle en déposant sur la joue de Seth un baiser – une familiarité incongrue. Bonsoir, petite reine, ajouta-t-elle en se tournant vers Aislinn.

Puis elle s'éloigna d'un pas nonchalant.

– Jamais je ne me sentirai à l'aise en présence de ce genre de créatures, murmura la jeune fille.

– Mais si, la rassura-t-il. Nous nous y habituerons.

– Les choses n'étaient pas plus simples avant que je sois fée, mais elles me semblaient plus logiques, murmura-t-elle en inclinant la tête sur l'épaule du jeune homme.

– C'est nouveau pour toi, voilà tout. Tout te paraîtra plus logique avec le temps.

Elle se contenta d'acquiescer, et il se douta qu'elle préférait ne pas répondre plutôt qu'afficher sa peur. Lui aussi avait peur. S'il répétait ce que Keenan lui avait dit, s'il lui avouait à quel point elle lui faisait mal quand elle oubliait sa force, elle se détournerait de lui, alors qu'il la voulait plus proche encore. Cependant, tant qu'elle ne découvrirait pas qui elle était vraiment et tant qu'il n'aurait pas trouvé le moyen d'échapper à sa condition de mortel, la distance entre eux resterait inévitable.

Les merrows se remirent à chanter. Les accompagnaient des musiciens, installés le long de la berge, dissimulés dans les arbres, loin dans la pénombre, là où les mortels ne pouvaient les voir ; Seth et Aislinn étaient entourés de percussions vibrantes, de flûtes harmonieuses, de sons qu'aucun instrument humain n'aurait pu produire, mais aussi de voix qui montaient et descendaient, pareilles aux vaguelettes qui léchaient la rive.

Le jeune homme percevait chaque note, à la pureté palpable. Le monde féerique n'était pas parfait mais, parfois, il le comblait davantage que l'univers mortel. Leur musique était plus intense, plus envoûtante ; de même, personne ne dirigeait les danseurs, dont les mouvements interprétaient la mélodie, ni les musiciens, qui se fondaient à l'obscurité.

– Suis-moi, dit Aislinn en l'emmenant vers un arbre mort.

Trois corbeaux étaient perchés sur ses branches. L'espace d'un instant, Seth s'imagina qu'ils le fixaient. Puis Aislinn le tira par la main et il crut que si elle la lâchait, son cœur sortirait de sa poitrine. Il tournait le dos aux chanteurs, mais leurs mélodies tourbillonnaient autour d'eux. Devant lui, Aislinn était une vision propre à rivaliser avec la musique. Elle toucha une plante grimpante enroulée autour de l'arbre squelettique : celle-ci grandit en frémissant puis s'allongea jusqu'à former un siège ressemblant à un hamac.

Tant qu'il touchait, voyait, sentait Aislinn, il parvenait à se mouvoir. Elle était plus qu'un résultat de la magie féerique.

– On s'y blottit ? proposa-t-elle.

– Avec plaisir.

Il prit place sur le hamac et ouvrit grands les bras pour l'accueillir.

12

Quand Bananach arriva, Donia, assise devant une fenêtre du troisième étage, contemplait les étoiles qui apparaissaient peu à peu. C'était l'un des moments qu'elle préférait dans la journée, quand les traînées de couleurs s'estompaient dans le ciel. Un monde entre chien et loup, entre lumière et obscurité. Longtemps, sa vie avait ressemblé à cela : entre le pire et le meilleur. Elle avait espéré que tout s'améliore mais ce soir-là, la fée guerrière était à sa porte.

Donia regarda Bananach remonter l'allée, marquer une pause pour agripper un des poteaux de la clôture, dont les pointes étaient aussi acérées que des couteaux. Bananach ne serra pas assez fort pour vraiment se blesser.

Pourquoi veut-elle me voir ?

Sans raison apparente, Donia avait passé du temps à observer les puissants fés à demi-solitaires, à étudier leur histoire – lisant les anciennes correspondances que Beira avait pu échanger avec eux ou avec les souverains des autres cours. La Cour de l'Été, en pleine renaissance, cherchait encore à se forger une identité. La Haute Cour de Sorcha, qui chérissait sa solitude, n'avait nulle envie d'interagir avec ceux qui ne faisaient pas partie de son domaine. Quant à la Cour des Ténèbres, elle était, selon Donia, celle qui obéissait à la plus grande logique. C'était un réseau sophistiqué d'entreprises illégales. Du temps de Beira, Irial vendait n'importe quelles drogues en vogue et ses fés étaient liés à de nombreuses organisations criminelles. Lui-même avait été le propriétaire de plusieurs bars et clubs fétichistes. Les choses avaient en partie changé depuis l'avènement de Niall mais, comme Irial, il s'imposait des limites – à la différence que Niall s'en imposait plus que son prédécesseur. En revanche, Bananach n'en avait aucune. Elle n'avait qu'un but : engendrer le chaos et le bain de sang propres à toute guerre.

Tandis que Donia l'observait par la vitre, la femme-oiseau ferma les yeux et sourit.

À cet instant, Evan frappa discrètement à la porte.

– Donia ?

Il entra, emplissant la pièce poussiéreuse de l'odeur boisée qui le suivait partout. Il se plaça derrière sa reine.

– Ah, je vois que vous savez déjà qu'elle est ici.

– Que nous veut-elle ? s'enquit Donia, sans détourner les yeux de la fenêtre.

– Rien que nous puissions lui offrir, répondit Evan en frémissant.

Selon la Reine de l'Hiver, il n'était pas prudent que ses fés se montrent à Bananach, même le chef de sa garde. La femme-oiseau était capable de l'emporter sur eux, sans le moindre effort. Mieux valait écarter toute tentation de son chemin. En général, mieux valait éviter tout contact avec elle, mais Donia n'avait d'autre choix.

– Je la recevrai seule, annonça-t-elle.

Evan la salua et se retira, tandis que Bananach se hâtait de monter l'escalier. Une fois dans la pièce, elle s'assit en tailleur au centre du tapis, comme devant un feu de camp. Elle portait un uniforme militaire maculé de sang et son parfum était un mélange de cendres et de mort. Elle tapota le sol.

– Viens.

L'air méfiant, Donia observait cette fée, plus démente qu'on n'aurait pu croire à première vue ; en cet instant, elle pouvait certes sembler amicale, mais elle n'était pas venue là sans raison.

– Je n'ai aucune affaire à traiter avec toi, déclara la reine.

– Dans ce cas, m'autorises-tu à te dire quelle affaire *moi* j'aimerais traiter avec toi ?

Bananach balaya la pièce d'un large mouvement du bras ; aussitôt, des hurlements s'élevèrent autour d'elle, mettant fin au silence qui régnait dans le domaine de Donia. Des voix humaines et féeriques se mêlaient, poussant des cris rauques qui firent venir les larmes aux yeux de la Reine de l'Hiver. Des visages de fumée planaient maintenant dans la salle, puis s'évanouissaient. Des corps sanglants, piétinés, apparaissaient, pour être remplacés par des bras et des jambes grotesques, difformes, qui tentaient d'entrer par les fenêtres. Ces images firent place à des montages de champs de batailles passées, d'herbe rouge et de maisons calcinées, et à des visions de mortels décimés par la peste ou la famine.

– Jolies possibilités que nous avons là, déclara Bananach en soupirant, les yeux braqués sur le coin de la pièce où ces images clignotaient. Si tu es à mes côtés, nous pourrons accomplir tant de choses en si peu de temps !

L'herbe souillée disparut tandis que naissait une nouvelle image : Keenan, étendu sous Donia. Sur le plancher nu où ils avaient un soir fait l'amour. La vision n'avait rien de réel, mais se voir ainsi, dans les bras de Keenan, obligea la Reine de l'Hiver à marquer une pause.

Son corps est couvert d'engelures. Le sien de cloques. Elle prononce les mots qu'elle lui a tant répétés, des mots qu'elle s'est naguère promis de ne plus jamais prononcer devant lui :

– Je t'aime.

– Aislinn... murmure-t-il alors dans un soupir.

Donia se redresse.

– C'est insupportable, Keenan, chuchote-t-elle.

Des bourrasques de neige entrent soudain dans la pièce. Le roi la suit, lui demande de lui pardonner encore une fois.

– Donia... je ne voulais pas... je t'en prie...

La reine le poignarde et enfonce ses mains dans son ventre.

Il s'écroule. La lumière du soleil s'embrase et l'éblouit.

– Tu es exactement comme Beira, soupire Bananach. Tempétueuse, prête à m'offrir le chaos.

Donia, incapable de bouger, resta assise, les yeux rivés sur son double aux mains ensanglantées.

– Je me suis inquiétée. J'ai craint que tu ne sois différente, susurra la femme-oiseau. Il a fallu tant de temps à Beira pour enfin s'en prendre au précédent Roi de l'Été. Ce ne sera pas ton cas.

Donia, les mains souillées, se dresse au-dessus de Keenan. Elle le regarde se vider de son sang.

On lit de la rage dans les yeux du roi.

– Rien de tout cela n'est survenu, rétorqua alors Donia, en gardant son calme du mieux qu'elle pouvait. Je n'ai pas fait de mal à Keenan. Je l'aime.

Bananach croassa. Un son atroce, destiné à briser la paix qui planait sur la maison de Donia.

– Je suis heureuse d'une chose, Reine des Neiges. Si tu étais froide à l'intérieur, tu n'aurais pas la cruauté de l'Hiver dont nous avons besoin pour établir le désordre.

– Pourquoi me dire cela ?

– Te dire quoi ?

Bananach inclina la tête à un angle grotesque.

– Tu me dis ce dont tu as besoin pour déclencher ta guerre, mais pourquoi suivrais-je tes conseils ? expliqua Donia en croisant et décroisant ses jambes.

Elle s'étira et ferma brièvement les paupières, comme si les horreurs que Bananach apportait dans son sillage ne pouvaient la dérouter. Sa feinte indifférence n'était pourtant pas très convaincante.

Soudain, des roulements de tambour guerriers s'élevèrent, pareils à un mur de tonnerre. Entre ces pulsations rythmées s'intercalaient des hurlements nouveaux. Puis tout s'arrêta brusquement et seule résonna la musique mélancolique d'une cornemuse, plus limpide que le chaos qui l'avait précédée.

– Je ne suis pas sûre de vouloir que tu poignardes le roitelet, reprit Bananach en souriant. Cela mettrait peut-être fin à ma jolie destruction… Tes actions pourraient conduire au même bouleversement qui a eu lieu quand Beira a tué Miach, le précédent Roi de l'Été.

– Quelles actions ?

Avec détermination, la femme-oiseau fit claquer sa mâchoire.

– L'une d'elles. Et quelques autres, peut-être.

Donia grimaça : les silhouettes illusoires qui les représentaient tous deux, Keenan et elle, étaient toujours visibles. Le Roi de l'Été, ensanglanté, fou de rage et de soleil, rouait de coups le double de Donia. Puis la scène revint à l'instant où Keenan prononçait le prénom de sa reine, *Aislinn*. Mais cette fois, c'était au tour de Donia de le frapper, jusqu'à ce qu'il perde connaissance.

– Il y a tant de jolies réponses à tes questions, petite Neige, susurra Bananach. Tant de chemins pour nous mener vers la guerre sanglante.

La même séquence fut de nouveau projetée.

Elle prononce les mots qu'elle lui a tant répétés, des mots qu'elle s'est naguère promis de ne plus jamais lui dire :

– Je t'aime.

– Je t'aime, soupire-t-il, mais je ne peux rester avec toi.

Donia était incapable de détacher les yeux de cette vision. La scène se répéta encore.

Elle prononce les mots qu'elle lui a tant répétés, des mots qu'elle s'est naguère promis de ne plus jamais lui dire :

– Je t'aime.

– Aislinn... murmure-t-il alors dans un soupir.

Donia se redresse.

– C'est insupportable, Keenan, chuchote-t-elle.

Des bourrasques de neige entrent soudain dans la pièce. Keenan la frappe.

– C'était juste un jeu... murmure-t-il.

Cette fois, ils se frappèrent tant et tant que la pièce s'emplit bientôt de vapeur, à travers laquelle des cadavres réapparurent, l'air de plus en plus réels.

Au centre du carnage, Bananach se dressait avec exultation, telle la créature charognarde qu'elle était.

– Pourquoi ? demanda Donia, qui ne put rien dire d'autre. Pourquoi ?

– Pourquoi la terre gèle-t-elle sur ton passage ?

Bananach marqua une pause. Puis, voyant que Donia ne répondait pas, elle ajouta :

– Chacun de nous a un objectif, Fille de l'Hiver. Le mien comme le tien, c'est de détruire. Tu as accepté cela en succédant à Beira.

– Ce n'est pas ce que je souhaite.

– Tu ne veux pas de puissance ? Tu n'as pas envie qu'il souffre, après ce qu'il t'a fait subir ? s'esclaffa Bananach. Bien sûr que si. Tout ce qu'il te faut, c'est découvrir lesquelles de tes actions me donneront ce dont j'ai besoin. Moi, je les connais, ajouta-t-elle en indiquant la pièce. Ces possibilités ne m'appartiennent pas. C'est à *toi* de les déceler, elles sont à toi.

13

Les jours suivants parurent quasiment normaux à Aislinn : Seth et elle s'entendaient de nouveau, Keenan n'avait plus tenté de mettre ses limites à l'épreuve et les affaires à la cour s'étaient apaisées. Elle ne pouvait continuer d'ignorer Keenan et il lui devenait presque douloureux physiquement de rester éloignée de lui trop longtemps. Aislinn décida alors de prétendre que rien d'embarrassant ne s'était passé entre eux la semaine précédente. Elle avait peut-être évité de se retrouver seule avec lui ces deux derniers jours, mais hormis quelques regards lourds de sous-entendus quand elle demandait sans raison à Tavish ou à Quinn de prendre part à une conversation... Bon d'accord, elle avait eu besoin de la compagnie des Filles de l'Été à quelques reprises... Quoi qu'il en soit, Keenan faisait mine de ne pas remarquer le comportement évasif d'Aislinn. Il se contentait de patienter, tandis qu'elle se servait de leurs fés comme d'un bouclier. Elle aimait passer du temps avec ses sujets et appréciait particulièrement Eliza ; mais cela n'expliquait pas son envie d'aller danser dans le parc dès que le roi s'approchait trop près d'elle.

C'est parfaitement évident. Tout le monde s'en rendait compte, mais personne ne lui en faisait la remarque. À l'exception de Seth et de Keenan, aucun de ses sujets n'était assez à l'aise avec elle pour en discuter. Elle était leur reine et, pour le moment, sa position lui permettait de maintenir un semblant de vie privée. *Malgré tout, ils savent que quelque chose se prépare. Et cela les perturbe.* Elle s'était pourtant fait la promesse d'être une bonne souveraine...

D'une main légèrement tremblante, elle frappa à la porte du bureau.

– Keenan ? Tu es libre ?

Des cartes de différents territoires étaient étalées devant lui, sur la table basse. Il y avait une musique à l'arrière-plan – un des vieux CD d'Aislinn, l'album *Haunted*, du chanteur Poe. Elle l'avait acheté au Music Exchange avec Seth, un après-midi.

Keenan leva les yeux puis regarda délibérément derrière elle.

– Où est passée ton équipe ?

Elle referma la porte.

– Je les ai libérés pour le reste de la journée. Je pensais passer un peu de temps avec toi... On pourrait bavarder un peu.

– Je vois, fit-il en examinant de nouveau les cartes. C'est une bonne idée, mais cela ne va pas nous faire avancer sur cette histoire de désert.

– Pourquoi ?

Il avait explicitement changé de sujet, mais elle préféra ne pas le relever. Elle n'était pas certaine non plus d'avoir envie de discuter de cette nouvelle affaire ; il le fallait pourtant.

– Rika vit dans la zone désertique. Elle a été une Fille de l'Hiver, précisa Keenan, l'air soucieux. Elle ressemble beaucoup trop à Donia. Et elle a des comptes à régler avec moi.

– Tu en parles comme si cela était surprenant.

Elle resta près du canapé, plus proche de lui qu'elle n'aurait dû – mais elle avait bien l'intention de maîtriser la situation.

– Ça l'est, répliqua-t-il en s'étendant sur le canapé, avant de poser les pieds sur la table et de croiser les mains. Rika et Donia se comportent comme si, à l'époque, je m'étais mis en tête de leur faire du mal. *Jamais* je n'ai voulu blesser qui que ce soit... excepté Beira et Irial.

– Elles devraient donc pardonner et oublier ?

Aislinn avait esquivé ce problème depuis des mois. Comme beaucoup d'autres ; mais tôt ou tard, il leur faudrait bien les régler.

– Nous avons perdu tant de choses quand tu as choisi...

– *Nous* ? la coupa-t-il.

– Pardon ? s'étonna-t-elle en prenant place sur une chaise.

– Tu as dit : « *Nous* avons perdu tant de choses », comme si tu te comptais au nombre des Filles de l'Hiver et de l'Été.

– Non... je... bredouilla-t-elle en rougissant. J'ai dit ça ?

Il acquiesça.

– Je suis l'une d'elles. Toutes celles que tu as choisies ont beaucoup perdu, reprit-elle en baissant la tête, dissimulant ainsi son visage derrière ses cheveux. Bien sûr, j'ai aussi beaucoup gagné, des choses merveilleuses. J'en ai conscience.

– Mais ? demanda-t-il d'un ton buté.

– Mais c'est difficile. De changer de nature. Et j'ai l'impression que jamais je ne parviendrai à avoir une vie stable. Ma grand-mère va mourir. Seth...

Elle s'interrompit, incapable de prononcer cette phrase.

– Je vais les perdre, reprit-elle. Et moi, jamais je ne mourrai.

Il leva la main, comme s'il s'apprêtait à la toucher, puis la baissa.

– Je sais.

Elle respira profondément avant de poursuivre :

– Il est difficile de ne pas être en colère. Le fait que tu aies porté ton choix sur moi signifie que je vais perdre ceux que j'aime. Que je vais les voir vieillir, puis disparaître.

– Cela signifie que je vais perdre moi aussi celle que j'aime. Tant que tu as quelqu'un d'autre, Donia peut rester avec moi, reconnut-il.

– Je t'en prie, arrête, répliqua Aislinn, gênée qu'il puisse tenir de tels propos avec tant de désinvolture. Ça n'est pas juste... pour *personne*.

– Je sais, acquiesça-t-il, plus calme qu'il ne l'avait jamais été devant elle, tandis que le soleil se levait sur l'oasis qui était apparue dans ses yeux. Je n'ai jamais voulu que les choses se passent ainsi. Beira et Irial ont limité mes pouvoirs. Qu'aurais-je dû faire ? Laisser l'Été mourir ? La terre geler ? Les mortels et les Fés de l'Été dépérir ?

– Non.

La part raisonnable d'Aislinn le comprenait. Elle savait qu'il n'y avait pas eu d'autre choix que celui qu'il avait fait, mais elle continuait d'en souffrir. La logique n'apaisait ni son chagrin ni sa peur. Elle et Seth n'étaient pas ensemble depuis longtemps et déjà, il lui échappait. *Il va mourir.* Elle n'était pas capable de le dire à haute voix, mais cette pensée l'obsédait. Dans des années, des siècles, elle serait toujours la même, alors qu'il serait devenu poussière. *Comment ne pas être en colère ?* Si elle n'était pas devenue fée, elle n'aurait pas eu à affronter un avenir sans Seth.

– Qu'aurais-tu fait, Aislinn ? Aurais-tu laissé la cour s'éteindre ?

Dans les yeux de Keenan, elle voyait à présent une étoile mourante, un orbe sombre agité de quelques soubresauts lumineux. Elle resta sans voix. De minuscules étoiles apparurent autour de ce soleil à l'agonie, dans un univers rongé par le vide. Elle n'avait jamais eu l'intention de s'attacher à sa cour ; si, des mois plus tôt, il lui avait dit qu'elle éprouverait autant d'affection pour ses sujets, elle ne l'aurait pas cru. Et pourtant, dès qu'elle était devenue leur reine, elle avait été animée d'un farouche besoin de les protéger. Tout ce qu'elle mettait en œuvre pour redonner des forces à son peuple ne relevait pas seulement d'un choix : Aislinn avait foi en elle. Vu ce qu'elle ressentait à présent, comment aurait-elle réagi à la place de Keenan ? Aurait-elle laissé Eliza mourir ?

– Non. Bien sûr que non.

– Ne crois pas un seul instant que j'ai délibérément fait du mal aux Filles de l'Été et de l'Hiver, ajouta-t-il en se penchant vers le bord du canapé pour la regarder en face. Je m'en suis voulu, plus longtemps que tu ne t'imagines. Mon seul désir était que chacune d'entre vous soit l'Élue, avoua-t-il tandis que d'autres petites étoiles se formaient dans ses yeux. Et chaque fois, je savais que je les condamnerais à une mort lente si je ne te trouvais pas, toi.

Elle demeura silencieuse. *Il avait mon âge quand cela est arrivé. Quand il a dû faire ce choix. Sans cesser d'espérer.*

– Je leur rendrais leur humanité si j'en avais le pouvoir, mais même cela ne remplacerait pas ce qu'elles ont perdu, reprit-il en se mettant à ranger les documents posés sur la table. Et même si c'était possible, je serais incapable de t'offrir la même chose, par crainte de réveiller la malédiction de Beira. Je continue de porter ce fardeau : savoir que j'ai dérobé la mortalité de celle qui m'a sauvé. Oui, tu m'as sauvé et je ne peux pas te rendre heureuse.

– Je ne suis pas...

– Si, tu es malheureuse. Ce qui ne facilite pas nos relations, n'est-ce pas ?

– Nous trouverons un moyen, chuchota-t-elle. Nous avons l'éternité devant nous, ajouta-t-elle en tâchant d'adopter un ton plus léger, apaisant.

Elle n'était pas venue pour parler de cela ; c'était pourtant la conversation qu'ils auraient dû avoir depuis des mois.

– C'est vrai. Et je ferai mon possible pour que tu trouves le bonheur.

– Ce n'est pas ce que... en fait, je ne te demande pas de réparer l'inéluctable. C'est juste que... j'ai peur de les perdre. De me retrouver seule.

– Tu ne l'es pas. Nous sommes ensemble, pour toujours.

– Tu es mon ami, Keenan. Ce qui s'est passé l'autre jour n'aurait pas dû arriver, déclara-t-elle, si crispée qu'elle ne parvenait pas à déplier ses jambes sous elle. J'ai besoin de toi... mais je ne t'aime pas.

– Tu avais envie de me toucher, l'autre jour.

Elle ravala le mensonge qu'elle faillit murmurer.

– Oui. Dès que tu as tendu la main vers moi, je n'ai plus désiré que ça.

– Dans ce cas, qu'attends-tu de moi ? demanda-t-il d'une voix si calme que c'en était irréel.

– Ne cherche plus à me toucher, répliqua-t-elle en se mordant la lèvre, si fort qu'elle sentit le sang perler.

Il passa la main dans ses cheveux cuivrés – un geste de frustration – avant d'acquiescer.

– Je vais essayer. C'est la seule réponse franche que je peux t'offrir.

Aislinn fut parcourue d'un frisson.

– Ce soir, j'irai voir Donia. Tu l'aimes.

– Oui, répondit-il, l'air aussi perdu qu'elle. Ce qui ne change rien à ce que j'éprouve en ta présence.

– Amour et désir sont deux choses différentes.

– Veux-tu dire que je n'éprouve que du désir pour toi ? Est-ce tout ce que toi tu éprouves en retour ?

Son arrogance avait refait surface – la même qu'il affichait quand elle l'avait connu et qu'elle avait rejeté ses avances.

– Je ne te lance pas un défi, Keenan. Et je ne fuis pas.

– Si tu nous donnais une chance...

– J'aime Seth... il est tout pour moi. Si je trouvais le moyen de l'avoir toujours près de moi sans me montrer égoïste, je le ferais. Je ne prétends pas ne pas être attirée par toi. Tu es mon *roi* et mon ami. Mais je refuse de former un couple avec toi. J'en suis désolée. Tu le savais quand je suis devenue ta reine. Rien n'a changé. Et rien ne changera, tant que j'aurai Seth...

Elle s'interrompit, avant d'ajouter les mots décisifs :

– Je veux trouver une solution pour que Seth devienne l'un d'entre nous. Je le veux près de moi pour l'éternité.

– Hors de question.

Ce n'était pas une réponse mais un ordre. Le cœur d'Aislinn battait à tout rompre.

– Pourquoi ? Nous le voulons, lui et moi, et...

– Donia a cru qu'elle me voulait toujours près d'elle. Comme Rika. Liseli... Nathalie... etc. Et à présent, où sont-elles ?

– C'est différent. Seth est différent.

– Tu voudrais qu'il soit comme les Filles de l'Été ? demanda Keenan, en colère cette fois. Le voir mourir s'il te quittait ? Tu viens de m'expliquer à quel point tu m'en veux de t'avoir transformée. Comme les nombreuses autres qui ne m'ont pas pardonné. Le sujet est clos.

– C'est ce qu'il *désire*.

Il avait formulé les craintes qu'elle-même nourrissait, mais elle avait espéré que Keenan lui dirait qu'elle s'inquiétait bêtement, qu'il y avait une solution.

– Non, Aislinn. C'est ce qu'il croit. S'il devenait fé, il serait ton esclave, l'un de tes sujets. Ce n'est pas ce qu'il désire. Toi non plus. J'ai cru que les Filles de l'Été voulaient vraiment être avec moi pour l'éternité. Certaines l'ont cru elles aussi. Les Filles de l'Hiver successives l'ont cru, à tel point qu'elles ont accepté de souffrir, par ma faute. Oublie cette idée. Les fés n'offrent jamais aux mortels ce que ces derniers cherchent vraiment, et lancer pareille malédiction sur quelqu'un que l'on aime...

À cet instant, le Roi de l'Été lui parut beaucoup plus âgé qu'elle.

– Ce n'est pas pour rien qu'on appelle cela une malédiction, reprit-il. Si tu aimes Seth, chéris-le tant qu'il est encore en vie, puis laisse-le s'éteindre. Si d'autres choix s'étaient offerts à moi...

La jeune fille se leva.

– Tu le savais depuis le début, n'est-ce pas ? Qu'il partirait peu de temps après que je serais devenue reine. Que j'éprouverais cette attirance pour toi.

– Un mortel n'est pas censé être amoureux d'une fée.

– En réalité, il t'a été facile d'accepter mes conditions, pas vrai ? Seth et moi... notre couple est voué à disparaître et toi... tu... Non.

Keenan la fixa du regard. Elle repensa à Denny, à ce qu'il lui avait confié à propos de la différence d'âge, et elle reconnut qu'il avait eu raison.

Il la dévisagea d'un air chagrin, mais ses paroles ne furent pas plus douces :

– Mieux vaut aimer quelqu'un et savoir qu'il sera heureux, plutôt que le détruire. Tu ne rendrais pas service à celui que tu aimes en le maudissant, Aislinn. Chaque fois que je l'ai fait, je l'ai regretté.

– Seth et moi sommes différents. Donia te repousse, soit. Cela ne veut pas dire que nous agirons comme vous. Ça peut marcher pour nous.

– Si seulement tu ne te trompais pas. Ou si tu acceptais de m'écouter. Pourquoi crois-tu que Donia me repousse, Ash ? Pourquoi crois-tu que Seth veuille devenir fé ? Parce qu'ils ont compris ce que tu refuses d'admettre : toi et moi sommes destinés à être ensemble, ajouta-t-il avec un sourire mélancolique. Je sais que j'ai raison et je ne t'aiderai pas à commettre une telle erreur.

Pour seule réponse, Aislinn quitta la pièce en courant.

Elle avait besoin de l'aide de la fée qui aimait Keenan, comme quand elle était encore mortelle. Si Donia pardonnait au Roi de l'Été les nombreuses fautes qu'il avait commises, cela le persuaderait que l'amour était capable de tout arranger. Et alors, il accepterait peut-être de lui porter secours. Au moins, il cesserait de poursuivre Aislinn de ses assiduités, puisqu'il aurait Donia. Il *fallait* que celle-ci reste avec Keenan.

Tout ira bien dès que Donia et lui seront de nouveau ensemble.

Elle parcourut à toute allure la distance qui la séparait de la résidence de la Reine de l'Hiver, située dans une rue tranquille de la périphérie de la ville. Ce ne fut qu'une fois devant la maison que la jeune fille découvrit à quel point elle avait peur : peur de ce qui se passerait si Donia rejetait Keenan pour de bon, mais aussi de ce qui arriverait lorsqu'elle se retrouverait à l'intérieur de la splendide bâtisse victorienne de la reine. Donia et elle n'étaient pas des amies proches et la Reine de l'Hiver pouvait parfois se montrer terrifiante.

Des Fés de l'Hiver se déplaçaient sans bruit dans le jardin couvert de plantes épineuses. Les arbres gelés et les buissons enneigés lui donnaient une allure incongrue parmi ses verdoyants voisins. Quand Aislinn avait remonté la rue, elle avait aperçu des chiens paressant sous des porches, une fille prenant langoureusement le soleil et plus de fleurs éclatantes qu'elle n'en avait vu rassemblé de toute son existence. La mort de Beira et la délivrance de Keenan avaient engendré un nouvel équilibre qui permettait enfin à la nature de s'épanouir. Mais dans le jardin de Donia, le gel ne fondrait jamais, si bien que les mortels qui passaient devant la maison continueraient de détourner le regard. Personne, fé comme humain, n'était autorisé à poser le pied sur cette pelouse glaciale sans le consentement de la Reine de l'Hiver. Consentement qu'elle n'avait pas accordé à Keenan.

Pourquoi suis-je venue ici ?

Tandis qu'Aislinn traversait le jardin, l'herbe givrée fondit sous ses pas puis se reforma instantanément derrière elle. C'était le domaine de Donia, où elle détenait les pleins pouvoirs. *Et où je suis en position de faiblesse.* Après avoir appartenu à Beira durant des siècles, ce lieu existait à la fois en Terre Féerique et dans le monde humain – chose que Keenan n'avait jamais été capable d'accomplir.

En traversant cet univers glacé, la jeune reine sentait sa peau la picoter de manière désagréable. Aislinn était une intruse ici, et l'Hiver était aussi imprévisible que l'Été. Donia pouvait toujours le nier, mais la jeune fille avait sans cesse été confrontée aux ravages des interminables chutes de neige, comme les cadavres gelés qu'elle avait souvent vus dans les rues – et jamais elle n'oublierait les expressions de douleur qu'elle avait lues sur ces visages éteints. Elle-même avait souffert de cette glace, une véritable arme, quand

Keenan et elle avaient affronté la précédente Reine de l'Hiver.

Mais il s'agissait de Beira, pas de Donia.

Elle s'approcha de l'entrée de la maison. L'une des filles-aubépines, munie d'ailes blanches, ouvrit la porte en silence. Elle ne parla pas non plus quand Aislinn pénétra dans le vestibule, frissonnant au contact du froid qui régnait sur la pièce mal éclairée.

– Donia est-elle disponible ? demanda-t-elle sans attendre de réponse.

Elle savait les filles-aubépines muettes – ce qui ajoutait à leur caractère inquiétant. Jamais elles ne s'éloignaient tout à fait de leur reine et elles ne quittaient le domaine que si Donia avait besoin d'une escorte. Leurs yeux rougeoyaient comme des braises, en contraste avec leur peau d'un gris cendré.

Aislinn suivit la fée dans un couloir le long duquel étaient postées d'autres filles-aubépines. Un feu crépitait dans l'une des salles devant lesquelles elles passèrent. Les craquements des bûches étaient les seuls sons alentour, avec le bruit des pas d'Aislinn sur le vieux plancher. La Cour de l'Hiver était engoncée dans une immobilité irréelle, qui donnait la chair de poule à la jeune fille.

La fée s'arrêta devant une porte close.

– Faut-il que je frappe ? demanda Aislinn.

Mais la fille-aubépine tourna les talons et s'éloigna sans répondre.

– Merci pour ton aide, ironisa la Reine de l'Été.

Elle tendit la main vers la poignée quand la porte s'ouvrit de l'intérieur.

– Entrez, lui dit Evan. Ma reine souhaite vous parler en privé.

Il eut malgré tout un sourire amical qui détendit un peu Aislinn. Les yeux rouges de l'homme-sorbier étaient frappants, mais tandis que ceux des filles-aubépines avaient la teinte d'un feu mourant, les siens étaient un symbole de fécondité. Sa peau d'un gris brun, aussi rugueuse que l'écorce, et ses cheveux vert foncé évoquaient des arbres qui se déplaçaient en toute liberté. Par nature, les hommes-sorbiers étaient des créatures de l'Été, et la présence d'Evan l'apaisait.

Il sortit de la pièce.

Aislinn se retrouva seule devant Donia et son loup, Sasha.

– Donia... commença la jeune reine.

La Reine de l'Hiver ne lui facilita pas la tâche et se contenta de lui dire :

– J'imagine que c'est *lui* qui t'envoie.

– Il aurait préféré te parler lui-même.

La jeune reine avait l'impression d'être une petite fille dans cette vaste salle peu accueillante. Donia ne lui avait pas proposé de s'asseoir. Le tapis, d'un vert terne, était usé jusqu'à la corde, mais respirait malgré tout l'opulence. Il aurait davantage eu sa place dans un musée.

– J'ai ordonné à Evan de lui interdire l'entrée, répondit Donia en s'éloignant de quelques pas.

– Puis-je savoir pourquoi ?

– Oui, tu le peux.

Aislinn réprima son irritation – ainsi que sa peur.

– Eh bien, je veux le savoir.

– Je n'ai pas envie de le voir, voilà tout.

Donia sourit. Aislinn frissonna.

– Écoute. Si tu veux que je parte, dis-le-moi. Je suis venue parce qu'il me l'a demandé et parce que je t'apprécie.

La jeune fille croisa les bras, autant pour s'empêcher de gigoter d'un pied sur l'autre que pour ne plus être tentée d'aller briser les délicats globes de neige alignés sur une étagère. Elle ne s'attendait pas à ce que Donia possède de tels bibelots – mais le moment était vraiment mal choisi pour lui en parler. La reine se montrait distante et Aislinn avait l'impression qu'une menace implicite planait dans l'air.

– Ton caractère s'affirme à mesure que l'Été reprend des forces, commenta Donia, sans se départir de son sourire glaçant. Tu lui ressembles, avec cette lueur qui palpite sous ta peau.

– Keenan est mon ami.

Aislinn se mordit la lèvre et serra les poings, non pas par nervosité, mais pour que la douleur l'aide à se contrôler davantage. La Reine de l'Hiver s'écarta de quelques pas. Elle s'arrêta devant la fenêtre et plaqua les doigts contre la vitre, qui se couvrit de petites fleurs de gel.

– L'amour que je lui porte est pareil à une blessure, reconnut-elle sans regarder la jeune fille. Il est tout ce dont j'ai pu rêver. Quand nous sommes ensemble...

Elle soupira. Un petit nuage d'air glacial laissa quelques glaçons accrochés aux rideaux.

– Je me moque des brûlures qu'il m'inflige, reprit-elle. Dans ces moments-là, je ne recule pas devant cette douleur. Et je lui dirais oui même si cela devait me détruire.

L'agacement d'Aislinn s'estompa. Elle rougit. Elle ne s'était pas attendue à avoir ce genre de conversation.

– Je me suis demandé si c'était la raison pour laquelle Beira et Miach ont été incapables de coexister, poursuivit Donia. L'histoire est prête à se répéter, je l'ai compris, Ash.

La Reine de l'Hiver se tourna vers elle, dos appuyé contre la fenêtre, encadrée des motifs dentelés dont elle avait décoré la vitre et les rideaux.

– Je ne te juge pas, répondit Aislinn avec insistance. Je veux que tu sois avec Keenan.

– Même si c'est une erreur ? s'étonna Donia sur un ton presque railleur. Même si l'histoire doit se répéter et que les conséquences en sont atroces ? Voudrais-tu que nous déclenchions une guerre dans le seul but de protéger tes sentiments ?

Aislinn n'avait rien à répondre. Elle n'avait jamais vraiment réfléchi à la situation dans laquelle s'étaient trouvés les parents de Keenan.

– Je me demande à présent si l'assassinat de Miach a véritablement été une surprise, poursuivit Donia. Les Rois de l'Été sont tellement versatiles. L'Hiver sait se montrer beaucoup plus calme.

Tandis qu'elle parlait, un fauteuil de glace, aux bords irréguliers, comme des vagues ayant gelé en plein mouvement, se forma sous elle.

Aislinn ne put réprimer un rire.

– Calme ? Je sais de quelles colères tu es capable. L'Été sait lui aussi se montrer paisible. Et je ne crois pas que le calme soit ce que vous cherchez tous deux. Le lendemain du Solstice, après vos retrouvailles, sa peau était couverte d'engelures. Mais il était heureux.

Donia lui décocha un regard qui n'avait plus rien d'amical.

– Chaque fois que je pense l'avoir effacé de ma vie, il est de nouveau tendre ou merveilleux... Sais-tu ce qu'il a fait ? Il a engagé des jardiniers pour qu'ils arrachent le buisson d'aubépine... cette plante affreuse devant laquelle chaque épreuve se déroulait. Elle a disparu de mon jardin pour être replantée loin de ma maison.

De minuscules larmes glacées tombèrent aux pieds de la reine.

– C'est adorable...

– Oui.

Le visage de Donia reflétait les sentiments mitigés qu'Aislinn éprouvait souvent en présence de Keenan – une combinaison de frustration et d'affection qui l'assaillait de plus en plus fréquemment. La jeune fille détestait l'idée qu'elle puisse avoir cela en commun avec la Reine de l'Hiver ; tout comme elle détestait cette conversation.

– Mais rien de tout cela ne me fera changer d'avis, reprit Donia après un instant de silence. Il pense m'aimer, mais il pense peut-être t'aimer, toi aussi.

Si seulement je pouvais lui mentir. Si seulement...

– Je refuse de... bredouilla Aislinn. Lui et moi, nous ne sommes pas...

Cependant, ce qu'elle s'apprêtait à dire n'était pas vrai, et elle fut incapable de poursuivre.

– Je suis avec Seth, finit-elle par déclarer.

– Il est mortel, rétorqua Donia, sans pourtant paraître fâchée. Et Keenan est ton roi, ton partenaire. Je l'entends dans sa voix quand il prononce ton nom. Jamais il n'a été ainsi auparavant.

– Sauf avec toi.

– Oui, je sais.

– Il a envie de te voir. Il est bouleversé et tu dois…

– Non, répliqua Donia en se relevant. Tu n'as pas à m'ordonner quoi que ce soit. Ma cour règne sur la terre depuis longtemps, plus longtemps que toi et moi pouvons l'imaginer. Pendant des siècles, mes sujets ont vu Keenan souffrir par la faute de Beira. Ils ont du mal à abandonner un peu de leur puissance, mais je le leur ai demandé : ils acceptent que l'été dure un peu plus que quelques courtes journées par an.

– Tu comprends alors pourquoi tu dois arranger les choses.

– Pour que l'Été reprenne des forces.

– En effet.

– Et cela serait censé me motiver ? ironisa Donia en riant. La Cour de l'Été m'a méprisée quand je n'ai pu devenir la reine de Keenan. Personne n'a été là pour me réconforter, après mon échec… Dis-moi, Ash, pourquoi devrais-je me soucier des affaires de votre cour ?

– Parce que tu aimes Keenan, qu'il t'aime et que nous pourrons coexister en paix si tous les deux, vous parvenez à vous réconcilier.

– Tu n'as donc pas saisi qui était vraiment Keenan ? répliqua Donia, interloquée. Ta mère est morte pour éviter d'être piégée par sa cour, et toi, tu as renoncé à ton humanité pour lui, mais tu es toujours aveugle. Je ne le suis pas. Ce qui se dresse entre Keenan et moi ? Son arrogance et… toi, Ash.

– Je n'ai pas l'intention vous faire obstacle. Je veux Seth, seulement lui. Si je pouvais de nouveau être mortelle... Je regrette que tu ne sois pas devenue Reine de l'Été.

– Je le sais. C'est ce qui m'empêche de te haïr, ajouta Donia avec un sourire presque affectueux.

– Je ne l'aime pas, se hâta de préciser Aislinn, par peur de ne pouvoir prononcer ces mots, craignant qu'il ne s'agisse d'un mensonge. Je suis régulièrement en colère contre lui et... je veux que lui et toi, vous soyez ensemble.

– Je refuse de te servir de bouclier, Ash, répondit Donia d'une voix teintée de dédain.

– De... bouclier ?

– Ne te sers pas de moi comme prétexte, en croyant que cela arrangera vos relations.

D'un air absent, la Reine de l'Hiver replia les doigts. Du givre grimpa le long des murs. De la glace craquelée recouvrit les bougeoirs et le papier peint fané.

– Vous étiez déjà en conflit avant que je n'arrive, fit observer Aislinn.

Elle sentit sa peau se réchauffer, une réaction à la chute de température ambiante. Sa propre énergie s'efforçait de chasser l'air froid qui se répandait autour d'elle, tandis que des flocons de neige tombaient lentement sur le plancher, aux pieds de Donia.

– C'est juste. Mais c'était parce qu'il cherchait sa *reine*.

– Je n'ai pas demandé à l'être, répliqua Aislinn en s'approchant de Donia. Tu dois...

– Ne me donne pas d'ordres, la coupa la Reine de l'Hiver, parfaitement calme, d'une immobilité qui était celle de la neige à peine tombée, encore immaculée.

– Je ne suis pas venue ici pour me quereller avec toi.

La lumière solaire d'Aislinn était une arme défensive bien faible dans ce lieu. *Je suis dans* son *palais. Le siège de son pouvoir. Je ne devrais pas être là.*

– C'est peut-être une erreur de ta part, commenta Donia, dont les doigts étaient devenus des pointes glacées. Tu sais pourquoi l'été est précoce cette année : parce que *je l'ai autorisé.*

– Et nous t'en sommes reconnaissants.

Donia jouait avec les éclats de glace qui couvraient ses mains, les faisant cliqueter entre eux.

– Pourtant, tu viens ici, comme si tu étais puissante, comme si tes désirs importaient davantage que les miens, comme si ta cour avait voix au chapitre...

Ces paroles enflammèrent la colère d'Aislinn – pareille à un éclair de lumière dans la pièce glaciale – mais la jeune fille recula malgré tout.

– Ce n'est pas ce que je voulais dire. Seulement, je ne comprends pas pourquoi tu te montres aussi peu raisonnable.

– Peu raisonnable ? s'exclama Donia. Parce que je ne me plie pas aux désirs de l'Été ?

Aislinn n'avait rien à répondre. Il lui semblait évident qu'une Cour de l'Hiver plus puissante encore n'était pas une bonne solution. Par le passé, Donia avait été d'accord avec cette idée. C'était pour cette raison qu'elle avait failli être tuée par la précédente Reine de l'Hiver. Mais il était clair à présent qu'elle avait changé d'avis.

– Si je te frappe, il en sera furieux, malgré les insultes que tu viens de me lancer, reprit Donia, avançant d'un pas.

Cela l'empêcherait-il de venir de nouveau à ma porte ? Cela arrangerait-il la situation ?

– Je ne sais pas... que veux-tu dire ?

Aislinn n'avait qu'une envie : fuir. Donia était trop forte.

– Les choses se sont compliquées depuis que toi et moi sommes devenues reines. Si nous nous affrontons, nos cours connaîtront la discorde. C'est ce que veulent mes sujets... ajouta-t-elle en soutenant le regard de la jeune fille. Et j'y ai songé. Je me suis imaginée en train de transpercer ta peau de ma glace. Cela résoudrait tout, en particulier cette tentative absurde de prétendre que nous sommes tous amis.

– Donia ? dit Aislinn en la dévisageant avec méfiance.

Comme Niall, la fée qui se dressait devant elle n'était plus celle qu'elle avait connue – c'était à présent une créature animale, capable et désireuse de s'en prendre à elle.

– Je t'aime bien. J'essaie souvent de ne pas l'oublier, mais il y a d'autres facteurs en jeu... ajouta-t-elle, tandis que la neige s'accumulait à ses pieds. La Cour de l'Été n'est plus la bienvenue à la Cour de l'Hiver.

Malgré le givre qui couvrait les murs et la voix glaciale de Donia, Aislinn se laissa finalement emporter par la colère.

– Nous n'avons pas voix au chapitre dans ta cour, soit, mais tu te permets de nous donner des ordres ?

– Oui.

– Pourquoi devrions-nous...

Avant qu'elle puisse terminer sa phrase, Donia se trouva près d'elle. Elle plaqua la main sur le ventre d'Aislinn, y pressa ses doigts gelés et lui transperça la peau ; plus la glace fondait, plus elle se reformait et s'allongeait, s'enfonçant davantage dans la chair de la jeune fille. Quelques éclats se brisèrent et restèrent en elle. Aislinn hurla, tant la douleur était intense.

Vais-je mourir ici ?

– Pourquoi devriez-vous prêter attention à mes désirs ? murmura Donia.

Les doigts encore rougis par le sang de la jeune reine, elle plaça la main sous le menton d'Aislinn et l'obligea à basculer la tête vers l'arrière, pour la regarder dans les yeux.

– Parce que je suis plus forte que vous, Ash. Et que vous feriez mieux de vous en souvenir. Cet équilibre que vous souhaitez instaurer ne peut se faire sans *mon* accord.

– Tu m'as poignardée...

Aislinn était prise de nausée. Sa peau était moite et la douleur infligée par la glace restée en elle rivalisait avec celle de ses plaies extérieures.

– Par prudence, répliqua Donia.

Son expression était par trop semblable à celle de Beira : totalement dépourvue de remords, insensible au geste atroce qu'elle venait de commettre.

– Keenan va...

– Il sera furieux, je le sais ; mais, ajouta Donia en soupirant, libérant un nuage glacial qui obligea Aislinn à reculer, tes blessures sont superficielles. Il n'en sera pas ainsi la prochaine fois.

Aislinn posa la main sur son ventre, sans pouvoir épancher le sang qui coulait lentement des petites perforations qui le parsemaient.

– Keenan et moi pourrions riposter. Est-ce ce que tu cherches ?

– Non, je veux simplement que vous restiez à l'écart, répondit la Reine de l'Hiver en lui tendant un mouchoir en dentelle. Ne reviens pas ici à moins que je ne t'y invite. C'est aussi valable pour *lui*.

Sur ce, Evan entra dans la pièce pour conduire Aislinn vers la sortie.

14

Tandis qu'Evan la ramenait à la porte, Aislinn ne prit pas appui sur lui. Elle ne s'agrippa pas non plus à son bras alors qu'elle descendait les marches en trébuchant. Elle gardait la main plaquée contre ses blessures, comme si ce geste avait pu apaiser sa douleur.

Je suis la Reine de l'Été. Je dois me montrer forte.

Elle souffrait, cependant. Donia avait transpercé sa peau et ses muscles, et ceux-ci se contractaient à chaque pas, lui donnant envie de pleurer.

Des fées erraient dans le jardin. Les sœurs Scrimshaw, pareilles à des fantômes, glissaient au-dessus du sol enneigé. Une fille-aubépine était perchée dans les branches d'un chêne drapé de glace. Ses yeux écarlates étincelaient, comme des baies gelées. Une créature aux ailes en lambeaux était assise près d'elle. Une glaistig aux pieds fourchus, campée dans l'herbe, avait pris la position d'un bandit armé, prêt à tirer. Toutes avaient les yeux braqués sur Aislinn.

Elles savent.

Quand Donia l'avait frappée, elle n'avait pu s'empêcher de hurler. Les sujets de la Reine de l'Hiver l'avaient entendue et, à présent, ils voyaient son chemisier sanglant.

Je ne suis pas faible. Je ne suis pas vaincue.

À mi-chemin de l'allée, Aislinn se redressa.

– Tu peux me laisser, maintenant, dit-elle à Evan.

L'homme-sorbier paraissait indifférent, tout comme les autres fées, mais la jeune fille refusait de leur donner la satisfaction de la voir s'effondrer. Elle parcourut seule le reste du chemin dallé. Une fois au bout, elle marqua une pause, prenant appui contre la barrière qui délimitait le territoire de l'Hiver, et sortit son téléphone mobile. Puis elle revêtit un charme pour dissimuler son corps ensanglanté et son visage trop pâle et s'avança sur le trottoir.

Encore quelques mètres.

Elle remonta un pâté de maisons avant que les larmes se mettent à couler sur son visage. Sans même regarder le téléphone, elle pressa une touche. Quand il répondit, elle ne le laissa pas parler :

– J'ai besoin de toi. Viens me chercher, se contenta-t-elle de dire, avant de raccrocher et de se laisser glisser contre un mur.

Aislinn avait du mal à garder les yeux ouverts, ce qui l'inquiétait. *Je ne suis pas grièvement blessée. Elle me l'a dit, et une fée ne ment jamais.* Elle regarda des corbeaux qui s'étaient posés sur le bâtiment opposé, puis pressa une autre touche de son téléphone. En entendant la voix de Seth sur le répondeur, elle sourit. Quand le message enregistré s'acheva, elle parla d'une voix aussi claire que possible : « Je ne vais pas pouvoir dîner avec toi ce soir. J'ai un imprévu... je t'aime. »

Elle avait envie qu'il vienne la retrouver, mais elle saignait – une cible vulnérable si quelqu'un se mettait en tête de l'attaquer ou de la capturer... et Seth n'était que mortel. Le monde dans lequel elle vivait comportait trop de dangers pour lui. *Beaucoup trop.*

Des gens passèrent devant elle. Elle percevait des sons murmurés et des mouvements, mais se réfugia à l'intérieur d'elle-même, où tout était plus paisible. Elle entendit un bus s'arrêter au bout de la rue. Le brouhaha s'amplifia quelques instants. Les corbeaux croassèrent, leurs appels rauques se fondant dans le monde des mortels autour d'elle. Elle appuya la tête contre le mur, sans se soucier de la suie et de la saleté, car le ciment et la brique la réchauffaient un peu. Elle avait besoin de chaleur. *La chaleur pourra tout arranger*, songea-t-elle, tandis que d'autres mots défilaient de façon cadencée dans son esprit désordonné. *Chaleur, soleil, été, chaud, rayon, soleil, chaleur, été.* Il allait venir lui apporter tout cela.

Elle frissonna. Par la pensée, elle voyait les fragments de glace que Donia avait laissés en elle, sous sa peau. Des éclats d'Hiver enfouis dans son corps. En guise de leçon et d'avertissement. *Pas une blessure fatale.* Mais elle n'en était pas convaincue. Et si les plaies n'étaient pas aussi superficielles que Donia l'avait cru ? *Chaleur, soleil, été, chaud, rayon, soleil, chaleur, été.* Elle se répétait ces mots, comme une prière. Il allait arriver. Il lui apporterait chaleur et soleil.

Elle avait malgré tout l'impression d'être à l'agonie. Elle était immortelle, mais s'il n'arrivait pas vite, elle ne survivrait pas. *Chaleur, soleil, été, chaud, rayon, soleil... Je vais mourir.*

– Aislinn ?

Keenan la souleva. Son corps semblait composé de soleil solidifié. Elle se blottit dans ses bras. Il lui parlait, donnait des ordres à quelqu'un d'autre. Des gouttelettes de soleil tombaient sur le visage d'Aislinn et s'insinuaient dans sa peau.

– J'ai froid, murmura-t-elle.

Elle tremblait tellement qu'elle se crut sur le point de chuter, mais il la tenait fermement. Puis elle perdit connaissance.

Quand elle se réveilla, Aislinn n'était ni dans son lit ni dans celui de Seth. Au-dessus de sa tête, elle voyait un entrelacs de lianes. Elle ne les avait jamais vues sous cet angle et comprit qu'elle était couchée dans l'immense lit de Keenan.

– Comment les appelle-t-on ? demanda-t-elle.

Elle savait qu'il était près d'elle. Il n'aurait pu se trouver ailleurs. Pas à cet instant.

– Ash... commença-t-il.

– Ces plantes, précisa-t-elle. Il n'y en a pas d'autres dans le loft. Seulement... dans cette pièce.

Il vint s'asseoir à côté d'elle, sur le couvre-lit ridicule d'or et de brocart.

– On les appelle des lianes trompettes. Je les aime bien. Je regrette qu'on se soit disputés.

Elle était incapable de le regarder. Même si cela pouvait sembler idiot, elle se sentait gênée. La conversation qu'elle avait eue avec Donia lui revint à l'esprit, puis la terreur qu'elle avait éprouvée resurgit. *J'aurais pu mourir.* Elle n'en était plus vraiment certaine, mais elle y avait songé.

– Je le regrette aussi.

– Pourquoi ? Je m'attendais à tes demandes, dit Keenan d'une voix aussi chaleureuse que ses larmes l'avaient été quand il était venu la chercher. Nous allons trouver une solution. Pour l'instant, ce qui importe, c'est que tu sois à la maison, en sécurité, et quand je saurai qui...

– Donia. Qui d'autre ? répliqua Aislinn en soulevant la tête pour soutenir son regard. Donia m'a poignardée.

Le Roi de l'Été blêmit.

– Donia ? Elle l'a fait exprès ?

– Quand on poignarde quelqu'un, c'est rarement un accident, non ? Elle m'a transpercé le ventre de ses doigts glacés. Si glacés que j'en ai eu des nausées...

Elle essaya de se redresser mais ses blessures l'en empêchèrent. La douleur n'était plus aussi intense ; malgré tout, ses yeux se remplirent de larmes. Elle s'étendit de nouveau.

– Apparemment, les remèdes féeriques ne sont pas si efficaces que ça.

– C'est que tu as été blessée par Donia, précisa Keenan d'un ton égal.

Cependant, le tonnerre qu'on entendait au loin démentait son calme apparent.

– Elle est notre antithèse, et elle est reine, ajouta-t-il.

– Et maintenant... que faire ? demanda Aislinn en retenant son souffle.

Keenan pâlit de nouveau.

– Je refuse de lui déclarer la guerre. Il y a d'autres choix possibles.

Aislinn non plus ne voulait pas de conflit, surtout contre un adversaire aussi puissant que l'Hiver. L'idée que ses fés puissent connaître une douleur semblable à la sienne la terrifiait.

– S'il s'agissait de quelqu'un d'autre que Donia, je me serais fait un plaisir de me venger en versant le sang, reprit Keenan, en caressant les cheveux de la jeune fille d'une main gorgée de soleil. Quand je t'ai trouvée ainsi... En s'attaquant à ma reine, elle agresse aussi ma cour.

Aislinn ne s'opposa pas à ses gestes réconfortants. Le froid qui avait envahi son corps était encore trop présent. Un bref instant, elle regretta qu'ils ne soient pas suffisamment proches : elle lui aurait alors demandé de s'étendre à son côté et de la tenir entre ses bras. Rien de sensuel ou de romantique dans cette envie, engendrée par son besoin de chaleur. À cette pensée, elle rougit, se sentant un peu coupable. Pour lui, cette requête aurait eu une tout autre signification ; mieux valait ne pas s'aventurer sur ce terrain.

– J'aimerais t'aider... proposa-t-il d'un air embarrassé, tout en indiquant le ventre de la jeune fille. J'aurais pu le faire quand tu étais encore endormie, mais je sais que tu tiens à ton... intimité... surtout depuis que...

Elle jeta un coup d'œil à sa chemise. Ce n'était plus la même.

– Qui m'a changée ?

– Siobhan. Après que je me suis occupé de ta blessure. Mais elle est restée dans la pièce pendant ce temps.

Aislinn lui prit la main et la serra.

– Je te fais confiance, Keenan. Même si tu avais... changé mon chemisier toi-même, ajouta-t-elle tandis que le rouge lui montait de nouveau aux joues.

C'était la vérité. Elle n'était pas à l'aise quand elle était trop proche de lui, mais jamais il ne s'abaisserait à la séduire de force. Elle l'en avait cru capable quand elle ne le connaissait pas encore, mais au fond d'elle-même, elle savait à présent qu'il était fiable. *Donia se trompe.*

– Comment peux-tu m'aider ?

– En me servant de la seule lumière du soleil. Comme ce que tu avais fait pour moi, mais avec plus d'intensité. Ta blessure guérira peu à peu, aussi lentement que si tu étais encore...

– Mortelle ? N'hésite pas à le dire, Keenan.

Elle s'aperçut qu'elle n'avait pas lâché sa main et la serra de nouveau.

– Si je l'étais encore, je serais déjà morte.

– Si tu l'avais été, elle ne t'aurait pas attaquée.

– Je n'en suis pas certaine, répliqua Aislinn. Si tu éprouvais la même affection pour les Filles de l'Été, s'en serait-elle prise à elles ?

La jeune fille n'avait jamais pensé que Donia puisse se montrer cruelle – mais désormais, elle avait du mal à imaginer la Reine de l'Hiver sous un autre jour.

Keenan ne répondit pas. Il avait les yeux rivés sur les lianes enroulées autour des barreaux du lit ; leurs fleurs aux pistils violets, en étoiles, étaient grandes ouvertes ; leurs vrilles semblaient se tendre vers le roi.

– Keenan ?

– Je ne sais pas. Mais ça n'a pas d'importance. Pas pour l'instant.

– Qu'est-ce qui en a, alors ?

– Qu'elle ait frappé ma reine.

Des images nouvelles scintillaient au fond de ses yeux : des épées tremblantes y brillaient. Elle aurait peut-être dû s'effrayer de cette lueur de rage, en réalité réconfortante. En revanche, d'autres émotions y rôdaient, qui la terrifiaient davantage – la nature possessive du roi, son désir ; sa propre terreur.

– Non, ce qui importe, c'est que tu sois venu me chercher. Et je vais guérir.

Il retira sa main, hésitant.

– Puis-je t'aider, maintenant ?

– Oui.

Elle ne lui demanda pas ce qu'il comptait faire exactement ; il ne devait pas s'imaginer qu'elle puisse douter de lui. Ils étaient amis, après tout.

C'est grâce à lui que je suis encore vivante.

S'il n'avait pas ôté la glace restée en elle, sa blessure ne se serait pas refermée, et elle aurait continué de se vider de son sang.

Keenan replia la lourde couette ainsi que le couvre-lit.

Malgré son état de faiblesse, Aislinn percevait la tension qui s'installait entre eux. Qu'allait-elle ressentir ? *De la douleur ou du plaisir ?*

– Peux-tu soulever ta chemise ? demanda-t-il. Il faut que j'examine tes blessures.

Sa voix tremblait – soit de peur, soit pour une raison sur laquelle elle préférait ne pas s'appesantir. La porte de la chambre était restée ouverte mais personne n'entrerait, leurs sujets les sachant seuls à l'intérieur. En silence, elle releva le bord de son vêtement et révéla son ventre nu, recouvert d'une gaze blanche.

– Je l'ôte aussi ?

Il acquiesça, sans pourtant lui proposer de le faire à sa place. Il avait croisé les mains et détourné le regard.

Elle arracha le pansement. Des contusions couleur prune entouraient quatre petites incisions assez profondes, de deux centimètres environ. Donia avait affûté la glace qui s'était formée au bout de ses doigts pour mieux l'enfoncer dans la chair d'Aislinn.

– Tu n'auras pas mal, murmura Keenan. Mais je crois que cela te paraîtra un peu... déplaisant.

Elle s'empourpra de nouveau.

– Je te fais confiance.

Sans ajouter un mot, il plaqua la paume de sa main sur les coupures. Au contact de sa peau sur la sienne, elle sentit une décharge électrique la traverser. Dans les yeux du Roi de l'Été, des vagues se brisaient sur une plage déserte, illuminée par un splendide lever de soleil.

Elle éprouva un plaisir intense et retint brusquement son souffle.

Tandis que la lumière du soleil imprégnait son corps par le biais des petites incisions, il riva son regard sur elle et lui dit :

– Par un baiser, tu m'avais guéri d'une blessure infligée par Beira. Je pourrais en faire autant et te soulager plus rapidement, mais je ne veux pas... pas de cette façon. J'en ai envie, Ash. Je meurs d'envie de me servir de ce prétexte pour t'embrasser là, précisa-t-il en jetant un coup d'œil à son ventre nu. J'aimerais abuser de la confiance que tu m'accordes... mais je ne peux pas, tant que tu es mienne sans l'être vraiment. Te guérir par le biais de mes mains est moins rapide, mais cela vaut mieux. Pour toi… et pour tout le monde.

– C'est peut-être plus sage, en effet, murmura-t-elle, la respiration saccadée.

Son cœur battait à un rythme dangereux. De minuscules éclats de plaisir tiraillaient son corps tout entier, à mesure que le soleil faisait fondre le froid qui était encore en elle. Et pendant ce temps, il la dévisageait avec respect et admiration. Un regard qu'elle fuyait d'ordinaire, mais auquel elle était incapable d'échapper à cet instant.

Détourne les yeux. Impossible. Elle les garda braqués sur les siens.

La lumière du soleil gagna en intensité. Elle saisit Keenan par le poignet, puis frissonna – non plus de froid, mais de bonheur tandis que la chaleur électrisait sa peau et ses os. Seule sa main était en contact avec son ventre, mais ce qu'elle éprouvait était aussi sensuel que ce qu'elle partageait d'habitude avec Seth.

Keenan respirait profondément, sur un rythme régulier sur lequel elle essaya de se concentrer.

– Tu devrais arrêter…

– Tu crois ?

– Oui, chuchota-t-elle, sans pourtant retirer la main du roi.

La peau d'Aislinn vibrait de soleil. *Son soleil. Le nôtre.* Un soupir s'échappa de ses lèvres, tandis qu'une onde de chaleur plus ardente encore que les précédentes se transmettait de la paume de Keenan à la peau de la jeune fille. Elle battit des paupières. Des vagues successives de plaisir la submergeaient. Des fleurs bruissantes s'étirèrent vers la lumière que tous deux projetaient à travers la chambre.

Soudain, il ôta sa main.

Elle jeta un coup d'œil à son ventre, pensant y trouver une marque brûlante. Ce n'était pas le cas. Il y avait toujours quatre petites cicatrices, mais les bleus s'étaient presque totalement estompés.

– Est-ce que ça va ? demanda-t-elle doucement.

Il déglutit, l'air aussi vulnérable et perdu qu'elle l'était elle-même.

– Non. Je ne veux pas être sans Donia, ni sans toi. Elle se refuse à moi à cause de ce que je ressens pour toi. Vous me demandez toutes deux de faire des choix qui vont à l'encontre de mes propres convictions. Je pourrais être heureux avec l'une de vous deux et pourtant, je suis malheureux et affaibli par la situation actuelle.

– Je le regrette, dit-elle, se sentant encore plus coupable vis-à-vis de lui qu'à l'ordinaire.

– Moi aussi. Plutôt mourir que te voir souffrir ; pourtant, je ne crois pas que je pourrai m'en prendre à elle. Tu es ma reine, mais elle est... Parfois, j'ai l'impression de l'avoir toujours aimée. Si tu me désirais vraiment comme il y a un instant, poursuivit-il en effleurant son ventre du bout des doigts, je lui dirais adieu. Je savais qu'il faudrait me séparer d'elle le jour où je trouverais ma reine. Elle aussi en avait conscience. Nous l'avions accepté. Un roi doit être auprès de sa reine. C'est ce que je ressens. Chaque fois que je touche ta peau... comme un sentiment...

– Inéluctable, chuchota-t-elle. Mais je ne t'aime pas. Je n'aurais pas dû accepter que tu me guérisses.

– Tu souffrais. Et je ne t'avais pas prévenue que cela te procurerait...

– Du plaisir ? As-tu éprouvé la même chose le jour où je t'ai guéri ?

– Non, rien d'aussi intense, et mes blessures étaient superficielles. Je n'étais pas censé tomber amoureux d'une autre... seulement de ma reine. Et toi, tu étais destinée à m'aimer.

Des larmes coulaient sur les joues d'Aislinn – de honte ou de douleur ? Elle n'en savait rien.

– Excuse-moi. J'ai besoin de cette distance entre nous... vraiment...

– Si nous étions ensemble, soupira Keenan, tout serait tellement simple.

– C'est Donia qui t'aime, pas moi. Si je pouvais intervertir nos rôles, quitter notre cour, je le ferais.

– Tu es plus forte que moi, dans ce cas. Moi, je veux tout à la fois : la cour, ma reine et mon amour. Le fait que tu deviennes la Reine de l'Été m'a enfin permis de régner pour de bon ; cependant, les événements se sont précipités depuis que j'ai retrouvé mes pouvoirs et je me suis laissé emporter. Mieux vaut que je m'éloigne de toi quelque temps, jusqu'à ce que nous maîtrisions mieux cette attirance mutuelle. Peut-être qu'en ayant des gardes près de nous, qu'en évitant d'être seuls dans le loft, ou...

– M'aideras-tu à transformer Seth en...

– Non. Jamais. Je refuse de maudire Seth. Même si je ne voulais plus de toi, je m'y opposerais. Plus tard, nous explorerons le lien inéluctable qui nous unit, toi et moi. Mais pour le moment, je me contenterai de garder mes distances, ajouta-t-il en se dirigeant vers la porte. Je ne sais pas vraiment comment nous pourrons supporter d'être éloignés l'un de l'autre, mais tant que tu auras Seth, je m'efforcerai de rester avec Donia.

– Que comptes-tu faire, exactement ?

– L'interroger sur ce qu'elle vient de commettre, en espérant qu'il n'est pas trop tard.

Le visage de Keenan reflétait une douleur aussi aiguë que celle qu'Aislinn ressentait. Il referma la porte derrière lui.

Dès qu'il fut sorti, elle s'abandonna à ses larmes. Elle était hors de danger. *Vivante.* Tout avait été si éprouvant. Si déroutant. Sa vie avait changé du tout au tout, mais elle ne cessait de créer de nouveaux problèmes aux autres. Seth était malheureux. Keenan aussi. Et l'idée que Donia, qu'elle avait considérée comme une amie, ait pu la poignarder, était au-delà de ce qu'elle pouvait endurer calmement.

Elle pleura tant qu'elle s'endormit.

Au réveil d'Aislinn, Seth se tenait sur le seuil de la chambre de Keenan.

– As-tu l'intention de me raconter ce qui s'est passé ?

Elle cligna des yeux.

– Tavish a refusé de m'expliquer quoi que ce soit, poursuivit-il. Les Filles de l'Été restent muettes ou bien se mettent à pleurer en me serrant dans leurs bras. On m'a simplement dit que tu étais dans cette pièce. Si cela signifiait que tu es maintenant avec lui, je ne pense pas qu'elles auraient l'air si tristes.

– Seth...

Aislinn voulut s'asseoir. Elle grimaça de douleur et porta la main à son ventre.

– Tu es blessée ? dit-il en s'approchant aussitôt d'elle. Est-ce qu'il t'a...

– Non. Keenan est incapable de me faire du mal. Tu le sais.

– Qui, alors ?

Elle lui raconta ce qui était survenu, sans toutefois préciser ce qu'elle avait éprouvé quand Keenan l'avait soignée à sa manière.

– C'est encore un peu douloureux, ajouta-t-elle en lui montrant son ventre. Mais tout va mieux. Les remèdes féeriques...

– Si je comprends bien, il t'a guérie. Comme tu l'avais fait pour lui ? Avec un baiser ? demanda Seth en s'asseyant par terre, à côté du lit.

– Non, seulement en imposant sa main sur mes blessures, précisa-t-elle.

La rougeur qui lui monta aux joues révéla cependant ce qu'elle n'avait pas avoué.

– Rassure-moi, Ash, répondit-il d'une voix basse, emplie de douleur. Regarde-moi et dis-moi qu'il ne s'est rien passé d'intime entre vous.

– Seth...

– Dis-moi que je ne suis pas en train de te perdre un peu plus chaque jour, la coupa-t-il sans la lâcher des yeux, en quête de réponses qu'elle n'avait pas.

Il ferma les paupières et appuya le front contre le matelas.

– J'avais besoin d'être soignée... Tu n'aurais pas pu... Je suis désolée. Malgré tout, lui et moi avons discuté. Il a cessé de me harceler.

– Pour combien de temps ?

– Tant que tu... commença-t-elle sans pouvoir terminer sa phrase.

– Tant que je serai encore en vie ? C'est ça ? s'exclama-t-il en se relevant. Et ensuite ? J'ai vu de quelle manière il te regardait dès que tu le touchais. Je sais que ce qui s'est passé entre vous n'avait rien de... d'amical. Moi, je n'ai pas pu te porter secours. Encore une fois. Et c'est lui que tu as appelé à l'aide, pas moi. Je ne suis pas assez fort.

Aislinn lui prit la main. Il se laissa faire.

– Je lui ai parlé... de toi. Comment te transformer, ajouta-t-elle d'une voix hésitante.

– Et ? demanda Seth, l'air plein d'espoir.

– Il a refusé, mais...

– Comme par hasard ! Niall a raison. Keenan préférerait que je sorte complètement de ta vie, Ash. Et un de ces jours, ça sera le cas. Et il t'aura, toi, tandis que j'aurai tout perdu.

Il s'interrompit et se radoucit, comme s'il s'apprêtait à lui mentir. Puis il se pencha pour déposer un baiser sur le front de la jeune fille.

– Tu sais quoi ? Tu n'as pas besoin de subir tout ça pour l'instant, alors que tu es souffrante. Je file.

– Seth ? S'il te plaît. Je fais de mon mieux.

Son cœur battait à lui faire mal. Le voir ainsi lui infligeait presque autant de souffrance que les coups que Donia lui avait portés.

– Moi aussi, je fais de mon mieux, Ash, mais... j'ai l'impression que le paradis que j'avais trouvé me glisse peu à peu entre les doigts. J'ai besoin de m'éloigner un peu. Laisse-moi au moins ça.

Il lâcha la main d'Aislinn et quitta la pièce.

Elle se retrouvait seule, blessée, étendue sur un lit qui n'était pas le sien. À l'extérieur de la chambre, d'innombrables fés étaient là pour exécuter chacun de ses ordres. Mais les deux personnes dont elle avait le plus besoin s'étaient détournées d'elle.

15

Seth traversa le salon sans regarder les fés qui s'y trouvaient et sans se rendre compte s'ils lui adressaient ou non la parole. Quinn se leva et le suivit jusqu'à la porte.

Je suis incapable de lui parler pour l'instant.

Le jeune homme se rendit dans le parc où se déroulaient généralement les festivités de la Cour de l'Été. Il y avait là une grande pelouse où l'herbe était piétinée, semblable à ces cercles que l'on trouve parfois au milieu des champs. L'endroit grouillait d'hommes-sorbiers en promenade et de Filles de l'Été, assises en petits groupes pour bavarder ou bien tournoyant comme des derviches, tandis que quelques fés-lionceaux jouaient du tambour. Il était difficile de dire si les fées, dont la peau était couverte de lianes, dansaient au rythme de ces percussions ou si les garçons-lionceaux jouaient pour accompagner les mouvements des danseuses.

Dans ce lieu, le monde féerique paraissait merveilleux.

– Pas la peine de me suivre, lança Seth à Quinn, sans se retourner. Je suis en sécurité dans le parc.

– Vas-tu y rester ?

– Non, je compte bien en partir.

Le jeune homme prit place sur un banc constitué d'un entrelacs de lianes – un artisan appartenant au Petit Peuple avait tressé ces plantes à mesure qu'elles poussaient. Elles formaient à présent un siège en pleine floraison. Chose, parmi des myriades d'autres, qu'il avait maintenant la possibilité de voir, grâce à la Vue.

Des illusions. Ou des vérités. Il ne savait plus. À l'orée du parc, un vol de six corbeaux se posa sur les branches d'un chêne. Leur présence intrigua Seth, mais avant qu'il puisse s'y appesantir, Tracey, l'une des plus douces des Filles de l'Été, prit ses mains entre les siennes.

– On danse ?

Elle ondulait déjà sur place, sans lâcher les doigts du jeune homme. Aussi fine qu'un roseau, elle était une fée, malgré tout – ce qui signifiait qu'elle pourrait l'attirer à elle, même s'il résistait. Des vrilles de lianes serpentaient déjà dans la direction de Seth.

– Je ne suis pas d'humeur, Tracey, répondit-il en essayant de se dégager.

– Une bonne raison pour danser, répliqua-t-elle en souriant, tout en le tirant vers elle. Cela t'aidera à surmonter ta tristesse.

– J'ai besoin de réfléchir.

Il avait parfois apprécié les heures passées à danser avec les Filles de l'Été ou à les écouter bavarder. Comme durant les fêtes dans lesquelles il avait eu l'habitude de se rendre. *Avant Ash.* Voilà comment il percevait sa vie maintenant : il y avait « Avant Ash » et « Avec Ash ».

– Tu peux aussi réfléchir debout, tu sais, ajouta la fée.

Elle l'obligea à se relever, puis l'entraîna vers le cercle servant de piste. Dès que ses pieds le foulèrent, Seth sut qu'il était perdu. Il voyait les sculptures et la fontaine de pierre, les sourires entendus qui s'affichaient sur les visages des fés-lionceaux, tandis que le tempo de la musique s'accélérait. Le fait de voir ne changeait cependant rien à la situation. Il avait vu toutes sortes de choses au cours de son existence, mais il était incapable de les modifier pour qu'elles correspondent à ses désirs.

Des lianes s'enroulèrent autour de sa taille tandis que Tracey s'approchait de lui ; au contact de ses mains et de ses cheveux qui l'effleurèrent, tout lui parut encore plus irréel – il n'y avait rien auquel il aurait pu se raccrocher, plus rien de tangible.

– Laisse-moi partir, protesta-t-il alors que ses pieds continuaient de se mouvoir malgré lui. Il faut que j'y aille, Tracey.

– Pourquoi ? s'étonna-t-elle, les yeux écarquillés.

Il n'était pourtant pas dupe de son apparente candeur : les Filles de l'Été n'étaient pas aussi naïves qu'il y paraissait. Elles se montraient certes frivoles, ardentes et étaient sujettes à de brusques accès d'allégresse, mais elles avaient aussi leurs priorités. Ces créatures avaient attendu durant des siècles que leur roi trouve enfin leur reine ; et on ne survit pas longtemps dans des conditions aussi hostiles sans se fixer certains objectifs – ou sans apprendre à manipuler les perceptions des autres.

– Tracey, reprit-il en reculant, je ne suis pas en état.

Elle le suivit en tournoyant. La musique continuait, passant à un rythme de samba.

– Reste.

Elle tendit la main et lui arracha le talisman qu'il portait, le laissant à la merci de ses attraits. La chaîne ondula comme une créature vivante quand elle la glissa dans son décolleté. Seth contempla les pétales de fleurs qui tombaient en pluie autour d'eux.

– Reste avec nous, le supplia-t-elle en l'attirant dans ses bras. Tu es ici dans ton élément.

Un bref instant, il fut conscient qu'il lui fallait récupérer la pierre que Niall lui avait donnée. Mais cette pensée ne dura pas plus longtemps qu'un battement d'aile de papillon. Le monde bascula. Il n'éprouvait plus que de la joie. Il était exactement où il avait envie d'être. Au fond de lui, il savait qu'il n'aurait pas dû rester, mais les Filles de l'Été avaient eu tant de peine à lui enseigner les pas qu'elles aimaient, les fés-lionceaux jouaient si bien... et la terre vibrait doucement sous ses pieds.

– Oui, dansons, dit-il, alors même qu'il était déjà en train de se mouvoir.

Bientôt, Tracey lui embrassa la joue, s'éloigna dans un tourbillon pour céder la place à Eliza.

– Une rumba ? proposa-t-elle.

La cadence de la musique se modifia, et le corps de Seth se mit à bouger au rythme des pulsations qui se répercutaient dans le sol. Même si cela lui parut difficile, il marqua une pause afin d'ôter ses bottes : il voulait que sa peau soit en contact avec l'herbe.

La lune brillait, haut dans le ciel. Une fille ondulait dans la fontaine.

Non, ce n'est pas une fille. Mais une fée. Comme Ash.

– Viens danser avec moi, Seth, lui lança-t-elle.

Siobhan lui lâcha alors les mains – *où est passée Eliza ?* Le jeune homme entra dans l'eau, qui soulagea ses pieds endoloris, et tendit les bras à la fée. Il en eut un frisson de plaisir. *Je pourrais me noyer en elle.* Brièvement, sa raison lui dicta de se montrer prudent, et il se rappela que cette créature était faite d'eau, qu'il pouvait *vraiment* se noyer en elle.

– As-tu l'intention de me faire du mal, Aobheall ?

– Fuis cet endroit, chuchota-t-elle à son oreille. Leurs projets ne présagent rien de bon pour toi ce soir.

Le jet de la fontaine formait un large rideau liquide et sonore autour d'eux, qui empêchait les autres de les voir distinctement tout en atténuant les percussions des féslionceaux.

– Appelle à l'aide.

– Appelle ?

– Qui accepterait de venir te secourir, Seth ? susurra-t-elle en plaquant son corps contre le sien. Moi, ça m'est impossible. Qui d'autre ? Les Filles de l'Été ? Les lionceaux ? Notre roi ? Qui pourrait te mettre à l'abri des folies féeriques ?

– Niall. Il est comme un frère pour moi.

Il appuya sur une touche de son téléphone, qu'il garda à la main, sans le porter à son oreille.

– Où sommes-nous, mortel ? murmura Aobheall.

– Dans la fontaine.

Il avait l'impression d'être drogué, l'esprit à la dérive dans un monde irréel, détaché de tout.

– Depuis quand es-tu là ?

– Depuis toujours, répondit-il.

– Bon sang, Seth, dit une voix dans le téléphone.

– Veux-tu rester ici, Seth, ou bien sortir du parc ?

– Rester ici, pour toujours.

Il ne parvenait pas à repousser Aobheall. *Rester avec elle. Avec les autres fées aussi.* Il les apercevait, de l'autre côté du jet d'eau. *Les fées d'Ash.* Elles prendraient soin de lui. Il se rappela la tristesse qu'il avait éprouvée avant de se retrouver dans les bras de Tracey. Il était heureux, à présent.

– Près de toi.

Lorsque Niall arriva, Seth se trouvait encore dans la fontaine. Le Roi des Ténèbres entra dans l'eau et, un moment, Seth fut en proie à une vague d'émotions en totale contradiction avec ses véritables sentiments : Niall était un dieu. Seth, les yeux braqués sur lui, n'avait jamais éprouvé un désir aussi intense pour qui que ce soit.

Niall s'empara de la main du jeune homme, dans laquelle il glissa un objet.

– On dirait que tu as égaré le tien.

Dès que le talisman fut au contact de sa peau, l'esprit de Seth s'éclaircit. Il s'aperçut qu'il était trempé, debout dans la fontaine avec Aobheall – en train de regarder son meilleur ami avec adoration.

– Tu es... gentille, dit-il à la fée aquatique en lui prenant la main.

Le rire de cette dernière cascada autour de lui.

– Pas vraiment, Seth. Si je l'étais, je t'aurais suggéré d'appeler Niall avant de pouvoir danser avec toi.

– Tu es gentille... pour une fée, rectifia le jeune homme.

– Reviens danser si tu as besoin de réconfort. Je garderai ce charme avec moi et te le rendrai ensuite – tant que nous nous organisons à l'avance. Quant à *toi*, ajouta-t-elle en caressant la joue du Roi des Ténèbres, tu es toujours le bienvenu dans ma fontaine.

– Je te suis redevable, répondit Niall avec un sourire.

Elle rit de nouveau.

– Tu l'as toujours été ! J'aime t'avoir près de moi.

Le Roi des Ténèbres lui donna un baiser. Des ombres se glissèrent dans les gouttelettes d'eau, formant un arc-en-ciel non pas multicolore, mais composé de bandes chatoyantes, grises et argentées, émaillées de paillettes. Tandis que Niall l'embrassait, Aobheall se dissipa peu à peu jusqu'à se fondre à l'eau de sa fontaine, laissant entendre dans son sillage un dernier soupir.

Niall sortit de l'eau.

– Seth ?

Le jeune homme lui emboîta le pas en silence. Les Filles de l'Été avaient cessé leur danse, les fés-lionceaux avaient arrêté de jouer et les hommes-sorbiers s'étaient immobilisés. Aucun sujet de la Cour de l'Été ne souhaitait avoir d'ennui avec le Roi des Ténèbres. Quoique certains, comme Siobhan, en avaient peut-être envie, à en croire leur expression résolue. À vrai dire, Seth devinait qu'une ou deux Filles de l'Été avaient encore des sentiments pour Niall, mais c'était un sujet qu'il ne souhaitait pas approfondir.

– Tracey ? appela Niall.

La fée tournoya jusqu'à lui, les bras tendus. Les lianes qui ondulaient sur sa peau se rétractèrent au contact du roi, mais pas elle. Niall lui saisit les mains.

– Je te déconseille de recommencer, déclara-t-il en marchant sur une des vrilles des plantes qui serpentait de son pied en direction de Seth, avant de la piétiner. Seth est mon frère, à présent.

– Nous l'aimons bien, dit-elle en essayant de toucher le jeune homme. Il était triste et...

Niall s'empara du poignet de Tracey.

– Voilà pourquoi tu lui as pris son talisman ? Pour qu'il aille mieux ?

La Fille de l'Été hocha la tête. Quelques-unes de ses compagnes, dont Siobhan, vinrent se placer à côté d'elle.

– Il était plus joyeux, expliqua Eliza. C'est tout ce qui compte.

– Tu serais heureux avec nous, murmura Tracey en se tournant vers Seth. Reste, et tu pourras être auprès d'Aislinn. Nous ne voulons pas que tu nous quittes.

– La reine ne va pas bien, en ce moment, intervint Siobhan. Cela arrive parfois quand certains désirs sont en contradiction. Tu ne devrais pas l'abandonner ainsi.

– Je ne l'ai pas abandonnée. J'ai seulement... besoin d'être un peu seul.

Seth jeta un coup d'œil de l'autre côté de la rue, aux fenêtres ouvertes du loft. Les plantes grimpant le long de la façade s'y pressaient. *Pour être proches d'elle.* Il n'avait pas envie d'expliquer ses sentiments à qui que ce soit, ni à son ami ni aux fées d'Aislinn. Sa vie intime était devenue publique, sans qu'il comprenne comment. Trop de gens étaient au courant de ce qui aurait dû rester de l'ordre du privé. À cette idée, une bouffée de colère l'envahit.

– Je ne suis... je n'ai pas l'intention de m'occuper de ça maintenant, ajouta-t-il avant de leur tourner le dos et de s'éloigner.

Soit Niall le suivrait, ou bien un garde parmi les hommes-sorbiers, ou encore une glaistig. *Pas moyen de me déplacer sans escorte.* Il n'avait pas choisi d'appartenir à l'une des cours féeriques, mais, contre son gré, il se retrouvait sous leur contrôle. *J'ai malgré tout choisi en acceptant de rester près d'elle.* Pourtant, alors qu'il l'imaginait étendue sur le lit de Keenan, cette prise de conscience ne lui était d'aucun réconfort.

En silence, Niall accompagna Seth jusque chez lui. Il ne parla pas non plus quand Seth mit de l'eau à bouillir pour le thé, puis quand il donna à manger à Boomer, son serpent. Les fés avaient une patience à toute épreuve ; en comparaison, malgré des années de pratique de la méditation, Seth perdait trop facilement son calme.

Il versa l'eau bouillante dans la petite théière qu'Aislinn lui avait offerte. *Quand elle était encore mortelle.* Seth écarta cette pensée. Elle ne l'était plus, ne le serait plus jamais. Attendre que les choses s'arrangent d'elles-mêmes ne suffisait pas. Il s'assit face à son ami.

– Même Tracey est plus forte que moi.

– Tu es mortel, répondit Niall en lui tendant sa tasse vide. Si tu n'avais pas égaré ton talisman...

– Je ne l'ai pas égaré.

– C'est vrai, acquiesça le Roi des Ténèbres en s'emparant de la théière pour les servir. C'est difficile, j'en suis certain...

– Tu ne devines pas à quel point, répliqua Seth avec un rire amer. Tu n'as jamais été humain. Tu es tellement parfait, bon sang ! Tellement puissant, tellement... tout. Voilà ce dont Ash a besoin, d'un compagnon puissant.

– Ne t'aventure pas sur ce terrain-là, l'avertit Niall. Ce serait déraisonnable.

– Que se serait-il passé si Aobheall avait été d'humeur différente ?

– Les Filles de l'Été ne te voulaient aucun mal. Pas vraiment. Si Ash n'avait pas la tête ailleurs en ce moment... S'il te faut quitter notre monde, je t'aiderai. Tu devrais peut-être y songer.

– Ce n'est pas ce que je veux, répondit Seth en buvant une gorgée de thé.

Aislinn lui échappait, et il ne savait combien de temps il parviendrait à rester dans cet univers en tant que mortel. Elle ne l'appelait pas à l'aide quand elle était blessée, car il était trop vulnérable. Les conflits entre les cours prenaient de l'ampleur. Il avait le sentiment qu'il ne pouvait rester dans cet entre-deux : il lui fallait choisir son camp.

– Je veux être un fé, affirma-t-il en reposant sa tasse.

– Non, c'est impossible, répliqua Niall, atterré.

– Je n'ai envie ni de mourir ni de l'abandonner. Je ne suis pas assez fort pour affronter les plus faibles des fés. Je ne peux résister à leurs attraits... Voilà pourquoi je veux être un fé.

– C'est une très mauvaise idée, mon ami. Crois-moi.

– Ton amitié compte beaucoup pour moi, Niall. Et tu as toute ma confiance. Cependant, je ne changerai pas d'avis pour la simple raison que tu n'es pas d'accord avec moi. Tu me connais mieux que ça. Veux-tu m'aider ?

Niall se leva et se mit à marcher de long en large.

– C'est tentant. Même en sachant que ce serait égoïste de ma part, que cela te détruirait, que je tiens beaucoup à toi...

– Je ne comprends plus rien, répondit Seth en repoussant le cendrier qu'il avait sorti pour son ami – il acceptait que celui-ci fume chez lui, mais la puanteur des mégots lui était insupportable. Explique-toi.

– Deux cours peuvent créer une malédiction comme celle que lancèrent Beira et Irial. Mais je refuse de te maudire. Une autre solution serait de demander à Sorcha, mais il y aurait un prix à payer.

– De quel genre ?

– Avec la Reine de la Haute Cour ? Il s'agit toujours d'un échange, d'un équilibre à atteindre... Elle exigerait peut-être que je perde un peu de mes pouvoirs, et que toi, tu deviennes en partie quelqu'un d'autre. C'est ainsi qu'elle procède.

Niall s'arrêta de faire les cent pas. Son immobilité parut aussi perturbante que ses va-et-vient l'avaient été.

– Elle pourrait par exemple modifier ma nature : j'absorberais alors un peu de ton humanité, ce qui m'obligerait à abdiquer. J'en aurais terminé avec ce fardeau qu'Irial m'a imposé et toi, tu absorberais un peu de mon essence...

– Et tu sors gagnant. Tu quittes cette cour et moi, je peux...

– Non, le coupa Niall en se dirigeant vers l'évier.

– Il s'agit de ma décision.

– Au cours de l'histoire, d'innombrables individus ont agi sans réfléchir, par amour. Ces choix déplorables engendrent généralement de terribles conséquences, j'en ai fait l'expérience.

Il se dirigea vers la porte. Il paraissait hagard et, chose étrange, presque effrayé par Seth.

– Tu as peut-être commis des erreurs. Ce qui ne veut pas dire que ce sera mon cas.

– Je n'ai rien subi, Seth. Pas moi. Seulement les gens dont j'ai détruit les vies. Je refuse de me rendre complice des erreurs que tu commettras. Profite du temps qui te reste avec Ash, ou bien quitte-la. Tu n'as pas d'autre choix.

Sur ce, le Roi des Ténèbres prit congé. Seth garda les yeux rivés sur la porte. *Pas d'autre choix.* Aucun ne lui convenait, mais Niall lui avait suggéré une solution.

Sorcha. La Reine de Haute Cour.

Il fallait qu'il la trouve.

16

L'agitation qui régnait devant la porte n'avait rien de surprenant. Assise sur un banc d'église du vestibule, Donia sentait des ondes de chaleur vibrer contre elle. En face, installés sur d'autres bancs, ses fés attendaient, à l'affût. Presque comme s'ils s'étaient trouvés au spectacle. Sasha n'était pas là – de tels amusements déroutaient le loup. En revanche, les fés étaient captivés.

– J'exige que tu me laisses entrer, répéta Keenan pour la troisième fois.

– À moins que ma reine n'y consente, vous n'entrerez pas.

L'homme-sorbier se tenait sur le seuil, aussi imposant et résolu qu'à l'époque où il protégeait Donia sur les ordres du Roi de l'Été. Aucun des protagonistes n'avait oublié qu'Evan avait autrefois fait serment de loyauté au souverain qu'il empêchait à présent d'avancer.

– Ne m'oblige pas à t'y forcer, Evan.

Ce dernier ne cilla pas, contrairement à Donia – l'idée que Keenan puisse blesser Evan l'emplit de terreur. Elle pouvait lui demander de s'écarter, mais cela discréditerait l'autorité de l'homme-sorbier, ainsi que la sienne. De plus, il était inacceptable d'autoriser Keenan à pénétrer librement chez elle alors qu'elle l'avait formellement interdit. Elle ne pouvait pas non plus appeler des renforts : en réalité, Donia avait besoin de discuter avec le Roi de l'Été, mais il fallait qu'il comprenne que sa porte ne lui était pas nécessairement ouverte. Par ailleurs, ce dernier saisirait que cette résistance n'était que symbolique et se sentirait probablement insulté de la présence d'un seul garde – et pas n'importe lequel, justement.

Comme souvent entre les souverains féeriques, la politique tenait du jeu.

– Ses ordres sont clairs, reprit Evan. En aucun cas vous ne pouvez...

Le coup et le grésillement de bois brûlé, quoique inévitables, firent sursauter la Reine de l'Hiver. La porte d'entrée s'était entièrement consumée. Evan souffrait de nombreuses brûlures, même si elles ne paraissaient pas mortelles. *Ça aurait pu être pire.* Le Roi de l'Été aurait pu se montrer violent d'emblée, plutôt que de donner à l'homme-sorbier l'occasion de reculer. Il aurait pu tuer Evan. Sa retenue était une sorte de cadeau offert à Donia.

Keenan enjamba le corps prostré du garde et s'arrêta devant Donia.

– Je suis venu m'entretenir avec la Reine de l'Hiver.

Derrière lui, l'une des kitsune[1], Rin, se précipita vers Evan. La fée-renarde, derrière ses longs cheveux d'un noir bleuté,

1. Dans le folklore japonais, l'esprit magique d'un animal polymorphe, qui prend souvent la forme d'une renarde.

lança un regard furieux à Keenan, mais son animosité s'évanouit dès que l'homme-sorbier lui saisit la main. D'autres kitsune et des fées-louves se contentaient d'observer la scène, debout, assises ou accroupies, prêtes à intervenir.

Elles auraient pu faire obstacle au Roi de l'Été, mais Donia refusait de les mettre en danger, juste pour prouver qu'elle était dans son bon droit. Elle avait fait confiance à Evan – et avait même été d'accord avec lui : il fallait que le garde refuse de faire entrer Keenan. Elle ne pouvait pas aller plus loin.

– Je ne crois pas que nous avions rendez-vous, dit-elle en tournant aussitôt les talons.

Elle s'éloigna, consciente qu'il la suivrait. Elle n'avait pas l'intention de se quereller avec lui devant ses sujets, ni même de leur faire goûter les souffrances que sa colère aurait pu leur infliger.

Une fois dans le jardin, Keenan la saisit par le bras et l'obligea à se tourner vers lui.

– Pourquoi ? demanda-t-il.

– Elle m'a contrariée, répliqua Donia en se dégageant.

– Tu as poignardé ma reine et attaqué ma cour, parce qu'Aislinn t'a *contrariée* ?

Cette expression outragée et confuse, Donia y avait eu droit un nombre incalculable de fois au fil des années. Et cela n'allait pas faciliter les choses.

– À dire vrai, *tu* m'as contrariée. Elle n'a fait qu'ajouter à ma contrariété.

La voix de Donia était monocorde, son visage inexpressif, ses sentiments engloutis dans le lac gelé qui était au fond d'elle.

– Veux-tu la guerre entre nos cours ? demanda-t-il.

– La plupart du temps, non.

Elle fit un pas de côté et regarda la neige qui s'amassait à ses pieds, comme indifférente à la conversation. Un instant, elle pensa que sa ruse allait marcher – du moins sur l'un d'eux.

– Je veux simplement que tu gardes tes distances, ajouta-t-elle.

C'est alors qu'il s'approcha, assez près pour qu'elle sente sa détermination vaciller.

– Que s'est-il passé, Donia ?

– J'ai fait un choix.

– Pour me défier ? Pour prouver que ta cour était plus puissante ? Explique-toi.

De la glace se forma au bout des doigts de Donia. Il suffit à Keenan de souffler dans cette direction pour la faire fondre. Il lui prit la main.

– Tu as poignardé Aislinn. Comment suis-je censé réagir ?

– Qu'as-tu envie de faire ? répliqua-t-elle en repliant sa main autour de la sienne et en la serrant aussi fort qu'elle pouvait se le permettre.

– De te pardonner. De riposter. De te supplier de ne pas recommencer, ajouta-t-il avec un sourire empreint de tristesse. Ma cour et ma reine... représentent presque tout pour moi.

– Assure-moi que tu ne l'aimes pas.

– Je ne suis pas amoureux d'Aislinn. Je...

– Jure-moi que tu n'essaieras pas de la convaincre de partager ton lit.

– C'est impossible, tu le sais. Un jour, quand Seth ne sera plus là...

De sa main libre, il effleura d'un air absent le tronc d'arbre qui se trouvait derrière Donia. De minuscules bourgeons percèrent sous la glace.

– Dans ce cas, ne t'approche plus de moi, déclara Donia, qui le distinguait à peine à travers la neige qui tombait sans bruit autour d'elle. Je ne regrette pas de l'avoir poignardée. Si ta cour continue d'empiéter sur mon territoire, il y aura de nombreuses autres victimes. La plupart de tes sujets ne seront pas assez forts pour y survivre.

– Le jour viendra où j'essaierai de la convaincre, mais ce jour n'est pas arrivé.

Il s'avança encore davantage, sans se soucier des flocons de neige qui fondaient à son contact, l'aveuglant presque de la lumière solaire qui émanait de sa peau. Aux pieds de Donia, le sol était maintenant boueux et même s'il gelait de nouveau instantanément, à cet instant précis, le Roi de l'Été se montrait plus puissant qu'elle. Sa rage lui donnait l'avantage.

– Écoute-moi une minute. Tu es la seule qui ait jamais compté à ce point pour moi. Quand tu n'es pas là, je rêve de toi. Lorsque je me réveille, c'est ton nom qui me vient aux lèvres. Je ne veux pas m'éloigner de toi. Elle en aime un autre, et moi, c'est toi que je désire. Quand j'ai appris ce que tu lui avais fait subir, quelque chose s'est brisé en moi. Je ne supporterais pas d'être en guerre contre toi. L'idée de devoir m'en prendre à toi me terrifie.

Donia resta immobile, le dos plaqué contre l'écorce de l'arbre, la main de Keenan agrippée à la sienne.

– En revanche, si tu t'avises de toucher de nouveau à ma reine, je mettrai mes sentiments de côté. J'en souffrirai atrocement, mais il est de mon devoir de la protéger. Fais en sorte que cela ne se reproduise plus.

Il retira sa main et la passa dans les cheveux de Donia. Sa colère retomba aussi vite qu'elle s'était enflammée. Il prit son visage entre ses mains.

– Je t'en prie... ajouta-t-il.

– Ce n'est pas seulement elle qui est en cause. Tu offenses ma souveraineté chaque fois que tu pénètres ici et cherches à m'imposer tes exigences. Tu es le *seul* à agir ainsi. Aucun des autres souverains ne se permet une telle chose. Aucun des fés solitaires non plus.

Elle plaqua la main sur la poitrine de Keenan. La glace qui se formait au bout de ses doigts écorcha la peau du Roi de l'Été.

– Tu as épuisé ce qui me restait de clémence, ajouta-t-elle.

Il se pencha vers elle et, d'instinct, elle fut obligée de rétracter ses doigts pour éviter de le blesser grièvement. Il lui sourit.

– Après tout ce que nous avons surmonté pour être enfin ensemble, tu renonces à nous ?

Du bout des lèvres, Donia effleura celles de Keenan, trop brièvement pour que ce soit un vrai baiser. Puis elle souffla sur lui jusqu'à ce que le visage et les vêtements du Roi de l'Été soient couverts de givre. Elle était incapable de le poignarder – pas tout de suite, en tout cas – mais elle pouvait néanmoins lui faire du mal.

– Je t'aime, Donia, chuchota-t-il. J'aurais dû te le dire il y a des années.

Cet aveu si tardif eut sur elle un effet doux-amer, mais l'amour qu'elle lui portait avait toujours été ainsi – beau et douloureux à la fois. Son cœur s'emballa et parut simultanément se briser.

– Moi aussi, je t'aime... soupira-t-elle. Voilà pourquoi nous devons mettre fin à ces querelles. Car je massacrerai ton peuple si nous continuons ainsi.

– N'y compte pas, répliqua-t-il en lui décochant un grand sourire.

Puis il l'embrassa. Un vrai baiser qui brûla la langue de Donia. L'arbre se mit à fleurir, le jardin à resplendir autour d'eux, et d'innombrables fleurs jaillirent du sol.

Quand il s'écarta, elle était maculée de boue.

– Pendant des siècles, j'ai combattu l'Hiver avec le peu de pouvoirs qu'on m'avait laissés. Je suis à présent autonome, avec cette longue expérience derrière moi. Si nous devons être en conflit, mieux vaudrait que tu ne l'oublies pas.

Il la tenait aussi serrée que lors des quelques nuits qu'ils avaient passées ensemble. Une étreinte calculée, comme pour lui prouver sa puissance, sans que sa chaleur ne l'atteigne.

– Sache cependant que je ne veux pas que l'on s'oppose, reprit-il. Tant que ce mortel sera avec elle, nous pouvons nous entendre, toi et moi. J'ai essayé de la convaincre d'être avec moi – il le fallait, pour le bien de ma cour. Mais elle n'est pas mienne pour l'instant.

Leurs souffles se mêlèrent, libérant un nuage de vapeur autour d'eux.

– Je n'ai pas envie d'être avec toi pour quelques années seulement, déclara Donia.

Il glissa une orchidée dans sa chevelure, sans que la fleur se fane.

– Je ne renonce pas à nous, ni à la paix. Je t'aime et j'ai cessé d'exercer des pressions sur Aislinn. La force de l'Été m'a ôté toute mon intelligence. Elle souhaite rester avec Seth et, tant que cela durera, j'aurai plus de temps à te consacrer. Si j'avais le choix, ce serait pour toujours, ajouta-t-il en l'embrassant gentiment. Elle et moi en avons déjà discuté.

Donia détourna les yeux.

– Je l'ai encouragée à devenir ta compagne. Dire que je me suis abandonnée au point de penser que tu pourrais être mien durant quelques années... Non. Elle est celle qu'il te faut. Pas moi.

– Un jour, peut-être, mais pour l'instant... Je me suis laissé emporter par l'approche entêtante de ce premier été. Mais je saurai canaliser cette énergie. Autorise-nous à vivre ce rêve aussi longtemps que nous le pourrons. C'est ce dont ma cour a besoin : d'un roi heureux, qui ne cesse de rêver à sa bien-aimée. Promets-moi que tu m'autoriseras à me perdre en toi.

Elle céda. *Comme toujours.*

– C'est promis.

Elle l'attira à lui. Tous deux étaient maculés de boue, enlacés autant qu'il leur était possible sans se faire de mal.

– Mais cela signifie que tant qu'il sera avec elle, tu ne seras qu'à moi. Je ne veux plus que tu viennes ici avec elle.

– Ou que je me mêle des affaires de ta cour. C'est ta cour, tes propres lois. Plus d'ingérence de ma part, ni de manipulations, ajouta-t-il avec un sourire ironique en remarquant l'air surpris de Donia. Je t'ai entendue, crois-moi. Je présenterai mes excuses à Evan et je me plierai à tes règles. À condition que toi, tu cesses de poignarder mes sujets, d'accord ?

– Pour l'instant, oui, répondit-elle en souriant à son tour. Même si tu es à moi, même si Ash n'est plus un obstacle, il faut néanmoins que tu comprennes une chose : je ne suis pas l'une de tes fées. Aussi, ne t'avise pas de jouer de ton influence.

– Je t'aimais quand tu étais mortelle. Je t'aimais quand tu étais la Fille de l'Hiver qui avait pour mission de s'opposer à moi, de raconter qu'il ne fallait pas se fier à mes promesses, reprit-il tout en déposant quelques baisers rapides dans son cou. Et si je suis là aujourd'hui, ce n'est pas parce que tu es la Reine de l'Hiver. Je ferai de mon mieux. Et si je commets un impair...

– Je n'aurai aucune pitié, malgré l'amour que je te porte, déclara-t-elle, sincère.

Elle appréciait le fait que les fés étaient incapables de mentir : pour la première fois depuis très longtemps, Keenan et elle se parlaient avec franchise.

– Mais quand Seth mourra et que mon cœur se brisera de chagrin, je tâcherai de ne pas nourrir de vengeance et...

Il l'interrompit avec un baiser.

– Cessons de parler de l'avenir, veux-tu ? murmura-t-il. Aujourd'hui, c'est un commencement. Je suis à toi. Sans réserve aucune. Peux-tu m'embrasser de nouveau ?

– Oui, dit-elle avec un sourire.

Le baiser qu'ils échangèrent fut différent des autres. Il ne s'agissait plus de se consumer ni de se réconforter, et leur étreinte ne fut pas empreinte de tristesse. Mais longue et prudente – et trop vite achevée.

Il s'appuya contre l'arbre et la fixa. Elle lut sur son visage l'amour dont elle avait toujours rêvé.

– D'ici à quelques mois, je serai capable de passer plusieurs jours de suite dans tes bras, dit-il en reculant. Mais pour l'instant, j'ai atteint les limites de ce que je peux contrôler... je le reconnais. Tu vois ? Nous y arriverons. Nous *pouvons* être ensemble.

– Au prochain Solstice, répondit-elle en laissant un peu de neige tomber sur eux, il ne sera plus question de reculer.

– J'en brûle d'impatience.

Il s'avança brusquement vers elle, embrassa un flocon qui s'était déposé sur ses lèvres, puis s'en alla.

Quel grand sot. Elle sourit de nouveau. *Il est à moi, cependant. Pour le moment.* Plus tard, il serait dans les bras d'Aislinn – la Reine de l'Hiver en était pratiquement certaine. Quand Seth ne serait plus là, Donia devrait se détacher de Keenan. Même s'il fallait pour cela changer de ville durant quelques décennies. Mais pour l'instant, elle avait des raisons d'espérer.

Les visions guerrières de Bananach étaient peut-être erronées. Il leur avait suffi, à Keenan et à elle, d'avancer. Les prédictions – comme celles de Sorcha, pour lesquelles elle était réputée – étaient des hypothèses, non pas des certitudes.

Et ces hypothèses viennent d'être modifiées.

17

Quand Aislinn se réveilla en milieu de journée, elle était seule dans la chambre de Keenan. Ses vêtements avaient été placés sur une ottomane qu'on avait rapprochée du lit. Un plateau de petit déjeuner était posé sur la table de nuit. Avant toute chose, cependant, elle essaya d'appeler Seth deux fois, mais il ne répondit pas.

Elle téléphona alors à Keenan.

– Comment te sens-tu ? demanda-t-il d'emblée, d'une voix calme, amicale, comme si de rien n'était.

Elle poussa un soupir de soulagement.

– Mieux. Beaucoup mieux.

– Tu trouveras de quoi manger près de ton lit, précisa-t-il, un peu hésitant. J'ai donné l'ordre d'apporter un nouveau plateau toutes les demi-heures, afin que les plats restent chauds.

– J'aurais pu les réchauffer moi-même. Où es-tu ?

Elle était heureuse de pouvoir bavarder avec lui sans qu'aucun d'eux n'en éprouve de gêne.

– Dans les vergers, à l'extérieur de la ville. Un bel endroit. Les arbres sont en excellente santé.

– Et tu es allé là-bas pour... ?

– Seulement pour vérifier si tout allait bien.

Des courants chauds vibraient dans sa voix. Il semblait rarement aussi paisible. Aislinn partageait la joie profonde qu'il éprouvait à voir la terre prospérer de nouveau, mais à un degré moindre. Elle avait connu moins de deux décennies de froid, alors que pour Keenan, cette période avait duré des siècles : il s'était senti coupable de ne pouvoir y remédier – et cela l'avait profondément affecté.

– C'est là que tu vas quand je suis au lycée ?

– Pas toujours, répondit-il, évasif.

– Mais dans d'autres lieux du même genre, j'imagine ?

Elle retira le couvercle placé sur une assiette. L'omelette aux épinards, au fromage et à la tomate, l'une de ses préférées, était un peu tiède. Du bout des doigts, elle la réchauffa, puis en prit une bouchée.

– Oui.

– Pourquoi ne m'en as-tu pas parlé ?

– J'aime mieux m'y rendre seul. Je n'avais pas envie de t'offenser en te disant que tu n'y serais pas la bienvenue.

Elle marqua une pause, incapable d'avouer qu'elle se sentait blessée.

– Pourquoi ?

– Quand j'étais privé de mes pouvoirs, finit-il par répondre sur un ton incertain, je venais dans ces lieux où les arbres et les champs luttaient pour nourrir les mortels et les animaux. J'essayais de leur fournir un peu de soleil, le peu que j'avais. Pas grand-chose, mais c'était mieux que rien.

– Je pourrais t'aider, un jour.

– Peut-être. Mais pas maintenant, c'est... personnel. Il n'y a qu'une seule personne avec qui j'ai partagé cela.

– Donia.

– Oui, reconnut-il. La première fois, elle était encore mortelle. Ensuite, au fil des années, je l'ai emmenée dans divers endroits comme celui-ci, quand j'avais besoin de lui parler – sans jamais lui dire pourquoi j'aimais ces lieux... Au fait, je l'ai vue aujourd'hui. Nous avons discuté.

– Et ?

– Tout va s'arranger. Toi et moi, nous allons contenir cette attirance. Nous ne pouvons plus nous laisser aller ainsi. Et quoi que nous décidions, nous devons être tous les deux d'accord. Je gardais espoir, pensant que notre amitié évoluerait et que tu choisirais d'être mienne, mais...

Elle inspira profondément.

– M'aideras-tu à modifier la nature de Seth ?

– Pas question, rétorqua-t-il avant de marquer une brève pause. Nous avons encore beaucoup à apprendre, Aislinn. L'approche d'un véritable été, pour la première fois dans nos vies, est enivrante. Mais ce sera bientôt plus simple pour Seth et toi.

– Promis ? demanda-t-elle en se mordant la lèvre avec inquiétude.

– Et nous gagnerons en puissance.

– Va prendre soin de tes vergers. De mon côté, je vais tâcher de contacter Seth.

– Présente-lui mes excuses... pour ce que ça vaut, ajouta-t-il. Dis-lui que j'en ai fini de te harceler. L'Été représente la passion sous toutes ses formes. Vis la tienne avec lui, pendant que je jouirai de mon bonheur auprès de Donia.

Dès qu'ils eurent raccroché, Aislinn sourit. Maintenant qu'ils avaient trouvé un terrain d'entente, tout irait pour le mieux. Elle mangea, s'habilla et quitta le loft. Il lui fallait trouver Seth.

Mais quand elle pénétra dans le parc, elle s'immobilisa, frappée d'horreur.

Les Filles de l'Été saignaient ou avaient des membres brisés. Leurs propres lianes les étouffaient. Les hommes-sorbiers étaient en feu. Dans sa fontaine, Aobheall était pétrifiée, semblable à une sculpture, et sa bouche était ouverte, comme sur un cri muet. L'air était saturé de fumée, qui s'élevait en spirale des arbres décimés et des corps gisants des gardes ; il pleuvait de la cendre, pareille à de la neige grisâtre.

Une femme circulait au milieu de cette scène de destruction : une fée aux cheveux noirs. Un couteau en os sculpté était accroché à sa cuisse, une arme dont la blancheur détonnait sur son pantalon militaire gris. Une cape noire en lambeaux, couverte de sang frais, voletait dans son dos – une vision incongrue. Puis Aislinn devina qu'il ne s'agissait pas d'une cape, mais de la chevelure de la fée, composée de plumes de corbeau, qui paraissait s'épaissir pour former des ailes.

– Regardez ces jolis tableaux, rien que pour vous, déclara la créature en balayant l'air devant elle d'un large geste.

Sur ses bras, des motifs étranges étaient peints avec des sucs végétaux, de la cendre et du sang.

Aislinn contemplait ses fés. Quelques mois plus tôt, elle

avait cru les détester ; parfois, il lui arrivait encore de les craindre un peu. Pourtant, en cet instant, elle n'éprouvait que du chagrin et de la terreur. La fée passa un bras autour de sa taille.

– Pour nous *tous*, en réalité.

– Qu'as-tu fait ? chuchota Aislinn.

Tracey continuait de danser, alors que l'un de ses bras pendait bizarrement, comme si elle avait l'épaule luxée.

La Reine de l'Été repoussa la femme-corbeau.

– Qu'as-tu fait à mes fés ?

– Rien.

Elle agita de nouveau la main et le parc reprit subitement son aspect habituel : les sujets d'Aislinn se portaient bien. Malgré tout, un grand feu brûlait dans le cercle où la Cour de l'Été organisait d'ordinaire ses festivités, et de hautes flammes montaient au-dessus de la cime des arbres.

– Puis-je te conter une histoire, petite reine ?

Les yeux de la fée, d'un noir profond, étaient semblables à ceux d'Irial et de Niall – mais une pointe de folie y chatoyait.

– Veux-tu que je t'explique quelques « Et si... ? » ou des « Et maintenant... » ?

– Qui es-tu ? demanda Aislinn en reculant.

Elle avait pourtant deviné l'identité de cette fée : Bananach, l'incarnation de la guerre et du sang versé. Il ne pouvait s'agir que d'elle.

– Il était une fois, le monde m'appartenait. C'était un endroit charmant. Le chaos dansait avec moi et nos enfants dévoraient les vivants. Far Dorcha lui-même dînait à ma table.

La femme-corbeau s'accroupit devant le feu. La nuit n'était pas tombée, mais le ciel était chargé de cendre et de fumée.

Est-ce une autre illusion ? Aislinn ne savait pas quelle attitude adopter. Les charmes d'autres fés n'étaient pas censés avoir d'effet sur elle. *Pourquoi ceux de cette créature en ont-ils ?*

– Bananach ? C'est bien ainsi que tu t'appelles ?

– C'est l'un de mes noms, oui, répondit la créature en inclinant la tête. Et toi, tu es la Reine de l'Été, demeurée cachée durant des siècles, celle qui devait amener la paix.

– C'est moi, acquiesça Aislinn, qui sentait la chaleur du feu s'intensifier, à mesure que le brasier s'élargissait encore.

Bananach afficha une expression d'espoir : yeux écarquillés, lèvres entrouvertes.

– Je t'aimerais bien, je crois, si tu acceptais d'entrer dans les flammes de ton plein gré. Qu'ils s'accusent les uns les autres... Ce ne serait qu'un mauvais moment à passer, rien de grave. Tu ne souffrirais peut-être pas du tout. La lumière du soleil et le feu, cela revient au même, n'est-ce pas ?

– Non, ce serait une mauvaise idée, dit la jeune fille, tremblante.

– Je danserais au son de tes hurlements. Tu ne serais pas seule, ajouta-t-elle d'un ton cajoleur.

– Non, répéta Aislinn, préférant rester immobile, percevant que le moindre mouvement pourrait provoquer la fée au regard de prédateur. Tu devrais partir.

– Tu n'as donc pas envie que je réponde à tes questions, petite Ash ? Je connais beaucoup de choses.

– Existe-t-il une véritable réponse ?

Aislinn avait parlé d'une voix ferme, mais elle était convaincue que Bananach savait à quel point elle pouvait être intimidante. Espérant ne pas se tromper dans la formulation de sa phrase – tant il était délicat parfois d'avoir affaire à des créatures vieilles de plusieurs siècles – la jeune reine ajouta :

– Parle donc.

La femme-corbeau frotta ses mains sur son pantalon et se releva.

– Autrefois, après le chaos mais avant toi, il m'est arrivé de prodiguer quelques conseils. Je pouvais créer des tableaux guerriers pour les monarques sur le point d'entrer en guerre. Et je saurai te montrer des « Et si... ? » lorsque nous serons au bord du gouffre.

Aislinn resta un long instant bouche bée. La cendre qui saturait l'air semblait s'être déposée sur sa langue, l'empêchant de prononcer un mot. Aucun des fés présents ne paraissait voir Bananach ou le brasier, qui grandissait encore.

La femme-corbeau, d'un pas nonchalant, entra dans le feu. Les flammes se frottèrent à elle, pareilles à des mains suppliantes et reconnaissantes.

– Tu verras mes rêves de « Et si... ? »... La guerre se rapproche, petite reine. Grâce à toi.

Les flammes se précipitaient dans le sillage de Bananach, lui brûlant les ailes.

– Tu m'as apporté l'espoir. En retour, je t'offre un avertissement. Toi et moi avons trouvé l'équilibre à présent. Suis ton chemin, et je te serai redevable. La discorde m'a tellement manqué...

Elle s'immobilisa devant Aislinn. L'odeur âcre de chair et de plumes carbonisées se mêlait au parfum plus apaisant du bois en combustion. Une combinaison perturbante – tout autant que le désordre qui se propagea soudain parmi les sujets de la Cour de l'Été, tandis que les illusions qu'avait tissées la femme-corbeau s'estompaient, emportées par la fumée.

Aussitôt, tous s'aperçurent de la présence de Bananach, campée face à leur reine. Des gardes s'empressèrent de venir se ranger aux côtés d'Aislinn. Les Filles de l'Été se regroupèrent et Aobheall leur fit signe de la rejoindre autour de sa fontaine.

Bananach ricana mais ne recula point.

Elle ne recule peut-être jamais.

La fée guerrière se pencha vers la jeune fille et chuchota contre sa joue :

– M'autorises-tu à les détruire ? À briser ces hommes d'écorce ? À en faire du petit bois pour notre feu, jolie reine ?

– Non.

– Dommage, soupira Bananach. Tu m'as offert un bienfait, une guerre à l'horizon, et nous aurons besoin d'eux pour alimenter le bain de sang à venir... malgré tout...

Vive comme l'éclair, elle distribua soudain coups de pied et de poignard autour d'elles. Puis elle s'interrompit aussi rapidement qu'elle avait commencé. La plupart des gardes se redressaient déjà ; certains avaient été touchés mais n'étaient pas tombés. Un seul resta prostré à terre.

Bananach contempla le ciel.

– Il se fait tard. J'ai d'autres visites à rendre, et mon roi va m'attendre.

Sur ces mots, elle quitta le parc, où régnaient désordre et panique.

Keenan. Niall. Donia. Où est-elle allée ? La guerre. Je ne veux pas qu'il y ait la guerre. Cette idée la terrifiait. *Cela me rappelle trop la mort et ce que je pourrais perdre.* Elle repensa à sa grand-mère, à Seth, à ses amis humains. La première, tout comme Seth, était constamment sous surveillance. Aislinn allait les perdre, de toute façon. Les mortels étaient voués à mourir – *non, pas tout de suite.* Elle venait à peine de découvrir les beautés que la terre avait à offrir, maintenant que les interminables périodes d'hiver appartenaient au passé. C'était son monde. Un monde qui était censé grouiller de vie et de possibilités, même si ces dernières n'étaient pas nécessairement éternelles.

Elle était amoureuse. Aimée en retour. Et elle faisait partie d'un univers incroyable. Comme nombre de mortels et de fés. En cas de guerre, tout serait détruit. Plus personne ne se soucierait des conséquences que leurs éventuelles provocations pourraient causer ; il n'y aurait plus de limites, les souverains et les gardes seraient trop occupés pour se soucier par ailleurs de petits actes criminels... Hormis la Haute Cour, si lointaine, les mondes respectifs des mortels et des fés auraient à affronter deux – *voire trois* – cours féeriques en opposition ; sans compter les fés solitaires, qui profiteraient sans doute du chaos.

Aislinn se sentait mal ; elle avait désespérément besoin de parler avec Seth. D'entendre sa voix, de l'entendre lui dire qu'il lui pardonnait. Malgré tous les obstacles qui s'accumulaient entre eux, tout pouvait encore s'arranger. Seth était le seul point de repère qui la maintenait d'aplomb. Sa loyauté lui donnait de la force quand elle se croyait incapable de supporter un défi. Voilà pourquoi il était irremplaçable. Il y avait bien sûr l'amour et la passion qui les unissaient, mais avant tout, il l'incitait sans cesse à se dépasser, à devenir meilleure, et la persuadait qu'elle pouvait réaliser l'impossible. Parce qu'il était dans sa vie. Officiellement, ils n'étaient ensemble que depuis quelques mois, mais elle savait qu'il était le seul homme qu'elle pourrait jamais aimer de cette façon.

Elle l'appela de nouveau – aucune réponse. Elle laissa un autre message sur son répondeur.

« Appelle-moi, s'il te plaît. Je t'aime. »

Elle jeta un coup d'œil autour d'elle. Les hommes-sorbiers avaient regroupé les autres fés et les évacuaient vers le loft. Malgré leurs blessures, ils se montraient efficaces.

Elle appela Keenan.

– J'ai rencontré Bananach... nous n'avons pas subi trop de dégâts, mais il faut que tu rentres à la maison. Tout de suite.

18

Non sans effort, Seth ignora les appels d'Aislinn et de Niall tout au long de la journée.

Le Roi des Ténèbres était pourtant venu le trouver. Ils avaient bu une tasse de thé bien fort, mais la visite avait tourné court dès l'instant où le jeune homme lui avait demandé :

– Où vit Sorcha ?

Niall avait reposé sa tasse.

– Les mortels ne peuvent entrer en contact avec elle. C'est un lieu caché.

– Oui, je sais. Mais où ? avait insisté Seth d'une voix posée, sans toutefois dissimuler son agacement. Conduis-moi à elle.

– Pas question.

– Niall...

Le Roi des Ténèbres avait secoué la tête, s'était levé, puis était parti.

Seth fixait la porte avec irritation. Aislinn refuserait de l'aider si elle apprenait ce qu'il comptait faire. Keenan aussi. Niall ne voulait même pas en entendre parler. Restait Donia.

D'une chiquenaude, il ouvrit le clapet de son téléphone et appuya sur la touche 6. Ce fut l'une des sœurs Scrimshaw qui lui répondit.

– Mortel ?

La voix sèche et rauque fit frissonner le jeune homme.

– Je peux parler à Donia ?

– Pas ce soir.

– Quand, alors ? insista-t-il en fermant les yeux.

– Elle est occupée. Laisse-lui un message.

– Dis-lui de me rappeler, reprit-il en commençant à rassembler ses ouvrages portant sur le folklore et les légendes – dont quelques volumes empruntés à la Reine de l'Hiver et à Niall. Dès qu'elle pourra.

– Ce sera transmis. Au revoir, mortel.

Seth attrapa un bloc-notes et s'assit au milieu des piles de livres.

Il est temps de faire quelques recherches.

Quand le téléphone sonna quelques heures plus tard, Seth se dépêcha de répondre, pensant qu'il s'agissait de Donia. Puis, voyant le numéro de Niall s'afficher, il espéra, contre toute logique, que ce dernier accepterait enfin de l'aider.

– Tu commets une erreur, affirma pourtant le Roi des Ténèbres.

– Non, se contenta de dire Seth avant de raccrocher.

Il n'avait aucune envie de savoir ce que d'autres en pensaient. Aucune envie d'écouter Aislinn lui expliquer pourquoi c'était impossible, ni même d'entendre les objections chargées de culpabilité de Niall. Il savait ce qu'il voulait : devenir un fé, passer l'éternité auprès d'Aislinn, être assez puissant pour vivre en sécurité dans ce nouvel univers qui était désormais le sien. Rester un être humain n'était pas une solution. Il refusait d'être faible, mortel et facilement vaincu. Il voulait être *davantage*. Il voulait être l'égal d'Aislinn, comme autrefois.

Il lui suffisait de savoir comment trouver Sorcha, puis de la convaincre de lui prêter main-forte.

Où est le problème ? Il fronça les sourcils. La Reine de la Haute Cour accepterait-elle sans hésiter ? *Bien sûr, je t'offre l'éternité, petit mortel,* songea-t-il, ironique. Il jeta un coup d'œil aux ouvrages qu'il avait consultés en pure perte, puis aux quelques notes griffonnées sur son bloc. *Recluse. Logique. Ne fréquente pas les autres cours. Devlin, son frère. Comme si cela allait m'aider.*

Seth, d'ordinaire maître de lui-même, se sentit gagné par la colère. Il se leva et, d'un grand geste, balaya tout ce qui se trouvait sur le plan de travail. Le fracas l'apaisa.

Plus efficace que la méditation.

Il était amoureux, en bonne santé, n'avait aucun souci financier et il avait un ami qu'il considérait comme un frère... Mais simplement parce qu'il était mortel, il pouvait tout perdre du jour au lendemain. Si Aislinn le quittait, il lui faudrait couper les liens avec tous les autres fés. Il n'y aurait plus de nuits musicales au bord de la rivière. Plus de magie. Malgré tout, il conserverait la Vue et serait encore capable de voir tout ce qu'il ne serait plus en mesure de posséder. Perdre Aislinn, c'était *tout* perdre. Si elle l'abandonnait, peu importerait sa bonne santé. Et si elle restait avec lui, il ne serait jamais assez puissant pour assurer sa propre sécurité. Et quoi qu'il en soit, il vieillirait puis mourrait de toute façon.

Les livres étaient éparpillés dans toute la pièce. Aucun d'eux ne contenait de réponse.

Tout va de travers.

Il se dirigea vers la cuisine.

Plus rien n'a d'importance.

Toute la vaisselle qu'il possédait vola en éclats contre le mur, à l'exception de la théière et des deux tasses qu'Aislinn lui avait offertes. Ensuite, il cogna contre la paroi du wagon, tant et tant que ses phalanges se mirent à saigner. Ce qui lui fit un bien fou, à défaut de pouvoir l'aider.

Le soir venu, Seth avait effacé toute trace de sa colère. Il avait remis de l'ordre dans la maison et refait le point sur ses sentiments. Il refusait d'envisager l'existence sans elle. Il lui fallait trouver une réponse. *Hors de question de tout perdre. Ni maintenant. Ni jamais.*

Il envoya un message à Aislinn – « Besoin d'être seul. A+ » – puis se mit à marcher de long en large. D'habitude, la taille exiguë de son chez-lui ne le gênait pas, mais cette fois, elle l'oppressait. Il n'avait pourtant pas envie de sortir, de voir des fés et de prétendre que tout allait à merveille. Il savait ce qu'il voulait et ce qu'il ne voulait pas – mais ignorait comment satisfaire ces désirs. Il lui fallait un plan avant de devoir de nouveau affronter le monde extérieur. Aussi, quand l'un des gardes de la Cour de l'Été vint frapper à sa porte pour lui demander s'il comptait sortir ce soir-là, le jeune homme lui répondit :

– Laisse-moi, Skelley.

– Tu es sûr que tu ne veux pas aller prendre un verre quelque part ? Ou bien on pourrait te tenir compagnie chez toi... à tour de rôle... pas longtemps...

– J'ai besoin d'espace, mec.

Skelley hocha la tête, sans pourtant faire mine de partir.

– Les Filles de l'Été ne te voulaient aucun mal, tu sais. Elles... t'aiment beaucoup, c'est tout, ajouta-t-il avec hésitation, comme s'il n'avait pas l'habitude d'employer de tels termes. C'est comme ton serpent.

– Boomer ?

– Sa présence te rend heureux ?

– Ouais, répliqua Seth en gratifiant le fé d'un sourire. Je suis content que Boomer soit là.

– Eh bien, ta présence rend les Filles de l'Été heureuses.

Skelley paraissait tellement sincère qu'il était difficile de ne pas le trouver aimable, même s'il venait de comparer Seth à un boa constrictor – fallait-il s'en offenser ou s'en sentir apaisé ? *Impossible à dire.*

– Elles craignaient que tu ne t'en ailles, comme Niall, précisa le garde.

En réalité, Seth éprouvait surtout de l'amusement. Dissimulant soigneusement un sourire, il acquiesça.

– C'est... intéressant.

Skelley, qui était particulièrement mince, avait tendance à se montrer plus agréable que ses collègues : la plupart d'entre eux ne seraient pas venus le voir pour lui parler d'émotions. Skelley était une anomalie.

– Tu es apprécié, à la cour, insista ce dernier. Ta présence rend notre reine heureuse.

– Je sais, répliqua Seth en levant la main pour saluer les autres gardes, postés à l'autre bout de l'ancienne voie de chemin de fer. Mais pour l'instant, j'ai besoin de dormir. Toi aussi, va te reposer.

– Nous serons là.

– Je sais, répéta le jeune homme avant de refermer sa porte.

Pendant quelques heures, il essaya en vain de trouver le sommeil – il était trop tendu. Il tâcha alors de se dépenser en effectuant des pompes, des abdominaux et des étirements dans le couloir. En pure perte. *J'ai besoin d'air.* Il jeta un coup d'œil à sa montre : minuit passé. Le *Crow's Nest* serait encore ouvert. Il fut habillé et chaussé en quelques minutes. Un nouveau message s'afficha sur son téléphone : « On se voit demain ? »

Suis-je d'attaque pour la voir demain ?

D'ordinaire, il ne se posait jamais cette question. *Sait-elle ce qui s'est passé dans le parc ? Va-t-elle me parler de Niall ? Ou vouloir discuter de Keenan ?*

Il n'était pas certain d'être prêt à affronter tout cela. Il avait besoin d'un plan, d'un moyen pour contacter Sorcha. Bavarder encore une fois avec Aislinn de tout ce qui n'allait pas ne servirait à rien. Il ne répondit pas à son message, malgré son envie. Et il se retint de l'appeler. Il préféra poser son téléphone sur le plan de travail.

Mieux vaut le laisser ici, au moins, je ne serai pas tenté.

Il se dirigea vers le *Crow's Nest* d'un pas résolu. Trois gardes le suivirent, mais il fit mine de les ignorer, préférant ne pas s'appesantir sur le fait qu'il se sentait constamment materné.

L'un des soldats de l'Été alla jeter un coup d'œil dans le club, s'assura qu'il n'y avait pas de fés présents, et ressortit. Seth entra à son tour, sachant que les hommes-sorbiers resteraient postés devant les deux sorties. Ils ne s'éloigneraient pas davantage.

Ça ne me suffit pas.

Au bout d'une heure passée seul à une table, Seth s'aperçut qu'il boudait. Il n'avait pas vraiment réfléchi à un plan. Il avait vu quelques amis, des gens qui ne lui rendaient plus visite aussi souvent depuis qu'il était avec Aislinn, mais il ne leur parla pas.

Damali était là, elle aussi. Pas pour chanter, seulement par désœuvrement. Il croisa son regard, lui sourit. Elle vint le rejoindre, deux bières à la main.

– T'es libre ?

– Juste pour bavarder, Damali, répliqua Seth.

– Bon sang, dit-elle en laissant échapper un sifflement. L'autre soir, j'ai cru qu'ils essayaient de me draguer, la petite maigrelette et le type maussade qui t'accompagnaient.

– Aislinn n'est pas maigrelette, rétorqua Seth en acceptant la bouteille qu'elle lui tendait.

Damali se mit à rire.

– Si tu le dis. Elle est gentille avec toi, au moins ?

L'est-elle ? Il but une gorgée et esquiva la question.

– Tu avais l'air en forme, l'autre soir.

Le regard que Damali lui lança n'était ni critique ni dédaigneux, mais très... humain.

– La prochaine fois, sois un peu plus subtil quand tu veux éviter un sujet. Tu as envie de quelque chose de précis ?

– Seulement de compagnie, répondit Seth, qui connaissait suffisamment la jeune fille pour ne pas avoir à prétendre qu'il allait bien. Ma vie est bizarre, en ce moment, et j'avais besoin de prendre l'air.

Elle le dévisagea, comme pour le jauger.

– Voilà pourquoi je refuse d'être en couple avec qui que ce soit. Tu étais comme moi, il y a quelque temps. Tu ne voulais pas d'attaches. Ni de regrets. On s'amusait bien, toi et moi.

– Cette fois, je suis heureux d'avoir des attaches, Damali.

– Ouais, ça saute aux yeux, ironisa-t-elle avant de vider sa bouteille. T'en veux une autre ?

Quand il quitta le *Crow's Nest* quelques bières plus tard – et seul – Seth n'était pas plus avancé. Il se sentait même encore plus déprimé. Boire ne l'avait pas aidé. *Bien au contraire.* Alors qu'il remontait la rue, il se demanda si tout n'allait pas aller de mal en pis. Les gardes, qu'il préférait voir de loin en temps ordinaire, avaient disparu – mais pas sur son ordre. En réalité, ce n'étaient plus les hommes-sorbiers qui suivaient Seth, mais la femme-corbeau qui avait attaqué Niall, et celle-ci ne faisait pas preuve de discrétion. Elle le talonnait de si près qu'il entendait même les airs guerriers qu'elle chantonnait.

Il savait qu'il aurait dû éprouver de la crainte et, d'une certaine façon, il avait peur. Il n'avait ni escorte ni téléphone. *Inutile de se tracasser à propos d'une chose à laquelle je ne peux rien.* Il arrivait déjà à la voie de chemin de fer désaffectée : le lieu le plus sûr qui soit pour un mortel ayant souvent affaire à des créatures féeriques. Son train se trouvait au bout de la voie. Alors que la plupart des fés s'arrêtaient d'habitude devant les rails, la femme-corbeau poursuivit son chemin et ne s'immobilisa qu'à quelques mètres de sa porte.

Le jeune homme sortit sa clé, puis se retourna pour dévisager la fée. Celle-ci prit place sur une des chaises en bois qui se trouvaient dans le jardin de Seth, devant le wagon.

– Tu t'assieds avec moi, mortel ?

– Vaut mieux pas, je crois, répliqua Seth en tournant la clé dans la serrure.

Elle inclina la tête – un mouvement qui n'avait rien d'humain – et le scruta.

– Ce serait peut-être raisonnable, insista-t-elle.

– Peut-être, répéta-t-il, debout sur les marches, juste devant la porte ouverte.

Il me suffit d'avancer d'un pas pour être à l'intérieur. Cependant, il avait vu à quelle vitesse foudroyante elle était capable de se déplacer, et il était quasiment certain qu'elle ne lui laisserait pas le temps d'entrer ; d'ailleurs, elle était assez puissante pour pénétrer chez lui sans y être invitée. Il réfléchit brièvement aux choix qui se présentaient à lui : il n'en vit pas un seul. Vu la façon dont Niall avait dû lutter contre elle, un mortel n'aurait aucune chance d'en réchapper.

– Je doute qu'il soit très avisé de t'écouter, reprit le jeune homme.

Elle croisa les jambes et recula sur sa chaise.

– J'aime que l'on doute.

Voilà pourquoi je suis censé avoir une escorte. Pourtant, il devina que même si des gardes de la Cour de l'Été avaient été présents, ils n'auraient pas su le protéger de cette créature. *Les aurait-elle tués ? Et va-t-elle me tuer, moi ?*

– Ton roi sait-il que tu es ici ?

Elle ricana – un son qui ressemblait au croassement d'un corbeau.

– Tu es téméraire, petit mortel. Je suis certaine qu'il en sera informé… plus tard. Quoi qu'il en soit, il n'arrive jamais à temps pour déjouer mes projets.

La peur gagna Seth, qui franchit le seuil de son wagon.

– Il m'a offert la protection de sa cour. Je l'ai acceptée.

– Évidemment. Il te porte de l'affection, n'est-ce pas ? Le nouveau Roi des Ténèbres a toujours apprécié ses petits jouets mortels, et il n'est pas aussi malfaisant que son prédécesseur…

La femme-corbeau s'avança vers lui d'un pas exagérément lent, comme dans une séquence filmée au ralenti. Seth regrettait de ne pas avoir son téléphone sous la main. Niall ne pourrait peut-être pas arriver très vite mais au moins, il saurait que cette fée l'aurait… *quoi donc ? Tué ?* Il jeta un coup d'œil à l'intérieur. Il aperçut son portable. Il recula un peu plus.

– Mais nous ne lui parlerons pas de notre petite affaire, déclara la créature en secouant la tête d'un air désapprobateur. S'il savait, il refuserait.

Seth fit un autre pas en arrière.

– Quoi donc ?

Elle s'arrêta soudain.

– Que tu ailles voir Son Altesse Royale, la très ennuyeuse.

C'est ce que tu veux, non ? Tous les autres t'en empêcheront.

Elle poussa un soupir – non pas de chagrin, plutôt de désir. Et Seth n'avait nulle envie de connaître les désirs de cette femme-corbeau.

– Vilain garçon, qui cherche à rencontrer la Reine de la Raison. Elle a entendu parler de toi. Elle envoie ses serviteurs t'espionner. La Terre Féerique est tout en émoi à cause du mortel errant.

À ces mots, Seth resta un instant surpris.

– As-tu l'intention de m'aider ?

La femme-corbeau reprit son approche, avec une lenteur calculée. Elle ne se trouvait plus qu'à un ou deux mètres de lui à présent.

– Mais ils se dressent entre nous. Comment poursuivre ses rêves quand d'autres vous mettent la bride au cou ? Qu'ils vous refusent tout. Ils sont ainsi. Ils nous volent nos choix. Nous traitent comme des enfants.

Elle se tenait devant lui. De près, il s'aperçut que certaines des plumes qui tombaient en cascade de sa tête étaient brûlées. Des ailes aux contours indéfinis apparaissaient et disparaissaient dans son dos. Sur ses bras et ses joues, des motifs étaient dessinés à la cendre. Elle semblait tout droit sortie d'un champ de bataille.

– Qui es-tu ?

– Tu peux m'appeler Bananach.

Il s'empara de son téléphone.

– Pourquoi es-tu là ?

– Pour t'emmener chez Sorcha.

– Pour quelle raison ?

Sans regarder son téléphone, il plaça son doigt au-dessus de la touche lui permettant de contacter directement Niall.

– Arrête, dit alors la fée. Je ne verserai pas ton sang, à moins que cela ne devienne nécessaire. Et ce que tu t'apprêtes à faire m'imposera cette nécessité.

Toute lueur de folie avait quitté les yeux de Bananach ; elle n'en était que plus effrayante.

– Nous avons tous des rêves, Seth Morgan. Pour l'instant, les miens et les tiens concordent. Estime-toi heureux : aujourd'hui, je n'ai pas à te blesser pour arriver à mes fins.

Elle entra dans le wagon et referma la porte derrière elle.

Seth, dont le doigt était toujours au-dessus de la touche du téléphone, marqua une pause.

– Tu proposes de me conduire chez la Reine de la Haute Cour ?

– Tu la cherches, je le sais. Niall refuse de t'aider. La petite reine refuse de t'offrir ce que tu désires. Celle de l'Hiver n'acceptera pas non plus... Sorcha daignera peut-être t'aider. Ta transformation me sera utile. J'ai murmuré quelques secrets à l'oreille de l'Hiver pour nous mener jusqu'ici, Seth.

Elle s'interrompit et roucoula quelques mots à l'attention de Boomer, qui se reposait en hauteur, sur l'une des pierres chaudes de son terrarium.

– Prépare-toi à partir, ajouta-t-elle sans regarder le jeune homme.

Il comprit qu'elle disait vrai.

Mes intentions sont semblables aux siennes. Ni Aislinn ni Niall ne voulaient l'aider à devenir fé. En revanche, Sorcha en avait la possibilité. Alors qu'il restait plongé dans ses réflexions, Bananach lançait de petits baisers à Boomer et le serpent y répondait en ondulant d'une manière inhabituelle.

Puis elle jeta un coup d'œil au jeune homme.

– Pose ta question. L'occasion ne se répétera pas.

– Tu m'emmèneras directement chez Sorcha, sans me faire de mal ? demanda Seth en soutenant son regard.

– Je te déposerai chez elle *sain et sauf*, rectifia la femme-corbeau. Nuance. Tâche de préciser tes propos si tu veux m'être utile. Imagine que j'ordonne à quelqu'un d'autre de t'attaquer en chemin ? Un stratège doit faire montre d'exactitude. Tu es téméraire, mais pas assez précis. J'ai besoin que tu sois non seulement courageux, mais aussi calculateur, ajouta-t-elle en le jaugeant. Tu feras néanmoins l'affaire. Les corbeaux me l'ont affirmé. Tu devras être attentif aux sages paroles de Sorcha. Elle est ennuyeuse, mais elle nous aidera.

– *Nous* ? Pourquoi « nous » ?

– Parce que cela servira mes desseins, répliqua Bananach en ouvrant le terrarium pour soulever le boa. Ce qui ne sera bientôt plus le cas si tu continues à me poser des questions.

– D'accord, acquiesça-t-il, la gorge soudain sèche.

À l'extérieur du wagon, il entendit Skelley l'appeler.

– Seth ? Est-ce que ça va ?

Bananach posa un doigt sur ses lèvres.

– Oui, répondit le jeune homme.

Il n'ouvrit pas la porte : le garde n'aurait pas été de taille contre la femme-corbeau ; par ailleurs, Seth n'avait pas forcément envie de la voir partir.

– Tu as besoin de compagnie ? demanda le garde.

– Non, j'ai ce qu'il me faut.

Seth jeta un coup d'œil à la fée immobile, les yeux braqués sur lui. Skelley lui dit alors bonsoir et s'éloigna. Le jeune homme se tourna vers Bananach.

– Je ne sais pas comment tu as appris ce dont j'avais besoin, mais je veux rencontrer Sorcha.

L'air sombre, la femme-corbeau acquiesça.

– Appelle ta reine pour l'informer de ton départ. Tu ne peux pas aller la voir ce soir. Pas avec moi. Ils n'apprécieraient pas ma présence chez eux. Et s'ils me voyaient...

Elle laissa échapper une exclamation joyeuse que Seth trouva particulièrement malsaine.

– Ça aurait pu être l'occasion d'un divertissement sanglant et fort cruel, mais cela attendra, ajouta-t-elle.

Un résidu de logique subsistait pourtant dans l'esprit de Seth – il songea qu'il s'était peut-être aventuré un peu trop loin. *Tu peux encore refuser. Tout de suite. Lui dire que tu as fait erreur. Lui demander de partir. Elle t'écoutera peut-être.* Mais il repensa alors à Aislinn, qui paraissait s'éloigner un peu plus de lui chaque jour, au peu de temps qui lui restait à passer auprès d'elle. Il appuya sur la touche 1 de son téléphone et tomba sur le répondeur de la jeune fille.

« Je pars ce soir, commença-t-il, et... »

Soudain Bananach se campa devant lui et chuchota :

– Ne lui donne pas davantage d'informations.

Seth détourna les yeux de la fée. Il était conscient qu'il ne fallait pas lui faire confiance. Pourtant, il obtempéra et reprit son message :

« Et je t'appellerai... plus tard. Il faut que je file. Je ne sais pas quand... si... J'y vais. »

Sur ce, il raccrocha.

– C'est bien, petit mortel.

Bananach déroula Boomer, qui n'avait pas quitté ses bras, et le tendit au jeune homme. Puis elle ouvrit la porte.

– Ne lâche pas ma main, Seth Morgan. Sorcha n'est pas au courant de notre visite. Nous devons la voir avant que les pièces de l'échiquier ne changent de position.

Seth ne comprenait pas vraiment ce que racontait la fée, mais il lui prit la main et sortit derrière elle. Il verrouilla sa porte. Un battement de cœur plus tard, ils étaient déjà loin de la voie de chemin de fer, loin des gardes, dans une rue qui se trouvait d'habitude à une demi-heure de marche de chez lui. Bananach se déplaçait encore plus vite qu'Aislinn ; et Seth, pris de nausée, avait du mal à rester debout.

Il sentit un frisson parcourir le boa, enroulé autour de ses épaules.

– Tu es futé, mon petit agneau, murmura la fée en tapotant la tête du jeune homme.

Dans le bâtiment d'en face, plusieurs corbeaux étaient perchés sur le rebord de fenêtres brisées. Ils l'observèrent en penchant la tête de côté. Simultanément, Bananach eut le même mouvement.

Seth ravala sa nausée.

– Il faut que je rencontre Sorcha. Où est-elle ?

– Cachée, répliqua la fée avant de s'éloigner.

Seth se mit à courir derrière elle. Elle lui avait apporté une réponse. Hors de question de laisser filer cette occasion – quels que soient les risques auxquels il s'exposait.

Mieux vaut saisir sa chance plutôt que regretter plus tard de n'avoir rien fait...

19

Au matin, Aislinn fut un peu étonnée que Seth ne soit pas devant sa porte – et fort déçue. La veille, la réunion avec Keenan, Tavish et quelques autres s'était prolongée tard dans la nuit, mais la jeune fille était ensuite rentrée chez elle avec l'espoir d'y voir Seth. Au moins deux fois par semaine, ils avaient pris l'habitude de petit-déjeuner ensemble avant son départ pour le lycée. Et ils auraient dû se retrouver ce matin-là.

Quinn et un petit groupe de gardes l'attendaient en bas, dans la rue. Elle croisa le regard du conseiller et lui sourit. Ils s'étaient mis d'accord pour que son escorte reste toujours invisible aux yeux mortels : Aislinn avait déjà bien du mal à expliquer à ses amis, ainsi qu'à ceux de Seth, l'omniprésence de Keenan à ses côtés. Elle aurait été incapable de justifier la présence d'un groupe d'hommes inconnus la suivant comme son ombre. À l'exception de lieux comme le *Crow's Nest* ou *La Forteresse* – un club réservé aux fés – ses gardes ne revêtaient jamais de charme.

Seth marchait généralement d'un pas nonchalant ; aussi,

quand il était avec elle, elle partait toujours un peu plus tôt qu'à l'ordinaire. Comme elle se trouvait seule, elle avançait à vive allure.

Je pourrais même courir.

Elle essayait d'écarter toute inquiétude : il était déjà arrivé à Seth d'être en retard. Il n'avait pas confirmé qu'il viendrait la voir, mais elle ne pouvait croire qu'il soit encore contrarié. Contrairement à elle, il n'était pas d'humeur changeante et savait se montrer raisonnable.

Tout va bien se passer.

Elle avait oublié de charger son téléphone et n'avait pas la possibilité de le joindre.

Elle entra dans un terrain vague à l'angle d'un immeuble pour ne pas être aperçue de la rue ; là, elle revêtit un charme lui permettant d'être invisible, hormis aux yeux des fés ou des mortels dotés de la Vue. Puis elle se mit à courir.

C'était merveilleux de se déplacer aussi vite et, face à cette liberté soudaine, son corps était parcouru de picotements. D'une certaine façon, être une fée l'excitait plus qu'elle n'aurait pu l'imaginer. Il y avait évidemment un inconvénient à cette capacité qu'elle avait de se mouvoir ainsi : c'était certes utile, mais cela allait trop vite et elle arrivait toujours trop tôt. Sa notion du temps en était faussée. Elle n'avait pas encore réfléchi au temps alternatif qui existait dans le domaine de Sorcha, aux confins de la Terre Féerique – un paradoxe qu'elle n'avait pas eu l'occasion d'explorer, car sachant qu'il lui restait peu de temps à passer auprès de sa grand-mère et de Seth, Aislinn se débattait encore avec les idées de brièveté et de finitude du monde mortel.

Elle s'arrêta devant *Le Dépôt*, un café où Seth et elle se retrouvaient parfois. L'endroit était bondé. Elle reconnut plusieurs de ses amis, appuyés contre les murs ou assis aux petites tables. Elle fut contente qu'ils ne puissent pas la voir alors qu'elle y faisait son entrée. Elle traversa la salle principale à toute allure puis vérifia les salles plus petites. Seth n'était pas là non plus. Son inquiétude grandit.

Il est peut-être au lycée. Possible. Parfois, il lui donnait rendez-vous là-bas avant de se rendre à la bibliothèque ou dans le parc, où il aimait à dessiner. Sinon, cela signifiait qu'il était contrarié, suffisamment pour ne pas avoir envie de la voir. *Et s'il refuse de me parler ?* se demanda-t-elle, en proie à la panique.

Il était le seul à l'accepter telle qu'elle était, à comprendre sa double vie. Sa grand-mère s'y efforçait, certes. Keenan aussi. Mais Seth était le seul à la connaître vraiment.

Toujours invisible, elle traversa la rue et gravit le perron du lycée Bishop O'Connell ; avec désinvolture, elle reprit sa forme visible entre deux marches. Derrière elle, Quinn laissa échapper une petite exclamation de désapprobation ; mais il n'ajouta rien d'autre – il n'était pas du genre à commenter l'arrogance des fés. Aislinn jeta un dernier coup d'œil à ses gardes.

– Nous restons là, l'assura Quinn.

Elle acquiesça, puis entra et s'immobilisa dans le vestibule. Les voix familières de ses camarades étaient troublantes. Aislinn était censée les protéger tous mais, contrairement à ses fés, ils ne se doutaient pas qu'une guerre éventuelle pourrait dévaster leur monde. Elle les observait, écoutant des bribes de conversations qui lui étaient désormais incongrues, comme si ces mortels parlaient une autre langue. Un univers auquel elle n'avait jamais véritablement appartenu – l'univers dans lequel vivaient ses amis, un monde où les examens de sciences économiques ou les bals du lycée étaient parfois une question de vie ou de mort, un monde où se disputer avec son petit ami pouvait être pire encore. Malgré tout, certaines choses n'avaient pas changé. *Le fait que Seth soit chagriné est toujours aussi perturbant pour moi.* Elle n'était peut-être jamais invitée au bal du lycée, mais les festivités féeriques lui offraient toutes les danses qu'elle pouvait désirer. Les sciences éco, ça comptait toujours – *pour des raisons pratiques.* Quant à Seth... il était tout pour elle.

Mieux valait aller le voir tout de suite. Sans hésiter davantage, elle tourna les talons et ressortit du lycée. *Il a peut-être oublié de se réveiller. Ou bien il n'avait pas envie de discuter ce matin. Mais au moins, il pourra m'écouter.* Elle ne voulait pas laisser les choses se détériorer. Il fallait qu'elle le voie.

Elle remonta les rues en courant, en direction de la voie de chemin de fer désaffectée, ses gardes dans son sillage ; elle ne s'arrêta pourtant pas pour leur parler. *Peu importe qu'ils me jugent impulsive. Tout ce qui compte, c'est Seth.*

Quelques minutes plus tard, elle tourna sa clé dans la serrure de la porte du wagon.

– Seth ?

Les lumières étaient éteintes, la musique aussi. La bouilloire était posée sur le réchaud. Deux tasses sales traînaient sur le plan de travail : venant de Seth, c'était inhabituel. On aurait dit qu'il était parti précipitamment.

– Seth ?

Aislinn se rendit dans le second wagon, où se trouvait la chambre. Le lit était déjà fait. *Il est parti trop vite pour laver sa vaisselle, mais il a eu le temps de faire son lit ?* Elle brancha son téléphone à la recharge qui se trouvait dans la pièce. S'apercevant qu'il avait essayé de la joindre, elle se connecta à son répondeur. Son soulagement fut de courte durée. « Je pars ce soir », entendit-elle, avant de percevoir une autre voix – *celle d'une femme* – sans distinguer ce qu'elle disait. Puis Seth reprenait : « Et je t'appellerai... plus tard. Il faut que je file. Je ne sais pas quand... si... J'y vais. »

Il était parti ? Elle l'écouta à deux autres reprises, sans comprendre. *Il a l'air excité.* Perdue dans ses pensées, elle caressa le nouvel édredon qu'ils avaient acheté ensemble. Elle écouta encore une fois le message. Cette fois, elle perçut mieux le murmure de l'autre voix.

Il est parti.

Elle lui avait confié des secrets qu'elle n'avait jamais partagés avec quiconque. À l'époque où Donia et Keenan la harcelaient, elle s'en était ouverte à Seth. Elle avait enfreint toutes les règles érigées par sa grand-mère.

Elle retint les larmes qui lui brûlaient les yeux. *Que s'est-il passé ?* Elle ne pouvait supporter de rester plus longtemps dans cette chambre, cet espace qui n'était qu'à eux. Elle alla voir Boomer. Le terrarium était vide.

Il a emporté Boomer. Il va revenir, se rassura-t-elle en balayant la pièce du regard. Aislinn avait envie de fuir. Mais quand elle se sentait perdue, c'était vers Seth qu'elle allait se réfugier. Et il n'était pas là.

– Où es-tu ? chuchota-t-elle.

Elle ne parvenait pas à quitter cet endroit. Elle se lava les mains puis fit la vaisselle. S'imaginait-elle qu'il allait revenir d'un instant à l'autre, pendant qu'elle s'activait ainsi ? Non, mais l'idée de repartir tout de suite lui était insupportable. Quand elle alla ranger les tasses dans le placard, elle s'aperçut que toute sa vaisselle manquait. À l'exception de la théière qu'elle lui avait offerte. *Pourquoi a-t-il tout emporté ? Sauf ma théière ?*

Quelque chose ne tournait pas rond. Seth n'était pas du genre à disparaître ainsi. Elle fouilla la pièce et trouva des assiettes en morceaux dans la poubelle. S'il n'avait pas paru aussi excité au téléphone et s'il n'avait pas emporté Boomer, elle aurait pensé qu'il était en danger.

Aislinn se sentait à fleur de peau ; et depuis qu'elle était devenue la Reine de l'Été, elle ne pouvait se permettre de laisser libre cours à de telles émotions. Elle avait vu les conséquences que les changements d'humeur de Keenan entraînaient – de petites tempêtes tropicales piégées dans des espaces confinés, ou des rafales de sirocco au beau milieu d'une rue. Elle l'avait aidé à contenir ces accès émotionnels. Sa présence l'apaisait. Même avec neuf siècles d'expérience derrière lui, le Roi de l'Été commettait encore des bévues ; mais les orages de Keenan n'étaient rien à côté du cauchemar accablant qu'elle sentait vibrer en elle.

Elle ne parviendrait pas à maîtriser seule ces émotions.

Dehors, de la brume flottait, semblable à un brouillard venu de la mer – pourtant, Huntsdale n'était pas sur la côte. Aislinn en était responsable. Ses émotions – confusion, peur, colère et douleur – tourbillonnaient de plus en plus vite.

Seth est parti.

Elle se dirigea vers la porte et sortit.

Seth n'est plus là.

L'esprit embrouillé, elle traversa la ville d'un pas mécanique. Des gardes lui adressèrent la parole. Des fés s'immobilisèrent sur son passage. Plus rien n'avait d'importance. Seth était parti.

Ça aurait été l'occasion rêvée pour Bananach ou n'importe qui d'autre de s'en prendre à elle à cet instant. Aislinn était seulement consciente du message de Seth, qui se répétait en boucle dans son esprit.

Quand elle arriva au loft, son existence tout entière s'était réduite à un fait unique : Seth était parti.

Elle ouvrit la porte. Des gardes étaient en pleine discussion avec Keenan. Elle crut les entendre expliquer au roi qu'elle s'était montrée imprudente. D'autres parlaient, mais les sons qui sortaient de leurs bouches étaient incompréhensibles. Les oiseaux babillaient. Plus rien n'avait de sens.

Keenan se tenait au milieu de la pièce. Autour de lui, des oiseaux plongeaient en piqué entre les arbres et les plantes grimpantes. D'ordinaire, à sa vue, elle sentait toute tension s'estomper. Mais cette fois, la présence du roi n'eut aucun effet sur elle.

– Il est parti, annonça Aislinn.

– Quoi ? s'étonna Keenan, qui la fixait sans faire mine de la rejoindre.

– Seth. Il est parti, répéta-t-elle, sans savoir si ce qu'elle éprouvait était davantage de la peur que du chagrin.

Sans un bruit, Tavish, les Filles de l'Été, Quinn et les

hommes-sorbiers sortirent de la pièce. Ne restèrent plus qu'Aislinn et Keenan.

– Seth est *parti* ?

Elle s'assit par terre, sans prendre la peine de marcher jusqu'à lui.

– Il dit qu'il m'appellera, mais... je ne sais pas où il est, ni pourquoi, ni rien du tout. Il était contrarié. Et maintenant, il est parti. Quand il a quitté le loft l'autre soir, il disait qu'il avait besoin d'être seul, mais je ne me doutais pas qu'il avait l'intention d'aller ailleurs. Je n'ai pas arrêté de l'appeler. Il ne répond pas.

Elle leva les yeux vers Keenan.

– Que vais-je faire s'il ne revient pas ?

20

Seth et Bananach étaient dans l'un des plus vieux cimetières de Huntsdale. Une oasis à l'écart des bâtiments délabrés et des murs décorés de graffitis. Un endroit familier où il était déjà venu avec des amis, où Aislinn et lui avaient fait de longues promenades au milieu des morts. Mais ce soir-là, plutôt que de s'y trouver à l'aise, il éprouvait une certaine appréhension.

– C'est ici ? La porte est *ici* ?

– Parfois. Pas toujours.

La fée lui fit signe d'avancer et lui indiqua deux pierres tordues, appuyées l'une contre l'autre.

– Aujourd'hui, c'est ici, ajouta-t-elle.

Grâce à la Vue et au talisman qui le protégeait des charmes, Seth distinguait parfaitement la barrière érigée devant eux. Il avait déjà vu des barrières magiques dans divers lieux – chez Donia, dans le parc près du loft, à *La Forteresse,* ou encore dans des endroits que les fés fréquentaient. Mais toutes lui avaient paru brumeuses, aux contours indéfinis, donnant l'impression de pouvoir s'y glisser. Pourtant, elles étaient désagréables à passer, si bien que s'il avait ignoré leur existence, il n'aurait pas été encouragé à les traverser. Car c'était là leur fonction : convaincre les humains de s'en écarter.

Celle-ci était bien différente : il s'agissait d'un voile de clair de lune, ni fumée ni illusion, qui venait de très haut, frôlant la terre. Sa forme même, semblable à celle d'une lourde draperie de velours, trahissait son poids. Il tendit la main pour le toucher : impossible de le traverser.

Bananach s'avança ; imperceptiblement, la barrière ondula, à l'instar de vaguelettes sur une surface d'eau paisible. La femme-corbeau planta ses serres dans le voile et l'écarta.

– Entre au cœur de la Terre Féerique, Seth Morgan.

La voix de la prudence – l'idée qu'il était prêt à prendre une décision qui changerait tout – se manifesta brièvement. Il apercevait des fés qui se déplaçaient dans une ville qui avait été invisible quand le voile était encore tiré. Derrière cette épaisse barrière se dissimulait un univers tout entier. Il y avait là quelque chose d'anormal. Sa raison lui dictait de réfléchir, de peser les risques qu'il courait et les conséquences à venir... mais Sorcha vivait là. Elle seule était capable de résoudre son dilemme. S'il parvenait à la convaincre de l'aider, Seth serait auprès d'Aislinn pour l'éternité.

Avec Boomer enveloppé autour de son cou, comme une écharpe, le jeune homme franchit le passage.

Bananach, qui le suivit, ricana.

– Tu es un brave petit agneau, dis-moi ? Tu entres dans une cage sans hésitation. Petit agneau piégé.

Seth essaya d'écarter de nouveau le voile. Celui-ci était comme figé. Aussi rigide que de l'acier. Les craintes que lui murmurait jusque-là son esprit se muèrent en cacophonie.

Il se tourna vers Bananach, mais celle-ci s'éloignait déjà. Des fés s'écartaient lentement de son passage – comme en fuite. La femme-corbeau descendait une rue qui aurait pu se trouver dans n'importe quelle autre ville et qui, pourtant, n'aurait pu exister *ailleurs* que dans ce lieu. À l'évidence, cet endroit avait été une ville normale par le passé, mais tout y paraissait en léger décalage avec le monde des mortels. Les structures métalliques des bâtiments avaient été remplacées par d'autres matériaux : des lianes solidifiées, aux fleurs sans parfum, couraient le long des parois, tenant lieu d'échelles de secours ; des colonnes de bois soutenaient les vérandas ; des plaques rocheuses servaient de palissades et d'encadrements de porte.

Seth jeta un coup d'œil derrière lui : le voile avait disparu. Le cimetière, ses mausolées et ses pierres tombales étaient désormais cachés, aussi sûrement que cette cité l'avait été quand il était de l'autre côté. Le jeune homme essaya de se convaincre que tout cela n'était pas plus étonnant que les choses qu'il avait découvertes depuis qu'Aislinn lui avait révélé qu'il existait un monde féerique.

Ce n'étaient pas seulement les matériaux de remplacement qui semblaient irréels. Une atmosphère ordonnée et précise nimbait l'endroit tout entier. Les chaussées étaient lumineuses, immaculées. Un groupe de fés à l'allure humaine jouait au football dans la rue, mais avec sérieux. On n'entendait ni cris ni voix fortes. On aurait pu se croire à la fois dans un cinéma où était diffusé un film muet et dans une toile surréaliste du peintre Dali.

Bananach s'arrêta devant un vieil hôtel. Des piliers de pierre d'un gris pâle encadraient une entrée dépourvue de porte. De chaque côté, des tentures bordeaux étaient retenues par des feuilles dorées, comme dans un vieux décor hollywoodien. Mais au lieu d'un tapis rouge, un long sentier de mousse émeraude partait du trottoir.

La femme-corbeau franchit le seuil.

– Viens, mortel, ordonna-t-elle, sans se soucier de savoir si Seth la suivait – simplement, elle s'attendait à ce qu'il obéisse.

Aucun autre choix ne s'offrait à Seth. *Je ne suis pas arrivé jusqu'ici pour m'enfuir une fois devant la porte.*

En espérant ne pas commettre d'erreur, le jeune homme remonta le tapis de mousse et entra dans le vestibule illuminé.

L'endroit était bondé de petits groupes de fés qui bavardaient, d'autres qui lisaient, recroquevillés sur des fauteuils, ou encore qui observaient des objets divers. Des livres étaient soigneusement empilés sur de petites tables. Un homme vêtu d'un voile blanc époussetait une fée qui semblait plongée dans une longue méditation.

Sans leur jeter un regard, Bananach se dirigea vers un couloir à l'allure aseptisée. Les fés qui l'avaient aperçue paraissaient tendus. Certains s'enfuyaient discrètement sur son passage. Tandis que Seth avançait derrière elle, des murmures se propagèrent, formant un sifflement collectif pareil à une respiration bruyante. Leur étrangeté était plus prononcée que celle des sujets de l'Été ou des Ténèbres. La plupart d'entre eux auraient pu passer pour des mortels, mais il se dégageait d'eux une immobilité terrifiante qui trahissait soit la férocité, soit le dédain.

La femme-corbeau ne leur prêtait aucune attention. Ses cheveux de plumes voletaient dans son sillage, semblables à des fanions, alors qu'elle traversait des salles, montait et descendait des escaliers et ne cessait de changer brusquement de direction. Seth percevait les vibrations étouffées de tambours de bataille qui résonnaient dans l'édifice, bientôt accompagnées par des cornemuses et des cors dont les notes se faufilaient entre les percussions tonitruantes. Des sons qui l'emplissaient de terreur. Pourtant, il continua d'avancer, sur les talons de Bananach.

La cadence des instruments s'accéléra à mesure qu'ils s'enfonçaient dans le bâtiment, pour atteindre un rythme effréné, impossible à suivre. Et qui s'interrompit soudain dès l'instant où la femme-corbeau plaqua sa main sur une porte fermée.

– Te voilà arrivé, murmura-t-elle.

Elle ouvrit la porte, qui donnait sur une vaste salle de bal, au sol de marbre bleu. Des tapisseries sublimes et des toiles de maîtres étaient accrochées aux murs. Certaines peintures avaient des cadres d'argent brut, d'autres de simples encadrements de bois, d'autres encore de verre. Des colonnes, autour desquelles s'enroulaient des plantes grimpantes, étaient placées à intervalles réguliers et soutenaient un plafond constellé d'étoiles. Seth savait que cela n'était qu'une illusion, mais il ne put s'empêcher d'observer autour de lui, bouche bée.

– Je t'ai amené un agneau, annonça Bananach.

À contrecœur, le jeune homme détourna les yeux des merveilles qui l'entouraient et dévisagea la fée assise sur une chaise au dossier bien droit, au centre de la salle vide, devant un échiquier. C'était elle qui allait le sauver – ou qui anéantirait tous ses rêves. Ses cheveux paraissaient en feu, frôlés par des ombres de chaleur scintillantes qui ne cessaient de changer d'apparence sous le regard de Seth. La peau de la reine était semblable au voile qu'il avait franchi pour entrer en Terre Féerique, comme si elle-même était constituée de lumière froide. Pourtant, il s'aperçut que ces chairs étranges se modifiaient, devenant aussi sombres que les profondeurs de l'univers. Elle était ombre et lumière, flamme et froideur, noirceur et blancheur. Elle était les deux faces de la lune. Toute chose existante. Elle était la perfection incarnée.

La Reine de la Haute Cour. Ce ne pouvait être qu'elle.

Il porta la main à son talisman et, du bout du pouce, frotta le bijou, comme s'il s'agissait d'une pierre aux vertus apaisantes. Malgré la présence du talisman, il se sentait prêt à révérer Sorcha : la tentation de tomber à genoux devant elle et de lui offrir son âme était presque irrésistible, aussi naturelle que la respiration l'est au vivant.

– Un agneau ?

La reine adressa un regard presque indifférent au jeune homme, puis posa de nouveau les yeux sur l'échiquier, beaucoup plus grand qu'un jeu d'échecs normal, et composé de six différentes sortes de pions taillés dans des pierres précieuses.

– Toutes ses parties humides sont encore en lui, précisa Bananach en caressant la tête de Seth. Te souviens-tu de l'époque où les mortels nous apportaient des sacrifices ?

Sorcha s'empara d'un pion d'un vert translucide, armé d'un objet qui ressemblait à une faucille.

– Tu n'aurais pas dû me l'amener. Il ne devrait pas même être ici.

Bananach pencha la tête de côté, comme à son habitude, puis demanda d'une voix chantante :

– Puis-je le garder, dans ce cas ? Dois-je lui faire de nouveau franchir le voile, l'éloigner de ton terrain de jeu ? Vais-je l'abandonner sur le seuil d'un des autres souverains ? Souhaites-tu que je remporte l'agneau, chère sœur ?

Une expression indéchiffrable traversa les yeux de Sorcha. Les seuls souverains que Seth connaissait ne lui causeraient pas d'ennui, si Bananach le conduisait chez l'un d'eux. *Ash, Donia ou Niall... je saurai leur expliquer...* Soudain, il comprit avec clarté ce que la femme-corbeau avait sous-entendu : elle n'avait pas l'intention de le ramener vivant. Si Sorcha ne lui permettait pas de rester, il mourrait.

Il regarda autour de lui, comme si une arme allait se matérialiser à portée de main. Comment s'en sortir ? Des phrases tirées de ses lectures lui revinrent en tête dans le désordre – *aubépine et rue, chardon et rose...* il savait que certaines plantes avaient des propriétés protectrices. Il en avait dans son train et en gardait parfois sur lui. Il se mit à fouiller dans ses poches. *Des mots, des vœux...* que pouvait-il offrir pour ne pas mourir ? Bananach avait promis qu'il *arriverait* indemne en Terre Féerique, rien d'autre.

Sorcha souleva le pion puis le déposa sur une case voisine.

– Qu'il reste.

La femme-corbeau plaqua une main munie de serres sur la poitrine de Seth et plia très légèrement les doigts, comme si elle s'apprêtait à les enfoncer dans sa chair.

– Sois un bon garçon, à présent. Que je puisse être fière de toi. Fais en sorte que nos rêves se réalisent.

Sur ce, elle tourna les talons et quitta la salle.

L'espace de quelques battements de cœur, Seth attendit que Sorcha prenne la parole. Il avait entendu dire beaucoup de choses à son propos – non pas directement, mais des remarques attrapées ici et là, qui la dépeignaient comme très convenable et guindée – et il pensait qu'il valait mieux la laisser commencer.

Elle ne prononça pas un mot.

Boomer s'agita un peu. Il glissa le long du bras de Seth et alla se lover à ses pieds.

La Reine de la Haute Cour était toujours impassible.

Et maintenant ? Qu'est-ce que je suis censé faire ?

Prendre congé d'elle n'était pas vraiment envisageable. Il jeta un coup d'œil vers la sortie, puis dévisagea de nouveau Sorcha. Elle avait levé les yeux de son échiquier et regardait droit devant elle, comme absente. Comme si elle lisait dans le vide.

C'est peut-être le cas.

Au bout de quelques instants, il se décida à parler.

– Tu es Sorcha, c'est bien ça ?

Elle le scruta d'un œil qui, sans être cruel, n'en était pas moins hostile.

– Oui. Et toi ?

– Seth.

– Le compagnon de la nouvelle reine, constata-t-elle en soulevant un autre pion sur l'échiquier, absorbée dans ses pensées. À l'évidence. Peu de mortels connaissent mon nom, mais ta reine est...

– Elle n'est pas ma *reine*, l'interrompit le jeune homme qui, sans savoir pourquoi, avait aussitôt voulu rectifier cette erreur. Elle est mon amie. Je ne suis le sujet de personne.

– Je vois, reprit Sorcha en reposant la pièce sur le jeu, avant de rajuster ses jupes volumineuses. Eh bien, Seth qui n'est le sujet de personne, que me vaut l'honneur de ta visite ?

– Je veux devenir un fé, déclara-t-il sans ciller.

Elle repoussa l'échiquier. Une lueur qui pouvait être de l'intérêt s'afficha sur son visage.

– C'est une requête téméraire... dont la réponse demande mûre réflexion.

Elle pourrait tout arranger. Elle en a le pouvoir.

Une tenture raffinée s'écarta et un autre fé, tout aussi beau et apparemment impassible, fit son entrée. Il aurait pu être l'un des pions du jeu d'échecs : parfaitement immobile, inhumain. Seth le reconnut : le fé avait assisté au combat entre Niall et Bananach au *Crow's Nest*.

– Devlin, murmura Sorcha. Je crois que mon nouveau mortel a besoin de repos pour l'instant, ainsi que d'un petit rappel sur les dangers de l'impertinence. Pourriez-vous vous en charger ? J'ai à réfléchir.

– Ce sera un honneur, répondit le fé en s'inclinant légèrement pour la saluer.

Puis il tendit la main et la plaça autour du cou de Seth. Il le souleva de terre, serrant sa gorge.

Le jeune homme n'arrivait plus à respirer. Il se débattit, lança des coups de pied en direction de Devlin, mais soudain, ce fut le noir total et il perdit connaissance.

21

– Est-ce que ça va ? demanda doucement Carla à Aislinn. Tu ne te sens pas bien ?

Elles attendaient Rianne, partie aux toilettes se faire une beauté, ce qui prenait toujours des heures. Sa mère lui interdisait de porter du maquillage pour aller au lycée.

– Non.

– T'as besoin de parler ? T'as pas l'air... dans ton assiette, ajouta la jeune fille d'un ton hésitant.

Ces derniers temps, Carla maternait ses amies.

– Seth et moi... commença Aislinn, avant de réprimer un sanglot qui menaçait (et d'admettre ce qu'elle ne pouvait se résoudre à prononcer à haute voix, par peur de donner trop de réalité à cet aveu). Il n'est... plus là. On s'est un peu disputés.

Carla la serra dans ses bras.

– Tout va s'arranger. Il t'aime. Il t'a attendu pendant des mois.

– Je ne sais pas, répondit Aislinn en essayant de ne pas

regarder les fés qui se tenaient dans le vestibule, invisibles. Il est parti, je crois.

– Seth ?

Aislinn acquiesça, incapable d'articuler un mot. Elle aurait aimé se confier à Carla, à Rianne, à quelqu'un, mais celui auprès duquel elle s'épanchait d'ordinaire n'était plus là – et parler à Carla l'obligerait à éluder certaines vérités ou bien à les confesser, et elle n'y était pas disposée. En aucun cas il ne fallait mêler des mortels au monde féerique.

– Il est parti, répéta-t-elle en fixant son amie, avant de jeter un coup d'œil aux fés qui se trouvaient tout près d'elle. Et ça fait mal, chuchota-t-elle.

Carla émit quelques murmures réconfortants, tandis que ses fés passèrent leurs mains sur ses cheveux et sur son visage. Un contact qui, par le passé, l'aurait terrifiée, mais qui la consolait à présent. Ses fés lui appartenaient désormais. Ils étaient au centre de son existence, sa raison d'être, sa responsabilité aussi. *J'ai besoin d'eux.* Et ils avaient besoin d'elle. Jamais ils ne la quitteraient. Une certitude qui l'aida à supporter la journée au lycée.

Ses sujets fréquentaient rarement l'établissement. La présence de métal et la pléthore de symboles religieux les mettaient mal à l'aise. Pourtant, tout au long de cette journée-là, ses fés se relayèrent pour l'entourer avec bienveillance. Durant l'heure d'étude, Siobhan resta près d'elle, assise à un bureau vide. Eliza lui chanta une berceuse à l'heure du déjeuner. La douce cadence de ses mots fut accompagnée des gentilles caresses de ses gardes et des Filles de l'Été qui vinrent la voir au lycée seulement pour lui prouver leur affection. *C'est ma famille.* Sa cour était davantage qu'une assemblée hétéroclite de créatures étranges. Leur attachement n'éradiquait pas la douleur qu'elle éprouvait, mais cela l'aidait malgré tout. L'impression d'être dorlotée par son peuple était un baume sur son cœur blessé.

Après l'école, Aislinn ne se précipita pas pour aller retrouver Keenan, même si elle était cependant impatiente d'être dans le loft, entourée par son roi et ses sujets : cela lui apportait un sentiment de sécurité qui lui manquait dans le monde extérieur.

Les jours suivants, elle continua à se rendre au lycée et passa même quelques nuits chez sa grand-mère, mais au bout d'un moment – dix-huit jours s'étaient écoulés depuis la disparition de Seth –, elle ne fit plus l'effort de retourner à son ancienne vie. Elle n'appelait ni ne voyait plus ses amis. Elle se sentait davantage protégée auprès de Keenan. Ensemble, ils étaient plus forts.

Le Roi de l'Été évitait les questions maladroites – il ne lui demandait pas comment elle se sentait ou si Seth l'avait appelée. En revanche, il confia à Aislinn des tâches destinées à occuper son esprit ; aussi, entre ses devoirs pour le lycée, les affaires de la cour et le nouvel entraînement qu'elle suivait pour apprendre à se défendre, elle était suffisamment épuisée pour dormir quelques heures au moins par nuit.

Parfois, Keenan mentionnait en passant qu'il n'était toujours pas parvenu à localiser Seth, malgré leurs recherches. « Mais nous y parviendrons », promettait-il. Cela prenait du temps car ils menaient une enquête discrète. « Si on laissait entendre publiquement que Seth a disparu, cela pourrait le mettre en danger, lui avait expliqué le roi. En nous quittant, il est devenu vulnérable. » Cela ralentissait leurs investigations, mais Aislinn ne voulait surtout pas que Seth risque quoi que ce soit. *Peut-être est-il déjà en danger.* Qu'il soit parti de son plein gré ou non n'avait pas d'importance. Elle l'aimait encore.

Pour l'instant, ce qu'ils savaient se résumait à peu de chose : il avait été vu au *Crow's Nest*, où il avait passé quelques heures en compagnie de Damali, une chanteuse qui portait des dreadlocks et avec laquelle il était plus ou moins sorti par le passé. Les gardes ne l'avaient pas vu quitter l'endroit – une échauffourée avec plusieurs Ly Ergs qui avaient capturé une toute jeune Fille de l'Été avait retenu leur attention. Quand ils étaient retournés au *Crow's Nest*, Seth n'y était plus. Skelley lui avait pourtant parlé une heure plus tard. « Il était chez lui, sain et sauf », expliqua l'homme-sorbier. Puis Seth avait filé discrètement, en emportant Boomer avec lui. *Il avait l'air excité.* Les morceaux du puzzle ne concordaient pas. Était-il parti de son plein gré ? Tout cela ne lui ressemblait pas, c'était la raison pour laquelle Aislinn se demandait s'il avait agi librement.

Avant elle, Seth n'avait jamais eu de petite amie officielle. Le lien qui unissait la jeune fille à Keenan l'avait irrité de manière croissante. Le message qu'il lui avait laissé avait paru bizarre, mais il n'est jamais simple de dire au revoir à quelqu'un sur un répondeur téléphonique. *Il est peut-être allé rejoindre ses parents.* Aislinn avait passé des heures à réfléchir à cette possibilité et s'était décidée à envoyer des fés à divers endroits de la ville pour qu'ils vérifient les reçus de billets à la gare routière et à la gare ferroviaire. Cela n'avait rien donné.

La présence de Keenan était la seule chose qui l'aidait à apaiser sa nervosité constante.

Ce jour-là, cependant, quand elle rentra au loft, le roi l'accueillit avec des mots qu'elle n'était pas certaine d'avoir envie d'entendre.

– Niall souhaiterait te parler.

– Niall ? s'étonna-t-elle, à la fois pleine d'espoir et de crainte.

Elle avait essayé de le contacter le lendemain de la disparition de Seth, mais il avait refusé de la recevoir.

Les émotions d'ordinaire palpables de Keenan étaient si contenues qu'Aislinn ne parvenait pas décrypter ce qu'il éprouvait.

– Une fois que tu l'auras vu, dit-il, nous pourrons relire les notes de Tavish et dîner ensemble.

– Niall est ici ? murmura-t-elle, le souffle court.

Une brève lueur de fureur traversa le visage de Keenan.

– Dans notre bureau. Il veut te voir seule.

Notre bureau. Aislinn ne le corrigea pas, comme elle l'aurait fait autrefois. Le bureau était aussi le sien désormais. Elle était ici chez elle. C'était ainsi. *Je suis immortelle, à moins qu'on ne m'assassine.* Avant de devenir une fée, elle n'avait jamais réfléchi à sa propre finitude. Mais depuis sa transformation, l'idée que quelque chose puisse mettre un terme à l'éternité la terrifiait. Les menaces récentes de Bananach, de Donia et de Niall rendaient cette hypothèse tangible. Ces trois-là pouvaient lui reprendre tout ce qu'elle possédait, en un battement de cœur – et l'un d'eux l'attendait dans la pièce voisine.

Savoir Keenan tout près lui était d'un grand secours, mais

la simple idée de devoir rencontrer Niall l'emplissait d'appréhension. Les premiers temps, elle avait encore éprouvé de la terreur, des doutes, des inquiétudes – tout ce qu'elle avait enfoui en elle au fil des années, quand il fallait cacher aux fés le fait qu'elle était dotée de la Vue. Puis ses craintes s'étaient apaisées. Elles étaient de retour à présent, plus oppressantes que jamais.

– Veux-tu que j'entre avec toi ? demanda Keenan d'une voix impassible.

– Il refusera sûrement de parler en ta présence... il a peut-être des informations capitales... Et j'ai besoin de réponses, ajouta-t-elle en lui lançant un regard suppliant.

Keenan acquiesça.

– Je serai là si tu as besoin de moi.

– Je sais, dit-elle en ouvrant la porte du bureau.

Le Roi des Ténèbres était installé sur le canapé, aussi confortablement que lorsqu'il vivait encore dans le loft. Une nonchalance qui rasséréna Aislinn, jusqu'à ce qu'elle déchiffre son sourire hautain.

– Où est-il ? demanda-t-il aussitôt.

– Quoi ? s'étonna la jeune fille, les jambes soudain flageolantes.

– Où est Seth ? répéta-t-il en articulant chaque mot. Il n'est pas chez lui, ne répond pas au téléphone et personne ne l'a vu au *Crow's Nest*.

– Il est... commença-t-elle, sur le point de perdre le calme qu'elle s'était efforcée de conserver.

– Il est sous ma protection, Aislinn.

Les créatures des Abîmes qui accompagnaient Niall partout où il allait apparurent et se perchèrent derrière lui, comme pour la juger. Un mâle à sa droite, une femelle à sa gauche, dont les corps sans substance se penchèrent en avant, attentifs.

– Tu n'as pas le droit de l'éloigner de moi seulement parce que...

– Je ne sais pas où il est, le coupa-t-elle. Il est parti.

Les créatures semblèrent soudain s'agiter tandis que Niall demandait :

– Depuis quand ?

– Cela fait exactement dix-huit jours, avoua-t-elle.

Pendant un long moment, il la fixa d'un air sévère, sans rien dire. Puis il se leva et sortit de la pièce.

Elle courut derrière lui.

– Niall ! Attends ! Que sais-tu ? Niall !

Sans s'arrêter, le Roi des Ténèbres décocha un regard hostile à Keenan, puis quitta le loft.

Aislinn voulut le suivre, mais Keenan la retint.

– Lâche-moi, protesta-t-elle en se dégageant. Il *sait* quelque chose.

– Je connais Niall depuis des siècles, Ash. Et je te déconseille de le suivre. Il n'appartient plus à notre cour désormais. Il n'est pas digne de confiance.

– Il sait quelque chose, répéta-t-elle, les yeux braqués sur le vestibule.

– Possible. Ou bien il est simplement furieux. Il a peut-être une piste à vérifier.

– Je veux que Seth rentre.

– Je sais.

Aislinn s'appuya contre la porte d'entrée.

– Niall n'était pas au courant de la disparition de Seth.

– Il va essayer de le retrouver lui aussi.

– Et s'il lui était arrivé quelque chose d'affreux ? demanda-t-elle, formulant à haute voix l'inquiétude qu'elle s'était cachée à elle-même.

Il était plus simple de le croire parti plutôt que de l'imaginer blessé, introuvable.

– Il a emporté son serpent. Et il a verrouillé la porte de son train derrière lui.

Ils restèrent un instant silencieux, puis Keenan fit un geste en direction du bureau.

– Veux-tu que nous consultions les notes qu'a rassemblées Tavish ? Ou as-tu besoin de te défouler d'abord ?

– Me défouler, je crois.

Keenan sourit. Ils se rendirent dans la salle où se trouvaient les sacs de frappe, sur lesquels Aislinn s'entraînait régulièrement au combat.

Plus tard, après avoir tant frappé dans les sacs que les muscles de son ventre étaient endoloris, Aislinn prit une douche dans la salle de bains adjacente à sa chambre. Quelque temps plus tôt, elle ne se serait pas sentie chez elle ici, un endroit qu'elle avait d'abord considéré comme un lieu de passage, où dormir et ranger quelques affaires, rien d'autre. Depuis la disparition de Seth, cela avait changé. Elle se retirait fréquemment dans sa chambre pour rester à l'écart du monde extérieur, ou bien errait dans le loft, entourée de ses sujets. Elle avait besoin d'être parmi eux.

La jeune fille fut pourtant surprise de trouver Siobhan assise en tailleur au milieu de l'immense lit à baldaquin. Les tentures en toile d'araignée étaient relevées, retenues aux colonnes par des épines de rose. Dans ce décor féerique, Siobhan ressemblait à l'une de ces princesses de dessins animés que la grand-mère d'Aislinn n'aimait pas qu'elle regarde quand elle était enfant. La chevelure de la Fille de l'Été était si longue qu'elle frôlait le dessus-de-lit. Les lianes qui s'entortillaient autour de son corps, pareilles à des tatouages vivants, bruissaient, tandis que les feuilles se tournaient en direction de la Reine de l'Été.

Elle est trop belle pour être humaine. Une créature surnaturelle – Aislinn surmonta ces vieux préjugés, mais pas avant que le reste de sa pensée n'ait pris forme dans son esprit – *ce que je suis à présent. Inhumaine.*

– Son départ nous attriste, chuchota Siobhan. Nous avons pourtant essayé de le retenir.

– Pardon ? dit Aislinn, interdite.

– Nous avons dansé. Nous lui avons même ôté son talisman, ajouta Siobhan en faisant la moue, ce qui lui donna l'air plus jeune qu'elle n'était en réalité. Mais Niall est arrivé et il nous l'a repris. Nous avons pourtant essayé de le garder près de nous.

Gronder Siobhan n'aurait servi à rien. Malgré son apparence placide, Siobhan était futée. Parfois, c'en était même irritant. Aislinn était convaincue que les Filles de l'Été étaient de loyaux sujets – mais qu'il valait mieux ne pas leur faire aveuglément confiance.

Aislinn rajusta la ceinture de son peignoir et s'assit sur un tabouret, près de la coiffeuse.

– Si je comprends bien, Niall a quitté le parc avec Seth. A-t-il emporté le talisman ?

Siobhan eut un léger sourire.

– C'est lui qui l'a donné à Seth. Pourquoi me l'aurait-il laissé ?

– Parce que le talisman empêchait Seth de...

Aislinn prit une brosse à cheveux au manche en bois d'olivier et suspendit son geste.

– De se laisser tenter par nos charmes, ma reine, termina Siobhan, avant de se lever, de prendre la brosse et de se mettre à coiffer Aislinn. Ce talisman le protégeait des illusions que les fés auraient pu lui imposer.

– Parfaitement. Et c'est Niall qui le lui a donné, mais vous le lui avez repris.

Aislinn ferma les yeux tandis que la Fille de l'Été lissait méthodiquement sa chevelure.

– Oui, confirma Siobhan.

– Vraiment ? demanda Aislinn en rouvrant les yeux pour fixer le reflet de la fée dans le miroir.

Siobhan interrompit son geste.

– Non, avoua-t-elle. Je n'aimerais pas avoir à contrarier Niall. Si vous me l'ordonniez, je le ferais, mais seulement si j'y suis obligée... Nous avons dansé ensemble durant des siècles. C'est lui qui m'a appris ce que cela signifiait de ne plus être mortelle, quand mon roi s'est détourné de moi pour poursuivre une autre jeune fille... ajouta-t-elle en secouant la tête. Non, je serais incapable d'offenser Niall, à moins que mes souverains ne l'exigent.

– Je ne savais pas que Seth avait un talisman, murmura Aislinn. Se méfiait-il de moi à ce point ?

– Je l'ignore, mais vous voir triste me fait de la peine, répondit Siobhan en recommençant à brosser les cheveux de la reine.

Les yeux d'Aislinn se remplirent de larmes.

– Il me manque.

– Je sais. Quand Keenan s'est détourné de moi... Nous avons toutes essayé de remplacer Keenan. J'ai cru y parvenir, ajouta-t-elle en baissant les yeux. Jusqu'à ce qu'il parte, lui aussi.

– Tu veux dire Niall ? Lui et toi, vous étiez...

– Oh oui, répliqua la fée d'une voix assurée. L'éternité est très longue, ma reine. Notre roi avait souvent la tête ailleurs et avant qu'il ne vous trouve, Niall avait un rôle précis à la cour. Il dissimulait sa noirceur derrière des élans d'affection éblouissants. Je me suis taillé la part du lion.

Elle se dirigea vers l'armoire et en sortit une robe.

– Vous devriez vous habiller pour le dîner. Pour votre roi.

Aislinn se releva et la rejoignit près de l'armoire, dont elle effleura le battant de bois, couvert de scènes de festivités féeriques. Le faste de la pièce ne la surprenait plus. Keenan l'avait fait somptueusement décorer afin de la rendre heureuse. Elle aimait ça, de même que les robes qui emplissaient l'armoire – elle ne pouvait le nier.

– Je préfère m'habiller simplement, ce soir.

Sur le visage princier de Siobhan s'afficha une expression de mépris. Elle croisa les bras.

– Continuez de vous apitoyer sur vous-même. De nous affaiblir pendant que Bananach rôde sur nos territoires. De préoccuper notre roi avec votre égoïsme. Empêchez-le de trouver le bonheur avec vous ou avec la Reine de l'Hiver.

– Ce n'est pas ce que tu crois...

– Il ne voit plus Donia pour pouvoir rester près de vous

au cas où vous ayez besoin de lui ; malgré tout, vous refusez toujours de le considérer comme il se devrait – comme votre roi et votre véritable compagnon. Il est prêt à sacrifier la nouvelle chance qu'il a avec elle, avec l'espoir que vous changerez peu à peu d'avis. Cependant, vous ne cessez de pleurer et de vous terrer ici, et lui s'inquiète et se lamente. Il est inacceptable de vous voir tous deux aussi attristés. Notre cour exige rire et frivolité. Votre mélancolie et votre refus de tout plaisir affaiblissent votre nature – et, par conséquent, nous affaiblissent.

Siobhan referma brutalement la porte de l'armoire, puis fixa Aislinn d'un air désapprobateur.

– Si votre mortel n'est pas là pour partager rires et plaisirs, si vous refusez à notre roi la joie qu'il a en aimant l'autre reine, si vous êtes tous deux aussi maussades, le chagrin nous envahit. Votre rire et votre félicité s'infiltrent en chacun de nous, tout comme cet apitoiement sur vous-même et ce désespoir. Allez dîner avec notre roi. Qu'il vous aide à retrouver le sourire.

– Mais je ne l'aime pas, protesta Aislinn, consciente cependant que ses mots auraient peu de portée.

– Aimez-vous votre cour ?

Aislinn dévisagea Siobhan, la fée qui avait le courage de lui dire ce qu'elle n'avait pourtant pas envie d'entendre.

– Oui.

– Dans ce cas, soyez vraiment notre reine, Aislinn. Si votre mortel revient, vous aviserez à ce moment-là. Mais pour l'instant, vos sujets ont besoin de vous. Votre roi aussi. Profitez de la vie... ou bien envoyez Keenan voir l'Hiver, pour qu'il puisse se réjouir. Vous le gardez à vos côtés sans rien lui donner en retour. Votre souffrance nous meurtrit. Acceptez le bonheur qu'il pourrait vous offrir.

– Je ne sais pas comment faire, confessa Aislinn.

Elle ne voulait pas être la compagne de Keenan, mais intérieurement, elle reconnaissait que le bien-être de Keenan lui importait. Elle leva les yeux vers Siobhan, en sachant que sa confusion était visible sur son visage.

– J'ignore quoi faire.

La voix de la Fille de l'Été se radoucit :

– Choisissez d'être heureuse. Ce que, nous toutes, nous avons fait.

22

Pendant quatre jours, Seth attendit dans la cité cachée de Sorcha. Après sa première rencontre avec la Reine de la Haute Cour, Devlin l'avait conduit dans des appartements spacieux, munis d'un terrarium sophistiqué dans lequel Boomer se trouvait heureux. Il n'était pas si mal installé – à un détail près. *Cela fait déjà cinq nuits que j'ai quitté Aislinn.* Il regrettait à présent de ne pas avoir répondu à ses appels ni à ses messages le jour où il était parti. Impossible de se servir de son téléphone dans cet endroit. Il n'y avait aucun signal.

C'était ce qui lui manquait vraiment : être en contact avec Aislinn. Tout le reste semblait lui être offert avant même qu'il n'en exprime le désir. On lui servait ses repas dans sa suite et il ne se souciait plus de devoir ingérer des aliments féeriques. Il avait fait un choix : il ne quitterait plus le monde des fés. Hormis la mort, rien ne l'arrêterait. Le moment où il avala son premier repas préparé par des fés lui parut crucial, comme s'il acceptait les changements à venir – c'était pareil à un engagement. Il aurait aimé qu'Aislinn soit près de lui quand il dîna de fruits étranges et de pâtisseries aussi fines que des feuilles de papier ; en fait, il aurait voulu qu'elle soit là à chaque instant.

Il passait la plupart de son temps dans ses appartements, mais il avait aussi un peu exploré les environs. Le premier jour, il se rendit compte qu'il était presque instantanément de retour dans sa suite dès que cette pensée traversait son esprit – aussi répéta-t-il cette expérience. Il lui suffisait d'y penser, de tourner l'angle d'un couloir et, où qu'il ait été, quelle que soit la distance, il se retrouvait dans le corridor menant à ses appartements.

Certains fés l'observaient. Et quelques mortels lui souriaient.

On lui avait fourni tout le matériel nécessaire à son activité artistique, mais il n'arrivait pas à se concentrer. Les circonstances, alors qu'il patientait ainsi, attendant la décision de Sorcha, n'étaient pas propices à la création. Il méditait, dessinait un peu et lisait de façon sporadique – des ouvrages de droit, des traités portant sur le fonctionnement du monde féerique, et surtout plusieurs essais assez denses, extraits d'un recueil intitulé *En Compagnie des êtres souterrains*. Il se promenait sans but et cherchait des indices et des idées dans les livres qu'il trouvait. Il était dans un lieu dont certaines pièces ne contenaient que des livres : tout ce qu'il pouvait désirer était à portée de main.

Tout, sauf Ash.

Si elle ne lui avait pas autant manqué, il aurait pu être heureux dans la suite que Sorcha lui avait allouée. Elle était prévue pour y accueillir un artiste. Occupant tout un pan de mur, une large baie vitrée à travers laquelle la lumière filtrait merveilleusement donnait sur un jardin immense. Il avait à sa disposition chevalets, peintures, encres, toiles, papier et, dans une alcôve, du matériel et des outils pour ses sculptures métalliques. *Tout, sauf l'inspiration.* Dessiner le jardin depuis cette cage dorée n'avait rien de tentant.

L'impatience que le jeune homme s'efforçait de réprimer depuis quatre jours l'amena de nouveau à contempler le jardin. Cette fois, en l'examinant mieux, il comprit que la large fenêtre était aussi une porte. Il appuya sur une touche en forme de lune incrustée dans le verre : la baie s'ouvrit. En s'avançant parmi les fleurs et les arbres, Seth aperçut aussitôt l'océan, un vaste désert, des plaines arctiques, des prairies, des montagnes... Depuis ses appartements, il n'avait vu que le jardin, mais dès qu'il foula la terre ferme, quelque chose d'irréel – *ou de réel* – imprégna sa vision.

Alors qu'il contemplait l'océan, il sentit l'air gorgé de sel. Des années plus tôt, il avait vécu au bord de la mer. *Ma mère adorait ça.* Son père n'était pas adepte de l'eau, mais Seth et sa mère étaient enchantés. Il lui était plus facile d'être maternelle quand elle se sentait libre, proche de l'océan. Et Seth, plongé dans ce souvenir, songea que c'était trop vrai pour être une illusion.

L'univers tout entier est à portée de main de Sorcha.

Seth comprenait pourquoi elle ne vivait pas à Huntsdale ou dans une autre ville, puisqu'elle possédait cette véritable cité, utopique et secrète. Donia avait son petit territoire hivernal ; Keenan et Aislinn, leur parc ; mais la Reine de la Haute Cour paraissait régner sur un monde immense, idéal. Seth comprenait qu'on puisse ne pas avoir envie d'en partir. Ce lieu était la perfection même.

Il se ressaisit. Quand Sorcha souhaiterait lui parler, il lui faudrait se concentrer, la convaincre qu'il appartenait au monde des fés. Donia l'avait écouté et lui avait donné la Vue. Niall aussi, qui lui avait offert sa protection. Les fés semblaient répondre favorablement au courage et à la sincérité. Et ce ne serait pas en lui montrant une adoration aveugle qu'il convaincrait Sorcha – quand bien même il n'avait pas d'arguments logiques à lui soumettre. Il ne voulait plus être un mortel dans un univers peuplé de créatures éternelles, tout simplement. Il espérait qu'elle serait bienveillante à son égard quand enfin elle accepterait d'écouter sa requête – et qu'elle le convoquerait. Combien de temps le ferait-elle encore attendre ? Et s'il s'impatientait, l'autoriserait-elle à repartir ? Il l'ignorait.

Suis-je son prisonnier ?

Il n'avait personne à qui poser ces questions. La Haute Cour n'avait rien à voir avec celle de l'Été, remplie de bavardages et de rires incessants. Ici, tout était... calme et peu chaleureux.

Cependant, il avait croisé une fée différente des autres, dont le corps semblait découpé dans le ciel nocturne. Chaque jour, elle s'arrêtait pour lui proposer de partager ses fournitures s'il venait à en manquer.

– Tu pourrais venir dans mon studio pour tes créations, disait-elle.

« C'est gentil », ou « J'apprécie ta suggestion », répondait-il en évitant soigneusement de la remercier – il savait à quel point les fés avaient en horreur les formules vides de sens.

– Une fois le seuil de mon studio franchi, il est interdit de parler, ajoutait-elle jour après jour, avant de s'éloigner.

Le fait qu'elle soit elle aussi une artiste réconfortait Seth, qui lui trouvait une allure familière – si on oubliait les scintillements surnaturels qui se dégageaient d'elle quand elle se déplaçait, et son ombre totalement blanche : une vision qui n'avait rien de rationnel, mais qui avait cessé d'étonner le jeune homme, conscient que les lois physiques et la logique des mortels ne s'appliquaient pas aux fés.

Ce jour-là, après ce bref échange, il décida de la suivre. Au bout de quelques pas, il tomba cependant sur Devlin. Seth n'avait pas revu le fé, toujours impassible, depuis leur première rencontre. À présent, il se tenait dans le couloir, lui barrant le passage.

– Là où Olivia se rend, tu ne peux la suivre.

Le jeune homme vit la fée, le corps auréolé d'une lumière étoilée, tourner à l'angle du couloir et disparaître.

– Tu as l'intention de m'étrangler de nouveau ?

Devlin ne sourit pas. Sa posture et ses gestes – dos droit et muscles tendus – trahissaient un entraînement militaire strict.

– Si ma reine l'exige, ou si cela sert les intérêts de ma cour, ou encore si...

– Si je suis Olivia dans son studio ?

– Si tu la suis dans le ciel, tu suffoqueras ou bien tu mourras de froid, répliqua Devlin. Les mortels sont incapables de marcher dans le ciel.

Marcher dans le ciel ?

– Littéralement ? s'étonna Seth.

– Elle travaille un matériau très différent des tiens. Chose rare, due à son double héritage, expliqua le fé, qui parut un court instant plus détendu, une expression admirative sur le visage. Elle tisse la lumière des étoiles et crée des tapisseries de filaments si éphémères qu'elles s'éteignent au bout de quelques heures. Le ciel n'est pas un endroit pour un fragile mortel, qui a besoin d'air et de chaleur.

– Ah, je vois.

– Elle aurait tissé ton portrait, mais tu n'en aurais pas apprécié les conséquences.

– J'en serais mort, comprit Seth.

– En effet. Ses toiles subsistent un peu plus longtemps si elle dispose du souffle d'un mortel. Le souffle de l'art... Un équilibre fragile et parfait.

La voix de Devlin s'était teintée d'une ferveur que le jeune homme reconnaissait : la touche de folie qui anime généralement les amateurs d'art. D'une certaine façon, cet instant de passion, révélateur, permit à Seth de se sentir plus à l'aise avec le fé.

– Sorcha demande à te voir, lui annonça Devlin.

Le jeune homme haussa un sourcil. Le fé regarda dans la direction où Olivia avait disparu quelques minutes plutôt.

– Peut-être ferais-tu mieux de suivre Olivia, finalement, ajouta Devlin. Ma reine, tout comme la tienne ou Niall, est d'abord obligée de tenir compte du bien-être de sa cour. Ta présence ici est une aberration, et tu te retrouves ainsi dans une situation proprement intenable.

Seth jeta un coup d'œil à Boomer, enfermé dans son terrarium, puis referma la porte de ses appartements.

– Cela fait des mois que ma situation est intenable. Si je suis ici, c'est pour trouver une solution.

– Chercher à marchander avec les fés est déraisonnable, répliqua Devlin.

– Dans la vie, il n'y a pas que l'art qui mérite que l'on se consume pour lui.

– Oui, à ce qu'il paraît.

Devlin marqua une pause et dévisagea Seth, le jaugeant ouvertement.

– Niall t'apprécie beaucoup. Ainsi, j'espère que tu es aussi intelligent que tu crois l'être, Seth Morgan. Mes sœurs ne sont ni bonnes ni douces.

– Loin de moi l'idée de m'opposer à Sorcha.

– Ce n'est pas ce que je voulais dire. Le fait qu'elle prête attention à un mortel n'est jamais bon signe pour le mortel en question. Et ton cas fait l'objet d'une attention toute particulière, ajouta le fé à voix très basse. Maintenant, viens.

Alors que Seth accompagnait Devlin le long des couloirs, le poids du regard des fés qu'ils croisèrent parut différent au jeune homme. Les voir suspendre leurs conversations, leurs souffles ou leurs gestes pour l'observer passer était extrêmement perturbant. Comme avec Bananach, le jeune homme suivit Devlin dans un véritable labyrinthe de volées de marches et de salles qui se ressemblaient toutes. Le fé finit par s'immobiliser au milieu d'une pièce dépourvue de caractère, si semblable aux autres que Seth crut un instant qu'il s'agissait de celle qu'ils venaient de quitter. *Quelle porte étrange*, songea le jeune homme. Jetant un regard derrière lui, il s'aperçut que la salle s'était soudain remplie de créatures féeriques.

Les yeux braqués sur moi.

– Tourne-toi vers moi, Seth Morgan, ordonna Sorcha.

Il obtempéra ; au même instant, les fés disparurent, la *salle* aussi, et il se retrouva seul avec la reine, dans un vaste jardin. D'un côté du sentier, des milliers de fleurs s'entrelaçaient les unes aux autres, dans un chaos indescriptible : d'énormes orchidées bleues semblaient étouffer des marguerites qui elles-mêmes essayaient de repousser un entrelacs de fleurs plus petites, à peine écloses. De l'autre côté, des parterres ordonnés de roses et de strelitzias étaient plantés à intervalles réguliers, en alternance avec des cactus et des cerisiers en fleur.

Seth lança un coup d'œil derrière lui : les fés, la salle, le bâtiment, tout avait disparu. Aussi loin que portait le regard, il n'y avait que le jardin, la forêt et l'océan. La cité cachée de Sorcha n'était pas un simple territoire dissimulé derrière un voile, mais un véritable monde.

– Il n'y a que toi et moi, déclara la Reine de la Haute Cour.

– Ils ont disparu.

Elle le dévisagea d'un air patient.

– Non. Le monde a simplement été réordonné. C'est ainsi que tout fonctionne ici. Ce qui *est* correspond à ce que je désire. Tout ou presque est contrôlé par mes pensées et mes exigences.

Seth avait des questions à lui poser, mais il en était incapable. Malgré son talisman, il se sentait piégé par un charme puissant, qui dépassait l'imagination.

Sorcha lui sourit.

Soudain, le téléphone de Seth vibra. Il y jeta un œil : des messages défilaient en clignotant et un symbole lui indiqua que son répondeur attendait d'être consulté. Au centre de l'écran, un message se détacha des autres – « Où es-tu ? » Il balaya l'endroit du regard.

Il savait exactement où il se trouvait. Il baissa le bras, sans lâcher son téléphone et ses yeux croisèrent ceux de la reine.

– On est en *Terre Féerique*, murmura-t-il. Rien à voir avec le parc ou la maison de Donia...

Sorcha parut amusée.

– Je suis en Terre Féerique, répéta le jeune homme.

– En effet.

Elle releva l'ourlet de sa jupe et s'avança de trois pas. Seth s'aperçut alors que la reine était pieds nus. De minuscules vrilles argentées rayonnaient entre ses orteils et au-dessus de ses pieds. Ce n'était pas une illusion, ni des tatouages, comme ceux des Fés des Ténèbres ; rien à voir non plus avec les lianes des Filles de l'Été. Il s'agissait de fins tentacules qui faisaient partie d'elle, sans totalement lui appartenir. En l'observant plus attentivement, il vit que des nervures argentées parcouraient tout le corps de Sorcha – des veines aux contours estompés qui transparaissaient sous sa peau.

– Tu es en Terre Féerique, poursuivit-elle en s'approchant encore. Et tu y resteras tant que je n'en aurai pas décidé autrement. Dans le monde mortel, plusieurs cours coexistent. Autrefois, il n'y en avait que deux. L'une d'elles partit, en quête de dépravations. D'autres fés suivirent... certains furent assez puissants pour créer leur propre cour. Ici, je suis l'unique souveraine. Ma volonté et ma voix règnent en maître, précisa-t-elle avant de relâcher les pans de sa jupe, qui recouvrit ses pieds argentés. Aussi, tu ne te serviras pas de ton téléphone. Pas d'ici, ni sans ma permission.

Au même instant, le téléphone de Seth se transforma en une poignée de papillons qui s'envolèrent de sa paume.

– Aucune communication entre ma cour et les leurs ne sera admise. Je te saurai gré de te comporter convenablement, ajouta Sorcha en regardant la main vide du jeune homme, dans laquelle le téléphone réapparut. Je suis la seule maîtresse de ce lieu. Je n'ai ni prédécesseur ni successeur. Ici, le bonheur de la reine qui fut autrefois mortelle n'importe nullement.

– Mais Ash...

– En venant ici, tu te soumets à ma volonté. Tu as voulu me rencontrer et tu te retrouves dans un monde que d'innombrables mortels ont souhaité connaître. Ils en sont morts. En Terre Féerique, on n'a rien sans rien.

Les préoccupations de Seth ne déroutaient pas la reine. Son visage était un masque argenté, inflexible. Elle tendit la main.

Il y déposa son téléphone.

– Pourquoi devrais-je prêter attention à ta requête, Seth Morgan ? Explique-moi ce qui fait de toi un être hors du commun.

Seth avait les yeux rivés sur Sorcha. Elle était la perfection incarnée et lui... ne l'était pas. *Ce qui fait que je suis hors du commun ?* Il essayait de répondre à cette question depuis des années.

– Je l'ignore, avoua-t-il.

– Pourquoi souhaites-tu devenir fé ?

– Pour être avec Aislinn, commença-t-il, s'efforçant de trouver les mots adéquats. Elle est unique. Parfois, on *sait*, tout simplement. Rien ni personne ne pourra jamais représenter ce qu'elle est pour moi. Et demain et les jours suivants, elle sera davantage encore.

– Si je comprends bien, tu veux l'éternité par amour pour une jeune fille ?

– Non, rectifia Seth. Je demande à devenir fé parce que j'aime une reine féerique et qu'elle mérite d'avoir un compagnon qui l'aime pour *qui* elle est et non pour ce qu'elle est. Elle a besoin de moi. Il y a des gens que j'aime, de bonnes personnes, et je suis une gêne pour eux car je suis mortel et fragile.

Il énonçait à haute voix ce qu'il n'avait jamais cru être capable de se dire à lui-même, mais face à Sorcha, il trouvait les mots.

– J'appartiens à ce monde, poursuivit-il. Il y a dans les trois cours des gens pour qui j'ai de l'affection, des amis, la femme que j'aime... C'est mon univers. Si tu me donnes ce dont j'ai besoin, je pourrai rester près d'eux et être suffisamment fort pour ne pas les décevoir.

Sorcha sourit.

– Tu es un mortel fort singulier. Peut-être serai-je capable de t'apprécier.

– Tu es gentille, répondit-il, sachant qu'il valait mieux éviter tout remerciement explicite.

– Non, certainement pas, répliqua-t-elle, comme sur le point de rire. Mais tu m'intrigues... Si tu devais devenir fé, il te faudrait passer un mois par an à mon côté.

– Tu acceptes ? demanda-t-il, bouche bée, les jambes soudain flageolantes.

Elle haussa les épaules.

– Tu me plais... et la Terre Féerique en tirera peut-être des avantages, Seth Morgan. Ce n'est pas un cadeau offert à la légère. Tu t'engages à être lié à moi pour l'éternité.

– Je suis déjà lié à deux autres souverains féeriques, et j'en aime une troisième.

Il tenta de repousser la peur qui montait en lui. Malgré son désir de transformation, cela restait terrifiant : c'était de son immortalité dont ils discutaient. Il ferma les yeux et tâcha de respirer calmement, ce qui amenuisa sa panique.

– Que suis-je censé faire ? demanda-t-il.

– C'est simple : un baiser, et tu seras transformé.

– Un baiser ? s'étonna le jeune homme en la dévisageant.

Il y avait deux reines qui pouvaient exiger un baiser sans que cela ne le dérange. Aislinn, évidemment, et aussi Donia, même si elle n'était qu'une amie. *Sans oublier que cela irriterait Keenan si j'embrassais Donia.* À cette idée, il sourit.

En revanche, la Reine de la Haute Cour ne l'attirait pas du tout. Elle lui rappelait les statues antiques, austères et inflexibles. Avant même de devenir fée, Aislinn possédait déjà un tempérament passionné. Donia incarnait peut-être l'Hiver, mais sa froideur n'avait rien à voir avec le caractère si tempéré de Sorcha.

– Il n'existe pas d'autre moyen ? questionna-t-il.

Un baiser était une demande curieuse. Les fés étaient des créatures intelligentes, et surtout, jamais ils ne mentaient. Seth savait que ses questions étaient non seulement attendues, mais qu'elles seraient appréciées.

L'expression de Sorcha ne changea pas : aucune trace d'émotion ne traversa son visage. Cependant, quand elle reprit la parole, il devina de l'amusement dans sa voix.

– Espérais-tu que je te confie une quête ? Une mission jugée impossible que tu aurais ensuite pu relater à ta reine ? Aurais-tu aimé lui conter comment tu aurais vaincu un terrible dragon, par amour pour elle ?

– Un dragon ? répéta le jeune homme, avant de poursuivre en pesant chacun de ses mots. Non, rien d'aussi dangereux. Seulement, je ne crois pas que cela plairait à Aislinn si je t'embrassais ; par ailleurs, les fés ne sont jamais très bavards quand il s'agit de donner des réponses directes.

– N'est-ce pas ?

Sorcha prit place dans un fauteuil aux lignes gracieuses, presque aussi élégant qu'elle, qui venait d'apparaître à son côté ; il était fait d'argent martelé, et ses courbes n'avaient ni début ni fin, comme un entrelacs celtique rendu palpable.

– Il n'existe donc pas d'autre moyen ? insista-t-il.

Sorcha lui décocha un sourire énigmatique et, un bref instant, il crut qu'elle allait se dissiper sous ses yeux. Mais elle sortit un éventail de sa manche et se mit à l'agiter devant elle, un mouvement affecté, en contraste avec son amusement à présent manifeste.

– Aucun qui me convienne, répondit-elle. Un baiser pour ta nouvelle souveraine : il semble juste d'exiger de toi ce que tu n'as pas envie de donner.

– Je ne crois pas que « juste » soit le mot approprié.

L'éventail s'immobilisa.

– Cherches-tu à te disputer avec moi ? demanda Sorcha.

Convaincu qu'elle était sincèrement intriguée, le jeune homme ne recula pas.

– Non. À débattre, en réalité. Une dispute s'accompagnerait de colère ou de peur.

Sorcha croisa les jambes, réajusta ses jupes à la coupe ancienne, exposant ainsi les filaments argentés qui s'enroulaient autour de ses chevilles.

– Tu me divertis.

– Pourquoi un baiser ?

Une étincelle dangereuse glissa sur le visage de la reine.

– Crois-tu que cela dérangerait vraiment ta Reine de l'Été ?

– Cela la chagrinerait, en tout cas.

– Et cela suffit pour refuser de le faire ?

– Oui, répondit-il en triturant sa lèvre percée, avec le bref espoir qu'il ne lui disait pas exactement ce qu'elle avait envie d'entendre – mais de plus en plus convaincu que l'idée de mécontenter Aislinn plaisait à Sorcha.

Se montrer franc avec cette fée n'est peut-être pas une si bonne idée que ça. Si elle en était capable, elle ne se gênerait pas pour me mentir.

– Les choses les plus simples sont peut-être les plus difficiles, chuchota doucement la reine.

Sur ce, elle lui tendit la main : une invitation qu'il eut soudain envie de refuser. Il avait beau être habitué à la compagnie des fés, ses doigts trop fins, démesurément allongés, lui fichaient la trouille. *Cette main si délicate pourrait m'anéantir.*

– Je deviendrai alors comme toi ? Une créature féerique ?

– En effet, en échange d'un mois que tu passeras chaque année dans mon royaume, en loyal sujet. Un mois durant lequel tu redeviendras mortel.

Il ne parvenait pas à bouger, alors qu'il savait qu'il le fallait. Il n'avait d'autre choix que d'avancer ou de reculer.

– Un baiser, et je vivrai éternellement auprès d'Aislinn.

À ces mots, Sorcha se fit hésitante.

– Oh non, je ne peux te le garantir. Un baiser en échange de la longévité féerique. Tu devras obéir à nos lois. Tu ne seras plus capable de mentir. Chacun de tes mots sera un serment. Il te reviendra d'exercer ton charme. Tu seras semblable à nous en tous points ou presque, mais tu ne seras pas affecté par la toxicité du fer et de l'acier, car tu conserveras un résidu d'humanité. Quant à ta reine, sache que les Fés de l'Été sont versatiles, changeants et manquent d'ordre dans leurs émotions. Je ne peux donc te promettre l'éternité avec elle.

Elle agita les doigts pour l'enjoindre d'approcher.

– Viens. Si tu acceptes le marché que je te propose...

Seth s'avança d'un pas.

– Et je reste moi-même ? Quand je serai parti d'ici, je ne serai plus ton sujet ? demanda-t-il.

– Exactement. Écoute attentivement mes paroles, Seth Morgan, et décide-toi dès maintenant. Si tu t'en vas aujourd'hui, je ne renouvellerai plus jamais mon offre.

Ai-je oublié de lui poser certaines questions ? Au cours de ses lectures, il avait découvert nombre de choses sur les contrats conclus avec les fés, qui paraissaient toujours plus alléchants qu'ils ne l'étaient en réalité. À cause de certaines clauses comportant des failles, des mortels avaient beaucoup perdu. Quand Aislinn gérait les affaires de la cour, il avait souvent été attentif à sa façon de procéder ; il avait emprunté des livres à Donia, avait discuté avec Niall. Il s'agissait avant tout d'être précis.

Un mois par an, un baiser, et l'éternité avec Ash. Il n'y voyait rien à redire... *excepté une chose...*

– Tous les mois que je te devrai seront-ils consécutifs ?

Cette fois, le sourire de Sorcha fut à couper le souffle. Il avait enfin sous les yeux la reine féerique qu'il s'était attendu à voir depuis le début. Ce scintillement d'émotion adoucissait sa perfection : elle dégageait le même charme, à la fois vénéneux et exquis, qu'Aislinn et Donia.

– Non. Un mois de loyauté à passer à mon côté, rien d'autre. Tu pourras ensuite quitter la Terre Féerique et rejoindre le royaume mortel durant onze mois.

Elle revêtit soudain un charme qui lui donna l'allure de ce dont le jeune homme avait toujours rêvé – une créature parfaite, intouchable et digne d'adoration.

– Bien entendu, ajouta-t-elle, tu auras la possibilité de rester ici les onze mois suivants, si tu m'en fais la demande.

Seth porta la main au talisman que Niall lui avait donné et le serra si fort qu'il crut que la pierre lisse allait lui taillader la paume.

– N'y compte pas trop.

– Acceptes-tu mon offre, Seth Morgan ?

Il secoua la tête, comme pour repousser les toiles d'araignée qui semblèrent l'envelopper alors qu'elle lui posait cette question.

– Oui.

– Tu as donc choisi. Approche, si tu es sûr de toi.

Il s'avança, attiré par des tentacules invisibles. Des filaments sans substance s'enroulèrent autour de lui : ils le lieraient à elle, lui assureraient une place dans un monde de pureté, le protégeraient de la souillure de la mortalité quand il quitterait la Terre Féerique.

Elle est *la Terre Féerique. Elle est toute chose.*

– C'est mon choix, insista-t-il.

– Être le sujet d'une reine féerique signifie qu'il est prêt à tout donner sur commande. Offres-tu sans hésiter ta loyauté et ta présence ici un mois par an, jusqu'à ton dernier souffle ?

Seth s'agenouilla devant elle et toucha sa main si parfaite. Les yeux de Sorcha, emplis d'éclats lunaires, l'appelaient. Au moindre faux pas, ils l'anéantiraient. Il lâcha le talisman qu'il serrait encore afin de pouvoir s'abandonner à elle.

Ma reine.

– Me donneras-tu ton dernier souffle si je l'exige ? Acceptes-tu ma proposition, Seth Morgan ?

Il frissonna.

– Oui. J'accepte. C'est *mon* choix.

– Dans ce cas, donne-moi un baiser, jeune mortel.

Sorcha attendait. Le mortel de la Reine de l'Été était agenouillé à ses pieds, agrippant sa main, incapable de se libérer du charme qui émanait d'elle, malgré son talisman et malgré sa bienveillance à elle. La reine contrôlait l'attrait qu'elle exerçait sur lui, tout en sachant que ce mortel était destiné à lui appartenir. Elle l'avait compris dès l'instant où il s'était retrouvé devant elle, lui demandant avec audace le don d'immortalité. Elle le comprenait à présent alors qu'elle examinait ce que l'avenir leur réserverait. Seth Morgan lui appartenait, à elle, à sa cour, à la Terre Féerique.

Il avait de l'importance – et il fallait faire de lui non seulement un fé, mais lui accorder une puissance dont peu de fés disposaient.

Alors qu'il hésitait, elle songeait aux sages pensées qui avaient motivé sa décision. C'était une part d'elle-même qu'elle lui offrait. Il n'avait pas besoin de le savoir, pas plus qu'il lui fallait comprendre le caractère exceptionnel d'une telle transformation. Elle ne le faisait que très rarement. Un mortel ne pouvait devenir fé sans se trouver lié à la créature féerique qui partageait son essence avec lui. Il y avait deux façons de procéder – en le considérant comme un être aimé, ou comme un objet. Si la requête de ce mortel tenait de l'égoïsme pur, elle ne lui proposerait qu'une utilité égoïste. En revanche, s'il agissait davantage par altruisme, elle lui rendrait cette générosité.

– Un baiser pour sceller notre accord et te défaire de ta mortalité... déclara-t-elle d'une voix dénuée de toute inflexion d'espoir.

Elle voulait qu'il se montre digne de ce qu'elle lui donnait. Elle l'en estimait capable, consciente cependant qu'il pouvait encore changer d'avis et la décevoir.

– Tu n'es pas Aislinn, murmura-t-il. Elle seule devrait recevoir mes baisers.

– Sois fort, Seth, répliqua Sorcha. Si tu veux l'immortalité, il me faut ce baiser.

– Te donner un baiser, dit-il lentement, en articulant malgré tout distinctement chacun de ses mots.

Sorcha ne pouvait le forcer, ni le spolier de son libre arbitre. C'était à lui de choisir.

– Scelle notre accord ou rejette mon offre.

Son regard était flou ; il avait le cœur battant. Soudain il leva son sourcil orné de métal et elle aperçut dans ses yeux une lueur inattendue.

– Oui, ma reine.

Il soutint le regard de Sorcha, tout en retournant sa main. Puis, avec douceur, il embrassa sa paume.

– Voilà votre baiser, ajouta-t-il.

Un instant, elle n'eut aucune réaction. *Quelle témérité.* Les mortels assez forts pour résister aux attraits de la Reine de la Haute Cour étaient de rares trésors. Bananach ne s'était pas trompée. Les visions prémonitoires de Sorcha non plus : ce mortel était hors du commun.

Des guerres éclatent pour moins que ça.

Elle l'aida à se relever sans lui lâcher la main, tandis que Seth vacillait, son corps déjà affecté par sa transformation.

– Notre accord est conclu.

– Parfait, dit-il en s'écartant.

Elle avait eu l'intention de l'enivrer de son baiser, dont les effets narcotiques auraient atténué la douleur. *Il s'est montré futé et ne devrait pas avoir à en souffrir. Il est logique que je fasse preuve de bonté à l'égard d'un de mes sujets.* Quand Keenan transformait celles qu'il avait poursuivies en Filles de l'Été, elles disposaient d'une année pour s'ajuster à leur nouvelle nature. Seth n'aurait qu'un mois – et ce, en Terre Féerique. La première vague de modifications serait difficile à supporter.

Néanmoins, elle n'aimait pas que ses sujets soient soumis sans raison à des actes de cruauté, c'était irrationnel.

– Donne-moi ton talisman, ordonna-t-elle.

Seth obéit – elle était sa reine à présent.

Puis Sorcha revêtit un charme pour ressembler à *l'autre* reine.

– Seth ? Approche.

– Ash ? dit-il, tout interdit.

Elle tendit les mains vers lui.

– Laisse-moi t'aider.

– Je me sens mal, Ash, marmonna-t-il en oscillant légèrement. Comment es-tu venue jusqu'ici ? Tu m'as manqué.

– J'ai toujours été à tes côtés, répondit Sorcha.

Peu de vérités pouvaient le combler autant que cette révélation.

– J'ai besoin de m'asseoir, dit-il en tâtonnant devant lui, comme pour chercher un appui.

Sorcha lui caressa le visage.

– Les mortels ne devraient pas s'amuser à venir dans ce monde. Parfois, ils attirent dangereusement l'attention sur eux...

– J'essaie seulement d'attirer *ton* attention... Tu n'es pas si grande, d'habitude, ajouta-t-il, intrigué.

Il appuya brièvement son front contre elle, avant de s'écarter.

– Chut...

Puis elle l'embrassa, profitant du fait que sa mortalité était repoussée par la nouvelle énergie féerique qui commençait à courir dans ses veines, et laissa son souffle se glisser en lui. Cela apaiserait en partie sa douleur. Sorcha était capable de modifier le monde qui les entourait, mais elle ne pouvait pas *tout* changer. Même la Reine de la Haute

Cour ne pouvait agir sur la souffrance, la maladie, le plaisir, la mélancolie.

Elle se surprit à espérer que la Reine de l'Été était digne de la passion et du sacrifice de ce mortel qui n'en était déjà plus un.

Parce qu'il est mon sujet désormais.

Et comme toute reine bienveillante, Sorcha agissait pour le bien-être de ses fés, qu'ils le veuillent ou non.

23

Donia attendait près de la fontaine. À cette heure avancée de la nuit, le saxophoniste qui jouait d'ordinaire à cet endroit était parti depuis longtemps et les foules d'enfants qui avaient pataugé dans l'eau étaient loin, blottis dans leur lit. Matrice était perchée dans un arbre, tout près : la fille-aubépine était la seule fée présente dans les environs. Ses ailes blanches, en lambeaux, battaient lentement, pareilles à des toiles d'araignée déchiquetées, tandis qu'elle contemplait le ciel depuis sa branche. Sur le sol, à l'autre bout de la place, Sacha était étendu, à l'affût. Plus loin, quelques glaistigs patrouillaient le périmètre.

Donia voulait des réponses et, parmi les quatre fés qui auraient pu les lui fournir, un seul était peut-être susceptible de l'aider. Il était impossible de questionner Sorcha ; Keenan serait resté muet ; Bananach était folle. Restait Niall. Après la disparition soudaine de Seth et les rumeurs glanées ici et là, la Reine de l'Hiver se doutait que le jeune homme se trouvait en Terre Féerique – un lieu dont les mortels (et même certains fés) ne revenaient jamais.

La Reine de la Haute Cour était inflexible. Et si cruelle qu'à côté d'elle, les Fés des Ténèbres pouvaient parfois passer pour des agneaux. *Ou bien mes propres craintes m'induisent-elles en erreur...* La montée en puissance de la Cour de l'Été la rendait mélancolique. La Reine de l'Hiver n'aurait pas dû s'aventurer hors de son domaine alors que le temps se faisait de plus en plus clément, mais elle n'avait pu se résoudre à inviter Niall chez elle, par peur de trahir Keenan. Même maintenant, alors qu'ils avaient laissé passer l'occasion, si brève soit-elle, de pouvoir être ensemble, l'idée de contrarier Keenan lui était toujours insupportable.

Niall arriva seul, se déplaçant avec la grâce des ombres qui s'allongent sur le sol. Son pas trahissait la même arrogance désinvolte que celle de son prédécesseur. Il avait une cigarette à la main, une habitude qu'il avait adoptée en devenant souverain. Il incarnait la violence et la tentation à l'état pur, principales caractéristiques de la cour qu'il avait autrefois rejetée. À l'époque où Niall appartenait à celle de l'Été, sa nature se devinait déjà – selon Donia, c'était en partie pour cette raison que Keenan l'avait toujours gardé à l'œil – mais l'aisance qu'il affichait désormais était nouvelle.

En silence, il s'assit sur le banc, près d'elle. La reine, passant outre toute salutation, l'interrogea d'emblée :

– Pourquoi Seth est-il en Terre Féerique ?

– Parce que c'est un imbécile, répliqua Niall, la mine sombre. Il voulait devenir fé. Bananach l'a conduit à Sorcha.

– Crois-tu que Sorcha va le retenir près d'elle ? Ou le transformer, ou encore...

D'un regard, Niall l'interrompit.

– Sorcha a la mauvaise habitude de s'approprier les mortels dotés de la Vue, et d'après moi, Seth a probablement des ennuis.

– Et Keenan ? demanda-t-elle sans hésiter, même s'il lui était pénible de parler de lui.

Elle avait vu son espoir renaître lorsque ce dernier lui avait enfin avoué son amour ; puis, quelques jours plus tard seulement, il lui avait fait ses adieux. Le Solstice approchait, mais elle ne serait pas dans ses bras.

Niall écrasa sa cigarette sous sa botte.

– Personne à la Cour de l'Été n'est parvenu à retrouver Seth. Keenan se doute pourtant de l'endroit où il se trouve, j'en suis convaincu... surtout qu'Aislinn a dû lui confier que Seth désirait changer de nature.

Machinalement, Donia laissa sa paume se remplir de flocons de neige, avec lesquels elle forma une petite imitation du kelpie qui paressait dans la fontaine. Niall s'était tu, attendant qu'elle poursuive la conversation. Il cherchait rarement à s'imposer, même à présent, alors qu'il régnait sur des créatures que tous craignaient, presque autant que les fés de Donia.

Les choses avaient commencé à se modifier à la mort de Beira, puis ces changements s'étaient amplifiés à mesure que Keenan gagnait en puissance. Tout avait été ensuite bouleversé quand Irial avait abdiqué, et plus rien n'avait paru certain. Pour la énième fois depuis qu'elle avait deviné où Seth devait se trouver, Donia se demanda si en informer Aislinn servirait ou non les discordes imminentes. Si elle l'apprenait, la jeune reine tenterait d'aller chercher son bien-aimé et provoquerait un conflit dont sa cour sortirait vaincue ; par ailleurs, elle serait furieuse que Keenan lui ait caché la vérité – ce qui affaiblirait l'Été encore davantage. Pourtant, il semblait cruel de la laisser dans l'ignorance et cela creuserait inévitablement le gouffre qui séparait déjà l'Hiver et l'Été – car jamais Aislinn ne pardonnerait à Niall et à Donia, le jour où elle apprendrait que ces derniers l'avaient laissée dans l'ignorance. Sans oublier que si Seth mourait en Terre Féerique sans que personne n'ait expliqué à Aislinn où il était, les conséquences de ce silence pourraient être désastreuses...

– Devrions-nous l'en informer ? demanda Donia.

Niall comprit aussitôt ce qu'elle sous-entendait.

– Je ne crois pas. Entre-temps, elle s'est de plus en plus rapprochée de...

Il s'interrompit et lui décocha un regard plein de douceur.

– Je sais.

Le Roi des Ténèbres alluma une autre cigarette, dont le bout incandescent éclaira brièvement la nuit épaisse.

– Cela compliquerait la situation, poursuivit-il. Ash voudra partir à sa recherche. D'après les dires de Bananach, de véritables violences se préparent.

Donia aurait préféré que Seth soit rendu à Aislinn ; néanmoins, mais en toute objectivité, elle savait qu'une guerre était susceptible d'être déclenchée si la Reine de l'Été était mise au courant. Impossible de prévoir ce qui s'ensuivrait dans un conflit impliquant Sorcha. Cependant, si Aislinn apprenait que Donia et Niall lui avaient caché des choses...

Ou que Keenan a lui aussi ses soupçons.

– Je vais rendre visite à Sorcha, reprit Niall en soupirant. Je verrai comment Seth se porte et le ramènerai avec moi s'il le faut. De toute façon, il est grand temps que j'aille faire un tour en Terre Féerique...

La Reine de l'Hiver referma le poing sur sa petite sculpture de neige et laissa les flocons tomber sur le sol, où ils fondirent aussitôt.

– Nous ne sommes pas ses sujets, déclara-t-elle.

– Sorcha n'est pas comme nous, Donia. Elle est immuable, au-delà de toute possibilité de changement. Elle est l'essence même de la Terre Féerique, précisa-t-il en étendant les jambes devant lui, avant de les croiser. Si on en croit les légendes, elle est la première de nous tous. Si elle venait ici ou si nous repartions en Terre Féerique, nous deviendrions tous ses sujets. Le moins qu'on puisse faire, c'est de lui montrer du respect.

– J'ai lu ses écrits sur la question, Niall. Et je ne suis pas certaine que nous serions ses sujets si nous repartions là-bas. Après tout, ta propre cour s'est formée en opposition à la sienne.

– C'était il y a des siècles, Don.

Des créatures des Abîmes se mirent à danser près de lui avec jubilation, comme pour démentir la douceur de sa voix. Elles se contorsionnaient dans la fumée bleuâtre de la cigarette de leur roi.

– Pour l'instant, reprit-il, ta cour est plus puissante, et la mienne incapable de s'opposer à Sorcha.

– J'en doute un peu, répliqua Donia. Je crois que tu te portes beaucoup mieux que tu ne veux l'admettre.

Niall esquissa un sourire. Malgré leur histoire commune mouvementée – il avait été le conseiller de Keenan lorsqu'elle était la Fille de l'Hiver et qu'elle avait pour tâche de contrecarrer leurs objectifs – elle sentit sa tension nerveuse s'estomper. Il paraissait heureux. Durant des siècles, alors qu'elle n'existait pas encore, il avait été malmené par Irial, par Keenan et par les Chiens de Gabriel. Il était rassurant de voir désormais qu'il avait le cœur plus léger.

– Tu es gentille. Si Sorcha passait un peu de temps dans le monde des mortels, tout cela importerait peu. Elle recrée le monde autour d'elle, aussi facilement que nous respirons. Autrefois, il y a très longtemps, quand Miach était mon roi, je suis resté près d'elle. Mais après la naissance de Keenan...

Il haussa les épaules, comme si cet événement n'avait pas été, d'une certaine manière, une perte pour lui – car son ton presque révérencieux révélait à quel point la présence de Sorcha lui avait été précieuse naguère.

– ... le devoir m'a appelé, reprit-il. La cour de Miach avait besoin de moi. Tavish et moi, nous avons maintenu l'ordre autant que possible, jusqu'à ce que Keenan soit assez âgé pour fuir la demeure de Beira. Elle l'autorisait à rendre visite à son père, mais... une cour a besoin d'un souverain. On a fait ce qu'on a pu.

Donia resta silencieuse un moment, repensant aux années que Keenan avait passées chez Beira, à cette Cour de l'Été qui n'avait pas de véritable dirigeant, à Niall qui s'était efforcé de gouverner une cour qui n'était pas la sienne. Mais l'heure n'était pas à ces sujets.

– Depuis combien de temps crois-tu que Seth est là-bas ? demanda-t-elle alors.

– Pour lui ? Cela doit représenter quelques jours. Pas assez pour qu'il se mette à paniquer. Mais ici, dans le monde extérieur... certainement des semaines. Je me suis organisé pour aller le voir. Je ferai de mon mieux pour le protéger.

Donia acquiesça.

– Au fait, Bananach m'a rendu visite.

Jusqu'à cet instant, elle avait hésité à le lui avouer, mais selon elle, il fallait aussi savoir gouverner à l'instinct. Le sien lui disait que Niall était étranger aux machinations de la femme-corbeau.

– Et ?

– Elle m'a montré l'avenir, répliqua Donia en croisant les bras. J'ai cru que Keenan et moi, nous avions une chance, mais tu connais la suite. Et Bananach m'a montré que je... ressemble à Beira.

– Ce n'est qu'un avenir possible, lui rappela Niall.

– Si la guerre doit éclater, je n'ai pas envie d'en être la cause, chuchota-t-elle.

Elle était certes la Reine de l'Hiver, mais cela ne signifiait pas que ses doutes et ses peurs avaient disparu. En réalité, cela signifiait que ses doutes et ses peurs pouvaient avoir des conséquences catastrophiques.

Je ne suis pas Beira. Je refuse d'être la cause d'un retour à l'épouvante.

Épouvante qui frémissait dans la voix de Niall.

– Pourquoi crois-tu que je ne cesse de me réfréner en sa présence ? J'ai le pouvoir de frapper le Roi de l'Été. Toi aussi, tu le pourrais. Pourtant, nous n'en faisons rien. Je n'ai pas envie de la paix, mais pour l'instant, la guerre n'est pas utile à ma cour. Si c'était le cas...

Donia frissonna, tant la voix de Niall était empreinte de cruauté.

– Mais alors, pourquoi laisses-tu Bananach échapper à ton contrôle ?

– Je tâche de la brider, suffisamment pour éviter une véritable guerre. D'après toi, pourquoi Irial m'a-t-il obligé à endosser ses responsabilités ? J'essaie seulement de trouver la même chose que toi : un équilibre qui n'affaiblisse pas mon peuple. Mais contrairement à toi, j'ai très envie de m'en prendre à Keenan. Je ne pardonne pas aussi aisément que toi. Malgré tout, la guerre ne bénéficiera pas à nos cours respectives.

– Par conséquent, nous ne dirons pas à Ash que son roi devine où se trouve Seth. Qu'il est même possible qu'il le sache.

Donia regrettait cette décision, mais si Aislinn apprenait la vérité, la situation serait plus intenable encore. Et la colère que Keenan dirigerait contre Niall ou contre elle mettrait en danger une paix déjà fragile.

Le Roi des Ténèbres acquiesça.

– Et tu le laisses s'éloigner de toi, répondit-il.

– J'essaie, chuchota-t-elle.

Ces mots qu'elle venait de prononcer la transpercèrent. S'être autant approchée de l'amour dont elle avait toujours rêvé pour le perdre aussitôt était encore pire – si au moins elle n'avait jamais espéré...

– Avec le temps, poursuivit-elle, Aislinn acceptera mieux Keenan. Avec le temps et en opérant les bons choix, nous pouvons peut-être encore éviter la guerre.

– Il fut un temps où j'imaginais et espérais ceci : voir Keenan heureux et puissant, en compagnie de sa reine enfin trouvée. Rien d'autre ne comptait pour moi, ajouta Niall d'un air peiné.

Ses créatures des Abîmes lui caressèrent les épaules pour l'apaiser.

– J'avais le même désir.

Elle pensa, sans l'avouer à haute voix, qu'elle souhaitait toujours le bonheur de Keenan. *Même encore maintenant.* Malgré tout le reste. Seulement, elle regrettait que son bonheur à lui la fasse autant souffrir.

Ils restèrent assis un moment, plongés dans un silence amical ; puis Donia le dévisagea.

– J'aimerais que tu contrôles un peu mieux Bananach. Cependant, s'il doit y avoir une guerre, l'Hiver sera fidèle à ses alliances passées.

Niall se retourna lentement vers elle – aussi lentement qu'un mortel.

– C'est-à-dire ?

– Ma cour sera l'alliée de celle des Ténèbres.

Elle se leva, laissant tomber à terre la neige qui s'était accumulée sur ses genoux, et attendit que Niall fasse de même.

– Je veux la paix, reprit-elle. Je veux... beaucoup de choses, mais au bout du compte, je dois agir pour le bien de mes sujets.

– Si la guerre pouvait durer juste ce qu'il faut pour le faire souffrir...

Il sourit d'un air si menaçant qu'en cet instant, il était difficile de se souvenir qu'il n'avait pas toujours été le Roi des Ténèbres.

– Cela me tenterait tellement, poursuivit-il. Mais aucun de nous ne souhaite... affronter Sorcha, tu sais.

– Je préférerais combattre Sorcha plutôt que l'Été, répondit Donia en posant la main sur l'épaule de Niall. Seth est un innocent. La laisserais-tu lui faire du mal ? Serais-tu prêt à te ranger dans le camp de Keenan pour protéger Seth ?

– Oui, même si j'aimerais plutôt qu'il soit mon ennemi.

– Et Seth ?

– Seth est mon frère, répliqua simplement le roi. Sorcha ne le retiendra pas contre son gré.

Donia se sentit légèrement vaciller. Rester exposée à la chaleur aussi longtemps l'épuisait.

– Tu dois te rendre en Terre Féerique, déclara-t-elle.

– Et si ce n'était pas Sorcha qu'il fallait combattre ? demanda-t-il. Te dresserais-tu contre Keenan ?

– J'accepterais si nécessaire, même à contrecœur, rétorqua-t-elle en soutenant son regard. Quoi que nous fassions, la présence de Seth en Terre Féerique complique tout.

– C'est justement pour cette raison que Bananach l'y a conduit, murmura Niall.

Sur ce, il lui prit le bras et l'accompagna jusqu'à la rue avec une aisance qui parut familière à Donia. Il était inutile de s'appesantir sur le passé, sur les pertes dont elle aurait dû faire le deuil des années plus tôt. Le temps était venu de se préparer à l'avenir – quelles que soient les menaces qui l'assombrissaient.

24

Nerveuse, Aislinn se tenait sur le seuil de la salle à manger. Ces derniers temps, elle dînait régulièrement avec Keenan. Parfois, certains de leurs sujets se joignaient à eux. Mais ce soir-là, ils seraient seuls.

« Choisissez d'être heureuse. » Les paroles que Siobhan avait prononcées quelques semaines plus tôt étaient devenues un mantra que la jeune reine se répétait sans relâche, tout en essayant de les mettre en pratique – *ne pas perdre espoir, cesser de s'apitoyer sur mon sort.* En pure perte.

Elle prit une profonde inspiration et entra. Keenan l'attendait, ce qui n'avait rien d'inhabituel. Elle savait qu'elle le trouverait là. En revanche, le décor avait changé : la pièce était remplie d'innombrables bougies, des cierges avaient été déposés dans des appliques placées sur les murs, et d'autres, plus énormes encore, sur des supports de bronze et d'argent.

Aislinn s'approcha de la table et se servit un verre de vin de l'été. La carafe était ancienne, et c'était la première fois qu'elle la voyait. Tandis qu'elle buvait à petites gorgées,

Keenan resta silencieux. Elle ne le regardait pas, contemplant plutôt les flammes des bougies, qui vacillaient au contact du courant d'air se faufilant sous la porte. Elle n'avait pas envie de se quereller avec Keenan, surtout qu'il était son seul repère ces derniers temps, mais elle avait besoin de savoir s'il lui avait caché beaucoup de choses. Aussi posa-t-elle la question qui la taraudait depuis le soir où Siobhan l'avait sermonnée :

– Savais-tu que Seth avait un talisman qui l'immunisait contre les charmes féeriques ?

– Je l'ai aperçu, oui.

– Je vois.

La jeune fille laissa le silence retomber, à dessein. Elle s'attendait à des excuses ou à des explications. Il se contenta de répondre :

– J'imagine que c'est Niall qui le lui a donné.

Les mains d'Aislinn serrèrent les rebords de son fauteuil, si fort qu'elle sentit des échardes de bois lui percer la peau.

– Pourquoi ne m'as-tu rien dit ?

– Je n'avais aucune envie de mentionner quoi que ce soit qui puisse t'éloigner davantage de moi. Tu le sais parfaitement. Je voulais que tu sois ma vraie reine. Tu as éprouvé le même élan, ajouta Keenan en venant se placer derrière elle. Acceptes-tu de me pardonner ? De lui pardonner à lui ? Et à toi-même ?

Des larmes coulaient sur les joues d'Aislinn.

– Je préférerais qu'on ne parle plus de tout ça.

Keenan ne lui fit pas remarquer que c'était elle qui avait abordé le sujet, et que son refus d'en discuter n'avancerait à rien.

– Pour l'instant, dit-il plutôt, je veux seulement t'aider à retrouver le sourire.

– Je sais, murmura-t-elle en prenant une serviette sur la table pour observer les éclats de soleil qui y étaient brodés, entrelacés à des lianes.

– Avec le temps, ce sera plus facile, poursuivit-il.

Depuis le départ de Seth, il la rassurait constamment. Elle acquiesça.

– Oui, mais pour le moment, c'est toujours aussi atroce. J'ai l'impression d'avoir tout perdu. Comme ce que tu ressentais chaque fois qu'une des Filles de l'Été refusait de passer l'épreuve... ou qu'une autre prenait le risque de devenir une Fille de l'Hiver. Chaque fois, tu perdais la partie.

– Jusqu'à ce que je te rencontre, répliqua-t-il avec réserve.

Un long silence embarrassé s'installa. Puis Keenan soupira.

– Cette conversation ne te rend pas plus heureuse, Aislinn.

– Ce n'est pas... l'aspect romantique des choses qui me manque le plus.

Elle marqua une pause – comment expliquer ce qu'elle éprouvait à un fé qui ne semblait jamais avoir eu de véritables amis ?

– Seth était avant tout mon meilleur ami. Il était le seul à qui je pouvais vraiment me confier... surtout quand Donia et toi... vous vous êtes mis à me pourchasser. Un ami ne part pas sans un mot, ajouta-t-elle, sentant bouillonner en elle tout ce qu'elle ne s'était pas autorisée à exprimer jusque-là. Ce n'est pas d'un petit ami dont j'ai besoin, ni d'un partenaire. Mais de *vrais* amis. Leslie est partie. Je ne peux pas parler de ma vie à mes autres copines. Donia, elle, m'a volontairement blessée... nous n'étions pas si proches, mais je croyais que c'était le début d'une amitié. Et à présent, Seth est parti. Mon confident...

– Et tu te sens seule, conclut Keenan en s'approchant d'elle, sans pour autant envahir son espace. Dans ce cas, laisse-moi être ton ami, pour de bon. C'est ce que tu m'as proposé quand tu es devenue ma reine. L'arrivée de l'été a un peu modifié la donne, mais... J'ai besoin que tu sois heureuse, Aislinn.

Elle hocha la tête, avant d'ajouter avec regret :

– Cela fait des semaines que je suis sans nouvelles. Je ne crois pas qu'il reviendra, mais je ne parviens pourtant pas à perdre espoir...

– Autorise-moi à être ton *ami*, Aislinn. Je ne te suggère rien d'autre pour l'instant. Nous verrons plus tard si notre relation évolue ou non. Pas de pression de ma part, je te le promets, dit-il en ouvrant les bras pour l'étreindre. Pour le moment, je serai là pour toi. Il nous faut avancer, plutôt que rester là à attendre et à se morfondre.

Elle se laissa enlacer, soupirant à la fois de plaisir et de remords ; il lui caressa les cheveux. Son soleil glissait le long de sa chevelure, si bien qu'au bout d'un instant elle se sentit langoureuse et apaisée, ce qui ne lui arrivait plus que très rarement.

– Tout va s'arranger, lui promit-il.

Aislinn n'était pas certaine qu'il disait vrai mais elle avait envie de le croire.

Le bonheur est un choix.

25

Un autre mois passa, durant lequel Aislinn resta sans nouvelles de Seth. L'été resplendissait. Les examens avaient eu lieu, mais la jeune fille ne s'en rendit compte qu'en découvrant que son diplôme l'attendait chez elle, un après-midi.

– Je suis désolée d'avoir manqué la cérémonie de remise, s'excusa-t-elle auprès de sa grand-mère. Si tu avais voulu, j'aurais...

– Pas de souci, ma chérie, répondit la vieille dame en tapotant le canapé.

Aislinn vint s'asseoir près d'elle, avec l'impression qu'à chacun de ses pas, elle traversait un air lourd, trop épais.

– Je fais de mon mieux, tu sais. J'ai parfois la sensation que le soleil m'étouffe. Et Seth...

– Ça te sera bientôt plus facile, d'être ainsi. Je ne peux pas te dire que je comprends, mais tu es plus forte que tu ne crois, la rassura sa grand-mère, prenant sa main dans la sienne. Ne l'oublie jamais.

Aislinn en doutait pourtant. Elle avait l'impression de

ramper hors de sa propre peau. Après sa longue somnolence sous le règne glacial et oppressant de Beira, la terre ne se contentait pas de s'étirer : elle s'efforçait de trouver des exutoires au trop-plein d'énergie accumulée durant des décennies, et Aislinn en était l'intermédiaire. Chaque aube la rapprochait davantage de celui qui contrôlait ce renouveau avec elle – son roi, son ami, celui qui n'était pas son amant. La façon dont elle suivait à la trace le moindre de ses gestes n'avait rien de logique, elle en avait conscience. Ce n'était pas même une attirance amoureuse. Mais un besoin, pur et simple. Cela était une gêne constante. Selon elle, le désir était indissociable de l'amour ; il en avait été ainsi avec Seth. Avec lui, elle avait éprouvé amitié, désir, confiance. Avec Keenan, il y avait de l'amitié et une certaine confiance, mais pas de véritable sentiment amoureux. Il manquait quelque chose.

Sa grand-mère demeurait silencieuse. Seul le tic-tac régulier du coucou accroché au mur résonnait dans le salon. Alors qu'Aislinn aurait dû se sentir apaisée, elle mourait d'envie de partir en courant. Partout où elle allait, elle éprouvait une tension à laquelle elle ne parvenait pas à échapper.

Sauf avec Keenan.

Puis sa grand-mère rompit le silence.

– Si Seth ne peut pas accepter ta nouvelle nature, c'est lui qui sort perdant.

– Non, c'est moi qui ai tout perdu, chuchota la jeune fille. Sans lui, plus rien n'a de sens.

– Mais ?

– Il est parti depuis deux mois, et Keenan...

– Il ne faut surtout pas se fier à Keenan, déclara la vieille dame d'une voix impassible, comme si elle ne voulait se permettre de le juger ouvertement.

– Parfois. Pas toujours.

– Il est rusé, malhonnête, mais il sera auprès de toi pour l'éternité... soupira sa grand-mère. Prends garde à ne pas trop t'abandonner à lui. Ni trop vite. Ne te laisse pas abuser par ce désir dû à l'été ou à ton chagrin. Désir et amour sont deux choses distinctes.

– Je n'ai pas cédé... répliqua Aislinn en détournant le regard. Il ne s'est rien passé. J'ai... seulement avec Seth.

– Tu ne serais pas la première à te retrouver dans le lit d'un autre par solitude ou chagrin, ma chérie. Cependant, si cela t'arrive, sois prête à en assumer les conséquences. Allez, il faut que tu manges un peu, ajouta-t-elle en se levant. Je ne peux pas tout arranger, mais j'ai au moins ce qu'il te faut dans le frigo.

– Et de bons conseils aussi.

Sa grand-mère sourit et indiqua la cuisine.

– Du caramel ou de la glace ?

– Les deux.

Plus tard ce soir-là, tandis qu'Aislinn regardait un film, blottie contre Keenan, elle repensa aux conseils de sa grand-mère. Son roi n'était pas malhonnête, pas toujours, et pas avec elle. Il se montrait impitoyable quand il s'agissait du bien-être de sa cour, mais il était aussi doux et prévenant. Elle l'avait observé quand il était en compagnie des Filles de l'Été. Il avait de l'affection pour elles, comme pour les hommes-sorbiers – pas seulement en tant que sujets, mais aussi en tant qu'individus. Il était aussi impulsif et frivole, et c'était l'essence même de l'Été.

C'est quelqu'un de bien. Pas en permanence, peut-être, mais pour un roi féerique, qui avait lutté depuis toujours pour obtenir la place qui lui revenait, il était remarquablement généreux. *Et il est toujours là pour moi.*

Aislinn appuya la tête contre son épaule et essaya de suivre le film. Ils restaient souvent ensemble, tard dans la nuit. Elle avait du mal à dormir et, quand elle n'était pas chez sa grand-mère, Keenan restait éveillé tant qu'elle l'était. Elle ne lui avait pas demandé s'il faisait aussi des nuits blanches quand elle n'était pas là. En tout cas, elle passait de plus en plus de temps au loft.

Sa grand-mère n'avait pas commenté ce changement. La vieille dame était consciente de l'énergie grandissante mais aussi du désespoir qui emplissait Aislinn à mesure que le Solstice approchait. « Tu dois rester là où tu te sens le plus en paix, ma chérie, avait dit sa grand-mère. Et ce n'est pas le cas chez moi. Reste à la cour. »

La présence de Keenan lui procurait des sentiments ambivalents : elle se sentait à la fois rassurée et pleine de nostalgie. Il gardait ses distances de façon marquée, la traitant avec sollicitude, sans pour autant la harceler. Ces heures passées devant le téléviseur étaient les seuls moments où il se montrait plus affectueux. Ils avaient déjà vu plus d'une dizaine de films.

Celui qu'ils regardaient cette fois s'intitulait *Once*[1] ; ce n'était ni une comédie ni un film d'action, plutôt une sorte

1. Film irlandais de John Carney (2007).

de romance : deux musiciens des rues tombaient amoureux l'un de l'autre alors qu'ils avaient déjà une vie ailleurs. La musique et le message, poignants, tombaient à point nommé : l'intrigue parlait forcément à Aislinn, lui rappelant qu'il y avait des limites à ne pas franchir sous peine de causer des torts irréparables autour de soi. *Le désir n'est pas une raison suffisante.*

Mais tandis que Keenan lui caressait machinalement les cheveux, elle n'avait pas l'impression que l'attirance physique était la seule chose qui les unissait.

La jeune fille dut s'assoupir, car lorsqu'elle regarda de nouveau l'écran, il était noir. Elle était étendue, la tête sur un oreiller posé sur les genoux de Keenan, qui continuait de lui caresser les cheveux.

– Désolée, dit-elle en clignant les yeux.

– Tu avais besoin de sommeil. Je suis honoré que tu me fasses assez confiance pour dormir ainsi.

Elle rougit, puis en fut gênée – en effet, la situation n'aurait pas dû l'embarrasser autant : avant que sa vie ne change, elle dormait souvent chez Carla, chez Rianne, voire chez Leslie. Et se réveiller auprès de Keenan – ou, plus précisément, *sur* lui – n'était pas si grave que ça. Elle jeta un coup d'œil vers la fenêtre. L'aube se levait. Il était donc resté ici pendant des heures, à veiller sur son sommeil...

Avant qu'elle puisse ajouter quoi que ce soit, Keenan se redressa et l'aida à se relever.

– Va te changer, lui dit-il.

– Pour quoi faire ?

– On va prendre le petit déjeuner ailleurs. Rendez-vous en bas dans quelques instants.

Puis il quitta la pièce, sans qu'elle ait le temps de lui avouer à quel point elle lui était reconnaissante – grâce à lui, elle s'était sentie suffisamment détendue pour se reposer un peu. Elle se rembrunit. La distance qu'il maintenait entre eux pendant la journée la mettait mal à l'aise. D'un certain côté, elle appréciait le fait qu'il tienne sa promesse de ne pas la harceler, mais d'un autre, elle se sentait coupable de ne pas lui céder. *Aurais-je pu l'aimer si je n'avais pas déjà donné mon cœur à Seth ?* se demanda-t-elle une fois de plus.

Ces questions, auxquelles s'ajoutaient doutes et inquiétudes, l'épuisaient. Mais la nuit de repos lui avait fait du bien, il n'était donc pas question de laisser ses préoccupations l'emporter de nouveau ; elle chassa ces pensées, puis se rendit dans sa chambre pour se préparer.

Keenan l'attendait dans la rue, devant la Thunderbird. Elle en fut surprise, car ils ne prenaient pas souvent la voiture. Il semblait nerveux.

– Pas de questions pour l'instant.

– D'accord.

Elle monta dans le véhicule et contempla le ciel qui s'éclaircissait, tandis qu'ils quittaient la ville. Ils se dirigeaient vers la campagne, où elle s'était parfois rendue lors de sorties scolaires ou d'excursions photographiques encore moins fréquentes – seulement quand sa grand-mère était convaincue qu'elle n'enfreindrait pas les règles édictées, destinées à la protéger des fés. À l'époque, ces voyages à travers une nature dangereuse, où le fer et l'acier étaient absents, étaient rares. À présent, elle y était en sécurité : la multitude de créatures féeriques qui rôdaient dans les champs ou les arbres n'était plus une menace pour Aislinn.

Keenan s'arrêta sur un terrain de graviers. Une vieille pancarte de bois, dont la peinture s'écaillait, annonçait : « VERGERS de PEG & JOHN ». De l'autre côté du vaste parking presque vide se déployaient de longues rangées de pommiers.

Jamais Aislinn n'avait vu autant d'arbres aussi sains. Même à cette distance, elle apercevait les pommes mûres qui s'accrochaient aux solides branches.

– C'est le verger où... commença-t-elle, sans savoir si elle avait envie de terminer cette phrase.

Mais Keenan n'hésita pas à répondre :

– Où j'ai déjà amené quelqu'un d'autre. Cependant, ajouta-t-il en prenant sa main dans la sienne, tu es la seule personne à venir ici qui sache ce que cet endroit représente pour moi. J'ai pensé qu'on pourrait y prendre notre petit déjeuner.

– On peut se promener un peu, avant ? Que je puisse découvrir le lieu ?

Elle se sentait intimidée. Ce qu'il lui offrait n'avait rien d'anodin – même si, entre eux, rien n'avait jamais été anodin. C'était son territoire intime. Et la conduire ici était un véritable cadeau.

Il lui lâcha la main et alla chercher une glacière dans la voiture. Puis il reprit la main de la jeune fille et, ensemble, ils traversèrent le parking. Le crissement du gravier sous les pieds d'Aislinn parut détonner dans le silence environnant.

Tout près, il y avait une pelouse. Une fille aux cheveux noirs, qui portait des lunettes de soleil, était assise derrière une table couverte de paniers, sur laquelle trônait aussi une vieille caisse enregistreuse. Elle dévisagea Keenan d'un air soupçonneux.

– Vous ne revenez pas si vite, d'habitude.

– Mon amie avait besoin de découvrir un endroit hors du commun.

La fille leva les yeux au ciel, puis leur montra les paniers.

– Servez-vous.

Keenan lui décocha un sourire éblouissant, sans que la fille se départît pour autant de son expression dédaigneuse. Cette méfiance instinctive plut à Aislinn. Un beau visage n'était pas forcément signe d'innocence et Keenan, en dépit de sa gentillesse, pouvait aussi se montrer impitoyable.

Aislinn lâcha la main du roi et prit un panier.

– Viens, lui dit-il en l'entraînant sous les branches chargées de fruits, à l'écart de tout.

Il ne me manque plus qu'un chaperon rouge. Toutes les terreurs de l'enfance refirent surface un bref instant : il était toujours risqué de s'aventurer dans des bois où les fés guettaient, à l'affût. C'était ce que sa grand-mère lui avait enseigné. Dans la version de sa grand-mère, le Petit Chaperon Rouge se retrouvait en danger parce qu'elle s'était éloignée de la ville et de la protection de l'acier. *Keenan est mon ami.* Elle repoussa ses craintes et se mit à observer les pommes.

Machinalement, comme si ce geste était le plus naturel du monde, elle reprit sa main.

Keenan ne dit rien. Elle l'imita. Ils marchèrent ainsi entre les arbres – ces mêmes arbres dont il avait essayé de prendre soin quand l'hiver dominait la terre.

Ils s'arrêtèrent dans une petite clairière. Keenan posa la

glacière et lâcha la main d'Aislinn. Elle s'assit dans l'herbe, sous un arbre, et le dévisagea. Il prit place à côté d'elle, suffisamment près pour qu'elle ait naturellement envie de le toucher. À cette idée, elle frissonna. Depuis qu'il ne lui tenait plus la main, la chaleur qu'ils s'étaient échangée avait reculé.

– Pendant des années, je suis venu ici quand j'avais besoin d'un endroit bien à moi, dit-il, l'air perdu, tandis que des nuages clignotaient dans ses yeux. Je me souviens de l'époque où il n'y avait que des arbrisseaux. Les mortels étaient bien décidés à les voir grandir.

– Tu les as donc aidés.

Il acquiesça.

– Parfois, il suffit d'un peu d'attention et de temps pour que tout s'épanouisse.

Voyant qu'elle ne répondait pas, il ajouta :

– J'ai réfléchi, la nuit dernière. À ce que tu m'avais dit... avant que je t'embrasse.

Aislinn se raidit.

– Tu veux que nous soyons totalement francs l'un envers l'autre, reprit-il. Si nous voulons vraiment être amis, c'est nécessaire. Demande-moi tout ce que tu veux.

Du bout des doigts, il effleura l'herbe. De minuscules violettes sortirent de terre.

– Tout ce que je veux ?

Elle passa à son tour la main dans l'herbe, se réjouissant de sa vigueur. Le sol était fertile, les végétaux étaient robustes. Sous eux, elle sentait les ramifications que formaient les racines. Que pouvait-elle bien lui demander qu'elle ne sache pas déjà ?

– Parle-moi de Moira. Tu es le seul à pouvoir me répondre, à l'exception de ma grand-mère.

– Elle était belle, mais elle ne m'appréciait pas. Toutes les autres jeunes filles, ou presque, rectifia-t-il avec un large sourire, étaient malléables, impatientes de tomber amoureuses. Contrairement à elle. Moi, j'avais des sentiments pour chacune d'elles. J'en ai encore.

– Mais ?

– Il me fallait devenir ce qu'elles désiraient pour les inciter à m'aimer. Parfois, je devais adopter leurs modes, connaître les danses ou les poètes de l'époque, me mettre à certains passe-temps, comme l'origami... Découvrir leurs goûts et m'y adapter.

– Pourquoi ne pas avoir été toi-même ?

– J'ai essayé, de temps en temps. Avec Donia... commença-t-il. Elle était différente. Mais revenons à ta mère. Moira était intelligente. À présent, je sais qu'elle connaissait ma *vraie* nature, je n'en étais pourtant pas conscient à l'époque.

– As-tu... Je sais que tu les séduisais... mais... est-ce que...

Elle rougit. Demander à son roi, son ami – *ou peut-être un peu plus que ça* – s'il avait couché avec sa mère était forcément bizarre.

– Non. Jamais je n'ai touché aux Filles de l'Été quand elles étaient encore des mortelles, reconnut-il en détournant le regard, apparemment aussi mal à l'aise qu'elle sur ce sujet. Je n'ai jamais couché avec une mortelle. J'en ai embrassé certaines... mais pas elle, pas Moira. Dès le début, elle m'a traité avec mépris. Charmes, cadeaux, promesses... rien n'y faisait.

– Oh.

– Elle était un peu comme toi, Aislinn. Forte. Intelligente. Et je la terrifiais : elle me regardait comme si j'avais été un monstre. Par conséquent, quand elle s'est enfuie, je n'ai pas pu la suivre. Je savais qu'elle reviendrait, une fois transformée en Fille de l'Été. J'avais compris qu'elle refuserait de passer l'épreuve. Aussi l'ai-je laissée partir.

– Et ensuite ? Tu as attendu ?

– Une fois que j'avais jeté mon dévolu sur une jeune fille, il m'était impossible de défaire ce choix, répondit Keenan, le visage soudain attristé. Je la savais hors du commun. Exactement comme toi. Quand j'ai compris que tu étais l'Élue, je me suis demandé si elle aurait pu être ma reine...

– Moi aussi, je me suis posé la question. Je me suis aussi demandé si j'étais ainsi parce qu'elle avait déjà entamé sa métamorphose quand je suis née.

Elle se rendit compte qu'ils chuchotaient, quand bien même les fés qu'ils avaient aperçus dans le verger se trouvaient hors de portée de voix.

– Si j'avais agi différemment, les choses ne se seraient peut-être pas déroulées ainsi. Si j'avais su qu'elle était enceinte, tu aurais grandi à la cour. Tu ne m'aurais pas résisté si nous t'avions élevée, car tu n'aurais pas été si proche du monde des mortels.

Elle savait exactement à quoi il faisait référence. Pourtant, elle était persuadée que sa vie n'aurait pas été meilleure si elle n'avait pas été autrefois mortelle. Son histoire avec Seth était la plus belle chose qui lui soit arrivée, et l'amour qu'il lui portait était le seul amour véritable qu'elle connaîtrait jamais. Aislinn ne regrettait rien, même si son cœur saignait à présent. Évidemment, mieux valait éviter de le dire au fé auprès duquel elle devait rester pour l'éternité.

– Je suis contente que tu ne l'aies pas su, se contenta-t-elle de répondre.

– Cette année-là, alors que Moira avait fui, enceinte de toi, j'ai passé tout mon temps libre à essayer de convaincre Donia de me pardonner, reprit-il d'une voix mélancolique. Certains soirs, elle daignait me tenir compagnie. Nous sommes allés ensemble à des fêtes... et...

– Est-ce que ça devient plus facile ?

– Quoi donc ? demanda-t-il en la fixant du regard.

– De perdre quelqu'un qu'on aime.

– Non, répliqua-t-il en détournant le regard. Je croyais qu'à force d'être rejeté, j'arrêterais d'en souffrir. En réalité, c'est moi qui ai fini par la rejeter, ce qui fait plus mal encore. J'imaginais que nous avions quelques années devant nous... Seth est parti, Ash, et je ne peux pas être loin de toi. Tu es ma reine : je suis attiré vers toi, inexorablement. Si je pouvais te rendre ta liberté et faire de Donia ma reine, je n'hésiterais pas un instant, mais j'en suis incapable. Et le jour où toi et moi pourrons devenir davantage que des amis, je serai là, à tes côtés.

– Et Donia...

– Je n'ai pas envie d'en discuter pour l'instant. D'accord ? J'ai besoin de temps.

– Si je comprends bien, il faut que nous tâchions d'être heureux en nous contentant de ce que nous avons.

Elle n'éprouvait aucun amour pour lui, mais de l'amitié, c'était certain. Et du désir. Elle pouvait se convaincre que cela suffisait. Si cela devait constituer son avenir, elle y parviendrait. Aimer était synonyme de souffrance. Choisir un ami présentait moins de risque. Elle était peut-être calculatrice, cherchait à protéger son cœur, mais sa décision n'était pas seulement égoïste, elle était aussi dictée par le bon sens : sa cour en deviendrait plus puissante. Elle refusait de tomber de nouveau amoureuse – ce qu'elle ne pouvait dire à Keenan. *Comment avouer à quelqu'un qu'on n'a pas envie de l'aimer, même si on doit passer des siècles près de lui ?* Keenan méritait mieux que ça.

Ils reprirent leur conversation, parlèrent de leurs fés, de la vie de leur cour, échangèrent des histoires qui leur étaient arrivées, en toute simplicité.

– Ne bouge pas, je reviens ! s'exclama soudain Keenan, qui disparut aussitôt.

Elle s'appuya contre l'arbre, se sentant pour une fois comblée, en paix avec le monde environnant.

Quand il fut de retour, il avait des pommes plein les mains.

– L'autre jour, elles étaient presque mûres. Je savais qu'elles seraient à point. Goûte, lui dit-il en s'agenouillant près d'elle et en lui tendant un fruit.

Elle hésita un instant, puis, sans la prendre, mordit dans la pomme sucrée et juteuse. Il avait réussi à redonner suffisamment de robustesse à ces arbres pour qu'ils puissent porter des fruits, même lorsque le monde était encore emprisonné sous la glace. Quelques gouttes de jus coulèrent sur le menton d'Aislinn. Elle éclata de rire.

– C'est parfait ! s'exclama-t-elle.

Du pouce, Keenan effleura sa peau et porta à sa bouche son doigt couvert de jus.

– Ça pourrait l'être, répliqua-t-il.

En effet, ça n'est pas le cas. Rien de tout cela n'était réel. Ça ne suffisait pas. *Personne ne peut remplacer Seth.*

Elle s'écarta de Keenan, refusant de voir la lueur peinée qui assombrit soudain ses yeux.

26

Niall se tenait dans le salon de la Reine de la Haute Cour, menaçant. Des ombres irradiaient de lui, pareilles à des brins de ténèbres sortant d'une étoile noire. Il ne bougeait pas, même si ses poings serrés trahissaient ouvertement son désir de frapper.

– Tu as commis une erreur, Sorcha.

Lentement, plus lentement qu'elle ne l'aurait fait avec tout autre fé – à l'exception de Bananach – la reine traversa la pièce pour s'arrêter devant lui ; si près que l'ourlet de sa jupe couvrait les bottes de Niall.

– Je ne commets jamais d'erreurs. Je fais des choix raisonnables. Et j'ai choisi qu'il m'appartienne.

– Tu n'avais pas le droit de te l'approprier, rétorqua le Roi des Ténèbres.

Il la saisit par les poignets. Ses créatures des Abîmes se mirent à tournoyer autour de lui, avant de se consumer en langues de feu obscures.

– Les autres cours te laissent peut-être t'emparer des mortels qui ont la Vue sans réagir. Mais je me battrai pour récupérer celui-ci. Je ne permettrai pas que tu accapares les demi-fés ou les mortels dotés de la Vue que je suis censé protéger.

– Tu viens me trouver en Terre Féerique en osant me dicter ma conduite, Niall. Est-ce vraiment sage de ta part ? Ici, seule importe ma volonté.

Autour d'eux, la pièce s'évanouit et céda la place à une vaste étendue de prairies.

– Peut-être as-tu besoin qu'on te rappelle qu'autrefois, ma cour était égale à la tienne en Terre Féerique.

Il braqua ses yeux par terre, tout près de Sorcha, et se concentra : un miroir d'obsidienne et d'ombres solidifiées parut surgir du sol. Niall sourit de plaisir. Ça n'était pas grand-chose, mais au moins, il avait réussi.

– Je suis peut-être un débutant, poursuivit-il d'une voix dont le rythme se fit captivant. Mais je t'ai jadis longuement observée. J'ai appris nombre de tes secrets, que je n'ai jamais révélés.

– Est-ce une menace ? fit Sorcha.

– S'il faut en arriver là, oui, répondit-il avec un haussement d'épaules. Je peux faire venir ma cour ici. Et récupérer ce mortel. Le Roi des Ténèbres a lui aussi le droit de régner en Terre Féerique.

– Ce serait déraisonnable, rétorqua-t-elle avant de pousser un soupir qui mit le décor en mouvement autour d'eux. Si tu te dressais contre moi, je t'anéantirais sans peine. Tu es aussi vulnérable qu'un nouveau-né.

– Il existe des gens qui valent qu'on se batte pour eux.

– Nous sommes en partie d'accord sur ce point : Seth est précieux. Mais t'en prendre à moi n'est pas la bonne solution.

Elle agita la main. Ils se retrouvèrent dans un temple austère. Le miroir d'obsidienne de Niall était flanqué de deux colonnes sculptées. Derrière Sorcha se dressait un autel où s'empilaient des cadavres ensanglantés.

– Que comptes-tu imprudemment offrir à Bananach ? Ta confiance ? Tu viens dans mon royaume et tu te comportes avec impertinence. Pourquoi crois-tu qu'elle l'a conduit jusqu'ici ? Elle l'a sacrifié pour qu'éclate la guerre qu'elle désire.

– Seth n'est pas un sacrifice. Il n'est pas une chose dont on use à l'envi.

– Je sais, chuchota Sorcha, non parce qu'elle avait peur, mais parce qu'elle dévoilait rarement ses secrets avec légèreté. Je le protégerai. Tu aurais dû le comprendre si tu y avais un tant soit peu réfléchi. Si Bananach – *ou n'importe qui d'autre* – s'en prenait à lui, cela reviendrait à m'attaquer, moi.

À cet aveu, la colère de Niall s'estompa.

– Ash... Aislinn ignore qu'il est ici. Pour le moment. Si elle en était informée, elle viendrait te trouver.

– Son roi ne le lui dira pas. Cette responsabilité n'est pas la mienne, et cela ne servirait pas mes intérêts. Ce n'est pas la tienne non plus. Sinon, tu l'aurais déjà mise au courant.

Elle lui tendit la main. Niall, en gentleman, l'accepta et la glissa au creux de son bras.

– Quel jeu est donc le tien, Sorcha ?

– Celui auquel j'ai joué toute ma vie, Gancanagh.

Niall resta un instant silencieux. Il finit par se tourner vers elle.

– Je veux voir Seth. J'ai besoin qu'il me dise lui-même s'il va bien.

– Comme tu voudras. Il se repose depuis quelques jours. Quand je l'estimerai prêt, tu pourras peut-être le voir, mais pas avant. Il est de mon devoir de le protéger.

– Que lui as-tu fait ?

– Ce qu'il fallait, Niall. J'agis toujours ainsi.

Leurs cours s'opposaient depuis toujours mais cela ne faisait pas d'eux de véritables ennemis. Tout était question d'équilibre. Parfois, Sorcha avait peut-être même faussé la balance pour que la Cour des Ténèbres obtienne de quoi être rassasiée – pas au point de devenir trop vigoureuse, évidemment, mais suffisamment pour jouer son rôle, selon les besoins de la Terre Féerique. Elle n'était pas leur souveraine quand ils se trouvaient dans le monde des mortels, mais elle restait la Reine Immuable.

– A-t-il prêté serment de son plein gré ?

Il y avait tant d'espoir dans la voix de Niall qu'elle regretta presque de ne pouvoir lui mentir.

– Oui. Je ne tente ni ne trompe autrui, contrairement à toi.

– Jamais je n'ai essayé de te tromper, Sorcha. Même lorsque je croyais que tu étais la réponse à mes problèmes.

– Quel dommage, murmura-t-elle avant de le quitter, sachant qu'il se débrouillerait pour retrouver ses appartements.

Il était digne d'être roi, selon elle, capable de redonner sa puissance à la Cour des Ténèbres. Mais il n'était pas une menace pour la Haute Cour. *Pas encore.* En temps voulu, il le deviendrait. Pour l'instant, Niall n'était pas ici en tant que souverain, mais en tant qu'ami de Seth, ce qui signifiait qu'il ne s'en prendrait pas aux sujets de Sorcha et qu'il n'abuserait pas de sa bonne volonté durant sa visite.

Lorsque Seth se réveilla et vit que sa reine se trouvait dans sa chambre, il éprouva d'instinct de la gratitude : elle l'avait sauvé de sa mortalité en lui faisant un don au-delà de toute espérance. Tout ce qu'il pourrait accomplir pour la payer en retour ne suffirait pas.

Elle lui tournait le dos, les yeux braqués sur le jardin, puis s'étira, comme si elle avait mal dormi. *Pourquoi reste-t-elle debout ?* se demanda-t-il tout en apercevant le fauteuil tendu de vert placé près de la baie vitrée.

Sorcha ouvrit la porte-fenêtre et tendit la main à l'extérieur pour arracher plusieurs petites fleurs.

– Tu es resté inconscient pendant six jours, déclara-t-elle. Ton corps avait certains changements à accepter. Mieux valait que tu sois endormi.

Il s'étira à son tour. Il se sentait presque aussi mal en point que le jour où il s'était réveillé à l'hôpital, après que la précédente Reine de l'Hiver avait failli le tuer. Il avait des courbatures, était affaibli et surpris d'avoir autant dormi.

– Je ne suis plus seulement un mortel, à présent ?

Sorcha sourit.

– Tu n'as jamais été « seulement un mortel », Seth Morgan. Mais une anomalie.

Il fronça un sourcil et s'aperçut qu'un intense mal de tête était en train de croître de seconde en seconde sous son crâne.

– J'étais mortel.

– Oui, mais tu ne rends pas compte de l'importance que tu as.

– C'est-à-dire ?

Elle s'approcha et prit un gant de toilette qui se trouvait dans une bassine, près de son lit. Il crut d'abord qu'elle allait lui essuyer le visage, mais elle se contenta de le lui tendre.

– Le froid te fera du bien.

Il posa le gant sur ses yeux. Il dégageait une odeur mentholée.

– Est-ce que je me sentirai aussi mal les mois où je serai mortel ?

– Non, répondit-elle d'une voix douce. Mais ton corps essaie d'assimiler l'énergie nouvelle qui est blottie au fond de toi. Tes sens seront exacerbés. Tes talents surprenants. Les savoirs que la plupart des fés possèdent à la naissance sont en train d'être tissés dans ton inconscient. Si tu devais rester ici toujours, sans avoir à repartir dans le monde des mortels, le processus serait plus lent mais tu souffrirais moins.

– Tissés ?

– Avec quelques fils empruntés à la lumière étoilée d'Olivia. Cela accélère la transformation, même si c'est un peu douloureux.

Il souleva le gant pour lui jeter un coup d'œil.

– Un peu ? ironisa-t-il.

Elle était de nouveau près de la fenêtre, en train de déchiqueter les petites fleurs.

– Et l'essence féerique que tu as reçue est plus puissante que d'ordinaire. Cela rend ces modifications plus éprouvantes... J'ai fait ce que j'ai pu pour apaiser la douleur.

Le ton de sa voix était différent. Son expression restait neutre, pareille à celle d'une statue, mais elle paraissait vulnérable. *Fragile.*

Seth s'assit et dévisagea sa nouvelle reine.

– Tu as exaucé mon désir le plus cher. Grâce à toi, je peux être avec Ash. Je pourrai aider Niall. Et survivre dans leur monde.

La Reine de la Haute Cour acquiesça. Elle parut rassérénée.

– Rares seront les fés capables de représenter une menace pour toi. J'ai fait en sorte qu'il en soit ainsi.

– Pourquoi ?

– Parce que tel était mon désir.

– D'accord... Donc, le mois durant lequel je suis censé vivre ici... Est-ce que les premiers jours après mon arrivée et ceux que j'ai passés à dormir comptent ?

Seth aurait préféré ne pas aborder ce sujet, mais il mourait d'envie de revoir Aislinn.

– Oui, répondit Sorcha en versant de l'eau bouillante sur les fleurs, qu'elle avait déposées dans une tasse.

– Ainsi, il ne me reste plus que dix-huit jours avant de pouvoir rentrer ?

Il sortit du lit. La reine se retourna et se hâta de lui lancer un peignoir – sa pudeur amusa le jeune homme.

– Oui. Tiens, bois, ajouta-t-elle en lui tendant la tasse.

Aucune hésitation ne lui traversa l'esprit. Il en était incapable. Sa reine lui avait donné un ordre : il obtempérait. Il avala l'affreux breuvage et se rembrunit.

– Cette chose... je ne... je n'ai pas pu refuser.

– Tu es à *moi*, Seth Morgan, dit-elle avec un sourire. Tu me donnerais ton cœur si je l'exigeais.

Je suis à elle. Il avait observé le comportement qu'adoptaient Niall, Aislinn, Donia et Keenan avec leurs sujets. Mais Sorcha était différente. Quand il lui avait juré fidélité, il n'avait pas imaginé que ce puisse être ainsi. *Est-ce parce que nous sommes en Terre Féerique ?*

– Je ne savais pas, répondit-il, l'air sombre.

Elle s'éloigna de nouveau vers la fenêtre.

– Je possède ton libre arbitre, ton corps, ton âme. Si tu l'avais su, aurais-tu malgré tout prêté serment ?

– Oui, reconnut-il.

Sorcha acquiesça puis sortit dans le jardin. Elle ne demanda pas à Seth de la suivre, car elle savait qu'il le ferait de lui-même.

Sa tasse à la main, pieds nus, vêtu d'un pantalon de pyjama et d'un peignoir, il lui emboîta le pas sans hésiter. Elle était sa reine : seule comptait sa volonté. Il dut accélérer l'allure pour la rattraper.

– Dans ce cas, que suis-je ? Ton animal domestique ? Ton serviteur ?

Sorcha parut surprise.

– Je n'ai pas d'animaux de compagnie. La Terre Féerique n'est pas aussi corrompue qu'elle le paraît, vue de l'extérieur. Ma cour est civilisée.

– Je t'appartiens. En quoi cela est-il civilisé ? demanda-t-il avant de boire une gorgée de son infusion. Les autres souverains ne fonctionnent pas ainsi.

– Ah ? s'étonna-t-elle en faisant la moue. Je suis différente, voilà tout. *Nous* sommes différents.

– Mais une fois dans le monde des mortels, je serai un fé, c'est certain ?

Il avait soudain besoin d'en avoir de nouveau la confirmation – le fait qu'elle puisse ainsi le spolier de son libre arbitre lui était tellement étrange.

– Oui. Un fé puissant. Que très peu d'autres fés seront capables d'affronter. Tu es *différent*, en effet, mais tu es bel et bien un fé.

Elle détourna les yeux du jeune homme et les posa sur un banc qui paraissait sculpté dans de l'ivoire, entouré de minuscules insectes étincelants qui ressemblaient à des lucioles. Ils décrivirent un arc tournoyant puis s'envolèrent.

– D'accord. Ici, je suis un mortel. Mais que suis-je censé faire ? Juste me prélasser ?

Il espérait qu'il n'allait pas se mettre à parler aussi bizarrement que nombre de fés qu'il connaissait – converser avec eux était horripilant et Sorcha ne dérogeait pas à la règle. Elle lui décocha un autre regard patient, comme s'il se montrait capricieux.

– Tu feras ce que les mortels ont toujours fait pour nous : créer.

– Créer ?

– L'art. La musique. La poésie, expliqua-t-elle en caressant négligemment le banc, dont les motifs se métamorphosaient au contact de ses doigts. Tu disposes de tout ce dont tu as besoin ici. Quel que soit le moyen d'expression que tu choisisses. Cherche l'inspiration et crée une œuvre stupéfiante. Pour moi.

– C'est donc le prix à payer pour être immortel ? Passer quelques semaines en Terre Féerique, à faire ce que j'ai toujours aimé ?

Elle lui jeta un coup d'œil calculateur que le jeune homme avait déjà vu les autres reines afficher.

– À une condition. Ne me déçois pas. Je veux que ta création soit empreinte de passion. Sinon, tu resteras ici.

– Non, protesta Seth, piqué au vif, en avançant vers elle. Un mois par an. C'est le marché que nous avons passé.

– Un mois en tant que loyal sujet, voilà le marché que nous avons conclu. Si tu désires me servir, il te faudra m'offrir ton art. Rien de superficiel. De l'art véritable. De la passion. Maintenant, repose-toi, Seth, ajouta-t-elle d'une voix plus douce. Je reviendrai demain.

Elle lui cachait des choses, il en était convaincu. Mais avant qu'il puisse l'interroger de nouveau, une porte s'ouvrit dans un mur de pierre grise situé à l'autre bout du sentier. Devlin pénétra dans le jardin.

Sorcha sourit tristement, ce qui déconcerta Seth.

– Un mortel ne devrait pas être aussi autonome et influent que tu l'as été. Trois des quatre cours ont été affectées par tes désirs. Il faut restaurer l'équilibre. Ta présence est contre nature et tu dois donc être neutralisé, d'une manière ou d'autre autre. Dans l'intérêt de tous.

Seth regarda tour à tour la reine et Devlin ; il réprima un frisson. Il avait cru que les pires des créatures féeriques appartenaient à la cour de Niall, mais tandis qu'il contemplait le visage placide de Devlin, il devina qu'il s'était peut-être trompé. *Les vrais monstres n'en ont pas toujours l'apparence.*

Devlin fit signe au jeune homme de passer devant lui, en direction de la porte. Seth obéit, tout en se demandant jusqu'où le laquais de Sorcha serait capable d'aller pour neutraliser un individu qu'elle déclarait « contre nature ».

27

Le lendemain, et les trois jours qui suivirent, Sorcha rendit de nouveau visite à Seth. Elle resta des heures auprès de lui, tandis qu'il travaillait. Ils parlèrent de la vie en général, des rêves, d'art et de philosophie, de la musique qu'il aimait et des pièces de théâtre qu'elle avait vues. Ils se promenaient dans le jardin et, parfois, elle se contentait de rester assise en silence, à méditer ou à lire pendant qu'il peignait ou dessinait. Seth ne pouvait plus s'imaginer loin d'elle. Si Aislinn ne lui manquait pas autant, il aurait pu séjourner en Terre Féerique sans que cela le gêne. Dans le monde extérieur, il n'avait pas de véritable but, ni de projet, ni de famille. Il vivait seulement pour Aislinn. Mais chez Sorcha, il existait pour l'art. Il se sentait enfin lui-même, apaisé, déterminé : ce qu'il n'avait plus éprouvé depuis longtemps. Il avait souhaité devenir immortel, mais ce qu'il avait obtenu était beaucoup plus précieux encore.

Du bonheur. De la paix. Un chez-moi. Tout cela était bien entendu teinté d'un manque sans fin pour Aislinn, mais aussi d'un nouveau chagrin à l'idée de devoir se séparer de Sorcha à la fin du mois. Sa métamorphose lui avait apporté tout ce qu'il désirait – et d'autres bienfaits qu'il n'avait jamais rêvé posséder un jour.

La perspective de quitter la Terre Féerique le terrifiait.

Seth canalisait ses émotions, ses craintes et ses désirs à travers son art. Il avait surtout peint. La pièce était jonchée de toiles à moitié achevées. Il essayait aussi de travailler les métaux qu'on lui avait procurés. Il avait terminé quelques œuvres correctes, sans plus. Mais aucune création qui soit digne d'elle.

– Seth ? demanda Sorcha, qui s'était approchée de lui. Tu es d'accord pour faire une pause aujourd'hui ?

– Pour quelle raison ?

Elle sourit et essuya un peu de peinture qui maculait son visage.

– Tu as de la visite, mon cher.

De la visite. Il ne pouvait quitter la Terre Féerique, mais il avait le droit d'avoir des invités si sa reine l'autorisait.

– De la visite ? demanda-t-il, le cœur battant à tout rompre. Ash ? Elle est ici ?

– Non, pas elle, répondit Sorcha, l'air presque attristé.

Le Roi des Ténèbres apparut soudain derrière Sorcha.

– Je vois que tu as complètement ignoré mes conseils, déclara-t-il.

Seth le serra dans ses bras. Hormis revoir Aislinn, rien ne pouvait lui faire davantage plaisir que de retrouver Niall. Il recula un peu.

– Tu avais tort, répliqua le jeune homme.

Niall se mit à rire.

– Déjà plus arrogant... Tu as passé trop de temps dans une cour qui ne te convient pas, petit frère.

La reine, qui paraissait nerveuse, se détendit légèrement.

– Je te laisse avec Niall, dit-elle. Ensuite, tu me retrouveras dans la salle à manger.

Puis elle se tourna vers le Roi des Ténèbres.

– Reviens me voir quand tu seras prêt à discuter des autres sujets qui nous intéressent. Peut-être pourrons-nous parler de nos regrets respectifs...

Sur ce, elle se dirigea vers la sortie. Seth ne put s'empêcher de la contempler et de compter les battements de cœur entre chacun des mouvements de la reine. Il avait déjà remarqué leur régularité constante. Le rythme de ses gestes était la perfection même. Quand sa main se leva pour saisir la poignée de la porte, elle décrivit le même mouvement qu'à l'ordinaire, immuable. Cependant, ce jour-là, elle hésita l'espace d'une seconde sur plusieurs pas : sa cadence s'était faite imprécise.

– Elle est troublée, déclara-t-il une fois qu'elle fut sortie.

– Que racontes-tu ? s'étonna Niall.

Seth fit part de ses observations à son ami.

– C'est comme une musique, ajouta-t-il. Et sa chanson s'est légèrement modifiée. Tu la déstabilises.

Niall regarda la porte par laquelle Sorcha était sortie. De petites danseuses scintillèrent dans ses yeux et parurent bondir en avant, comme si elles cherchaient à poursuivre la Reine de la Haute Cour.

– Mon antipathie est instinctive.

– Elle serait peut-être ravie que tu lui prêtes un peu plus d'attention. Et alors...

– Je ne sais pas si tu t'en rends compte, mais la dévotion que tu lui voues fait froid dans le dos, l'interrompit Niall en secouant la tête.

Seth se mordit la lèvre et réfléchit un instant avant de répondre.

– Mon meilleur ami règne sur une cour de cauchemars. Ma petite amie incarne une *saison*. En comparaison, je ne crois pas que ma dévotion soit si effrayante. Grâce à Sorcha, je me sens en paix. Et j'aime ça.

– As-tu mesuré les conséquences de tes actes ?

– J'ai fait le bon choix. C'est ce que je désire.

– Espérons que tu ne changeras pas d'avis d'ici à quelque temps.

Seth ouvrit la baie vitrée donnant sur le jardin.

– Viens.

Niall le suivit.

– J'ai trouvé une autre forme d'apaisement à la cour de Sorcha, reprit le jeune homme. Cela m'avait demandé des années de méditation pour atteindre le calme nécessaire, et j'avais l'impression de le perdre chaque fois que je voyais grandir l'influence de Keenan... Mais ici, en un instant, une promesse a suffi pour que j'éprouve une paix véritable. Si je passe un mois par an avec elle, j'aurai tout ce que je désire. À l'extérieur, je serai un fé, avec mes forces et mes faiblesses. Et je pourrai rester près d'Aislinn pour l'éternité. Je serai près de toi aussi. Tu comprends ? Tout est parfait.

– À l'exception du mois où tu dois rester ici. Rentre avec moi. Tu es sous ma protection et... ma cour est celle qui équilibre les pouvoirs. Nous pouvons te ramener chez toi maintenant.

– Je suis ici chez moi, Niall. Bien sûr, Ash me manque, mais... Comment se fait-il que tu saches que je suis ici et pas elle ? s'étonna-t-il soudain.

– Seth... commença Niall avant de baisser les yeux.

– Quoi ?

– Keenan ne le lui a pas dit. Il est au courant. Tout le monde l'est.

– Sauf Aislinn.

Seth ravala la colère et la peur qui montaient en lui. Il n'aurait servi à rien de paniquer. Il était en Terre Féerique. En paix. Et Aislinn serait avec lui pour l'éternité.

– Rentre à la maison, répéta Niall. Nous irons la voir.

– Keenan profite déjà de mon absence, comprit Seth, en formulant ce que Niall n'osait pas avouer. Alors que je ne suis là que depuis quelques jours. Un mois passé ici ne va pas tout changer.

Devlin apparut sur le sentier, devant eux.

– Montre-toi prudent, Niall. Sorcha t'en voudra si tu révèles ce que tu es censé garder pour toi. Quant à toi, ajouta-t-il en se tournant vers Seth, Sorcha exige que tu cesses cette discussion.

– Je crois qu'on devrait parler d'autre chose, dit alors le jeune homme à Niall.

– Est-ce vraiment ce que *tu* veux ? répliqua le Roi des Ténèbres en jetant un coup d'œil courroucé à Devlin. Réfléchis, Seth. Tu peux *choisir* de résister aux désirs de Sorcha. C'est difficile, avec elle. Surtout en Terre Féerique, mais je suis certain que tu en es capable...

– Elle est ma reine, Niall. Et ses désirs sont les miens. Elle m'a tout donné.

– Te rends-tu compte à quel point tu es devenu effrayant ? Tu es mon ami, Seth, mais là, tu sonnes creux, comme un fantôme.

– Non, protesta Seth en haussant les épaules. Je suis seulement... apaisé.

– Il vaudrait mieux que je parte.

– Oui, tu as raison. J'ai du travail qui m'attend et bizarrement, elle est assez possessive. Tu peux emprunter cette sortie, ajouta-t-il en indiquant une porte au loin, cachée derrière des buissons d'épineux.

– Fais attention à toi.

– Mais oui. Je suis heureux, ici. Elle possède de vastes connaissances. Et tout est si logique quand c'est elle qui les explique.

Il repensa aux conversations qu'ils avaient eues, tard dans la nuit, en déambulant dans le jardin. La philosophie, la religion, tout lui paraissait limpide quand il en parlait avec sa reine. Puis, débordant de passion et d'envie de créer, il retournait dans l'atelier qu'elle lui avait octroyé et se mettait au travail jusqu'à l'épuisement.

– Plus tard, reprit Niall, quand tu seras loin de Sorcha, il faudra qu'on bavarde, toi et moi. Viens me voir quand tu seras de retour chez toi, d'accord ? Tu vas revenir, j'espère ?

– Oui, bien sûr. Aislinn est de l'autre côté du voile, répondit Seth en serrant le bras de son ami. Mais j'aborderai seulement les sujets que Sorcha m'autorisera à aborder. Même quand je ne serai plus ici, je resterai fidèle à mon serment.

– Voyons-nous quand tu seras rentré, insista Niall. Et quand tu auras repris tes esprits.

Puis il s'éloigna.

Seth poursuivit sa promenade pendant quelques instants, puis retourna à ses œuvres. Il avait déjà passé un peu plus de deux semaines en Terre Féerique. Bientôt, il reverrait Aislinn.

28

Plus de quatre mois avaient passé depuis la disparition de Seth. Il n'avait pas essayé d'appeler, n'avait laissé aucun message, et personne n'avait de nouvelles de Niall non plus. Les escarmouches entre l'Été et l'Hiver étaient de plus en plus nombreuses. Les Fés des Ténèbres attaquaient fréquemment ceux de l'Été, dont la vulnérabilité grandissait : Aislinn était incapable de progresser. Choisir le bonheur était plus facile à dire qu'à faire. Sa relation avec Keenan stagnait et leur peuple en subissait les conséquences.

Ce jour-là, ils étaient assis côte à côte dans leur bureau tandis que les gardes venaient leur rendre compte des incidents survenus autour de Huntsdale et dans les régions avoisinantes.

– Les Ly Ergs se montrent de plus en plus effrontés, expliqua une glaistig.

La fée aux pieds fourchus ne semblait pas s'en formaliser – elle et ses compagnes étaient des mercenaires et passaient d'une cour à l'autre, se faisant embaucher lorsqu'on avait besoin de leurs services, ou bien vivant en solitaire le reste du temps.

Keenan hocha la tête.

Aislinn adopta le masque impassible qu'elle revêtait souvent pour dissimuler son inquiétude. Près d'elle, Keenan lui serra la main, lui transmettant un peu de son soleil. *C'est un réconfort, mais ça ne suffit pas.* Il la laissait tranquille quand les gardes venaient au rapport, ne l'obligeant pas à prendre la parole – comme si elle était fragile. *Je le suis.* Certains jours, elle avait en effet l'impression d'être en verre, si vulnérable qu'elle aurait pu se briser au moindre mouvement.

Ce fut au tour de Quinn de déclarer :

– Des gardes ont profité de l'absence de Bananach pour fouiller son nid. Ils n'ont pas trouvé de preuve que Seth y ait été retenu.

– Quoi ? s'exclama aussitôt Aislinn en sentant le peu de calme qu'elle avait la quitter.

Que le nom de Seth soit associé à celui de la femme-corbeau la terrifiait. Keenan lui serra plus fort la main. Il était le seul à lui donner un semblant de stabilité.

– Quinn... commença-t-il.

– Des preuves ? l'interrompit Aislinn d'une voix faible. Que veux-tu dire ?

Le conseiller resta impassible et continua de la fixer, alors que les gardes demeurés dans la pièce paraissaient s'agiter.

– Bananach est une charognarde, ma reine. Si elle l'avait tué, il y aurait eu des ossements, du sang...

– Assez, gronda Keenan en attirant Aislinn à lui.

La jeune fille aperçut, autant qu'elle sentit, une nappe de brouillard se déployer dans la pièce.

– Non, je veux savoir, déclara-t-elle en regardant Keenan. J'ai *besoin* de savoir !

– Je peux m'en occuper, Ash, chuchota-t-il, comme s'ils avaient été seuls. Tu n'as pas à rester ici, à entendre des détails peut-être... désagréables.

– J'en ai besoin, insista-t-elle.

Il la fixa en silence pendant quelques secondes, puis se tourna vers Quinn.

– Poursuis.

Le conseiller s'éclaircit la gorge.

– Nous avons cependant trouvé des objets incongrus. Un de vos... chemisiers... ma reine, dit-il en trébuchant sur les mots, avant de jeter un coup d'œil inquiet à Keenan. Un petit morceau de peau de serpent. Un livre appartenant à Seth.

– Comment ces choses pouvaient-elles se trouver là-bas ?

Aislinn avait commencé à accepter l'idée que Seth l'avait tout simplement quittée. À présent, ses doutes refaisaient surface. S'était-elle trompée ?

Keenan dévisagea les gardes, puis Quinn. Le Roi de l'Été était furieux.

– Sortez, ordonna-t-il.

Les soldats obéirent, tout en murmurant quelques reproches à Quinn. Puis Keenan referma la porte derrière eux et s'agenouilla devant Aislinn.

– Laisse-moi m'occuper de cela, d'accord ?

La jeune fille appuya la tête sur son épaule.

– J'ai besoin de comprendre pourquoi nos affaires étaient dans son nid. Seth n'était pas ami avec elle.

– Qu'en sais-tu ? Il est ami avec Niall. Et Bananach

appartient à la Cour des Ténèbres, précisa Keenan en lui caressant les cheveux. Seth a accepté d'être sous leur protection. Il m'en voulait. Lui et moi, nous nous sommes disputés, Aislinn. Il m'a dit qu'il n'hésiterait pas à s'en prendre indirectement à moi si... je te manipulais.

Interdite, elle recula.

– Seth t'a *menacé* ? Quand ? Pourquoi ne m'en as-tu pas parlé ?

Keenan haussa les épaules.

– J'ai pensé que ça n'en valait pas la peine. Toi et moi, nous avions discuté. J'avais l'intention de... Donia m'avait pardonné. Et puis, il a disparu, et je ne voyais pas pourquoi je t'aurais rendu plus malheureuse encore.

– Tu aurais dû m'en toucher un mot. Nous avions décidé que tu n'aurais plus de secrets pour moi.

Le soleil en elle vibrait furieusement, et de la vapeur se dégageait de sa peau.

– Je te le dis à présent, protesta-t-il. Quinn aurait mieux fait de se taire...

– Non, rétorqua-t-elle en s'écartant davantage. Quinn a eu raison d'en parler. Je suis la Reine de l'Été, j'ai voix au chapitre. Nous en avons déjà débattu.

– Tu es bouleversée.

– Forcément ! On a trouvé des affaires appartenant à Seth et à moi chez Bananach. Tu m'avais caché les menaces de Seth. Rien d'étonnant à ce que j'en sois affectée.

– C'est justement ce que je voulais éviter. J'ai besoin que tu sois heureuse, Aislinn.

Elle s'appuya contre les coussins du canapé, restant à distance de Keenan.

– Et moi, j'ai besoin de réponses.

La Cour de l'Été avait cherché Seth, en pure perte. Elle n'avait pas eu la moindre idée de l'endroit où il aurait pu se rendre. Jusqu'à maintenant.

– C'est illogique, dit-elle. Je l'ai rencontrée. Seth... n'est pas du genre à partir avec elle de son plein gré.

– En es-tu certaine ? Le meilleur ami de Seth est le Roi des Ténèbres. Il y a des facettes que tu ne connais pas chez ce mortel. Comment était-il avant de te rencontrer ? Seth n'est pas naïf, et la Cour des Ténèbres est un lieu où les tentations sont multiples, nombre de mortels s'y sont abandonnés, Ash.

– Aislinn. Pas Ash. Arrête de m'appeler ainsi.

Son chagrin était sans limites. Elle détestait entendre Keenan utiliser ce nom. *Je suis une fée, maintenant. Plus la mortelle que j'ai été.* Une reine féerique dont le peuple avait besoin qu'elle soit puissante. Les autres cours les menaçaient, se comportaient en ennemis, sans qu'elle comprenne pourquoi. Donia gardait ses distances. Niall en voulait à l'Été. Tous deux avaient des secrets qu'ils ne partageaient pas. Et parmi ces tensions planait l'ombre de Bananach, qui avait affirmé qu'une guerre était imminente.

– Si tu veux que j'en apprenne davantage, je pourrais demander à voir Niall, suggéra Keenan. À moins que tu ne souhaites inviter Bananach chez nous...

– Non, répliqua Aislinn, qui n'avait pas oublié le goût de fumée qui avait envahi le parc quand la femme-corbeau y avait tissé ses illusions. Nous ne pouvons pas la recevoir ici. J'essaie de me montrer digne de nos sujets, et ce n'est pas en l'amenant ici que j'y parviendrai. Je dois pourtant agir. Je suis sûre qu'elle a des informations.

– Que cherches-tu vraiment, Aislinn ? demanda Keenan, l'air méfiant. Tu risquerais de te mettre en danger sans raison valable. En quoi cela nous aidera-t-il ? Seth n'était pas heureux. S'il est parti avec elle, qu'il s'est laissé séduire par les tentations de...

– Pouvons-nous aller la voir ? l'interrompit-elle en sentant les larmes lui piquer les yeux. Si elle lui a fait du mal...

– Nous ne savons pas si Seth lui a rendu visite, ou s'il s'agissait d'autre chose. Laisse-moi d'abord...

– Si elle lui a fait le moindre mal, je serai forcée d'agir. Si elle s'en prenait à moi ou à Donia, tu agirais.

– Je ne peux pas mettre ma cour en danger pour sauver un mortel, Aislinn, soupira Keenan.

– C'est aussi *ma* cour, lui rappela-t-elle.

– Même si elle le retient prisonnier, tu ne peux pas attaquer l'incarnation de la *guerre*.

– As-tu déjà essayé ?

– Non.

– Dans ce cas, ne me déclare pas vaincue d'avance.

Si Bananach avait piégé Seth et l'avait tué, Aislinn saurait se venger. Elle avait l'éternité devant elle.

– Tu mettrais volontairement notre cour en danger ? demanda-t-il.

– Pour quelqu'un que j'aime ? Oui, sans aucun doute.

Keenan soupira de nouveau et finit par céder.

– Très bien. Allons dans la tanière du lion, ma reine.

Accompagnés par un bataillon de gardes, le Roi et la Reine de l'Été se mirent en route. Après ce qui lui était arrivé chez Donia, et vu la faiblesse dont Keenan et elle avaient fait preuve la dernière fois qu'ils avaient rencontré Niall, Aislinn se demandait s'ils n'auraient pas eu besoin d'un plus grand nombre de soldats. Il n'était pas raisonnable de se rendre ainsi à la Cour des Ténèbres – celle des cauchemars, l'endroit où vivaient Gabriel et ses Chiens, ou encore la femme-corbeau.

Mais elle a peut-être des réponses.

Aislinn ne demanda pas à Keenan comment il savait où trouver Bananach. La simple idée de se retrouver dans une cour hostile l'effrayait tant que cela occupait toutes ses pensées. Le Roi de l'Été leur fit traverser Huntsdale et s'arrêta devant un bâtiment délabré aux fenêtres murées. Rien à voir avec leur loft lumineux ou avec la demeure ancienne de Donia. Dans cet endroit, l'air lui-même semblait souillé. Aislinn avait envie de rentrer sous terre, comme si elle s'était trouvée nue devant une foule d'inconnus lubriques.

De la peur. Une peur à l'état pur, voilà ce que je ressens. Ils étaient au bon endroit.

Alors qu'ils s'apprêtaient à entrer, Keenan se rembrunit. Il ouvrit la porte sans frapper et pénétra dans le bâtiment d'un pas déterminé. Il semblait sur le point de s'en prendre à quelqu'un, n'importe qui. *Il est courroucé.*

– Keenan ! s'exclama Aislinn en l'attrapant par le bras. Nous sommes venus discuter avec eux. Tu te souviens ? Ce n'est...

– Petite reine, tu es venue, finalement !

Aislinn leva les yeux. Bananach était perchée sur une poutre, pareille à un vautour cauchemardesque. Ses ailes se déployèrent et, dans un craquement, elles se mirent à battre et à s'étirer.

– Tu es généreuse avec moi, croassa la femme-corbeau en atterrissant sur le sol, devant les souverains de l'Été. Viens. Le Roi des Ténèbres se montrera irritant si je vous accapare.

– Nous sommes ici pour te voir, commença Aislinn. J'ai besoin de savoir...

Bananach plaqua une main contre la bouche de la jeune fille.

– Chuuut... ne va pas gâcher mon plaisir. Plus un mot si tu veux que je parle.

Aislinn acquiesça et la femme-corbeau retira sa main, griffant sa joue au passage.

Ils la suivirent dans un abîme délabré de béton. Une odeur écœurante, comme un mélange de sucre carbonisé et de corps musqués, planait dans l'air. Le sol était gluant et un bruit de succion accompagnait chacun de leurs pas. Aislinn brûlait d'envie de fuir. Elle croisa les bras, pour éviter d'avoir à toucher quoi que ce soit. Les fés qui évoluaient autour d'eux n'étaient pas tous difformes, mais la plupart avaient une allure bizarre. D'autres ressemblaient davantage à ce à quoi elle était habituée, mais ils n'en restaient pas moins effrayants.

Des Ly Ergs aux mains rouges affichaient de larges sourires malgré l'atmosphère sinistre des lieux. Des Vilas fixaient les souverains de l'Été. Jenny Dentverte et les siennes bavardaient à voix basse, telles des commères. Répandant une vague de terreur autour d'eux, les Chiens de Gabriel se déplaçaient à travers la foule, en sentinelles.

Aislinn jeta un coup d'œil vers ses propres gardes. Ils pouvaient se défendre à l'occasion d'escarmouches isolées, mais une guerre totale signerait leur perte. La Cour de l'Été n'était pas faite pour le combat, loin de là. En revanche, celle des Ténèbres se fondait sur la violence, entre autres choses. C'était leur domaine.

– Aimes-tu cela ? chuchota Bananach. Ressens-tu leur envie de te dévorer vivante ? Tu as volé la mortelle du roi précédent. Et le nouveau roi se lamente d'avoir perdu ses deux mortels.

– *Ses* mortels ? Seth n'est pas... commença Aislinn.

Le croassement de Bananach l'interrompit. La femme-corbeau déploya ses ailes d'ombre et enfonça sa serre dans le bras de la jeune fille, feignant de la caresser.

– Tu es pathétique, petite reine. Je me demande s'il fait semblant de se lamenter, ou de t'en vouloir de lui avoir enlevé le garçon ?

Devant eux, Aislinn aperçut un tableau vivant obscurci. Contrairement aux images du parc, qui avaient paru réelles, celle-ci était à l'évidence une illusion. Sur un champ de bataille au sol ravagé, des fés gisaient, ensanglantés. Des fantômes rôdaient dans la fumée de grands bûchers funéraires. Des mortels aux yeux vides erraient parmi les décombres, frappés d'horreur et de démence.

Au centre du carnage se dressait une table d'ossements blanchis par le soleil : des crânes empilés formaient les pieds et le plateau était composé de côtes, de tibias ou d'épines dorsales reliés entre eux par des tendons. Bananach trônait devant Seth, étendu devant elle. L'ombre de la fée croisa le regard d'Aislinn.

– Si j'étais reine, je mangerais ses entrailles pour te faire souffrir, déclara la vision avant de plonger ses serres dans le ventre de Seth.

Celui-ci poussa un hurlement.

Rien de tout cela n'est réel. Aislinn se souvint cependant des paroles de Bananach, et sa peur s'amplifia. *Et si c'était un « Et si... ? »* ? Cette prédiction s'accomplirait-elle si Aislinn faisait le mauvais choix ?

Keenan l'attira à lui.

– Ce n'est pas la réalité, Aislinn. Détourne les yeux. Immédiatement.

L'image se désintégra au même instant, quand une des Vilas se mit à tournoyer à travers la pièce. Ses chaussures délicates, attachées à ses pieds par des chaînes d'argent, émettaient un son désagréable tandis qu'elles glissaient sur le sol cimenté.

– C'était une illusion, insista Keenan. Seth n'est pas ici.

– En es-tu certain, roitelet ? demanda Bananach en posant la main sur le ventre d'Aislinn, dont les blessures avaient guéri. Des signes de conflits, de beaux signes avant-coureurs de ma violence...

Aislinn dut se rappeler qu'elle n'était plus une mortelle qui pouvait se laisser intimider aussi facilement. Elle plaça la main sur celle de la femme-corbeau.

– Où est Seth ? L'as-tu enlevé ?

– Excellente question, dit Niall.

Le Roi des Ténèbres apparut derrière eux. Il s'arrêta près de Bananach.

– Eh bien ? demanda-t-il à cette dernière.

– Ils étaient dans mon nid. Ils sont maintenant en ta présence. Le mortel n'est pas là. Mais tu le sais...

Elle s'appuya contre l'épaule de son roi et replia ses ailes à peine tangibles, mais pourtant bien réelles, comme pour l'en envelopper.

– Arrête, lui ordonna Niall avant d'aller s'asseoir sur un trône, placé sur une estrade.

Contrairement à celle de l'Été et de l'Hiver, sa cour prônait une étrange combinaison de perversités déstabilisantes et d'usages démodés, dont ce trône faisait partie.

Aislinn s'avança de plusieurs pas, Keenan à son côté. Certains de leurs gardes les suivirent, d'autres se dispersèrent dans la salle – un acte symbolique, sachant qu'ils n'auraient aucun effet dissuasif dans cette foule. Bananach n'était pas la seule menace : il y avait aussi des Ly Ergs, quelques glaistigs, les Chiens, ainsi que Cath Pulac. À la vue de la fée-féline, Aislinn réprima un frisson. Pareille au grand sphinx du désert, elle se contentait d'observer.

Pourquoi se trouve-t-elle à la Cour des Ténèbres ?

La jeune fille échangea un regard avec Keenan, qui venait lui aussi de jauger la situation. Les murmures guerriers de Bananach paraissaient plus terrifiants au milieu de ce repaire saturé de promesses de peur et de violence.

Niall s'installa confortablement sur son siège, puis les dévisagea d'un air amusé et moqueur à la fois.

– Pourquoi êtes-vous ici ?

– Je veux savoir ce qui est arrivé à Seth. Où il se trouve. Où il est parti.

Aislinn se demandait quel comportement adopter.

Comment une souveraine doit-elle saluer un roi auprès duquel elle cherche à obtenir une faveur ? Lui faire la révérence ? Elle était prête à tout, même à le supplier si cela pouvait l'aider à retrouver Seth.

– J'ai pensé que Bananach accepterait de répondre à mes questions, ajouta-t-elle.

Ces mots déclenchèrent des rires rauques dans l'assemblée.

– *Ma* Bananach ? s'étonna Niall, un large sourire aux lèvres. Chérie ? Crois-tu pouvoir répondre aux questions de la Cour de l'Été ?

La femme-corbeau se trouva aussitôt à côté de Niall : elle l'attrapa par le cou, comme si elle s'apprêtait à l'étrangler. Le roi n'eut aucune réaction.

– Ils ont des questions, ajouta-t-il.

– Ah ?

Une de ses serres avait griffé le cou de son souverain, et elle contemplait le sang qui coulait le long de sa gorge.

– Des questions, répéta-t-il.

Bananach parcourut la salle du regard. L'assemblée des fés resta immobile.

– Ma guerre approche, déclara-t-elle. La guerre a besoin d'agneaux et de cendre.

Ses ailes se raidirent.

– À condition que tu ne gâches pas tout, chuchota-t-elle à Niall, avant de l'embrasser. Nous allons saigner, mon roi. Avec un peu de chance, il se peut même que tu connaisses une mort atroce.

Sur ce, elle prit son envol. Aislinn serra la main de Keenan tandis que la femme-corbeau passait au-dessus d'eux à toute allure. Une fois qu'elle fut sortie, Niall eut un geste dédaigneux.

– Voilà les seules réponses que vous trouverez ici. Maintenant, partez.

Il y avait d'autres réponses à obtenir, Aislinn en était convaincue. Niall en savait davantage. Il avait trop d'affection pour Seth. *Il ne se montrerait pas aussi nonchalant si Seth était mort.*

– Dis-moi ce que tu sais, je t'en prie, le supplia-t-elle.

Le regard que Niall posa sur elle était aussi méprisant que celui qu'il avait eu au *Crow's Nest*. Le silence qui avait accompagné les marmonnements déments de Bananach régnait toujours dans la salle. Un silence que rompit le Roi des Ténèbres :

– Je sais que *tu* es à l'origine de son départ. Par conséquent, je ne sais pas si tu mérites qu'il revienne.

– Mais il va bien ?

– Il est en vie et physiquement indemne, confirma Niall.

– Mais... hésita Aislinn, qui se sentait à la fois soulagée et encore plus accablée qu'auparavant. Tu sais où il se trouve. Tu le sais depuis longtemps...

Seth est sain et sauf. C'était donc une autre douleur qui pesait à présent sur elle. *Seth m'a quittée et s'il n'est pas là, c'est de son plein gré.*

Les fés la fixaient avec intensité, tandis qu'elle s'efforçait de ne pas fondre en larmes, ou peut-être de ne pas exploser de colère. Ils se passaient la langue sur les lèvres, comme s'ils étaient capables de goûter aux émotions de la reine. Des créatures vulgaires, détestables, qu'elle avait toujours craintes. Rien à voir avec son peuple à elle.

Près d'elle, Keenan se raidit. Il lui tendit la main et elle l'accepta.

– Si tu lui dis... je... commença le Roi de l'Été.

– Je ne suis pas ton messager, mon garçon, le coupa Niall d'une voix cinglante de mépris.

Ses sujets se mirent à ricaner et à échanger des murmures. Aislinn voulut s'avancer vers le trône, mais Keenan la retint.

– Non. Approche, Aislinn, l'encouragea Niall. Viens t'agenouiller devant moi et demander la clémence de la Cour des Ténèbres.

– Aislinn, l'avertit Keenan.

Mais elle était déjà devant le Roi des Ténèbres. Elle tomba à genoux à ses pieds.

– Veux-tu bien me dire où il se trouve ?

Niall se pencha vers elle et chuchota, cependant assez fort pour que tous l'entendent distinctement :

– Seulement s'*il* me le demande.

Aislinn n'eut rien à répondre à cela. Agenouillée sur le sol souillé, elle baissa les yeux vers les bottes du roi. Si Seth ne souhaitait pas vivre auprès d'elle, de quel droit pouvait-elle l'y obliger ? *Quand on aime quelqu'un, on doit respecter ses choix, non pas l'emprisonner. Il ne m'a peut-être pas fait ses adieux car il savait que j'essaierais de l'obliger à rester.* Dans son dernier message, il lui avait dit qu'il l'appellerait, non pas qu'il rentrerait.

Elle resta là, prostrée, jusqu'à ce que Keenan vienne la relever et la conduise hors de la cour.

29

Sorcha aurait préféré être avec son mortel, dans le jardin ; cependant, Devlin avait insisté pour lui parler. Ils remontèrent des couloirs, non pas côte à côte : le fé avançait à un pas à peine derrière la reine – une distance qu'elle était la seule à remarquer, trop infime pour que d'autres y prêtent attention. Le froufrou de ses jupes et la cadence de son pas étaient si prévisibles que Devlin pouvait aisément accorder ses mouvements aux siens. Après des siècles passés auprès d'elle, il était capable d'anticiper chacun des gestes de la Reine Immuable. *Et j'ai ça en horreur,* songea cette dernière. Mais elle ne pouvait le formuler à voix haute, pas dans leur monde, en tout cas.

Son frère existait depuis presque aussi longtemps qu'elle et Bananach. Il était un lien entre ses sœurs, un conseiller de l'Ordre, un ami de la Guerre. Il trouvait que sa position était la moins confortable des trois, même si Sorcha aurait volontiers échangé la sienne contre celle de son frère : Devlin avait une liberté qui faisait défaut à la reine. Bananach elle aussi était libre, mais elle ne contrôlait pas sa démence.

– Pardonnez ma question, mais en quoi cela nous avancera-t-il de l'autoriser à partir ? Gardez-le ou tuez-le. Il est mortel, après tout. Son retour dans le monde extérieur va compliquer la situation. Les autres cours vont se quereller.

– Seth est à *moi*, à présent. Il fait partie de ma cour, il m'appartient.

– Je pourrais y remédier. Il est un danger. L'attention que vous lui portez, ma reine, manque... d'ordre.

Devlin s'exprimait calmement, ce qui ne signifiait pourtant pas qu'il fallait s'y fier. La dévotion qu'il vouait à la notion d'ordre était souvent sanglante : le meurtre était seulement une autre manière de contrer le chaos.

– Il est à moi, répéta Sorcha.

– Il le resterait, sous terre. Sacrifiez-le à la salle de la Vérité et de la Mémoire. Votre affection vous pousse à agir bizarrement, ajouta Devlin en croisant son regard. Vous en oubliez vos devoirs. Vous passez tout votre temps près de lui... Ensuite, il va repartir dans leur royaume, où vous refusez de vous rendre. S'il ne revient pas ou si Bananach le tue, je crains que vous ne perdiez un peu la raison. Il y a des solutions. Vous avez encore la situation en main. Tuez-le ou gardez-le ici, sous votre protection.

– Et si c'était ce que Bananach désirait ?

Sorcha s'arrêta pour jeter un coup d'œil dans l'appartement d'Olivia. Les paysages étoilés qu'elle peignait étaient parfaitement conçus – de minuscules points lumineux à égale distance les uns des autres, assortis de lueurs sporadiques placées au hasard. Une pointe de folie au milieu de l'ordre : c'était ce que l'art exigeait. Voilà pourquoi les véritables Fées de la Haute Cour n'avaient aucun talent dans ce domaine.

Devlin demeura silencieux tandis que sa sœur et lui contemplaient Olivia enfiler des étoiles sur un fil d'araignée céleste, tissant un cadre sur lequel, durant de brefs instants, s'ancreraient des parcelles d'éternité. Si l'envie n'avait été une émotion incitant au désordre, Sorcha l'aurait éprouvée. Du moins le devinait-elle. Devlin, de son côté, était empli d'une crainte admirative. Toute passion dévorante le fascinait, et Olivia était consumée par son art. Ses attaches au monde étaient infimes, et elle s'y déplaçait pareille à une brise. Quand elle travaillait, elle ne parlait jamais, et rarement quand elle était plongée dans ses pensées.

Sorcha recula dans le couloir.

Voyant que Devlin s'était remis à la suivre, elle lui dit :

– Je veux que Seth puisse jouir de sa liberté, mais qu'il soit protégé lorsqu'il sera là-bas. Je veux qu'on veille sur lui quand je ne suis pas avec lui. J'en ai besoin, Devlin. C'est la première fois depuis des siècles que je vous demande une chose aussi cruciale.

– Que voyez-vous ?

La reine n'aimait pas parler des courbes qu'elle voyait se tisser à certaines existences. Elles étaient souvent imprévisibles, limitées dans le temps et toujours fluides. Chaque nouveau choix modifiait la structure d'ensemble, tout en la précisant. Comme Bananach, la Reine de la Haute Cour voyait des « Et si... ? » et des « Peut-être ». Sa sœur ne s'intéressait qu'à ceux qui servaient ses objectifs. En revanche, la vision de Sorcha était plus étendue.

– Je vois son existence se tisser à la mienne, chuchota-t-elle. Et elle est infinie, à l'instar d'un fil dépourvu de boucles ou de nœuds... elle se modifie à l'instant où je te parle. Elle scintille pour l'éternité. Elle étouffe la mienne. Elle l'emplit, à l'endroit où ma propre existence donne l'impression de s'éteindre. Seth est essentiel.

– Si on l'avait tué avant que ces émotions ne brouillent ton sens logique, les choses en auraient été simplifiées.

– Ou bien cela les aurait anéanties.

Devlin se rembrunit.

– Vous me cachez quelque chose.

Sorcha s'apprêtait à répondre quand le fé leva la main.

– Je sais. En tant que souveraine de la Haute Cour, vous êtes en droit de ne rien me dévoiler. Vous détenez tous les droits.

En cet instant, qui parut étrange à Sorcha, il eut l'air presque tendre en la regardant. Mais il se ravisa et ajouta :

– J'assurerai sa protection quand il sera là-bas, mais il vous faut réprimer ces émotions. Elles sont contre nature.

Le fé, qui avait été son conseiller depuis plus longtemps qu'aucun d'eux n'aurait pu se le rappeler, n'avait en tête que les seuls besoins de la cour.

Ainsi que je le devrais.

Mais tandis qu'elle s'éloignait de Devlin, elle se demanda si Seth aimerait son jardin privé et quelle création il allait lui offrir avant de la quitter.

Chaque jour, Sorcha continuait de rendre visite à Seth et l'écoutait parler ; lorsqu'il ne travaillait pas, elle passait des heures à lui montrer autant qu'elle pouvait l'étendue de la

Terre Féerique, sans pourtant oublier que le temps leur était compté. Elle allait lui manquer quand il partirait. Comme à l'époque où Linda, sa mère, était partie, Seth éprouvait de la peine à l'idée des mois à venir, sans la compagnie de Sorcha : une triste vérité qu'il se sentait capable d'admettre.

Ce jour-là, quand elle entra dans les appartements du jeune homme, la reine était pensive ; dans ses yeux couleur de lune brillait une lueur froide fort différente de l'éclat solaire de ceux d'Aislinn.

Je reverrai bientôt la lumière du soleil, songea-t-il. Seth esquissa un sourire à l'idée de retrouver Aislinn, de lui raconter ce qu'il avait vécu, de lui expliquer qu'il avait trouvé le moyen de vivre auprès d'elle pour l'éternité. Il avait envie de la ramener en Terre Féerique avec lui. *L'an prochain, Sorcha l'autorisera peut-être à passer le mois ici. Ou au moins à me rendre visite.* Il hésitait à le demander à la reine pour l'instant, pas tant qu'il n'aurait pas revu Aislinn, en tout cas. Cependant, même si cela ne marchait pas, passer un mois en Terre Féerique était un prix dérisoire à payer : il avait obtenu l'immortalité en échange de quelques courts mois, rien d'autre n'importait.

Sorcha ne dit mot. Elle se contenta d'aller ouvrir la porte-fenêtre, laissant entrer le clair de lune et l'odeur capiteuse du jasmin dans la pièce. Il avait beau faire jour, dans ce lieu, les cieux changeaient d'apparence au gré des humeurs de la reine.

– Bonjour, murmura Seth.

Il travaillait à une nouvelle toile. Il n'en était pas satisfait, mais il finirait bien par l'être. L'obligation de créer une œuvre parfaite le motivait : un présent à offrir à une reine, afin de pouvoir être réuni avec une autre souveraine. Étrangement, il éprouvait pour Sorcha des sentiments presque semblables à ceux qu'il avait éprouvés pour sa mère. Il voulait son approbation. Il voulait qu'elle soit fière de lui.

Au même instant, Sorcha tendit la main vers Seth, qui lui offrit son bras, comme cela était entendu entre eux.

– Les bonnes manières sont importantes, Seth. Une femme apprécie toujours qu'un homme la traite avec respect.

Tout en lui parlant, le père de Seth se tenait face au miroir, en train d'agrafer le col blanc de son uniforme militaire : une tenue qui lui donnait l'allure de quelqu'un de plus raide, aux mouvements plus rigides. Un uniforme qui transformait aussi Linda. Assise près de lui, celle-ci caressait les cheveux de son fils d'un air absent, un regard admiratif tourné vers son époux.

– Les bonnes manières, répéta docilement Seth, blotti contre sa mère.

Il était en dernière année d'école primaire à présent, mais il n'avait pas l'intention de refuser l'un des rares câlins de Linda. Elle l'aimait, cela ne faisait pas de doute, même si elle n'était pas très démonstrative.

– Ces petites attentions sont nécessaires, afin qu'elle sache qu'elle est celle qui compte le plus à tes yeux, poursuivit son père.

Il tendit la main vers son épouse, qui se releva en souriant. Elle était encore en robe d'intérieur, mais elle avait déjà apprêté ses cheveux et s'était maquillée, en prévision de la soirée.

Seth observa son père embrasser la main de Linda, comme si celle-ci avait été une reine.

À l'époque, les leçons de vie que lui avait prodiguées son père n'avaient pas toujours fait sens, mais elles étaient inestimables. Seth réprima la mélancolie qui l'avait envahi à ce souvenir.

Près de lui, Sorcha demeurait silencieuse. Elle l'avait conduit dans une autre salle, où tous deux s'étaient approchés d'une des nombreuses tapisseries qui ornaient les murs : avec le temps, les couleurs de la broderie s'étaient estompées, mais cela ne lui ôtait en rien de sa beauté. Sorcha elle-même était représentée sur cette œuvre, entourée de courtisans attentifs. On y voyait aussi des musiciens et des couples qui dansaient poliment. Il était cependant manifeste que tous les protagonistes n'avaient d'yeux que pour la reine, qui se tenait assise, à les contempler. La véritable Sorcha – en tous points semblables à celle du portrait – repoussa la tapisserie sur le côté. Derrière apparut une autre porte.

– On se croirait dans un terrier de lapin, fit observer Seth en poussant la porte ancienne. On a même l'impression que ce passage ne fait pas partie de l'hôtel.

Un rire pareil à des perles cristallines s'échappa des lèvres de la reine.

– Cet édifice se trouve en Terre Féerique, maintenant. Les lois humaines ne sont plus applicables dans ce lieu. Seules comptent mes propres règles. Le royaume mortel s'y plierait lui aussi si je choisissais d'y séjourner.

Derrière la porte, Seth découvrit un autre jardin entouré d'un mur d'enceinte. Un sentier s'y faufilait, comme une invitation à pénétrer dans un monde nouveau. Les pierres qui formaient les vieux murs donnaient l'impression de s'être assemblées naturellement, sans aucune intervention humaine, et des lianes y couraient, dont les fleurs épanouies surgissaient de fissures de manière désordonnée.

– L'endroit n'est-il pas un peu chaotique pour toi ?

Sorcha fit non de la tête.

– Pas vraiment. C'est le jardin où je viens méditer. Personne n'y entre, hormis moi, mon frère... et toi, désormais.

Tandis qu'ils avançaient, les pavés du chemin se réalignaient sur leur passage, les fleurs réorganisaient les motifs qu'elles formaient. Une sensation d'irréalité dominait le lieu.

– Tout est bizarre ici, constata le jeune homme.

– Mais tout a du sens, répliqua Sorcha en laissant ses doigts frôler les fleurs de jasmin, un peu ternes. Les apparences sont trompeuses.

– Mon œuvre est presque achevée, reprit Seth, en se demandant si elle l'aimerait.

Plus que quelques jours à passer en Terre Féerique.

– J'ai hâte de la découvrir, dit-elle d'un ton détendu, subtilement amusé. Ces moments sont toujours intéressants... ce sont des moments de clarté.

– Sorcha ? Que se passe-t-il ? demanda-t-il en croisant son regard.

– Il faut que je te précise une chose à propos du contrat que nous avons conclu. Tu t'es laissé piéger, d'une certaine façon.

Seth était encore calme, mais sentit que cela n'allait pas durer.

– J'espérais m'en être bien tiré.

La reine lui serra le bras.

– Je passe des contrats depuis les débuts de l'humanité. Tu en connaissais les dangers ; pourtant, tu as tenu bon.

– Je me suis donc montré imprudent ?

– Non. Tu t'es comporté comme le font souvent les mortels : tu étais aveuglé par la passion.

Elle lâcha le bras du jeune homme et se pencha pour approcher son visage d'un buisson de jasmin, qui émit un bruissement pareil à un frisson. Le clair de lune qui émanait d'elle nimba sa peau.

– Explique-toi, dit-il, le cœur battant, tandis que les mots se bousculaient dans son esprit.

Il avait déconseillé à Aislinn de conclure un pacte avec un roi féerique, mais il avait agi de même. La peur qui grandissait dans sa poitrine s'évanouit lorsque Sorcha se tourna pour le fixer du regard.

Elle a revêtu un charme pour m'apaiser.

Il en était conscient, alors même que son calme revenait, pareil à une brise fraîche sur une peau trop chaude. La reine sourit puis posa de nouveau les yeux sur les fleurs de jasmin.

Il patienta, tout en l'observant – *ma reine idéale* – jouir de la simplicité de son jardin.

– Ne fais pas cela, reprit-il. Ne cherche pas à influencer mes émotions.

La brise apaisante s'estompa.

Elle se redressa et recula d'un pas.

– Tu as accepté de passer un mois par an en Terre Féerique, cela fait partie de notre marché.

– En effet, répondit-il en lui offrant de nouveau son bras.

Elle plaça la main dans le creux du bras de Seth et ils reprirent leur promenade.

– Ici, le temps se comporte différemment que dans le royaume des mortels.

– De quelle manière, exactement ?

Sans changer la cadence de son pas, elle précisa :

– Une journée passée ici correspond à six autres là-bas.

– Cela fait donc plus de cinq mois que je suis parti ? répliqua-t-il lentement, en essayant d'assimiler cette révélation.

Ainsi, il était séparé d'Aislinn depuis tout ce temps, tandis que Keenan était seul à son côté – plus longtemps encore qu'Aislinn et lui n'étaient sortis ensemble.

– Oui.

– Je vois.

– Vraiment ? s'étonna Sorcha en s'arrêtant. Ton absence doit lui paraître beaucoup plus longue qu'à toi.

– J'ai bien compris.

Perdu dans ses pensées, il mordit sa lèvre ornée d'un piercing. Une autre crainte surgit en lui : croyait-elle qu'il l'avait abandonnée ? S'inquiétait-elle ? Lui en voulait-elle ? *L'ai-je perdue à jamais ?* Il n'avait pourtant pas l'intention d'abandonner maintenant, pas après tout ce qu'il avait dû surmonter pour obtenir l'immortalité.

Sorcha lui décocha un regard indécis.

– Tu pourrais rester ici. Je garantirais ta sécurité. Tu es heureux dans ce lieu...

– Crois-tu que je resterais ici, sans savoir comment se passent les choses là-bas ? répondit-il avec un sourire. Je ne suis pas allé si loin avec elle ou avec toi pour renoncer à mes désirs. La chance sourit aux audacieux, n'est-ce pas ?

– Keenan sait que tu es ici. Niall te l'a dit.

Seth avait plus de mal à conserver son calme qu'il ne l'aurait voulu. À l'idée de pouvoir révéler la fausseté de Keenan, il éprouva un sombre plaisir – sans que cela n'atténue complètement sa douleur, à la pensée qu'Aislinn était peut-être tombée amoureuse du Roi de l'Été.

– Quand Ash l'apprendra, il lui faudra rendre compte de son silence.

L'imaginer avec Keenan lui donnait la nausée. *Nous avons cependant l'éternité devant nous, elle et moi. Keenan n'aura pas d'autre occasion.*

– Si elle ne t'attend plus, tu pourras rentrer ici. Ma maison sera toujours la tienne.

Sorcha n'insista pas davantage, mais Seth la connaissait assez pour savoir que ce qu'elle venait de lui offrir n'avait rien d'anodin. Jamais il n'aurait cru obtenir une telle chose de sa part et, en cet instant, cela lui fut d'un grand réconfort. La seule autre personne sur laquelle il avait pensé pouvoir compter s'éloignait probablement encore davantage de lui. Jamais il n'aurait pris le risque de perdre l'amour d'Aislinn de son plein gré, mais il n'avait pas prévu de gagner tant de bienfaits en retour. Ce qu'il vivait en Terre Féerique était plus qu'inattendu.

– Tu vas me manquer, reconnut Seth, peu enclin à dissimuler ses émotions, en tout cas à Sorcha. Même si, une fois parti, je ne reviens pas vers toi tout de suite, tu vas me manquer.

D'un geste désinvolte, la reine lâcha le bras du jeune homme et fit mine d'examiner une liane en fleur.

– Cela est prévisible.

– Et moi, ma reine, je vais te manquer, affirma-t-il.

Les fleurs retenaient son attention et elle se contenta de hausser les épaules.

– Il me faudra peut-être voir comment tu t'ajustes au monde extérieur en tant que fé.

– Sage décision.

Il avait envie de lui rapporter des cadeaux, de trouver les mots qu'il fallait, quelque chose qui lui prouve à quel point il estimait l'affection qu'elle lui portait. Il se rapprocha d'elle.

– Sorcha ? Ma reine ? Je resterais auprès de toi si je n'étais pas amoureux d'Aislinn... Mais si je ne l'avais pas aimée, jamais je ne t'aurais connue.

– Je sais, dit-elle en écartant quelques mèches de cheveux du visage de Seth.

Sorcha sentit que Devlin venait de pénétrer dans le jardin. Son frère était encore loin d'eux, mais elle percevait ses pas foulant le sol. Ce n'était pas un jardin ordinaire, mais son territoire privé, parfaitement circonscrit. Rares étaient les fés qui avaient le droit d'y entrer. Devlin était le seul à pouvoir y venir à son gré.

– Je devrais rebrousser chemin, murmura-t-elle.

– Très bien, répliqua Seth en reculant.

Il paraissait blessé, sans qu'elle puisse se l'expliquer.

– Es-tu fâché contre moi ?

Qu'elle accorde de l'importance à l'opinion de ce jeune mortel sembla étrange à Sorcha. C'était pourtant le cas.

– Non, répondit-il en lui décochant un regard curieux, aussi calme que celui de ses autres sujets. Puis-je te poser une question ?

– Afin que nous soyons quittes ?

Il sourit.

– Non. Je veux seulement une réponse que toi seule peux me donner.

– D'accord.

Elle jeta un coup d'œil au sentier, pour s'assurer que Devlin n'était pas dans les environs – subitement, elle n'avait pas envie que son frère entende cette conversation.

– Cette bonté dont tu fais preuve à mon égard... que signifie-t-elle ?

Elle réfléchit. C'était une demande légitime. Il aurait le temps de songer à sa réponse quand il se retrouverait dans le royaume des mortels. Peut-être cela le persuaderait-il même de revenir plus tôt que prévu en Terre Féerique.

– Es-tu certain que c'est la question pour laquelle tu souhaites recevoir une réponse ? Il y en a d'autres que tu pourrais...

– J'en suis certain, murmura-t-il.

– Je suis la Reine de la Haute Cour. Je règne seule, sans époux et...

Elle leva la main pour l'empêcher de l'interrompre, puis reprit :

– Sans enfant.

– Un enfant ?

– Il est rare que nous ayons des enfants en Terre Féerique. Nous vivons trop longtemps pour nous permettre d'avoir trop de descendants. En avoir un... hésita-t-elle en secouant la tête. Beira, par exemple, a eu un comportement insensé. Elle avait un fils, mais, craignant qu'il ne devienne comme son père, elle a laissé cette peur gouverner ses actes. Elle l'a privé d'affection, à l'exception d'étranges élans de tendresse dont il n'a jamais été conscient. Si elle avait agi différemment, Keenan ne serait pas devenu Roi de l'Été, mais...

– Son héritier.

Sorcha acquiesça.

– Il était né du soleil et de la glace. Les peurs de Beira l'ont détaché d'elle.

– Et toi ?

– Je n'ai ni consort, ni héritier, ni parent. Cependant, si j'avais un enfant, je lui rendrais visite... s'il acceptait mon ingérence.

Jamais elle n'avait parlé ainsi à quiconque. Ce désir d'enfant était irrationnel. Elle avait déjà Devlin. Elle avait déjà son peuple. *Et une sœur qui souffre de troubles mentaux.*

Cela ne suffisait pas. Elle voulait une descendance. L'éternité sans véritables liens d'affection était la voie la plus logique à suivre – celle qui l'aidait à conserver son calme. La Reine Immuable n'aurait pas dû souhaiter le moindre changement... cependant, tel était son désir.

– Je veux un fils.

– Je suis... honoré, répondit Seth.

Il ne paraissait pas le moins du monde atterré. Il marqua une pause, avant de reprendre à voix basse :

– J'ai une mère qui m'a donné naissance en tant que mortel ; elle s'est retrouvée avec moi sur les bras. Et puisque tu m'as offert une seconde naissance, j'imagine que c'est à ton tour de m'assumer.

Sorcha sentit une chaleur inhabituelle dans ses yeux, une tendresse qui fit monter des larmes.

– La métamorphose que tu as subie exige que quelqu'un

te donne une part de lui-même. Tu as été transformé de telle façon que tu pourras affronter les dangers du monde extérieur et de mon affection ; une fée plus puissante que les autres t'a offert de la force. Parce que je te voulais puissant.

Elle n'avait pas eu l'intention de lui avouer cela avant cet instant.

– Est-ce que la fée qui offre ce don perd alors son immortalité ? s'enquit Seth.

– Non.

– Dans ce cas, quel en est le coût ?

– Un brin d'émotion mortelle, un peu de vulnérabilité, répondit Sorcha à voix basse elle aussi.

Devlin était peut-être digne de sa confiance, mais cela ne voulait pas dire qu'il respectait totalement la vie privée de sa sœur. Le fé se montrait aussi protecteur que Bananach destructive.

– C'est ce qui t'est arrivé ? chuchota le jeune mortel.

Elle hocha légèrement la tête. Le regard de Seth était rempli d'une admiration respectueuse.

– Me rendras-tu visite ? ajouta-t-il.

– Je pourrais venir voir si tu vas bien.

– D'accord.

Il l'étreignit à la hâte – un geste soudain, impulsif.

Elle éprouva une sorte de bonheur nouveau.

– À qui m'autorises-tu à en parler ? reprit le jeune homme.

– À Niall. À Irial. Si tu le souhaites. Niall est déjà au courant, je crois.

– À Aislinn ?

Elle avait su que cette question viendrait quand Seth aurait appris la vérité, mais elle ne s'attendait pas à devoir y répondre si tôt. Elle pesa ses mots :

– Seulement si tu estimes que ton silence pourrait mettre votre relation en danger, ou bien si tu es en danger et que tu as besoin de moi. Au-delà...

– Pourquoi Irial et Niall, dans ce cas ?

Sorcha était persuadée qu'elle ne se comportait pas vraiment comme une mère l'aurait dû. *Je commets déjà des erreurs.* Malgré tout, le fils qu'elle avait choisi n'était plus exactement un enfant. Elle se fiait à ses instincts, non à sa logique ou à des pensées longuement mûries.

– Irial est amoureux de Niall depuis des siècles. Ce dernier a de l'affection pour toi et tu seras sous sa protection dans le monde extérieur ; aussi, je ne m'oppose pas à ce qu'il sache. Et si lui est au courant, autant qu'Irial le soit aussi. Ils ont déjà assez de raisons d'entrer en conflit – je ne veux pas en ajouter une autre. Je préfère qu'ils soient en paix. Voilà pourquoi la mortelle qu'ils aiment tous deux n'est pas ici, avec les autres mortels dotés de la Vue.

– Il y a en toi plus de bienveillance que tu ne veux l'admettre.

– La souillure mortelle... commença-t-elle avant de s'interrompre, plutôt que d'avoir à mentir. Je devrais aller voir ce que Devlin me veut.

Son fils se pencha et déposa un baiser sur sa joue.

– Tu viens juste d'être « souillée », et Leslie est libre depuis des mois.

– Un bienfait destiné à... quelqu'un qui fut autrefois mon...

Elle s'arrêta de nouveau, les joues en feu. Elle avait rougi naturellement, tout en gardant le contrôle d'elle-même, et sans qu'aucun Fé des Ténèbres ne soit près d'elle. *Comme c'est agréable.*

– Les mères racontent rarement ce genre de choses à leurs fils, répliqua Seth. Voilà pourquoi je préfère ne pas en entendre parler.

Une remarque qui le rend littéralement attachant.

– Niall te protégera, s'empressa-t-elle de répéter. Je pourrais...

– Oui, viens malgré tout me rendre visite. Tu vas me manquer.

Sur ce, Seth lui offrit de nouveau son bras pour l'accompagner jusqu'au bout du sentier, où l'attendait Devlin.

– C'est d'accord, je viendrai, dit-elle en posant sa main au creux de son coude.

30

Au cours du mois suivant, Aislinn ne parla pas de ce qui s'était passé à la Cour des Ténèbres. Chaque fois que Keenan essayait d'aborder le sujet, elle fuyait. Apprendre que Seth avait *choisi* de la quitter avait réveillé sa souffrance. Refusant de s'y appesantir, elle reporta toute son affection sur son peuple. Elle se comportait avec gaieté. Dansait dans les rues avec Tracey. Cajolait les plantes pour les inciter à reprendre des forces. Sous ses soins, la terre et ses fés s'épanouissaient. Elle était la reine la plus attentive qui soit et, au bout de deux semaines, même les plus méfiants de ses sujets la crurent guérie.

Sauf Keenan.

Mais cette nuit-là auraient lieu les festivités mensuelles de la Cour de l'Été et, dès le lendemain, il faudrait que le roi comprenne lui aussi qu'elle allait bien. C'était l'Équinoxe d'Automne et elle avait pleuré Seth plus longtemps que les quelques mois où ils avaient été en couple. Elle ne pouvait passer l'éternité ainsi. Il avait fait un choix, avait quitté son monde, avait préféré ne plus aimer une reine féerique. Il avait tourné le dos à ce qu'Aislinn était, à ce qu'ils partageaient.

Choisis le bonheur. Elle avait passé près de six mois à se lamenter. *Oublie-le.*

Aislinn traversa la rue pour se rendre dans leur parc. D'une certaine façon, la jeune fille trouvait encore étrange l'idée de posséder un parc, mais elle avait aussi conscience que les fés revendiquaient des territoires depuis la nuit des temps. Ce soir-là, l'étrangeté de sa situation s'était estompée, pour céder la place à la seule vérité à laquelle elle pouvait se raccrocher : *je suis la Reine de l'Été.*

Keenan l'attendait dans le parc. Il était son roi, son compagnon dans ce monde singulier. Sans regards mortels autour d'eux, il était complètement lui-même – la lumière solaire à l'état solide, pareille à des promesses rendues tangibles.

Il s'agenouilla devant elle et courba la tête, comme s'il était lui aussi l'un de ses sujets. Elle ne s'y opposa pas. Ce soir, elle voulait se sentir puissante, libre – oublier que son cœur saignait, dévoré par le chagrin.

– Ma reine.

– Oui. C'est moi. Ta seule et unique reine.

Il leva les yeux vers elle.

– Si tel est ton choix...

Autour d'eux, les fés attendaient, comme ils l'avaient fait à l'automne précédent, lorsque Aislinn était encore mortelle. Cette fois, cependant, elle comprenait beaucoup mieux les enjeux de la situation. Elle savait parfaitement ce que son choix impliquerait : l'occasion d'appartenir véritablement à son roi.

Keenan lui tendit la main, une invitation qu'il répétait chaque mois, lors de ces festivités. Et chaque fois, elle l'avait acceptée, sans pourtant lui céder.

– Acceptes-tu d'inaugurer le bal... avec moi ? demanda-t-il.

Une question qu'ils connaissaient par cœur, un rituel par lequel débutait chaque nuit de danse et d'ivresse – mais son hésitation était inhabituelle.

– Je ne peux te promettre l'éternité, répliqua-t-elle en prenant la main de Keenan.

Il se redressa et la prit dans ses bras. Tandis qu'ils avançaient sur la pelouse, leurs pieds en contact avec la chaleur du sol, il murmura :

– Tu m'as déjà offert l'éternité, Aislinn. Ce que je te demande, c'est de me laisser ma chance maintenant.

Elle frissonna mais ne se dégagea pas de son étreinte. Et cette fois, quand il approcha ses lèvres des siennes, elle en fut heureuse. Contrairement aux occasions précédentes, quand il lui avait volé des baisers, elle n'avait plus aucune excuse : elle n'était ni soûle, ni furieuse, ni prise au dépourvu. Elle s'abandonna au plaisir que lui procurait ce baiser, le contact de ses lèvres. Ce n'était pas la tendresse qu'elle avait partagée avec Seth. Ni la pression que Keenan avait exercée sur elle les autres fois. Mais une sensation nouvelle, douce-amère.

Elle sentit son espoir à elle et sa joie à lui se répandre comme une tempête à travers leur peuple. Partout où ils foulaient le sol, des fleurs surgissaient. C'était ce qui leur avait manqué : la promesse d'un bonheur imminent. Puis le monde se mit à tournoyer – ou peut-être étaient-ce eux qui tournoyaient. Aislinn n'aurait su le dire. Les Filles de l'Été tourbillonnaient non loin : visions vertes et vibrantes qui se découpaient sur des peaux cuivrées ou acajou, tandis que les lianes florissantes serpentaient le long de leurs corps à demi dévêtus. L'espace d'un instant, Aislinn éprouva une pointe de jalousie.

Je n'en ai pas le droit.

Dans un souffle, il s'écarta légèrement d'elle.

– Dis-moi quand tu veux que je te lâche, chuchota-t-il.

– Empêche-moi de tomber, répondit-elle en le serrant plus fort. Sauve-moi.

– Tu n'as jamais eu besoin d'être sauvée, Aislinn.

Keenan, son roi et ami, l'étreignait pendant que les sujets de la Cour de l'Été se perdaient dans l'étourdissement de la danse, pareils à des spirales irradiées de leur lumière solaire à tous deux.

– Et tu n'en as toujours nul besoin, ajouta-t-il.

– J'ai l'impression que si.

Elle sentit des larmes glisser sur ses joues ; alors qu'ils tournaient encore plus vite, elle vit des violettes naître du sol, là où ses larmes étaient tombées.

– J'ai l'impression... d'avoir perdu une partie de moi-même, poursuivit-elle.

– Éprouverais-tu la même chose si...

– Si c'était toi qui m'avais abandonnée ? termina-t-elle d'une voix aussi douce que possible.

– Je n'aurais pas dû te demander cela, c'est égoïste de ma part. Pardonne...

– Oui, j'éprouverais un manque semblable, murmura-t-elle.

Elle ferma les yeux pour refouler ses larmes – et peut-être ne plus voir les émotions déroutantes qu'elle lisait sur le visage de Keenan, et qui correspondaient aux sentiments tumultueux qui l'avaient envahie. Même les yeux fermés, elle se savait en sécurité alors qu'ils dansaient à une vitesse incroyable à travers la foule. Keenan la tenait fermement, jamais il ne la laisserait tomber.

Si je l'avais rencontré avant de connaître Seth...

Le visage blotti contre la poitrine du roi, elle lui avoua :

– J'aimerais éprouver du regret à l'idée de te savoir séparé de Donia, mais ça n'est pas le cas.

– Je n'ai jamais aimé que deux fois, Aislinn. J'ai envie d'essayer de t'aimer.

– Non, il ne faut pas...

Les mots moururent sur les lèvres de la jeune fille.

– Ce serait mentir, ma reine, répondit-il d'une voix douce. Cent quatre-vingts jours. Seth est parti depuis cent quatre-vingts jours, et je n'ai cessé de t'observer, alors que tu dissimulais ton chagrin. Ne puis-je tenter de te rendre heureuse ?

– Pour la cour.

– Non, rectifia-t-il. Pour toi et moi. Tes sourires me manquent. J'ai attendu des siècles avant de trouver ma reine. Peut-on essayer, au moins ? Maintenant qu'il est...

– Maintenant qu'il m'a abandonnée ?

Elle croisa son regard et s'immobilisa, indifférente à leurs sujets qui continuaient de virevolter autour d'eux. Keenan et elle étaient seuls au centre d'un maelström.

– Oui, aide-moi à tout oublier, excepté l'instant présent. C'est la nature même de l'Été. Ni la logique, ni la guerre, ni la cruauté, ni le calme ou le froid. Réchauffe-moi. Aide-moi à ne plus penser. Tout sauf cette douleur.

Sans répondre, il l'embrassa de nouveau. Elle eut encore

une fois la sensation d'avaler du soleil, et elle ne résista pas. Sa peau se mit à resplendir, tant et si bien que si des fés n'appartenant pas à leur cour s'étaient trouvés là, ils auraient été obligés de détourner les yeux.

Leurs pieds étaient en contact avec le sol, mais elle ne le sentait plus. D'ailleurs, elle ne sentait plus rien, hormis la lumière du soleil qui chassait toute souffrance, et qu'elle goûtait sur les lèvres de Keenan, semblable à du miel chaud.

Comme à l'occasion des précédentes festivités, elle s'enivra de danses nocturnes. Quand vint le matin, ses pieds ne touchaient plus le sol : Keenan la portait dans ses bras pour l'emmener sur la berge de la rivière, là où ils s'étaient retrouvés au lendemain du premier bal auquel elle avait participé, alors qu'elle n'était encore qu'une mortelle. Cette fois, il n'y avait ni pique-nique ni tentative de séduction calculée de la part de Keenan. Seulement eux. Comme d'habitude après ce genre de fête, ils perdaient la raison mais gagnaient en puissance. En ces instants, même Bananach n'aurait pu les provoquer.

Ils s'assirent sur la berge, et Aislinn resta dans les bras du roi. L'eau fraîche venait leur lécher orteils et mollets, lui donnant l'impression que sa peau était traversée de minuscules décharges électriques. Sous eux, la terre chaude se transforma bientôt en boue glissante, sous l'effet de leur lumière solaire. Un frisson parcourut Aislinn.

Une pensée égarée dans son esprit lui murmura qu'elle allait salir sa robe de bal – mais elle incarnait l'Été : la frivolité de la saison, son impulsivité, sa chaleur. *C'est ce que je suis. Maintenant, avec lui.*

– Dis-moi quand tu veux que je te lâche, lui rappela Keenan.

– Ne me lâche surtout pas, insista Aislinn. Parle-moi. Dis-moi ce que tu ressens. Dis-moi tout ce que tu refuses d'admettre d'habitude.

Il eut un large sourire.

– Non.

– Dans ce cas, traite-moi comme une reine féerique.

– Comment ?

Elle se redressa pour s'agenouiller près de lui.

Il ne bougea pas, se contentant de l'observer.

Aislinn repensa au jour où ils s'étaient tenus tous deux au milieu de la rue et qu'il avait fait pleuvoir des gouttes de lumière solaire au-dessus d'elle. Elle savait à présent comment faire, mais elle ne l'avait encore jamais mis en pratique.

– Ainsi, répondit-elle.

Tous les plaisirs existants étaient dissimulés dans les gouttelettes de soleil qui perlaient de sa peau pour tomber sur celle de Keenan : une magie féerique qu'elle voulait maintenant partager avec lui. C'était ce qu'elle désirait, sans se soucier de le blesser comme cela aurait été le cas avec un mortel.

Si seulement Seth n'était pas un être humain...

Pourtant, s'il avait été un fé, jamais elle n'aurait conquis son cœur, jamais ils n'auraient été amis... Et si elle était restée humaine, elle n'aurait pas perdu Seth. Mais Keenan était un fé, et elle aussi.

Jamais plus je ne serai une mortelle.

Elle croisa le regard de Keenan et lui parla comme il l'avait fait quelques heures plus tôt :

– J'ai envie d'essayer de t'aimer. Oblige-moi à t'aimer, Keenan. Tu en as convaincu tant d'autres avant moi. Séduis-moi, que je ne puisse plus faire de mal à quiconque.

Elle se pencha vers lui, mais le Roi de l'Été la retint et secoua la tête.

– Tout ceci… ce n'est pas de l'amour. Mais autre chose.

– Alors…

– Pas de précipitation, Aislinn. T'abandonner ainsi dans mon lit… ou sur la berge d'une rivière… ce n'est pas ce qui va t'inciter à m'aimer, expliqua-t-il en se relevant, la main tendue vers elle. Tu es ma reine. Je t'ai cherchée durant neuf siècles et j'ai attendu près d'une année pour arriver à cet instant. Je peux attendre encore un peu…

– Mais…

Il se pencha vers elle et l'embrassa avec douceur.

– Si tu souhaites enfin essayer de m'aimer, nous allons d'abord sortir ensemble, comme n'importe quel autre couple.

– C'est un peu ce que nous faisons déjà, non ?

– Pas exactement, répliqua-t-il en l'attirant contre lui. Nous nous sommes surtout efforcés de ne *pas* sortir ensemble, de n'être que des amis. Laisse-moi te faire découvrir notre monde. T'inviter à dîner et t'encourager à céder à la tentation. Laisse-moi t'emmener à des carnavals, à des concerts et à des danses sous la pluie. Je veux d'abord que tu t'amuses et te sentes en confiance. Si tu acceptes d'être ma partenaire, je veux que ce soit vraiment de l'amour entre nous.

Elle resta silencieuse un moment. Être amants lui paraissait beaucoup plus simple. Ils étaient amis. Il y avait entre eux une étincelle de passion. *Désir et amour sont deux choses distinctes, cependant.* Keenan souhaitait qu'elle lui laisse une vraie chance. Davantage qu'une liaison.

– Ce que je proposais était plus simple, marmonna-t-elle. Et plus rapide.

Il éclata de rire.

– Après neuf siècles, j'étais prêt à accepter toutes les conditions que tu poserais. Mais si nous devons former un couple, je ne veux pas qu'il y ait le moindre doute entre nous. Si tu ne tombes pas amoureuse de moi mais que tu souhaites malgré tout... être avec moi, je m'en contenterai. Cependant, je veux essayer de tout avoir.

– Et si Seth...

– Revient ?

Keenan l'étreignit et l'embrassa avec une telle intensité que l'éclat émanant de leurs deux corps se fit aveuglant.

– Ce sera à toi de prendre une décision, promit-il. Il en a toujours été ainsi, n'est-ce pas ?

31

Le matin précédant le départ de Seth, Sorcha ne pleura pas quand elle alla le trouver. Elle contempla les peintures qu'il avait réalisées pour elle, puis le dévisagea.

– Elles ne sont pas dignes de toi, déclara le jeune homme. Aucune ne l'est. Pas réellement.

– Je regrette de ne pas être capable de te mentir, murmura la Reine de la Haute Cour. Cependant, tes toiles sont empreintes de passion. Et ce serait pur égoïsme de ma part de refuser de te laisser partir.

Elle marcha un peu à travers la pièce, en examinant les tableaux qu'elle connaissait déjà.

– Ces œuvres ne sont pas dignes de toi, mais celle-ci l'est, annonça Seth en ouvrant la main.

Au centre de sa paume reposait une broche d'argent : un minuscule bouquet de fleurs de jasmin, parfaitement reproduites – une création beaucoup plus ouvragée que ses autres sculptures métalliques.

Les yeux de Sorcha se remplirent de larmes. Du bout du doigt, elle caressa les pétales argentés.

– En effet. C'est d'un goût exquis.

– J'avais envie de t'offrir quelque chose d'inattendu, ajouta-t-il en agrafant, d'une main tremblante, le bijou à la robe de la reine. Aussi, j'y ai travaillé quand tu n'étais pas près de moi.

Sorcha rit et, puisqu'il n'y avait aucun témoin de cet acte insensé, elle se pencha vers lui et l'embrassa sur la joue. Elle avait vu tant de mères agir ainsi – un élan qu'elle n'avait jamais tout à fait compris. D'un point de vue objectif, cela faisait sens : l'affection maternelle était un impératif biologique, qui incitait une mère à éprouver de la tendresse pour sa progéniture et à protéger plus petit que soi. Rien que de très logique. Cependant, alors que ses lèvres se posaient sur la joue de son fils, ce qu'elle éprouva n'avait rien de logique, ni de raisonnable. Une pure impulsion. Comme si elle avait voulu lui dire quelque chose et qu'elle ne trouvait pas les mots qu'il fallait.

– Ton présent est parfait, répondit-elle.

Elle baissa les yeux vers la broche et, se laissant de nouveau guider par l'instinct, elle avoua :

– Je ne veux pas que tu partes. Que se passera-t-il s'ils te font du mal ? Si tu as besoin de moi ? Ou bien si...

– Mère, l'interrompit Seth en souriant d'un air paisible et rayonnant. Je serai un fé, sous la protection de la Cour des Ténèbres. Le compagnon de la Reine de l'Été. Puissant, grâce au don que tu as fait. Il ne m'arrivera rien.

– Mais Bananach... et l'Hiver... et...

Elle avait le cœur battant, une sensation inconfortable. Elle s'était préparée à éprouver quelque chose, mais un tel degré d'inquiétude et de tristesse était inattendu.

– Tu pourrais rester, insista-t-elle. Nous enverrions Devlin chercher ta Reine de l'Été et…

– Non. Je n'ai pas l'intention de lui demander d'abandonner sa cour pour moi.

Seth la conduisit vers le fauteuil placé devant la baie vitrée. Elle s'y installa tandis qu'il s'asseyait à ses pieds.

– Il faut que je parte, j'en ai envie. Je ne serai pas longtemps absent de… chez moi, s'efforça-t-il de la rassurer.

– Je crois que je serais presque capable de détester ton autre reine, répliqua-t-elle, contrariée.

De vraies larmes lui montèrent de nouveau aux yeux. Une simple réaction physiologique, qui avait une explication logique. Pourtant, les larmes coulèrent…

– J'ai peur. Si ma sœur s'en prend à toi, je…

Elle prit une inspiration qui l'apaisa.

– Il ne faut pas faire confiance à Bananach, Seth. Ne la suis plus jamais, où que ce soit. Promets-moi que tu ne t'approcheras pas d'elle. Elle n'a qu'un seul but : la violence.

– Dans ce cas, pourquoi m'a-t-elle conduit jusqu'à toi ?

– Afin de provoquer la colère de quelqu'un d'autre. Afin de m'inciter à faire un choix regrettable, qui lui aurait permis de me désigner comme coupable. Je n'en sais pas davantage. Cela fait une éternité que j'essaie de deviner chacune de ses machinations à venir. À moi de prendre les bonnes décisions pour empêcher les guerres qu'elle meurt d'envie de déclencher.

– As-tu fait le bon choix, cette fois ?

– Oui, affirma-t-elle en caressant le visage du jeune homme. Quoi qu'il se passe ensuite, j'aurai fait le choix qu'il fallait.

– Même si une guerre éclate…

– L'alternative aurait été ta mort, répliqua-t-elle, ravalant un sanglot à cette pensée. Quand tu l'as suivie jusqu'ici, deux chemins étaient possibles : celui-ci ou bien ton meurtre, que la Reine de l'Été aurait fini par découvrir. Tous auraient pensé que ma cour, ou celle de Niall, ou peut-être celle de l'Hiver, en aurait été responsable. Bananach aurait vu son vœu exaucé.

Qu'il était étrange d'aborder de tels sujets avec quelqu'un d'autre que Devlin… Pourtant, son fils aurait voix au chapitre à la Haute Cour quand il serait prêt. Il pourrait devenir entièrement fé si Sorcha en décidait ainsi – malgré tout, il serait alors libre de la quitter s'il le désirait. Leur accord stipulait qu'il était obligé de rester près d'elle. *Si je faisais de lui un fé à part entière, me quitterait-il ?* Il n'était cependant pas nécessaire qu'ils en discutent. Jamais il ne serait Roi de la Haute Cour : Sorcha était éternelle, immuable. Il aurait néanmoins de l'influence et de la puissance. Il serait sur un pied d'égalité avec Devlin. La reine se demanda comment son frère et son enfant accepteraient cette situation.

Seth ne dit mot, se contentant de patienter, comme il sied à un fils.

– Si je t'empêchais de partir, l'hypothèse d'une guerre ne serait pas à écarter. Tôt ou tard, Keenan serait obligé de parler, d'avouer où tu te trouves. Aislinn s'efforcerait de s'opposer à mes désirs… alors qu'elle n'est pas assez forte pour s'en prendre à moi, poursuivit Sorcha en pesant ses mots avec prudence. Aussi serais-je forcée de réagir en conséquence. Si ta bien-aimée venait ici pour demander réparation, j'anéantirais la menace qu'elle pourrait représenter.

– Tu la tuerais ?

– Si nous ne parvenions pas à nous entendre, oui. Je suis prête à éliminer quiconque menace ce que j'aime. Ou ceux que j'aime. Il me faudrait l'en empêcher... même si je devais te causer du chagrin, avec regret.

L'espace d'un bref instant, la reine se demanda si les résidus humains qu'elle avait maintenant en elle seraient bénéfiques ou non à sa cour. Elle percevait que des émotions nouvelles motivaient ses actions. La tendresse qu'elle éprouvait pour Seth était empreinte de crainte et d'un sentiment de perte. Un tel désordre affectif était en contradiction avec la nature même de la Haute Cour. *Ma cour s'en trouvera-t-elle changée ?* Peu importait. Peut-être avait-elle changé, mais... elle ne parvenait pas à formuler clairement cette pensée. *Que signifie un changement pour la Reine Immuable ?* Sorcha secoua la tête. Il était illogique de réfléchir ainsi. Ce qui était... *était.* Voilà tout. Sa cour et elle s'adapteraient à ces nouvelles données. C'était la logique même.

Quand elle reprit la parole, il y eut dans sa voix une tonalité irrévocable, si bien qu'elle eut l'impression de prononcer un serment :

– Je ne permettrai ni à Aislinn, ni à Bananach, ni à qui que ce soit d'autre de t'arracher à moi. Je ne leur permettrai pas de mettre ma cour ou mon fils en danger.

Et tout en s'exprimant ainsi, elle devina que si le choix se présentait un jour à elle, sa cour passerait après Seth. Au fond d'elle, elle se demanda si, en fin de compte, ce n'était pas précisément ce que sa sœur avait cherché à provoquer – mais cette dernière idée lui parut encore une fois sans matérialité. Après des siècles passés à remporter de petites victoires, Sorcha avait suffisamment d'expérience pour savoir que chacun de ses choix continuait de résonner à travers les tapisseries du temps. Ses décisions n'affecteraient pas les désirs belligérants de Bananach : les actions de sa sœur se modifieraient pour contrer ces petits obstacles, comme cela avait toujours été le cas.

– Ai-je le droit d'avouer que moi aussi, je m'inquiète ? demanda Seth, qui lui parut soudain très jeune. Je refuse que ce que tu m'as offert te rende vulnérable. Je ne pensais pas que... je veux te savoir en sécurité. Si Bananach représente une telle menace, elle devrait être annihilée. J'ai des amis dans les autres cours. Si je peux faire quoi que ce soit pour te protéger...

– Les enfants ne sont pas censés s'inquiéter pour leurs parents, Seth. Rassure-toi, je ne risque rien, ajouta Sorcha en adoptant un sourire officiel. Je la combats depuis la nuit des temps. À la différence près que désormais, j'ai un fils à protéger. Tu es un bienfait. Seulement, elle ne l'a pas compris quand elle t'a conduit jusqu'à moi.

Il acquiesça, même si une lueur d'inquiétude subsistait dans son regard.

– Viens, dit-elle. Allons nous occuper de tes bagages.

Aislinn était assise dans le bureau, blottie dans les bras de Keenan, sans pouvoir cependant chasser un certain malaise. Tout en obligeant les Filles de l'Été à quitter le loft, Tavish avait jeté un coup d'œil approbateur aux deux souverains.

L'endroit était paisible, et elle savait que la décision qu'elle avait prise en était la cause. Elle risqua un regard vers Keenan : là était son avenir. D'une façon ou d'autre autre, ils étaient irrémédiablement liés.

– ... après le déjeuner ?

– Quoi ? demanda Aislinn en rougissant.

Il rit.

– Qu'aimerais-tu faire après le déjeuner ? répéta-t-il. Une promenade ? Une séance de cinéma ? Un peu de shopping ?

– Oui ? Et ensuite ?

Il lui décocha un regard inhabituel, peut-être empreint d'une franchise nouvelle.

– Un dîner au restaurant ? À la maison ? Un pique-nique ? Aller à New York pour manger une pizza ?

Elle fronça les sourcils.

– Tu te montres déraisonnable.

– Ah ? s'étonna-t-il en se tournant vers elle. Tu es une reine féerique, Aislinn. Le monde t'appartient. Nous pouvons aller où bon nous semble en quelques instants. Je ne suis pas un *mortel*. Pas plus que tu ne l'es.

La jeune fille ne savait comment exprimer ce qu'elle avait envie de dire. De façon inexplicable. *Je ne suis pas mortelle.* Elle prit une profonde inspiration.

– Tu peux m'expliquer comment tu envisages cette histoire de « sortir ensemble » ? De toute ma vie, je ne suis vraiment sortie qu'avec un seul garçon et...

Il la fit taire en déposant un baiser rapide sur ses lèvres.

– Tu seras prête dans une heure, d'accord ?

Elle acquiesça et Keenan sortit de la pièce.

Je vais y arriver. Passer de l'amitié à l'amour n'est pas si compliqué que ça. C'était ce qui s'était passé avec Seth. Elle s'obligea à chasser toute pensée le concernant : il était parti, mais sa vie à elle continuait.

32

Lorsque Seth franchit de nouveau le voile de clair de lune, le monde environnant se modifia. Il n'était pas si simple de quitter la Terre Féerique de Sorcha, où régnaient paix et perfection, pour passer au monde des mortels, dur et discordant. Pourtant, il suffit à Seth d'un pas pour être transformé et pour que le contrat conclu avec la Reine de la Haute Cour devienne tangible. De l'autre côté du voile, il n'était plus mortel, mais fé.

Le monde oscilla sous ses pieds. Il perçut les vibrations du vivant, enfoui et niché sous terre, de même que les battements d'ailes lointains d'une aigrette, qui créaient des bourrasques tournoyant dans le ciel.

Sorcha lui prit la main.

– Au début, c'est étrange. J'ai déjà eu l'occasion d'observer des mortels en pleine transformation à la Cour de l'Été. Laisse ces modifications trouver leur place en toi.

Seth ne parvint pas à répondre. Ses sens – et pas seulement les cinq sens dont il avait toujours été doté – étaient submergés. En tant que mortel, sa manière d'appréhender le monde avait été limitée à une compréhension élémentaire. À présent, il découvrait des choses qui n'avaient aucune source sensorielle concrète. Il parvenait même à sentir ce qui était ordonné, la justesse de ce qui était ou de ce qui aurait dû être.

– Est-ce qu'ils... est-ce que *nous* éprouvons tous ce genre de sensations ?

Il eut l'impression que sa voix était trop mélodieuse, comme filtrée dans un dispositif qui la rendait plus douce.

Sorcha réfléchit un instant, sans lâcher sa main.

– Non. Pas de manière aussi totale. Mais tu es mon fils, pas n'importe quel fé. Tu es le seul à percevoir les choses ainsi.

Quand Seth posa le regard sur elle, il la vit différemment, par le biais de sa nouvelle vision. De minuscules maillons de clair de lune, pareils à des vrilles argentées, s'étiraient entre eux, formant un filet qu'il n'avait pas été capable de voir en Terre Féerique. Il tendit la main pour le toucher.

– Et ça, qu'est-ce donc ?

Il parvenait à toucher ces vrilles et, tout en s'apercevant qu'elles étaient immatérielles, il sentit leur poids entre ses doigts, plus lourd qu'il n'y paraissait.

– Elles sont invisibles aux yeux d'autrui, répondit Sorcha en saisissant sa main libre. Elles sont *nous*. Tu es né de moi, comme si je t'avais porté. Nous partageons le même sang. Ce qui signifie que tu verras et sauras des choses... singulières. Je n'ai pas su comment t'en parler avant.

– Je *verrai* des choses ?

Seth contempla la plage de sable blanc sur laquelle ils se trouvaient et qui se déroulait derrière Sorcha. Il n'appelait pas cela « voir ». Plutôt, il *ressentait* tout ce qui se passait autour de lui : les crabes qui se sauvaient sous le sable, les pattes des mouettes et des sternes qui se posaient sur le sol. Sans réfléchir, il se dirigea vers le bord de l'eau. Quand une vague frôla ses pieds, il perçut les êtres vivants – animaux ou créatures féeriques – qui grouillaient dans l'eau. Des selchies[1] s'accouplaient quelque part, vers l'est. Au loin, une merrow se querellait avec son père.

Seth essaya de ne plus éprouver toutes ces choses, de se vider de toute sensation.

– Ce n'est pas *voir*, dit-il à Sorcha. Je perçois le monde qui nous entoure. J'ai le sentiment que lorsque je me croyais vivant, j'étais en réalité à peine conscient.

– Tu découvres ce qu'être fé signifie. D'autant plus vivement que tu m'appartiens. Les Chiens créent la peur. Les Gancanaghs, le désir. Ce sont aussi les sensations qu'ils perçoivent le mieux, expliqua la Reine de la Haute Cour en écartant Seth de l'eau, pour le conduire près d'un vieux rocher. Quelques-uns d'entre nous, mais ils se font rares, peuvent tout éprouver à la fois. Niall perçoit la peur et le désir avec davantage d'intensité que d'autres fés. De ton côté, tu percevras la justesse des choses, la logique d'un choix, la raison pure.

Seth s'assit près d'elle sur la roche.

– Ce que j'appelle « voir » est différent, poursuivit-elle d'une voix ferme, tout en le dévisageant d'un œil prudent. Ma sœur et moi avons le don de la voyance. Bananach

1. Créatures mythologiques du folklore des îles Shetland, capables de prendre la forme de phoques.

choisit les routes susceptibles de créer le désordre. Mes choix ont l'effet inverse. Mais nos visions sont uniquement des hypothèses, des croisements possibles, rien d'autre. Tu ne dois jamais l'oublier.

– Parce que je t'appartiens. Que je suis ton fils.

Quand il avait cherché à devenir fé, il n'avait pas imaginé tout cela – seulement la longévité et la puissance que sa transformation pourrait lui apporter.

– Oui. Tu seras... différent des autres fés, répondit Sorcha en serrant sa main dans la sienne. Mais quand ce don de voyance te semblera trop lourd à porter, ce sera l'occasion de revenir en Terre Féerique et de jouir de nouveau de ta mortalité. Puisque tu es de mon sang, tu pourras temporairement échapper à ta nature féerique.

– Et que... c'est-à-dire, quels autres changements...

Il avait du mal à se faire à l'idée de ce don supplémentaire – *une malédiction ?* – tout comme il avait du mal à accepter le flot d'informations qu'il recevait du monde extérieur.

– Je vois des possibilités, déclara Sorcha, sans lâcher la main du jeune homme, lorsqu'il tenta brièvement de se dégager. Tes propres chemins sont moins limpides. Ce sont seulement les chemins d'autrui que tu peux deviner. Et cela ne t'arrivera peut-être que de temps en temps. Je ne sais si la part de moi que tu portes en toi est importante ou non.

Il baissa la tête et ferma les yeux, s'efforçant de vider son esprit de toute pensée, à l'exception des mots de Sorcha. Les sensations qu'il éprouvait s'estompèrent, pareilles à un vacarme lointain, mais des fils argentés s'étirèrent devant lui, semblables à des routes qu'il parvenait à suivre du regard. S'il s'y autorisait, il serait capable de voir les hypothèses d'avenir – cependant, il n'en avait pas envie : l'idée d'apprendre des choses sans avoir le pouvoir de les modifier suffisait à lui donner l'impression de perdre pied. Il voulait arranger la querelle entre les deux merrows. Il visualisait les fils de leurs destinées. La fille allait partir, en colère. Son père aurait du chagrin, car il était probable qu'elle meure, à cause de son départ.

– Comment fais-tu pour endurer tout cela ? chuchota-t-il.

– Je modifie ce que je peux et j'accepte de ne pas être omnipotente, répliqua Sorcha en se redressant pour le fixer. Si tu n'avais pas été capable d'être fé, je ne t'aurais pas choisi. À présent, je ne peux visualiser ce que tu vas faire – il y a en toi une trop grande part de mon essence. Je sais pourtant que tu es parfaitement capable de devenir tout ce que tu souhaites. Tu pourras vaincre des dragons, réussir de hauts faits dignes d'être chantés.

Seth avait conscience que le don de Sorcha était plus démesuré que ce qu'il n'avait cru. Il avait désormais un objectif, autant en Terre Féerique – où il créait des œuvres pour sa mère royale – que dans le monde des mortels, où il saurait comment remettre de l'ordre : il pouvait être le bras droit de Sorcha s'il en avait l'habileté.

– Je ne connais rien à la politique, ni à la guerre, ni...

– Qui sont tes amis ? l'interrompit-elle.

– Ash, Niall... commença-t-il, avant de sourire, comprenant enfin où la reine voulait en venir. Niall sait se battre. Gabriel et Chela sont de véritables guerriers. Donia est douée en politique. Tout comme Niall et Ash. Et les gardes de la Cour de l'Été... Je peux apprendre auprès des trois cours.

– Des *quatre* cours, précisa Sorcha. Mais tu n'es pas obligé de t'astreindre à tout cela, Seth. Il est inutile que tu deviennes un héros. Tu pourrais tout aussi bien rester en Terre Féerique, t'adonner à ton art, te promener et bavarder avec moi. Je ferai venir des poètes, des musiciens, des philosophes et...

– Chaque année, je reviendrai chez nous, la coupa-t-il avant de lui embrasser la joue. Mais ceci est aussi mon univers. Je peux améliorer la vie de ceux que j'aime. Pour toi, pour Ash, pour Niall. Faire en sorte que nos deux mondes connaissent la paix.

Pendant quelques instants, ils restèrent silencieux. Seth repensa aux merrows qui se querellaient sous l'eau.

– Si les tiges du varech formaient un entrelacs indémêlable, comme après une tempête, elles empêcheraient la fille merrow de quitter son père...

Il s'interrompit, à l'instant même où tout se déroula ainsi qu'il l'avait deviné : malgré son irritation, la merrow obéit à son père et rentra chez elle. Avant que le jeune homme puisse commenter ce qu'il venait de percevoir, Sorcha le serra brièvement contre elle.

– Il faut que je parte. Va retrouver ton Aislinn. Prends tes marques dans ce monde et si jamais tu as besoin de moi...

– J'ai besoin de toi.

– Appelle-moi et je serai près de toi.

Elle avait une expression que Seth avait souvent vue sur le visage de son père quand il était enfant – inquiétude et espoir mêlés.

– Ou bien viens me trouver, ajouta Sorcha. N'importe quand. Devlin assurera ta sécurité, lui aussi… tout comme Niall et…

– Je sais, fit-il en déposant de nouveau un baiser sur sa joue. Je me souviens de toutes les consignes que tu m'as laissées.

Elle soupira.

– On ne peut donc retarder cet instant, n'est-ce pas ?

D'un geste rapide, elle ouvrit un portail invisible qui donnait sur le parc de la Cour de l'Été, face au loft des souverains. Sorcha demeura silencieuse lorsque Seth la quitta pour y pénétrer.

Avant sa transformation, il avait déjà été doté de la Vue : aussi ne fut-il pas surpris de voir les fés qui se promenaient ou s'amusaient dans le parc. Aobheall scintillait dans sa fontaine. Quand Seth apparut devant elle, elle resta interdite. Les hommes-sorbiers le fixèrent. Les Filles de l'Été interrompirent leurs danses.

– Pour une surprise, c'en est vraiment une… murmura Aobheall.

Tout autour d'elle, l'eau suspendit sa course et les gouttelettes se figèrent, pareilles à de minuscules cristaux.

Seth était immobile, sans voix, les sens assaillis de perceptions nouvelles. Aobheall n'avait pas changé, mais l'élan qui avait autrefois poussé le jeune homme à tendre les bras vers elle avait disparu. Il ne portait cependant plus de talisman. La réalité était différente. *Il* était différent. La terre respirait autour de lui et il sentait son souffle. Les soupirs des arbres composaient une musique qui s'entrelaçait au silence apparent de ceux qui le dévisageaient.

– Tu es comme nous, chuchota Tracey. Tu n'es plus un mortel.

Elle se dirigea vers lui, affichant une expression mélancolique qui lui était habituelle – mais malgré tout, songea Seth, peu adaptée aux circonstances. Les yeux de la fée se remplirent de larmes. Elle le serra contre elle.

– Qu'as-tu fait ?

Pour la première fois depuis qu'il fréquentait des créatures féeriques, ce contact avec une Fille de l'Été n'affecta pas Seth : il n'était pas tenté de l'étreindre plus longuement, il ne percevait pas la peur qu'elle aurait pu éprouver à l'idée de le blesser.

Il s'écarta de Tracey.

– Oui, j'ai changé, déclara-t-il.

Skelley vint se blottir dans les bras de Tracey et, s'accrochant à elle, éclata en sanglots. D'autres Filles de l'Été se mirent à pleurer en silence.

– Ce devrait être une *bonne* nouvelle, s'étonna Seth, qui se sentait plus fort, vivant, sûr de ses choix. C'est ce que je désirais.

– Elles aussi, expliqua Skelley. Voilà pourquoi elles se lamentent : elles se rappellent du même sacrifice insensé qu'elles ont fait pour devenir fées.

Aobheall, qui ne pleurait ni ne s'était rembrunie, lui envoya un baiser de loin.

– Va trouver notre reine, Seth. Sache cependant que la vie d'un fé n'est pas aussi douce que tu le crois. Aislinn a dû agir au mieux pour le bien-être de sa cour.

L'anxiété de Seth grandit, tout comme ses craintes, à l'idée que d'autres choses avaient pu changer. Quand il était en Terre Féerique, auprès de Sorcha, ce malaise n'avait pas été aussi intense. Là-bas, il s'était senti calme, apaisé. Il avait eu des certitudes. À présent, il lui fallait se rendre chez sa bien-aimée, avec l'espoir que ce qu'il avait bâti avec elle était encore assez solide pour être sauvé.

Il ne parla pas aux gardes qu'il croisa. Il ne frappa pas à la porte du loft. Il l'ouvrit et entra. Elle était là. Les pommettes plus marquées, comme si elle avait un peu trop maigri. Assise près de Keenan, plus près qu'elle ne l'aurait été quelque temps auparavant. Elle souriait, malgré tout, les yeux rivés sur Keenan qui était en train de lui parler.

Quand Seth pénétra dans la pièce, le temps sembla s'arrêter. Keenan ne s'écarta pas d'Aislinn, mais il s'interrompit, figé. Le sourire d'Aislinn s'évanouit, cédant la place à une expression de stupéfaction et d'incertitude mêlées.

– Seth ?

Pour la première fois depuis des mois, il se sentait nerveux.

– Salut. Me voilà de retour.

Tant d'émotions se succédaient sur le visage de la jeune fille qu'il n'osait esquisser le moindre mouvement. Mais l'instant suivant, elle traversa la pièce et se précipita dans ses bras. Il la serra contre elle. Et tout parut de nouveau logique. Elle pleurait, agrippée à lui.

Keenan se leva, sans se joindre à eux. Il paraissait furieux. De petites bourrasques de vent tournoyaient dans la pièce. Du sable mordit la peau de Seth.

– Tu n'es plus mortel, dit le Roi de l'Été.

– Non, en effet, reconnut le jeune homme.

Aislinn recula d'un pas et dévisagea Seth, sans pour autant le lâcher.

– Qu'as-tu fait ?

– J'ai trouvé une réponse, répliqua Seth en attirant la jeune fille contre lui. Tu m'as manqué, murmura-t-il.

Keenan n'ajouta rien. Avec des gestes presque mécaniques, il passa devant eux et sortit du loft.

Aislinn se raidit et, l'espace d'un instant, Seth se demanda si elle allait courir après le roi ou rester près de lui.

– Keenan ? Attends ! s'écria-t-elle.

Mais le Roi de l'Été était déjà loin.

Quand il frappa à sa porte, Donia sut qu'il s'agissait de lui. Ses espions lui avaient appris que Seth était revenu dans le monde des mortels, et qu'il était désormais un fé. La visite de Keenan n'avait donc rien d'inattendu.

– Tu savais où il se trouvait. Tu savais que Seth était en Terre Féerique.

Donia voulait l'entendre le lui avouer. Ils avaient trop souvent échangé des demi-vérités. Désormais, elle refusait d'en tolérer davantage.

– C'est vrai, reconnut-il.

Il se tenait sur le seuil, les yeux gorgés de la perfection de l'Été, ceux dont elle avait toujours rêvé – en silence, il lui demandait de lui pardonner, de lui dire quelque chose qui arrangerait tout entre eux.

Mais Donia en était incapable.

– Ash va le savoir.

– J'ai tout gâché, n'est-ce pas ?

– Avec elle ? Oui, affirma-t-elle.

Donia gardait ses distances, refusant de l'approcher, d'avoir le moindre contact physique avec lui. C'était ce qu'elle avait de mieux à faire. Des mois plus tôt, Keenan lui avait offert des mots d'amour, avant de l'abandonner pour de nouveau tenter de séduire Aislinn. Donia s'y était plus ou moins attendue, mais cela la blessait malgré tout. Et maintenant, il venait la trouver, chercher du réconfort auprès d'elle.

– Et avec toi ? demanda-t-il.

Elle détourna les yeux. Parfois, l'amour ne suffisait pas.

– Je le crois aussi.

– Ainsi, me voilà seul... commença-t-il. J'ai tout gâché, Donia. Ma reine va... je n'arrive pas à imaginer quelles seront les retombées pour ma cour. Je t'ai perdue. Niall me déteste, et Sorcha protège Seth, ce mortel... Non, ce fé que je...

Il braqua des yeux, désormais sans éclat, sur la Reine de l'Hiver.

– Que vais-je faire ?

Il s'effondra sur le sol.

– J'espère que certains d'entre nous seront moins cruels avec toi que tu ne l'as été avec nous, chuchota-t-elle.

Puis, craignant de se radoucir, elle s'éloigna, laissant le Roi de l'Été derrière elle, prostré sur le seuil de sa maison.

33

Tandis que ses fés commençaient peu à peu à entrer dans le salon, jetant des coups d'œil à Seth, murmurant des choses qu'elle n'avait pas envie d'entendre, Aislinn conduisit le jeune homme dans sa chambre et referma la porte derrière eux. C'était la seule pièce du loft qui lui appartenait vraiment, le seul endroit où elle n'avait pas l'impression d'être dans *leur* espace, à Keenan et à elle – car le loft était devenu leur maison à présent. Tout avait changé. *Elle* avait changé.

Seth s'assit sur le lit et l'observa, aussi patient qu'il l'avait été par le passé. Lui aussi avait changé, de nature comme de personnalité.

Les mots se refusaient à elle. Aislinn n'avait cessé de penser à ce qu'elle lui dirait s'il revenait, avait mis en scène mille scénarios possibles dans son esprit, avait murmuré ces conversations imaginaires dans le noir, comme s'il avait pu l'entendre. Mais à présent, elle restait muette. Elle voulait lui dire à quel point son départ l'avait anéantie, combien elle avait été désespérée que Niall sache où Seth se trouvait mais pas elle, qu'elle avait cru qu'elle se sentirait à jamais morcelée, qu'elle n'aimerait plus quelqu'un comme elle avait pu l'aimer, lui. Que même respirer lui était douloureux quand il était loin d'elle. Mais elle ne savait comment lui avouer tout cela, plus maintenant. Cependant, il y avait une chose qu'elle devait lui confesser.

– Keenan et moi... nous sortons ensemble.

Seth croisa les bras.

– Ce qui signifie quoi, précisément ?

– Que je l'ai autorisé à essayer de me faire... tomber amoureuse de lui. Que j'étais décidée à nous laisser une chance...

Elle eut en horreur le regard qu'il lui décocha – comme si elle avait été la seule responsable de ce qui leur arrivait. C'était *lui* qui l'avait abandonnée. Il ne l'avait pas même appelée.

Elle se laissa tomber sur le lit.

– Qu'étais-je censée faire ?

– Garder foi en nous ?

– Tu as *disparu* sans la moindre explication. Tu es resté au loin pendant six mois... j'ai cru que jamais tu ne reviendrais. Tu m'as quittée sans un mot... après avoir refusé de me parler !

Était-ce le chagrin ou le courroux qui montait en elle ? Impossible de le savoir.

– Combien de temps ? demanda Seth.

– Quoi ?

– Combien de temps a-t-il attendu pour essayer de te séduire, Aislinn ?

Elle n'avait jamais vraiment été fâchée contre Seth, pas

une seule fois, mais à cet instant, elle l'aurait volontiers frappé. Après six longs mois à souffrir, à s'inquiéter et à craindre qu'il ne lui soit arrivé malheur, elle finissait par percevoir la colère qu'elle ne s'était pas autorisée à éprouver jusqu'à présent.

– Tu m'as quittée, répliqua-t-elle d'une voix cinglante.

– J'ai eu l'occasion rêvée de trouver la fée qui pouvait m'offrir l'immortalité auprès de toi. Je n'ai peut-être pas choisi le bon moment, mais... Je ne pensais pas partir aussi longtemps. Je suis désolé que les choses se soient déroulées ainsi. Mais j'ai saisi l'occasion qui se présentait, voilà tout.

– Je t'ai attendu. J'ai envoyé mes fés à ta recherche. J'ai essayé de parler à Niall... à Bananach. J'ai attendu six mois, insista-t-elle en serrant ses mains pour les empêcher de trembler.

Jamais ils ne s'étaient disputés. Il faut dire qu'ils n'avaient jamais eu aucune raison de le faire.

Aislinn baissa les yeux, s'efforçant d'apaiser sa colère.

– J'ai pensé que tu m'avais abandonnée. Niall m'a dit...

– Le Roi des Ténèbres, qui ne t'aime pas, t'a dit quelque chose qui t'a fait douter de moi, et tu l'as cru ? s'étonna Seth en relevant un sourcil.

– Dans ton message, j'ai entendu une voix féminine à l'arrière-plan...

– C'était Bananach. Elle m'a conduit à...

– Tu as suivi *Bananach* ? As-tu perdu la tête ?

– Je me suis dit que le risque valait d'être couru si c'était pour obtenir l'éternité avec celle que j'aimais, expliqua-t-il d'une voix douce. Elle m'a mené à la Reine de la Haute Cour, avec laquelle j'ai conclu un accord. Je voulais être assez puissant pour pouvoir me passer de gardes et de babysitter, afin d'être près de toi pour toujours.

– Et le prix à payer ?

Elle craignait le pire – il était bien connu que les marchés que les mortels contractaient avec les fés étaient autant de pièges pour l'éternité.

– Chaque année, je devrai passer un mois auprès de Sorcha.

– Mais tu es parti *six* mois !

– Ce qui correspond à un mois en Terre Féerique, précisa-t-il, suppliant, avec l'espoir qu'elle comprendrait, qu'elle accepterait l'idée qu'il n'avait pas commis d'erreur. Niall m'avait dit qu'elle serait capable de me métamorphoser. Tout le monde refusait de m'aider. Pour moi, ce séjour n'a représenté que trente jours d'absence. Je ne savais pas que le temps passerait différemment pour toi.

– Ainsi, chaque année...

– Je retournerai en Terre Féerique un mois durant... qui t'en paraîtra six, oui.

– Pour le reste de tes jours.

Il acquiesça.

Elle tâchait d'assimiler le fait qu'il était revenu, l'idée qu'il serait là pour toujours. En pure perte. Il était à elle, mais à quel prix ? Les battements de son cœur s'accélérèrent alors qu'elle pensait à ce qu'il avait sacrifié.

– Et quand tu es là-bas, est-ce affreux ?

– Non. Tout était presque parfait, expliqua-t-il sur un ton fasciné. Hormis le fait que tu n'étais pas près de moi. La Terre Féerique est un univers incroyable, et je n'y ai qu'une seule tâche : créer des œuvres d'art. Je me promène dans les jardins, je réfléchis, je peins et je sculpte. Tout y est étonnant.

– Et... Sorcha ?

Une expression tendre et mélancolique s'afficha sur le visage du jeune homme.

– Elle est la perfection incarnée. Elle est douce et bienveillante, sage et spirituelle, même si elle refuse de l'admettre...

– Je vois, dit Aislinn, sentant son estomac se nouer.

Il avait trouvé l'éternité, mais il avait aussi trouvé une reine. Aislinn n'avait aucune envie d'éprouver de jalousie, mais durant ses mois d'absence, il était tombé amoureux d'une autre souveraine...

– Si je comprends bien, quand tu es là-bas, elle et toi, vous êtes...

– Pas du tout, l'interrompit Seth en fronçant les sourcils. Elle est ma reine, ma mécène, ma muse. Comme une nouvelle famille, Ash. Elle est la mère que je n'ai jamais eue... même si Linda m'aime à sa façon, Sorcha est... la mère idéale.

Un instant, ils restèrent silencieux, jusqu'à ce qu'elle ne puisse plus supporter la situation.

– Et maintenant, que faisons-nous ?

– Je ne sais pas, répondit-il en secouant la tête. On va bien trouver un moyen de tout arranger, non ?

Mais cela semblait fort compliqué. Seth avait tout risqué pour vivre éternellement auprès d'Aislinn, tandis qu'elle avait eu si peu de foi en eux qu'elle s'était réfugiée dans les bras de Keenan.

Même avant mon départ, elle s'était déjà rapprochée de lui.

Il la regarda et comprit qu'en fin de compte, ça n'était pas sa mortalité qui leur avait fait obstacle, mais Keenan. Tant qu'elle serait la Reine de l'Été, elle resterait auprès du roi. Ils auraient leurs festivités, leurs réunions et leurs discussions nocturnes.

Et je me suis condamné à être le témoin de tout cela pendant des décennies, voire des siècles.

– As-tu couché avec lui ? demanda-t-il brusquement.

Il attendit sa réponse – il avait *besoin* de savoir, de l'entendre le lui avouer.

– Je te croyais parti à jamais, et je ne voulais pas tomber amoureuse d'un autre... Keenan est mon ami... j'ai de l'affection pour lui et...

– C'est un oui ?

Les battements de son cœur se faisaient assourdissants.

– Non... il a refusé, finit-elle par avouer, comme sur le point de fondre en larmes. Tout ce que je voulais, c'était effacer cette souffrance. Je me sentais vidée et la cour s'affaiblissait... à force de me voir m'apitoyer sur mon sort.

– Je t'aime, se contenta-t-il de répondre.

Il la prit dans ses bras et l'embrassa ainsi qu'il en avait rêvé quand ils avaient été séparés. Elle n'opposa aucune résistance. Ce baiser était presque semblable à ceux qu'ils avaient échangés autrefois – mais la façon dont les choses s'étaient déroulées par le passé ne lui avait plus suffi. Il avait fait preuve de patience. À l'époque, il avait essayé de ne pas être jaloux de Keenan, parce qu'il avait cru que le Roi de l'Été lui succéderait dans le cœur d'Aislinn quand lui, Seth, ne serait plus.

Non sans effort, il interrompit leur baiser.

– Je refuse de te partager avec lui. Plus maintenant. Je ne vais plus mourir. Je ne serai plus aussi facile à briser. Et je n'ai pas l'intention de le voir te regarder comme moi, je te regarde.

– Il m'est impossible de quitter ma cour.

– Ou de le quitter, lui ?

Seth percevait des chemins possibles, des routes sinueuses, entrelacées. Il y avait des hypothèses d'avenir qu'il ne parvenait pas à entrevoir, ce qui signifiait qu'il s'y trouvait impliqué. Dans d'autres, cependant, Aislinn était avec Keenan.

– Il est mon roi, chuchota-t-elle.

– Je sais, mais... cela ne veut pas nécessairement dire qu'il doit être ton bien-aimé ou ton amant.

Il s'interrompit, par crainte de lui révéler ce qu'il avait deviné – le moment n'était pas venu.

– J'ai besoin de savoir qu'il n'est pas celui que tu désires, reprit-il.

– C'est toi que j'aime, rétorqua-t-elle.

– Promets-moi que tu n'éprouves pour lui aucun sentiment comme celui-ci, insista-t-il en posant doucement ses lèvres sur les siennes. Promets-moi que tu es capable d'être près de lui sans avoir l'impression de vivre quelque chose de romantique. S'il reste ton ami, c'est parfait, mais rien d'autre. Vous n'avez pas attendu des mois... du moins pas très longtemps après mon départ.

Aislinn le fixait, incapable de répondre.

– Je suis un fé moi aussi, poursuivit-il. Je ne peux pas mentir. Par conséquent, je peux t'assurer que personne, ni fée ni mortelle, n'a partagé mon lit depuis que je suis tombé amoureux de toi. Même en Terre Féerique, l'idée de trouver une autre partenaire ne m'a pas même effleuré l'esprit. Il n'y a que toi dans ma vie. Et je ne veux personne d'autre. Seulement *toi*. Pour l'éternité.

– Que dois-je faire ? murmura-t-elle.

– Commence par voir Keenan sous son vrai jour.

– C'est-à-dire ? demanda-t-elle plus fort, le visage soudain crispé.

Seth n'avait aucune envie de blesser Aislinn, mais il n'avait pas l'intention de se faire le complice du Roi de l'Été en l'aidant à dissimuler sa duplicité.

– Il savait où j'étais, Ash, déclara-t-il d'une voix douce. Niall a su comment me trouver. Et Keenan existe depuis assez longtemps pour savoir qu'il fallait vérifier en Terre Féerique.

– Mais... c'est impossible. Peut-être a-t-il...

– Demande-lui, l'interrompit Seth en haussant les épaules. Il savait où j'étais. Donia aussi. Niall aussi. Tout le monde était au courant. Pose la question à tes gardes. À tes Filles de l'Été. Elles ne te l'avoueront pas d'elles-mêmes, mais si tu les interroges, elles seront obligées de te répondre.

– Selon toi, tous savaient où tu étais parti, mais aucun d'eux ne me l'aurait dit ? s'étonna-t-elle en resserrant ses bras autour d'elle, comme pour se protéger. Pourquoi auraient-ils agi ainsi ? Pourquoi ?

– Si tu avais su où je me trouvais, qu'aurais-tu fait ?

– Je me serais rendue en Terre Féerique pour te porter secours.

– Ta cour n'aurait pas été pas assez puissante pour mener une guerre, et tu étais au beau milieu de l'été, impulsive et passionnée. Si tu étais venue, ça aurait été un désastre. Voilà pourquoi Niall ne t'a rien révélé. Quant à Donia... je devine qu'elle s'est tue par amour pour Keenan. En dépit de tout ce que ton roi lui a infligé, elle n'aurait pas souhaité voir sa cour – la *tienne* aussi – anéantie. Mais pourquoi tes sujets ne t'auraient-ils rien dévoilé ? Pourquoi Keenan t'a-t-il caché la vérité ? Avait-il d'autres motifs en tête ?

– Il m'a vue désespérée. Mes sujets ont eux aussi été témoins de mon chagrin. Ils savaient à quel point je souffrais, répondit Aislinn en pleurant. Il savait et... pourquoi, alors ?

L'idée de la blesser davantage encore faisait horreur à Seth, mais il fallait qu'elle regarde les choses en face.

– Promets-moi que tu ne lui pardonneras pas. Promets-moi qu'à l'instant même, tu n'es pas en train d'essayer d'excuser ses fautes en te disant qu'après tout, ça n'était pas si grave que ça.

Aislinn, le visage ruisselant de larmes, se contentait de le dévisager.

– Tu lui as pardonné ses manipulations quand il tâchait de te convaincre de devenir sa reine. Tu lui as pardonné les machinations qui ont éloigné Niall de votre cour et qui ont failli coûter la vie à Leslie. Et à présent, tu continues à te faire des illusions : il t'a manipulée. Comme toujours.

Seth aurait tant aimé qu'elle l'interrompe, qu'elle lui dise qu'il se trompait.

Elle n'en fit rien.

– Tu lui fais confiance. Peut-être parce que vous régnez

ensemble, je n'en sais rien, ou bien parce que tu ne veux voir que ses qualités. Pourtant, il n'a rien de bienveillant. Il m'aurait fait tuer sans hésitation si cela avait servi ses intérêts. Je l'ai compris. Niall aussi. Cesse de te voiler la face. Vois-le pour ce qu'il est. Pour moi, pour ta cour, pour toi-même.

– Il est mon *partenaire* pour l'éternité.

– Non. Seulement un confrère, quelqu'un avec qui tu dois gouverner. Je suis ton partenaire pour l'éternité si tu veux de moi, précisa-t-il en l'embrassant sur le front. Qu'il soit ton roi, ton confrère, ton ami, cela ne me pose aucun problème. Je n'ai pas l'intention de te garder pour moi seul, de t'éloigner de tes fés ou des gens qui font partie de ta vie ; en revanche, je refuse de te partager avec un autre, surtout avec quelqu'un qui passe son temps à te causer du chagrin. Si tu préfères rester avec lui, reconnais-le. Il te faut découvrir ce que tu veux réellement, Ash. Quand tu seras prête à me dire que je suis le seul qui compte pour toi, viens me voir.

Sur ces mots, Seth partit. Au fond de lui, il éprouvait un intense déchirement, mais il était hors de question de rester là, à espérer qu'on lui offre quelques miettes tombées de la table de Keenan.

34

Après le départ de Seth, Sorcha se retira dans les appartements du jeune homme, seule. Elle ne se sentait pas tout à fait prête à affronter Devlin ou les affaires de la cour, entre autres choses. À dire vrai, elle n'avait en cet instant qu'un seul désir : suivre Seth et l'aider à aplanir les difficultés, quelles qu'elles soient, qu'il rencontrerait lors de ses retrouvailles avec la Reine de l'Été. Aislinn avait peut-être été mortelle autrefois, mais elle était désormais l'épicentre de l'été, une saison chaude et frivole. Sorcha connaissait suffisamment Keenan pour savoir que la reine avait dû succomber à son charme.

– Ton comportement est d'un mièvre, chère sœur, déclara soudain Bananach, en entrant par la porte vitrée donnant sur le jardin. Te languis-tu de ton jouet mortel ?

– Il est sous la protection de *ton* roi, répliqua Sorcha. Dans le monde extérieur il n'est ni mon jouet ni un mortel.

Elle ne daigna pas regarder Bananach. Maintenant, plus que jamais, la Reine de la Haute Cour se devait de paraître immuable – pourtant, elle percevait combien elle avait changé. Malgré la présence de sa sœur la Guerre, Sorcha sentait qu'elle contrôlait presque ses émotions, pour la première fois depuis une éternité.

– Il est donc précieux ! Il sera ainsi encore plus aisé de manipuler ses pensées.

Bananach s'empara d'un des pinceaux de Seth et le renifla.

– Souhaites-tu savoir ce qu'il découvrira en arrivant là-bas ? M'autorises-tu à te murmurer comment la petite reine pleure et se lamente ?

Sorcha pencha la tête de côté et décocha un sourire mielleux à sa sœur. Cependant, son cœur saignait – la Reine de l'Été ne valait probablement pas mieux que n'importe lequel de ses sujets, tous plus impétueux et versatiles les uns que les autres.

– En quoi cela m'intéresserait ?

– Parce qu'elle va te tenir pour responsable de ce qui est arrivé. Parce que la métamorphose et le retour de Seth Morgan n'ont fait qu'amplifier la discorde entre l'Été et l'Hiver. Parce que les Ténèbres grincent des dents face aux conséquences de tes actes, très chère sœur.

Bananach croassait chacune de ces affirmations en les ponctuant de gestes saccadés, pareils à de petits coups d'épée déchirant l'air, à l'aide du pinceau de Seth qu'elle brandissait comme une arme.

– Niall savait où Seth se trouvait et connaissait les raisons de son départ, déclara Sorcha. Je me suis montrée franche avec lui, ainsi que je l'avais été avec son prédécesseur.

Sorcha se releva et contourna Bananach pour se rendre dans le jardin et ainsi éloigner la femme-corbeau des appartements de Seth. Alors que la reine passait devant sa sœur, cette dernière fit claquer ses mâchoires près de son visage, à l'image de la créature bestiale qu'elle était – brutale et grossière.

– Tes petits jeux sont totalement superflus, Bananach.

L'air du jardin était revigorant et Sorcha inspira profondément, laissant croire à sa sœur qu'elle avait encore besoin de garder ses distances, feignant d'éprouver un inconfort qui l'avait autrefois incommodée dès qu'elle était en sa présence – ce qui n'était plus le cas désormais. Pour la toute première fois, les ondes discordantes de Bananach ne l'affectaient plus. Sorcha savait qu'elles étaient là, mais elle était comme immunisée.

Parce que j'ai choisi Seth pour fils. La mortalité de ce dernier avait modifié la nature de Sorcha, et la relation avec sa sœur s'en trouvait déséquilibrée. *Après tant de siècles, j'ai changé.*

La réplique de Sorcha déplut à la femme-corbeau, qui lui saisit le bras.

– Crois-tu vraiment que je n'ai pas d'autres pièces dans mon jeu ?

– Je suis certaine que tu as nombre de machinations en tête, répondit la reine en effleurant un jasmin en fleur, avant de se pencher pour examiner les feuilles d'un petit bosquet d'aubépines. Quand ta soif de sang ne prend pas le dessus, tu sais te montrer brillante.

Bananach inclina la tête et eut un léger gloussement de satisfaction.

– On peut toujours essayer de me faire patienter, mais la Raison commet généralement des bévues : je reste donc aux aguets. Et quand tu trébucheras, quand les souverains du monde extérieur feront des erreurs insensées, j'obtiendrai le sang que j'attends.

– Peut-être.

Bananach laissa échapper un affreux croassement.

– Non. Il en est toujours ainsi. Au bout du compte, j'obtiendrai mon sang. Et un jour, ce sera du tien dont je me maculerai les joues.

Sorcha cassa la branche d'un buisson, afin que sa sœur la croie perturbée.

– Même lors de tes accès de folie les plus profonds, tu n'oublies pas que nous sommes inexorablement liées, répliqua la Reine de la Haute Cour. Ni toi ni moi ne savons quelles conséquences ma mort aurait pour toi.

– En tout cas, elle me délivrerait de ton ennuyeuse logique, répondit Bananach dont les ailes battirent de façon désordonnée.

– Si tu pensais vraiment que ce serait aussi simple, je serais morte depuis longtemps.

Sorcha serra si fort la branche qu'elle lui entailla la paume. Puis elle lâcha le morceau de bois et leva la main devant sa sœur.

– Nous partageons le même sang depuis que nous existons. Immuable. Par conséquent, si nous sommes semblables et que tu me tues, ne mourras-tu pas, toi aussi ?

Bananach la dévisageait, courroucée. Elle fit claquer son bec.

– Je devrais peut-être vérifier cette hypothèse, siffla-t-elle, sans pour autant faire mine de s'approcher de la reine.

Durant quelques instants, elles n'échangèrent plus un mot. Autour d'elles, le jardin était plongé dans le silence.

– La Guerre est patiente, chère sœur, reprit enfin la femme-corbeau. Tu te caches ici, parmi tes grimoires poussiéreux et tes œuvres d'art vides de sens. La Reine Immuable. L'Ennui incarné. Dont les actes sont prévisibles. Je vais déplacer mes pions... et tes petits choix ne pourront empêcher l'inévitable.

Soudain, ses tambours guerriers résonnèrent de manière assourdissante, un rythme qui se fit entendre en Terre Féerique tout autant que dans le monde des mortels.

– Ils s'observent, avec de la méfiance dans le regard, poursuivit Bananach. Le combat est imminent. Je le sens. J'attendrai... et tu seras aussi vulnérable que tu l'es d'habitude, quand je me mets à semer le désordre.

– Cette fois, il n'y aura pas de guerre, affirma Sorcha.

C'était une opinion, non pas une vérité.

– Pourquoi ? Vas-tu essayer de me pourchasser ? Vas-tu ordonner à ton peuple de me traquer dans le monde des mortels ?

Bananach roucoula et déploya ses ailes. Des vols de corbeaux qui n'appartenaient pas au jardin de la reine vinrent se poser près de leur maîtresse ; de la vermine sortit du sol en se tortillant, pareille à un tapis gris. À moins qu'un changement important n'ait lieu, la guerre éclaterait.

Sorcha garda le silence.

– Rejoins-moi dans leur monde. Apporte-leur le chaos, railla sa sœur. Viens protéger ton petit animal domestique.

– Je t'interdis de t'en prendre à lui, répliqua Sorcha en s'avançant vers Bananach. Si tu le touches, l'Été et les Ténèbres te frapperont à leur tour. Je ne suis peut-être pas capable de t'affronter, mais j'enverrai tous mes fés pour te traquer. Ose seulement l'attaquer, je te ferai tuer.

– Et si, en me tuant, tu signais ton arrêt de mort ? demanda la femme-corbeau en penchant la tête avec curiosité.

– Qu'il en soit ainsi. Tu as perdu cette bataille, chère sœur, ajouta la reine en déposant un baiser sur le front de Bananach. Il n'y aura pas de guerre.

La femme-corbeau marqua une pause. Elle regarda dans le lointain, mais ne révéla pas les visions de destruction qu'elle percevait. Elle sourit, animée d'une horrifiante jubilation.

– Non, je n'ai pas encore perdu.

Puis elle s'éloigna à grandes enjambées, accompagnée de sa ménagerie, laissant dans son sillage des fleurs ensanglantées et des empreintes de pas sur le sol noirci par le feu.

Épilogue

Seth pénétra dans la demeure de Niall. Le Roi des Ténèbres ne l'avait jamais autorisé à venir ici, mais c'était autrefois. *Quand j'étais mortel.*

Personne n'arrêta le jeune homme. Il était un ami officiel de la cour, le bienvenu parmi eux, et tous le protégeraient même s'il leur fallait pour cela rendre le dernier souffle.

– Mon frère, dit Niall tandis que Seth s'approchait de son trône.

La foule des Fés des Ténèbres l'observait ouvertement. Seth vit des ramifications qui se tissaient entre des Ly Ergs et certains glaistigs. Puis la vision s'estompa. *Bananach. Ma tante.* Seth ne voyait rien la concernant, mais il percevait sa présence, quelque part alentour.

– Je viens requérir ton aide.

Seth ne s'inclina pas devant le roi, mais il baissa respectueusement les yeux – il était un fé à présent et le fait que Niall soit son frère d'adoption n'y changeait rien, celui-ci restait un souverain.

– Dis-moi ce qui t'amène exactement. Et si cela ne va pas à l'encontre des intérêts de ma cour, ajouta Niall en se redressant sur son siège, j'accepterai de t'aider. Toujours.

Seth leva les yeux et dévisagea son ami.

– J'appartiens maintenant à la Reine de la Haute Cour. Je passerai une partie de mon existence avec elle, en Terre Féerique. Je suis aussi le bien-aimé de la Reine de l'Été. Mais c'est de ton aide dont j'ai besoin à présent. Sorcha a fait de moi un fé et m'a offert certains dons. J'ai l'intention d'agir au mieux pour elle.

– Ce n'est pas dans l'intérêt des Ténèbres de rétablir l'ordre souhaité par la Haute Cour, intervint Ani, qui se trouvait non loin, sur sa gauche.

La jeune fille, née de mère humaine et de père Chien, avait des rêves de chaos que son roi et sa cour tâchaient de réfréner.

– Ni d'assurer la protection de l'animal domestique de la Cour de l'Été, marmonna une fée-chardon.

Chela, la compagne de Gabriel, se rapprocha de Seth – un mouvement protecteur.

Durant le long silence qui suivit, Seth ne détacha pas son regard de Niall – dont les chemins, dans la vision du jeune homme, étaient si nombreux qu'ils auraient tout aussi bien pu être invisibles. Le Roi des Ténèbres attendait, rempli d'un espoir dont lui-même n'avait pas conscience. Puis il leva la main – et si Seth n'avait pas eu le don de tout percevoir, il aurait pu croire ce geste désinvolte. Au contraire, cette main levée était empreinte de crainte et d'excitation mêlées.

– Dis-moi ce que tu veux, finit par demander le roi.

– Je désire m'entraîner avec les Chiens de Gabriel. Parfois, il est nécessaire de verser le sang pour rétablir l'ordre, précisa Seth en balayant du regard l'assemblée des fés, avant de poser de nouveau les yeux sur Niall. J'ai besoin d'apprendre à me défendre et à combattre. J'ai besoin qu'on m'enseigne comment chasser. Accepteras-tu de m'aider ?

– Ce sera un honneur, répliqua le Roi des Ténèbres. Si les Chiens sont d'accord ?

Gabriel se mit à rire. Chela sourit. Les autres fés hochèrent la tête, l'air réjoui.

Seth s'inclina alors devant Niall. Il voyait une multitude de chemins possibles s'ouvrir autour de lui. Tant qu'il ne leur révélait pas que c'était à Bananach qu'il avait l'intention de s'en prendre, il trouverait ici tout le soutien nécessaire.

– Sois le bienvenu chez toi, mon frère, déclara Niall en descendant de son trône pour le serrer dans ses bras. Cette métamorphose te va à merveille.

Il disait vrai. Seth avait un objectif désormais. *Et la possibilité de vivre éternellement auprès d'Ash.*

Remerciements

Ce livre n'aurait pas existé sans la perspicacité et la passion d'Anne Hoppe. Merci d'avoir cru en mes personnages et d'avoir participé à ce périple. Ces livres t'appartiennent, autant qu'à moi.

Tout ce que je possède dans l'existence – y compris mon écriture – a été rendu possible car j'ai eu la chance de trouver un compagnon qui a comblé ce qui me manquait. Loch, tu me donnes le courage et la foi d'accomplir plus que je n'aurais cru possible. Merci d'être à mes côtés lors de mes voyages, aux heures difficiles, pour répondre à mes étranges questions et lorsque je suis ballottée par mes émotions, entre panique et joie.

Mon fils, dont la patience est sans bornes, m'a convaincue de voyager aux confins du monde pour rencontrer des macareux. Ma fille, dans sa grande sagesse, m'a rappelé qu'il fallait s'accorder des soirées de détente, à regarder d'innombrables épisodes de *Buffy*. Pour ces raisons et tant d'autres, vous êtes tous les deux au centre de mon univers.

Mes parents continuent de m'apporter leur soutien à chaque étape de ce parcours. Je n'aurais rien concrétisé sans la sagesse et l'amour que vous m'avez donnés au fil des années.

L'aide de quelques-uns des suspects habituels a elle aussi été inestimable au cours de cette année et des précédentes. Jeaniene Frost continue de jouer son rôle de critique et d'amie sincère, avec constance. Melissa Dittmar est venue à la rescousse lorsque j'en avais besoin et a mis de l'ordre dans mon univers. Alison Donalty et Mark Tucker m'ont littéralement gâtée avec une autre couverture fabuleuse. Patrice Michelle m'a adressé de perspicaces remarques à propos du texte. Mark Del Franco, Kelly Kincy, Vicki Pettersson, Rachel Morgan, Jason Falivene, Kerri Falivene et Dean Lorey m'ont offert bon sens et sagesse. Des amis tels que vous n'ont pas de prix. Merci, à tous.

Je suis aussi reconnaissante à mes merveilleux lecteurs. Un merci supplémentaire à ceux qui ont pris le temps de venir me rencontrer, ainsi qu'aux lecteurs de mon site Internet et aux participants sur mon forum (surtout Maria, Jennifer, Meg, Tiger, Pheona, Michaela et Raven) qui acceptent mes envies subites de bavarder.

Vous m'avez tous encouragée à essayer de faire mieux. Encore une fois, merci.

D'autres livres

wiz
Albin Michel

Jodi Lynn ANDERSON, *Peau de pêche*
Jodi Lynn ANDERSON, *Secrets de pêches*
Jodi Lynn ANDERSON, *Un amour de pêche*
Jay ASHER, *Treize Raisons*
Candace BUSHNELL, *Le Journal de Carrie*
Candace BUSHNELL, *Summer and the City*
Meg CABOT, *Une (irrésistible) envie de sucré*
Meg CABOT, *Une (irrésistible) envie d'aimer*
Meg CABOT, *Une (irrésistible) envie de dire oui*
Elizabeth CRAFT et Sarah FAIN, *Comme des sœurs*
Elizabeth CRAFT et Sarah FAIN, *Amies pour la vie*
Melissa DE LA CRUZ, *Un été pour tout changer*
Melissa DE LA CRUZ, *Fabuleux bains de minuit*
Melissa DE LA CRUZ, *Une saison en bikini*
Melissa DE LA CRUZ, *Glamour toujours*
Melissa DE LA CRUZ, *Les Vampires de Manhattan*
Melissa DE LA CRUZ, *Les Sang-Bleu*
Melissa DE LA CRUZ, *Les Sang-d'Argent*
Melissa DE LA CRUZ, *Le Baiser du Vampire*
Melissa DE LA CRUZ, *Le Secret de l'Ange*
Melissa DE LA CRUZ, *Bloody Valentine*
Norma FOX MAZER, *Le Courage du papillon*
Rachel HAWKINS, *Hex Hall*
Nicola MORGAN, *Un monde sans rêves*
Joyce Carol OATES, *Un endroit où se cacher*
Chloë RAYBAN, *Les Futures Vies de Justine*
Chloë RAYBAN, *Dans la peau d'un garçon*
Chloë RAYBAN, *Justine sérieusement amoureuse*
Chloë RAYBAN, *L'Effet Justine*
Sarah REES BRENNAN, *La Nuit des démons*
Meg ROSOFF, *Maintenant, c'est ma vie*
Laurie Faria STOLARZ, *Bleu cauchemar*

Laurie Faria STOLARZ, *Blanc fantôme*
Laurie Faria STOLARZ, *Gris secret*
Laurie Faria STOLARZ, *Rouge souvenir*
Laurie Faria STOLARZ, *Mortels Petits Secrets*
Gabrielle ZEVIN, *Une vie ailleurs*
Gabrielle ZEVIN, *Je ne sais plus pourquoi je t'aime*

Anna GODBERSEN, *Rebelles*, Albin Michel
Anna GODBERSEN, *Rumeurs*, Albin Michel
Anna GODBERSEN, *Tricheuses*, Albin Michel
Anna GODBERSEN, *Vénéneuses*, Albin Michel
Alice KUIPERS, *Ne t'inquiète pas pour moi*, Albin Michel

www.wiz.fr
Logo Wiz : Cédric Gatillon

Composition Nord Compo
Impression : Imprimerie Floch, mai 2011
Éditions Albin Michel
22, rue Huyghens, 75014 Paris
ISBN : 978-2-226-22021-9
ISSN : 1637-0236
N° d'édition : 19483/01. – N° d'impression : 79604
Dépôt légal : juin 2011
Loi n° 49-956 du 16 juillet 1949 sur les publications destinées à la jeunesse.
Imprimé en France.